KB089785

만다라의 바다

송수권 산문집

모아드림

인지

만다라의 바다

글쓴이 / 송수권
펴낸이 / 孫貞順
펴낸곳 / 모아드림

1판1쇄 인쇄 / 2002년 4월 17일
1판1쇄 발행 / 2002년 4월 27일
서울 서대문구 북아현3동 180-22
전화 / 365-8111~2
팩시밀리 / 365-8110
E-mail / morebook@netsgo.com
http://www.morebook.co.kr
등록번호 / 제2-2264호(1996.10.24)

ⓒ 송수권
ISBN 89-87220-97-4

* 잘못된 책은 구입하신 서점에서 바꾸어 드립니다.

값 9,500원

自 序

언 땅에 朝鮮梅花 한 그루 심고

얼었다 녹는다 이란 말
함부로 써도 되는지 모르겠다
조선매화 한 그루 뜰에 묻어 놓고
어제는 어름장 서러를 읽겠다
강 가에 나가 아직도 시들지 않은
구절초 몇 송이 꺾어라 향로를 바르고
촛불을 지폈다
화개 동천 언 겨울 입병에 땅땅 못을 박고
전화를 놓고 우편 함을 새로 개설했다
취맹게 얼어붙은 강 줄기를 내려라 넌겨
이 적막한 시대에 어디 메 가서
무릎 꿇고 촛절 올려야 하나
청매화 향이 그리운 밤

2002년 임오 원단
섬진강변에서 海樵拙菴에서
송 준 호

만다라의 바다

매화향 가득한 섬진강,
제2 창작의 봄은 기지개를 펴고
— 문학의 산실, 송수권 시인의 섬진강 어초장(漁樵莊)을 찾아서

박상건(시인)

매화꽃 눈꽃처럼 흐드러진 강변에 선 집필실

우리나라에서 가장 먼저 봄이 열린다는 섬진강. 북쪽으로 산마을, 남쪽으로는 강마을 정취가 그윽한 섬진강의 봄은 하동포구로부터 매화향이 휘날려 천 리 길을 달린다. 계절마다 은어떼 연어떼를 바꿔 몰고 햇살 눈부시며, 휘어 돌아가는 강줄기 양 겨드랑이에는 매화꽃 이어 달리는 듯싶으면, 금방 벚꽃이며 야생차밭 다향이 그림자처럼 따라붙어 상춘객의 가슴을 환장하게 뒤집어놓는다. 섬진강은 그렇다. 3월 매화꽃 지면 다시 하동읍에서 쌍계사로 가는 80리 길에 벚꽃터널 또한 장관을 이룬다. 벚꽃이 절정에 이를 무렵엔 지리산 선녀들이 살포시 내려앉듯이 하얀 배꽃이 꽃망울 터뜨린다.

섬진강! 고운 모래가 많아 본디 모래가람 또는 다사강으로 불렸

던 곳. 그러다 고려 때 왜구가 하동 쪽에서 광양 쪽으로 침입한 일이 있었는데 다압면 섬진나루(일명 꽃나루)에서 두꺼비 수십만 마리가 떼로 몰려와 진을 치고 울부짖어 왜구들이 줄행랑을 쳤단다. 그래서 두꺼비 섬(蟾)자가 붙여진 섬진강이란다. 봄이면 이 곳 다압면 매화 마을 일대에는 매화꽃 뒤집어져 국도변은 온통 눈꽃처럼 꽃길로 환하다. 이 마을에 접해 있는 염창마을에 「山門에 기대어」와 「지리산 뻐꾹새」의 주인공 송수권 시인(순천대 문창과 교수) 집필실이 있다. 이름하여 어초장(漁樵莊)이다.

수만평 모래밭에 딸린 어초장 밑 강어귀에는 쏘가리 낚시 포인트가 있다. 그이는 이 곳에서 낚싯대를 드리우고 시심(詩心)을 낚는다. 반짝이는 물비늘처럼 소루쟁이 풀꽃 한 송이가 피어날 적엔 태초의 시간 속으로 빠져들곤 한단다. 햇살 따사로운 날엔 강변의 들쑥을 캐서 손수 쑥국을 끓여 먹기도 한다. 문우들이 찾아온 날에는 재첩회에 직접 산에서 따다 담근 산딸기주를 내어주기도 한다. 그렇게 섬진강에 빠져 지내다가 시상이 떠오르면 육신을 내려놓은 채 가감없이 원고지의 칸을 메꾸어 간다. 집필실 이마엔 통나무에 인두로 새긴 어초장 표지판이 걸려 있다. 그 아래 벽창호지에 「참매화 향」이라는 시가 벽에 나붙어 있다. 그동안 머물렀던 변산반도 격포 집필시대를 마감하고 올해 초 이곳에 집필시대를 열면서 이녘의 다짐을 정리한 시이다. "……허옇게 얼어붙은 강줄기를 내려다보며/이 적막한 시대에 우린 또 누구를 기다려야 하나/어디에 가서 큰절을 올리고 무릎 꿇어야 하나/참매화 향이 그리운 밤/뽕짝조 詩도/개매화도 작당으로 피는 시절/스승도 제자도 갈곳도 따로 없는 밤/뜰에 조선매화 한 그루 심어놓고/암향부동이란 말/함부로 써도 되는지

모르겠다". 그렇게 이념을 한국시단으로 우뚝 서게 한 지리산 마주
한 섬진강에서 귀거래사를 읊조리고 있던 천상의 시인 송수권. 그이
가 집필실 근처에 있는 구례중학교를 떠난 것도 15년 전인 1978년
의 일이다. 1976년에는 섬진강이 내려다보이는 지리산 노고단에서
최초 산상시화전을 열기도 했던 그이는 지금 이순(耳順)에 접어들
어 다시 섬진강 시대를 열고 있다.

누이야
가을산 그리메에 빠진 눈썹 두어 낱을
지금도 살아서 보는가
정정(淨淨)한 눈물 돌로 눌러 죽이고
그 눈물 끝 따라가면
즈믄밤의 강(江)이 일어서던 것을
그 강물 깊이깊이 가라앉은 고뇌(苦惱)의 말씀들
돌로 살아서 반짝여오던 것을
더러는 물 속에는 튀는 물고기같이
살아 오던 것을
그리고 산다화(山茶花) 한 가지 꺾어 스스럼없이
건네이던 것을

누이야 지금도 살아서 보는가
가을산 그리메에 빠져 떠돌던, 그 눈썹 두어 낱을 기러기가
강물에 부리고 가는 것을
내 한 잔은 마시고 한 잔은 비워두고

더러는 잎새에 살아서 튀는 물방울같이

그렇게 만나는 것을

누이야 아는가

가을산 그리메에 빠져 떠돌던

눈썹 두어 낱이

지금 이 못물 속에 비쳐옴을

— 「山門에 기대어」 전문

　이 시의 무대인 지리산은 집필실 창문을 열면 바로 눈앞에 다가서
있다. 우리나라 산수유 30퍼센트가 지리산 자락에 있는 산동면에서
피고 진다. 지리산은 10여 개의 山寺를 껴안고 있는 것이 특징이기
도 한데, 화엄사 경내에는 그이의 詩碑가 서 있기도 하다. 이 시는
1974년 작품인데 1975년에야 발표됐다. 그런 배경에는 기가 막힌
사연 때문이다. 1966년 군에서 돌아온 동생은 갑자기 자살을 했다.
가난한 집안에 어머니의 젖마저 제대로 못 먹으며 어질병 등 병을
달고 성장기를 보냈던 동생이었다. 그 한이 얼마나 깊고 아우에 대
한 그리움이 깊었으면 기러기가 공중에 길을 내는 것만 봐도 유난히
눈썹 짙던 누이(동생)의 눈썹 두어 낱으로 다가섰을까. 동생 무덤
앞에서 한 잔은 마시고 한 잔은 비워둔 채로 동생이 금방 나타나 빈
잔을 채워줄 것으로 생각했을까. "지금 이 못물 속에 비쳐옴을"이라
는 마지막 구절에 이르기까지 이 시는 윤회사상을 밑바닥에 깔고 있
다. 구르는 돌멩이 같은 인생살이, 그러나 그이는 이 시 첫 연에서
한을 "돌로 눌러 죽이고", 두 번째 연에서는 "돌로 살아서 반짝여"

온다고 노래한다. 절절하고 치열한 한이 불꽃 튀는 것을 느끼게 하는 장면이다. 그렇다. 송수권 시인의 시가 지닌 매력은 치렁치렁한 한들을 힘있는 곡조로 뽑아내어 반짝이는 영혼으로 솟구치게 하는 데 있다. 그것이 그이만의 독특한 서정시의 창법이다.

자살한 동생에 대한 시로 당선되고 계속되던 떠돌이 생활

그이는 이 시를 서울 서대문구 화성여관 306호실에서 백지에 써서 보냈다. 원고지에 쓰지 않았다는 이유로 예심 심사위원은 바로 쓰레기통에 버렸다. 그때 마침 편집실을 둘러보던 당시 《문학사상》 이어령 주간이 작품을 주워 읽어보고는 본심에 올렸던 작품. 그러나 당선작의 주인공은 이미 여관을 떠났었고, 잡지사는 1년 동안 그이를 수소문하기 시작했다. 동생의 죽음으로 충격을 이겨내지 못했던 그이는 화엄사, 쌍계사 등지에서 출가를 결심하며 몇 개월씩 머물다가 다시 서울로 떠돌았다. 참으로 기구한 운명이다. 결국 이 잡지가 발굴한 제1호 시인이 된 그이는 파란만장한 인생만큼이나 "쓰레기통에서 나온 시인"이라는 희대의 수식어를 달고, 깊어가는 섬진강처럼 한국시단의 한 복판을 도도히 흘러가고 있다. 때로는 '지리산 뻐꾹새'처럼 온 산하 울어제끼고 남은 울음 추스려 저 남도 들녘을 축축이 적셔 주면서 말이다.

> 여러 산봉우리에 여러 마리의 뻐꾸기가
> 울음 울어

떼로 울음 울어
석 석 삼 년도 봄을 더 넘겨서야
나는 길든 설움에 맛이 들고
그것이 실상은 한 마리의 뻐꾹새임을
알아냈다.

지리산 하(下)
한 봉우리에 숨은 실제의 뻐꾹새가
한 울음을 토해내면
뒷산 봉우리 받아넘기고
또 뒷산 봉우리 받아넘기고
그래서 여러 마리의 뻐꾹새로 울음 우는 것을
알았다.

지리산 중(中)
저 연연(蓮蓮)한 산봉우리들이 다 울고 나서
오래 남은 추스림 끝에
비로소 한 소리 없는 강(江)이 열리는 것을 보았다.

섬진강 섬진강
그 힘센 물줄기가
하동 쪽 남해를 흘러들어
남해군도(南海群島)의 여러 작은 섬을 밀어올리는 것을 보았다.

봄 하룻날 그 눈물 다 슬리어서
지리산 하에서 울던 한 마리 뻐꾹새 울음이
이승의 서러운 맨 마지막 빛깔로 남아
이 세석(細石) 철쭉꽃밭을 다 태우는 것을 보았다.

　　　　　　　　　　　　　　　　　　　　　　—「지리산 뻐꾹새」 전문

신들린 듯 산하를 떠도는 시인

징소리 쳐 올리듯이 한의 울림이 서럽도록 가슴속을 후벼드는 시이다. 지리산은 그이의 한을 파묻은 지극히 인생유전적인 곳이다. 크게는 민족의 성전이자 함양·산청·거창 양민학살로 이어지는 민족간 좌우익 이데올로기의 최후 혈전장이었다. 더 거슬러 가면 최치원이 속세와 발을 끊고 난세의 시끄러운 소리를 물소리에 묻어 귀를 씻고 청학동으로 갔다는 세이암(洗耳岩)이 쌍계사 위에 있고, 김수로왕 일곱 왕자가 입산했다는 칠불암이 화개면 범왕리에 있다. 그이는 이처럼 매몰된 역사의 풍경과 현장을 신들린 듯 발로 뛰며 작품을 집필해왔다. 민초들의 삶을 밀착취재하여 집대성하고자 3년 전부터 《주간동아》에 '풍류 맛기행'을 연재하고 있기도 하다. 그런 연장선상에서 민족의 카테고리에서 지역문학의 중요성을 인식하고 중앙집권적인 문단권력에 부단히 저항하고 있기도 하다.「지리산 뻐꾹새」는 그러한 몸부림의 단면이자 그이의 작품성을 상징하는 대표작이랄 수 있다. 뻐꾹새 울음 떼로 지리산을 울리고 그 산봉우리들이 다 울고 나서 강이 열렸다고 노래한다. 그 힘센 물줄기가 하동 쪽 섬들을 밀어올렸다는 대목에서는 그이의 시풍이 얼마나 명징스럽고 강렬한 울림을 울려주는지를 엿보게 한다. 시인의 삶과 시가 일치하는 모습을 확인시켜주는 사례이기도 하다.

한편으로는 이런 생각을 해보게 한다. 영호남 산줄기에 눌러앉은 지리산 뻐꾹새가 왜 그리도 한스럽게 울음 울었을까. 영호남을 관통하는 섬진강 힘찬 물줄기로 뻗어나가 남해의 아름다운 섬들을 밀어올렸을까. 지금 그 섬진강에는 '남도대교'라는 이름의 영호남 화합의 다리가 건설중이다. 전남의 광양 쪽과 경남의 하동 방향을 이어주는 다리이다. 그이는 어쩜 오래 전부터 그리고 지금도 그 다리 아랫녘 나룻배를 타고 화개장터로 오가면서 한 시대의 묵은 지역감정을 쉼없이 넘고 싶기 때문인지도 모른다. 그이는 그렇게 화개장터 십 리 벚꽃길을 오가며 「화개장길」, 「앵화」 등의 작품을 썼다. 또 2000년도엔 역사 속에 매몰된 남도풍류 일번지 「태산풍류와 섬진강」을 떠올리는 책을 펴내기도 했다.

강촌마을 소박함을 일깨우는 대숲의 저녁연기

또한 섬진상은 유난히 대숲이 많다. 대숲마을을 끼고 화개골을 덮어 나가는 저녁연기는 전형적인 남도 강촌마을의 뭉클한 삶의 체취를 짙게 풍겨준다. 그이의 집필실 아랫도리에도 바람 한 점만 불면 상무꾼 휘돌듯이 대숲 뒤흔들어쌌는 풍경이 퍽이나 감동적이다. "대패랭이 끝에 까부는 오백 년 한숨, 삿갓머리에 후득이는/밤 쏘낙 빗물소리……//머리에 흰 수건 쓰고 죽창을 깎던, 간 큰 아이들, 황토현을 넘어가던/징소리 꽹과리 소리들……//남도의 마을마다 질펀히 깔리는 대숲 바람소리 속에는/흰 연기 자욱한 모닥불 끄으름내, 몽당빗자루도 개터럭도 보리숭년도 땡볕도/얼개빗도 쇠그릇도 문둥이 장타령도/타는 내음……"

그이의 「대숲 바람소리」라는 시는 강촌마을의 소박함과 함께 한편으로는 손 부채, 대금 피리소리, 댓가지를 흔드는 무당, 대도롱태 (굴렁쇠), 황토현의 죽창 등을 매개물로 우리 민족정서의 한과 저항의 깊은 바닥까지 치고 들어가고 있다. 「눈 내리는 대숲 가에서」라는 작품으로 정지용문학상을 수상하기도 했던 그이는, 대숲에서 정적인 가락보다는 신들린 동적 울림을 표출한다. 그이는 국토의 3대 정신을 죽(竹)·황토·뻘의 정신으로 명명한다. 섬진강을 죽(竹)의 정신으로 설명하는 이유도 여기에 있다. 그이는 '뻘물', '바지락을 캐며', '수저통에 비치는 저녁 노을' 등 변산반도에서 천착했던 뻘의 정신을 갈무리하고 3월중 시선집을 완결한다. 그리고 이제 그간 못 다 추스린 대숲과 황토 정신을 섬진강과 지리산에서 관조하듯이 정리하려 한다. 민족의 역사와 질퍽한 삶들을 아우르는 서정시인의 아름다운 대단원을 섬진강에서 장식하려 한다. 그래서 오늘도 눈을 뜨자마자 '아침강'을 따라 나서는 것이리라.

"누이야, 동트는 우리 새벽 강물/너는 따라가 보았는가/수런수런 큰기침하며 강가에 나와/우리 산들 얼굴 씻는 것/어떤 산은 한 모금 물 마시고 쿠렁쿠렁/양치질하는 것/어떤 산은 밤새도록 발을 절고 내려와/발바닥 티눈을 핥는 것/누이야, 너는 그런 동트는 새벽 강물/따라가 보았는가"(「아침 강」중에서)

만다라의 바다 | 차 례

들머리
매화향 가득한 섬진강,
제2 창작의 봄은 기지개를 펴고 / 박상건

제1부

제2부

제3부

제4부

1부

앵화(櫻花)

불돌 노인이 죽다니 정말 믿기지 않는 사실이었다.

앵화(櫻花)의 편지를 받고 털털거리는 시골 버스에 매달려 가면서 좋은 낚시 친구 한 분을 잃었고, 내 인생의 한 동반자를 잃었다는 사실에 커다란 충격을 받고 있었다. 칠순이 넘었으면서도 뻐드렁니 하나 없는 좋은 치아를 가졌고 저녁 강바람에 하얗게 센 머리카락을 날리며 낚시를 던지던 그 불돌 노인이 저 세상으로 갔다는 건 아무래도 믿기지 않는 사실이었다.

내가 처음 불돌 노인을 만났던 것은 작년 여름 하동쪽 부촌이라는 마을의 한 낚시터에서였다. 불돌 노인은 낚시에 대해서는 이골난 분이었다. 낚시터에선 아무리 서먹서먹한 사이라도 금방 친해지듯이 나는 친구와 같은 이 할아버지 앞에서 마음껏 응석을 떨 수 있었으며, 직장에서 위축된 일주일 분의 감정의 덩어리를 이 노인에게 응석을 떪으로써 다 풀어 버릴 수 있었다. 불돌 노인은 그만큼 포용력이 넓었으며, 기골이 장대하여 물가에 버티고 앉은 모습은 큰 산이 하나 버티고 앉은 착각마저 들게 했다.

나는 어느 날 낚시터에서 밤이 늦었으며 팔십 리 저쪽에 있는 구례로 들어가는 차선을 놓치고 말았기 때문에 불돌 노인을 따라 시오리 길을 털털거리며 올라와 화개 장터 그의 움막집에서 하룻밤을 샌 적이 있었다.

불돌 노인은 중노인이 다 된 할멈과 소박맞고 돌아온 딸—앵화와 같이 살고 있었다. 어망을 풀어 싱싱한 눈치와 민물게를 지지고 회쳐 밤새는 줄 모르고 입질을 해 가며 이들 일가의 틈바구니에 귀를 기울였다.

불돌이란 화개 장터 사람들이 붙여 준 별칭이었다. 이 별칭이 붙은 것은 그가 갓 스물이 되던 해의 일이라 한다. 불돌 노인의 본이름은 서문동(徐文東)이며 스무 살 때까지는 이 이름으로 불려졌다. 호랑이 가죽을 쓰고 장터 마당에 나타났을 때부터 불돌이란 이름으로 바뀌어졌다. 방망이, 홍두깨, 떡쌀, 주걱을 만들어 장판에 내다파는 것으로 생업을 삼았다.

불돌 노인은 그날도 지리산 속에 들어가 박달나무를 베어다 바위 굴 속에서 홍두깨를 깎고 있었다. 바위굴 속에는 개차반까지 합해서 삼·일 분의 주먹밥이 저장되어 있었다. 밤에는 굴 밖에 호망(虎網)을 씌웠다. 등그럭불로 밤을 새우며 작업을 계속했다. 교묘하게도 데리고 온 누렁개가 마침, 새끼를 낳느라 끙끙거리는데 호랑이의 습격을 받게 되었다. 호랑이는 굴 밖에 와서 쭈그리고 앉아 으르렁거리며 위협했다. 불돌 노인은 마음을 단단히 벼르며 홍두깨를 깎는 자귀로 맞섰다. 그는 곰곰 생각한 끝에 막 낳아 놓은 강아지 한 마리를 굴 밖으로 던져 보았다. 호랑이는 강아지가 공중에서 떨어지기도 전에 받아 삼켰다. 호랑이는 여섯 마리를 다 받아 먹어도 돌아갈 염을 내지 않았다.

불돌 노인은 마지막 방법으로 눈물을 머금고 자귀를 들어 벌벌 떨고 있는 누렁개를 내리찍었다.

불돌 노인은 자귀로 찍어낸 살덤버지를 다시 굴 밖으로 던졌다.

"옛다 먹어라."

호랑이는 냉큼 받아 삼켰다.

몇 번째 살덤버지를 내던져도 호랑이의 기세는 등등하기만 했다.

불돌 노인도 화가 치밀었다. 제 일의 방어선인 호망이 쳐져 있기는 해도 피맛을 본 호랑이는 호망을 부수고 들이닥칠 가능성이 충분했다. 그때 얼핏 등그럭불 속에서 벌겋게 달아오른 불돌 몇 개를 본 불돌 노인은 자귀로 불돌 한 개를 파내어 굴 밖으로 내던졌다.

"옛다 먹어라."

정말 호랑이는 불돌을 마셨다. 몇 번 공중으로 거대한 몸을 솟구치더니 그대로 나가떨어졌다.

"할아버지, 설마 농담이시겠죠?"

손에 땀을 쥐고 있던 나는 반문하지 않을 수 없었다.

"이 사람아, 내일 당장 장터 사람들한테 물어 보게나."

불돌 노인은 진지한 표정으로 내 어깨를 쳤다. 그 표정이 하도 진지해서 나는 소복을 하고 앉아 술심부름을 거들고 있는 앵화의 얼굴을 살폈다.

앵화도 샐쭉 웃으며,

"네, 맞아요. 아부님은 농담 잘 안 하셔요."

했다. 나는 이날 밤 이 이야기를 들으면서 앵화와도 스스럼없는 사이가 되었다. 그녀는 시댁이 부산인데 작년에 원양어로를 나갔던 남편이 죽어서 친정에 눌러 있다는 것이다.

불돌 노인의 이야기는 더 계속되었다. 그는 다음날, 자귀로 호랑이 가죽을 벗겨 둘러쓴 채로 홍두깨를 주렁주렁 달고 장터 마당으로 들어섰다는 것이다. 그 다음 해에 가서는 구주 탄광, '노가다' 판, 아오모리 형무소 등을 거쳐 비단헝겊으로 '게다' 끈을 만드는 가게를 내어 돈도 상당히 벌었으나 방랑벽으로 다 놓쳤다는 것이다. 광복과 더불어 귀국했으며, 늦장가를 들어 앵화를 낳았다는 것이었다.

나는 실제로 이날 밤에 있었던 이야기를 확인할 겸 아침 커피를 마시러 상록수란 간이다방을 들어갔었는데, 다방 마담도 체증이 풀린 듯 웃어젖히며,

"사실예요."

라고 못박았다. 나는 삐걱거리는 목의자에 걸터앉아서 김동리 선생님이 이곳에 와서 소설 「역마(驛馬)」를 쓰기 시작한 10년 전쯤이나 될까 하고 야릇한 향수에 잠겨 있었다. 그 당시까지 배가 올라다녔었고 소금배가 들어와 이 고장에서 난 홍두깨, 도리깨, 방망이, 솥, 바디집, 채 등을 바꾸어 갔었다고 한다.

도시 문명이 이곳까지 어줍잖게 불어 이 신화의 고향마저 버려 놓았다는 생각이 들자 커피맛이 감기약보다 쓴 것을 느끼고 토악질을 할 것 같은 기분이 들었다.

나는 이 불돌 노인에게서 이런 신비스런 분위기를 항상 느끼고 있었는지 이때부터 아버님으로 부르며 응석을 피웠고 앵화의 어머니도 어머니라고 부르며 따르게 되었다.

불돌 노인의 신화는 또 있었다. 그가 일본으로 건너가기 전 쌍계사(雙溪寺)까지의 시오리 황톳길에 벚꽃을 심고 건너갔다가 해방 후에 돌아와서 보니 장관을 이루었더라는 것이다. 그는 그 공로로

표창도 여러 번 받은 적이 있었다. 쌍계사 십리 벚꽃—이 천하절경을 걸어보지 않은 사람이면 감히 절경의 운치를 말할 수 없으리라. 나는 올봄, 이 벚꽃길을 불돌 노인과 같이 걸으며 낙화를 쓸어 모은 적이 있었다. 붉은 황톳길이 희게 묻히는 봄밤의 정경 속에 불돌 노인은 주먹 같은 눈물을 닦고 있었다. 마음 붙일 길은 이 길뿐이라고, 일본땅 천지를 돌아다녀도 이 길같이 좋은 길이 없더라고, 그래서 어수선한 이 장터 마당을 고향으로 두고 떠나지 못하는 그의 설움 앞에 나는 오히려 몸서리쳐짐을 느꼈다. 앵화라는 딸의 이름도 이십 리 벚꽃길에서 붙여진 이름이란 것을 불돌 노인의 입을 통해 이 날 밤에서야 알았다.

'앵화란 벚꽃이었구나!'

나는 벚꽃을 쓸어 모으며 새삼 놀라지 않을 수 없었다. 칠흑 같은 밤이라도 이 황톳길은 희게 떠서 흔들리며 우리들의 상한 발을 낙화로 덮어주고 있었음도 이 날 밤에서야 알았다.

"몇 년은 벚꽃이 피는 재미로 더 살 것 같군."

불돌 노인은 낙화를 옷섶으로 털어내며 혼잣말처럼 중얼거리고 있었다.

그러던 불돌 노인이 이 겨울에 죽었다는 건 정말 믿어지지 않는 사실이었다.

나는 버스간의 창문으로 무심히 흘러가는 섬진강을 내다보며 불돌 노인이 나에게 처음으로 일러 주던 도모쯔리(은어치기)의 한 장면을 떠올리고 있었다.

"……이놈들은 말야, 명경지수(明鏡之水)와 같은 물 속에서도 제 몸을 비벼야 살아가는 동물이지. 꼭 애정에 굶주린 놈들 같단 말야.

이 습성을 이용한 놈들이 인간들이야. 이번엔 자네가 한번 후려쳐 보게."

나는 불돌 노인의 손끝에서 옮겨 받은 낚시바늘에다 싱싱한 은어 한 마리에 코를 꿰고 꼬리지느러미에는 낚시바늘을 채웠다. 그리고, 물 속을 열심히 휘젓고 돌아다녔다. 맑게 흘러가는 여울물에 낚시줄이 쓸리자 한 마리의 은어가 와서 몸을 부볐다. 기다렸다는 듯이 낚시바늘은 그 은어의 몸뚱아리에 달라붙었다.

"악질적인 취미군요."

나는 이상야릇한 현기증을 느끼면서도 이 도모쯔리에 올 여름은 거반 미쳐 있었다. 특히 이 은어의 맛이란 사근사근하고 입 속에 넣으면 비린내는커녕 사향박하와 같은 향취가 혓바닥을 간질였다. 나는 불돌 노인과 같이 파안대소를 하며 그의 움막에서 술을 들이켜는 것이 한없이 즐거웠다.

'그러던 불돌 노인이 가시다니⋯⋯.'

나는 장터 마당에서 버스를 내려 앵화의 움막집을 성큼 들어섰다. 나는 비로서 앵화의 말을 듣고서야 그 사인(死因)을 깨달을 수 있었다.

보름 전부터 십 리 벚꽃길을 불도저가 떼지어 밀려와서 밀기 시작했다는 것이었다. 쌍계사 절문까지 시오리 황톳길을 갈아 엎고 벚나무는 뿌리째 뽑혀 넘어졌다는 것이다. 밤새도록 남포 튀는 소리에 불돌 노인은 귀를 막았고 매일 공사장을 좇아가 한판씩 싸움을 걸고 술에 녹초가 되어와서야 잠이 들곤 했다는 것이다. 그런데, 그저께 아침에 깨어 보니 불돌 노인은 피를 쏟아 놓은 채 잠들어 있더라는 것이다.

'세상엔 이런 죽음도 다 있었구나…….'

나는 다시 앵화와 같이 술병을 들고 십리 벚꽃길을 터덜터덜 걸어 올라갔다. 불돌 노인의 산소는 이 황톳길이 내려다보이는 산 중턱에 있었다.

우리는 몇 번이나 불도저가 갈아놓은 흙길을 논둑길로 돌아야 했고 어떤 길목에서는 벚나무 덩치에 걸려 넘어지기도 했다. 검은 콜타르 냄새가 코를 치기 시작했고 마이크에서 녹음으로 흘러나온 염불 소리와 교회당의 쇳소리가 겨울 바람을 타고 흙덩어리들을 공중에다 날리고 있는 것도 보았다.

"앵화, 춥잖아?"

나는 비틀거리며 걸어가는 앵화의 어깨를 감싸안으며 코트를 벗어 덮어 주었다. 앵화는 그때서야 흐느끼며 나의 가슴팍에다 얼굴을 파묻었다.

"이제 너도 여기를 떠나야 할 거야."

나는 속삭이며 앵화의 귀뺨에다 뜨거운 호흡을 날렸다. 그리고 앵화의 어깨 너머로 뻗쳐나간 길을 보았다. 그것은 황톳길이 아니라 검은 길이었으며, 고향으로 가는 길이 아니라 몇 개의 도시로 뻗쳐 있는 순환도로와 같은 길이었다. 그 길의 끄트머리에 불돌 노인은 서 있었다. 대낮인데도 어두운 산 속에서 내려오는지 등불을 켜들고 비틀거리며 술통 하나를 굴리며 오고 있었다. 온몸은 주렁주렁 박달나무 방망이 투성이였다.

나는 다시 앵화의 등을 힘있게 끌어안았다.

폭풍 속에서

한 달 동안을 무인도에 갇혀 있었던 때가 있었다.

그때, 나는 자연과 대결하는 인간의 싸움에서 비장미(悲壯美)가 어떻게 탄생되는가를 알 수 있었다. 바다에는 어지럽게 갈매기가 날고 끝없는 대양의 저편에선 쉴새없이 구름장이 날았다.

구름장의 한 끝이 검게 젖어 있는 것으로 보아 그것은 거의 폭풍이 확실시되었으며, 폭풍은 이제 지척에 있다는 것도 직감할 수 있었다. 그것들은 북쪽 끝으로 머리를 두고 오늘 밤은 어디에서 소란을 피울 것인가 수군거리기라도 하듯이 쉴새없이 날았다.

갈매기들이 그 폭풍을 부르기라도 하듯이 낮게 떠서 끼룩이고 그 소리들은 바다 속에서 솟아오르듯 시끄럽게 해면을 흘러왔다. 나는 바닷가에서 지난 5년을, 그것도 나의 청춘의 가장 중요한 시기를 다 바쳤으므로 후박나무 잎새의 간들거림이나 바람 끝의 촉감으로서도 하루의 날씨를 짐작할 수 있었다. 아침에 안개가 끼면 비가 오지 않음, 저녁 노을이 수평선에 타오르면 내일의 날씨는 맑음, 갈매기들이 울면 날이 흐려질 조짐임. 햇빛이 멀쩡한 날에 흰뉘가 슬쩍 꼬리만 비쳐도 바람이 분다는 이런 예견까지도 빗나가지 않고 대개는 적

중했다. 뿐만 아니라, 물결의 흔들림새나 맑기로도 지금 어디에서
폭풍이나 비가 오고 있다는 막연한 예감까지도 몸에 익히고 있었다.
이 날은 쉴새없이 낮게 뜬 구름장이 날고 있으므로

"저건 폭풍이다."

라고 확증지을 수 있었다. 폭풍이 온다는 새로운 사실 앞에서 나는
혼자란 걸 문득 깨달았고 갑자기 바다가 공포로 떠서 흔들림을 알았
다. 그리고 무엇보다 싫은 것은 이 무인도에서만 볼 수 있는 몸 전체
가 검은 갈매기떼의 지껄임이었다. 오십 리 밖에 떨어져 있는 본섬
의 아이들이 부르는 대로 나도 그것들을 물까마귀라고 부르고 있었
다. 물까마귀떼의 날굿이는 지독했다. 쉴새없이 지껄여대고 황혼이
될 때 그것들은 목이 쉬어라 절정의 고비에 달했다. 몸이 오슬오슬
떨리고 폭풍에 대비해야 한다는 나의 계획들마저 꾸정커리고 있었
다. 나는 닭털낚시를 물결에 던져 끌어당기는 작업을 계속하면서 머
리 속에 계획을 짜나갔다.

첫 번째 머리 속을 스치고 간 것은 인부 넷이서 끌어올려야 하는
조각배였다. 그것은 작업선이며 벼랑 아래에 떠서 흔들리고 있었
다. 주인은 이 무인도의 채취권을 허가받은 이 섬의 임시 주인이었
으며, 일주일 동안에 작업을 했던 미역이나 우뭇가사리, 톳, 말 등
을 인부들과 함께 발동선에 옮겨 싣고 오십 리 밖의 본섬으로 돌아
가 버렸다.

떠날 때,

"내일 모레까지는 돌아오리다. 선상님께는 미안허지만서두 초사
리 물은 시세가 좋았을 때 넘겨야 되어라우. 손수 끓여잡숫구레. 꼭
이틀이면 됩니다요. 선상님이 구지 사서 허는 고상이니…… 저두 미

안허지만서두……."

그는 몇 번이나 머리를 굽신거리며 미역 따는 인부들을 미역더미 위에 싣고 떠났다. 나는 화장부 한 명이라도 남겨 두고 떠나라고 하고 싶었지만, 그 말은 차마 입 밖에 내지 못했다. 화장부는 화장부대로 집을 오랫동안 비워 놓고 있었기 때문에 가고 싶어할 것은 뻔한 노릇이기 때문이다.

"이틀만 참자. ……어쩌면 농어떼와 멍치떼가 떼로 올지도 모른다."

잔뜩 낚시에, 그것도 5년 동안이나 미쳐 있었기 때문에 움막 속에서 이틀 밤새기란 오히려 멋있는 일이라고까지 여겨졌었다.

'옳지. 저 채취선은 닻줄을 풀어 너럭바위 쪽으로 옮겨 매면 파도에 밀려 평평한 대륙으로 올라올지도 모른다.'

나는 막연하면서도 최상의 상책이라 여겨지는 생각을 하고 있었다. 그 순간이었다. 덜컥 낚시줄이 쏠리면서 나는 바다로 기우뚱 헛발을 디딜 뻔했다. 촉감으로도 농어떼였다. 농어떼와의 싸움이 시작된다는 흥분을 느끼며 나의 눈에서는 살기가 돌았다. 농어떼는 무진장이었다. 이놈은 떼를 지어 다니는 습성이 있는 고기라서 한 마리가 걸리면 계속 30~40마리는 진배나 다름이 없었다. 또 이놈은 항상 멸치떼를 몰고 다니기 때문에 해안 내륙에까지 쫓겨 올라 어떤 때에는 몇 다래끼씩 멸치떼를 노획하는 수도 있었다. 멸치떼는 그만두고라도 이놈 한 마리와 싸움을 거는 데만도 3~5분간의 싸움이 계속되기 때문에 나는 많은 시간을 허비해야 했다. 거뜬히 서너 뭇은 실히 낚아챘다. 이 무인도에 와서 일주일째 처음 만나는 횡재였다.

나는 그 싱싱하고 물비린내가 오장을 들쑤시는 농어떼를 몇 차례

에 걸쳐 움막으로 다 옮겼고 부엌에서 칼질을 시작했다. 석유 곤로
에선 밥이 끓고 초간장을 만들어 밥이 끓기도 전에 농어회에 맛을
들이고 있었다.

　이때였다. 우르릉 쾅 하는 소리가 몇 번 들리더니 주위가 어둠 속
에 몰렸다.

　파도가 벼랑을 물어뜯는 소리가 아니라 뇌성벽력이었다. 몇 번째
번개가 바다에 불칼을 긋고 있었다. 새까만 소낙비가 끝없이 파도를
몰고 왔다. 폭풍은 진작부터 와 있었는지도 모른다. 배다! 배다! 벼
랑으로 내리뛰었다.

　늦어 있었다. 배가 엎어질 듯이 용두질을 하고 이물을 벼랑에다
들이받고 있었다. 이물은 고무바킹을 씌워 놔서 들이받아도 깨어질
염려는 없었지만 벼랑 위의 송곳바위에 묶여진 로프는 심한 마찰을
일으키고 있었다. 나는 순간적으로 몇 발쯤 남겨진 줄을 산중턱 바
위까지 끌고 올라가 기둥바위에다 단단히 비끌어 맸다. 그리고 마찰
에 견뎌내지 못할 것 같은 로프를 송곳바위에서 다시 풀어 주었다.
로프가 늘어진 배는 지그재그로 물결을 타고 요동쳤다. 다시 기둥바
위로 뛰어가 로프를 풀어진 것만큼 더 돌려매고 배의 이물이 똑바로
벼랑을 타도록 팽팽히 끌어냈다. 배의 고물에 매어진 닻줄이 수직으
로 서서 배는 견딜 만했다.

　싸움은 지금부터다! 날은 어두워져 있었다. 어둡다는 생각에 움
막을 향해 뛰었다. 수중용 전지를 찾아들고 왔다.

　기둥바위에서 마찰이 일고 있었다. 이런! 이런! 당황해서 소리를
퍼지르며 두 손으로 바다로 뻗쳐나간 로프를 감아 쥐었다. 마찰은
가라앉았다. 나는 그때서야 내가 소낙비와 폭풍 속에 있다는 사실을

느꼈다. 여름 옷을 걸친 몸은 추워왔고 한기가 돌았다. 우비! 그러나 우비를 입으러 가다가는 배를 놓친다. 이 신념만은 확실했다. 전지는 안전하게 켜 있어 배를 비추고 해일이 송곳바위까지 순식간에 핥고 있었다.

'제발 주인이 올 때까지 이 밤만 무사해 다오!'

로프를 감아쥐며 '주인이 올 때까지'를 연발하고 있었다. 황혼에 본 물까마귀떼의 지껄임보다 나의 목은 더 쉬어 있었다. 로프는 내 두 주먹 속에서 빠져나갈 듯이 아파오다 못해 피가 괴는 듯했다. 온몸은 로프에 끌리면서 몇 번씩 모로 쓰러졌다가 일어섰다. 나는 검은 바람과 소낙비에 눈을 뜰 수가 없었다. 이보다 세차고 무서운 폭음을 어디서도 들어 본 적이 없었다. 우르릉 쾅 큰 파도가 짓부수면 다음 파도가 짓부순다. 벼랑에서 튄 파도들이 길길이 뛰어 산중턱까지 치몰렸다. 나는 수없는 물보라를 뒤집어썼다. 기둥바위 뒤에 숨어서 이 마찰을 어떻게 피할 것인가에 대하여 생각했다. 손은 피가 흐르고 있었다. 그것은 전지 불빛에 엉겨 덩어리진 것처럼 보였다. 비는 멎어 있었다. 그렇다 해도 폭풍은 쉬 빠져나갈 것같이 보이지 않았다. 폭풍 냄새! 그건 시궁 냄새와도 같이 코를 찔러 구역질을 느끼게 했다. 누가 무더운 여름밤에 이 폭풍 냄새를 맡아본 적이 있는가? 그것은 습습하고 차갑지도 않은 그런 뼈를 태우는 냄새였다. 나는 폭풍이 냄새가 난다는 것도 그때 처음 알았다. 나는 다시 피묻은 손을 옷깃에 문질렀다. 나는 웃옷을 벗어 쥐였다. 그리고 팬티만 남기고 바지도 벗었다. 웃옷과 바지를 걸레처럼 펴서 마찰부분에 끼웠다. 몇 시간은 견디겠지! 이건 참 희한한 생각이었다. 생각이기보다는 영감이었다. 그것을 엎고 뒤집고 뭉치면서 한 시간 이상을 좋게 견디어 낸 것 같았다. 이제 나는 자신감을 얻었으며 이 배를 지켜 낼 수 있다는 확신이 왔다. 그리고, 폭풍이 그 끝을 죽인다는 예감이 들자 여태 싸워보지 못했던 어떤 새로운 전율이 온몸을 끓게 했다.

'싸워라!' 이 싸우는 일이야말로 아름답다. 그리스 신화가 왜 아름다워 보이는가? 싸움의 패턴이 제시되어 있기 때문이다. 이 싸움에서 오는 희열이란 꽃을 보는 감상미와는 다르다. 그것은 행동에서 오는 비장미다. 그렇다. 나는 지금 이 비장미를 만끽하고 있는 것이다. 반항하므로 존재한다. 나는 이 말의 뜻을 알 것 같았다. 그것은 싸움이다. 휴머니티를 극(極)으로 하는 싸움이다. 행동이 없는 싸움! 그것은 신경전일 수밖에 없다. 싸움 중에서도 가장 치사한 싸움이다. 대체로 이 싸움은 시간이 오래 걸리고 갖은 음모와 모략과 욕설이 따른다. 남성보다는 여성에게 어린애보다는 어른에게 많다. 그래서 여성의 싸움은 치사하고 어른들의 싸움은 구역질난다. 정면을 치는 싸움이 아니라 뒤통수를 치는 싸움, 이것은 교활하기 이를 데 없다. 그래서 고대전(古代戰)은 아름답게 보이고 현대전은 더럽게 보인다. 무엇이 부족하기 때문일까? 그것은 비장미가 없기 때문이다. 연탄 한 장을 빼내기 위하여, 아파트 한 칸을 따내기 위하여 싸우는 싸움을 비장미라고 표현하지 말자! 나는 다시 로프를 움켜잡으며 외쳐댔다. 이것은 결코 질컥거리고 신경질적인 싸움이 아니다. 인간이 인간의 뒤통수를 쳐야 사는 싸움이 아니다. 거기에선 절대로 비장미가 있을 수 없으며, 그것은 끝없는 패배의 싸움이다. 결코 거기에선 위대한 신화가 생긴다고 말하지 말라! 이 세계는 아니 문명은 '꽝'이 아니라 '쿨쩍쿨쩍'으로 끝난다. 엘리어트는 「황무지」에서 이것을 갈파했다. 노아의 홍수로 망했으니 불로 망한다고 재빠른 설교자들은 말하지만 그건 틀렸다. 절대로 쾅이 아니라 쿨쩍쿨쩍이다. 나는 지금까지 쾅이 아니라 쿨쩍쿨쩍으로 싸워왔다. 비장미가 없는 그런 패배에 거는 싸움, 승리에 목적이 있는 싸움이 아니라 패배에 목적이 있는 싸움, 때문에 현대의 삶보다는 고대의 삶이 신성해 보였던가! 고대의 삶은 인간과 인간의 싸움이 아닌 자연신에 대한 싸움이었으니까! 싸움 만세! 나는 다시 손에서 흐르는 피를 닦았다. 로프의 저항이 많이 죽어 있었다. 나는 다시 이제까지 싸워왔던 싸움의 종류와 대상을 선별하여 그것이 어떤 의미가 있는가를 따져 보았다. 뚱뚱하고 배가 튀어나온 사람 앞에 서면 내가 먼저 굴욕감을 느끼게 되고 내 피가 하늘로 달아나는 현기증을 느끼게 되는 증상이라든가, 빼빼 마른 사람 앞에 서면 쥐었던 주먹이 스르르 풀리고 내가 부쩍부쩍 살이 찌는 느낌이 드는 포만증이라든지, 살이 찐 여성 앞에서 말을 더듬는 버릇이 있는 증상이라든지 빼빼 마른 여성 앞에선 마음의 여유가 있고 섹스를 감상하게 되는 그런 버릇까지를 따져 보았다.

대개 여성의 경우 그것은 다시 코로 압축되고 코가 길고 뾰족하면 절대로 살이 찌는 일이 없다는 고정관념 아래, 나는 하룻밤내 그 코를 물어뜯고 섹스를 개관하고 싶은 말초신경이라든지. 코가 납작하고 빈약한 여자를 볼 때면,

"저건 무덤이군."

하는 지껄임까지도 떠올랐다. 드골의 코? 리즈의 코? 그래 나는 한때 미쳐 있었지. 리즈가 클레오파트라로 변장하고 나왔을 때 나는 혼자 속삭였어. 코와 코가 만나는군! 코와 싸우는 이 비장미! 지금 내가 잡고 있는 이 로프의 감촉. 이 폭풍의 감도, 이 짜릿짜릿한 맛!

연탄 한 장을 사기 위한 싸움, 그건 싸움의 인식이 잘못된 거야! 시시하군. 정말 시시하군. 이제 알고 보니 친구들 중 이 비장미를 벌써부터 감득한 놈은 선방으로 달아났어. 이제 알겠군! 그놈들이 얼마나 약삭빠른 놈들이었다는 것을! 시간에 대한 도전, 공간에 대한 도전, 시공이 무너진 자리에 자신을 세워 두기로 한 처절한 싸움을 이제야 알 만하군! 내가 커피잔을 놓고 타시락거리는 동안 그놈들의 선방은 피로 얼룩졌을 거야. 말이란 깔따구 같은 것들을 그놈들은 봉활로 휘젓고 있겠지. 그놈들은 비장미의 천재들이야. 어쩌면 선방에서 손바닥에 피를 바르고 발랑 넘어져 있을지도 몰라. 그런데 난 뭐야? 연탄 한 장, 아파트 한 칸을 따내기 위해 비겁한 싸움을 했어. 그것도 싸움이라고 말할 수 있어? 시시하군! 참 시시해! 나는 로프를 잡은 채 처절하게 울부짖었다. 허망한 늪처럼 파도는 으르렁거리고 몇 번째의 해일이 발가벗은 온몸의 살갗을 얼음으로 만드는 듯했다. 이 폭풍 냄새가 아니면, 나는 벌써 죽었겠지? 아니 절대로 죽지 않아!

나는 이 추움과 낯설음 그리고 공포증을 잊으려고 어부들이 만들어 낸 끝없는 신화를 생각하고 있었다…….

……제일 두려운 건 잠이었어요. 동지나해 한복판에서 드럼통 세 개를 밧줄로 묶고 우리는 48시간을 떠 있었어요. 그런데 무서운 건 잠이었어요. 육신이 지치고 정신이 지치면 절로 눈이 감겨져요. 그 때는 한동안 물! 물!을 정신없이 찾다가 갑자기 자기집 안방에 편안히 누워 있는 기분이지요. 집 식구들 이름을 불러요. 그러고는 나가 떨어져요. 옆 사람이 뺨을 때리고 물어뜯으면서 그 잠을 쫓아야 합

니다. 그 왜 보트 피플(Boat-people)인가 하는 이야기 들어 보셨지요. 잠이 들면 누군가 와서 팔뚝을 물어 뜯고 피를 빠는, 그래서 미국 이민성에서는 피를 빨아 조갈증을 풀고 이에 모의했던 자들을 Ⅰ급 범죄자로 재판하여 다시 바다로 떠돌게 하는 이야기 말입니다. 그래서 잠은 죽음의 초입(初入)이나 가사지대(假死地帶)와 같은 것입니다.…… 나는 그 어부의 생생한 얼굴에서 눈을 떴다.

폭풍은 이제 그 끝을 죽이면서 빠져나갔다. 실로 네 시간은 좋게 쿵쾅거린 것 같다. 네 시간의 싸움 속에서 나는 자신을 되찾고 있었다. 나는 마찰이 이 정도에서는 괜찮겠다 싶어 움막으로 뛰어와 인부들의 물옷을 있는 대로 말아다 로프를 감았다. 폭풍은 밤중이 되어서야 가라앉았다. 그 뒤끝은 검은 냄새와는 달리 이상하리만큼 깨끗했다.

'잘 견디었구나!'

나는 다시 로프를 확인하고 그것이 안정권에 들어 있자 움막으로 돌아와 피로한 몸을 던졌다. 그리고는 정신없이 떨어졌다.

아침에 눈을 떴을 때 기분 좋은 햇살이 동쪽 창문을 비추고 있었다. 나는 부엌문을 밀고 나갔다. 그리고 코를 미는 아픔을 느꼈다. 간밤의 지독한 검은 폭풍 냄새가 농어떼와 함께 거기에 죽어 있었다.

장의사 목공 실습

나는 어느 잡지사의 어두운 편집실에서 한 여자 시인을 만난 적이 있다. 마침 편집실의 데스크에는 어느 문필가의 수필집이 놓여 있었다. 제목은 『새』였다. 창 밖으로 던지면 그냥 날아갈 듯한 새, 훨훨 날아갈 듯한 새, 그런 새가 거기에 그냥 놓여 있었다. 여류 시인은 대뜸 집어들더니,

"어머머, 이건 내가 가장 사랑하는 말인데."

쫑알거리고는 책을 가슴에다 꼬옥 끌어안았다. 그리고 '새'라는 발음을 할 때 자세히 보니까 입 모습이 꼭 나는 새의 모습이었다. 오냐, 너는 죽어서 '새'가 되어라.

장의사 목공실 창문 밖으로는 하루내내 눈이 지나고 있었다. 나는 1밀리미터씩의 죽음을 자질하며 널빤지에 죽음의 눈금을 새겨갔다. 그리고, 널빤지에 박힌 죽음보다 더 튼튼한 옹이를 자귀로 파내고 샌드 페이퍼(sand paper)로 문질러댔다. 될수록 죽음이 많이 닳아서 반짝반짝 윤이 나도록, 그리고 옹이가 패인 자국을 정직한 죽음이 새나가지 않도록 열심히 아교풀로 문질러댔다.

"숙련공이 되기란 그렇게 수월한 일인가?"

장의사 박영감이 어깨 너머로 그걸 보면서 껄걸 웃고 있었다. 숙련공이 되다니, 그 말 속에서 나는 떨떠름한 뒷맛을 감출 수가 없었다. 댓자 여섯 치, 한 사람의 등짝이 눕기에 알맞은 좁은 공간에 먹통을 들고 반듯한 먹줄을 퉁겨 나갔다. 나는 다시 몇 개의 널빤지들이 넘어진 그 널빤지들에 하나하나 검정칠을 해 가면서 박영감의 숨은 비법을 캐고 있었다.

나는 언제나 숙련공이 될 것인가? 그 비법은? 언제라도 검은 색칠을 한 널빤지들은 비좁기 때문에 저희들끼리 맞닿아 삐걱삐걱 소리를 낸다. 그건 죽음의 소리다. 툭툭 어깨를 치고 걸어다니거나 해서 죽음들이 생기에 꽉 차는 듯한 기분이 든다. 죽음들이 생기에 꽉 차다니, 이건 또 무슨 저주받을 소리인가.

"그럼 그렇지, 죽음들이 생기에 꽉 차 있지 않고……."

이건 예년에 없이 호경기를 맞으면서 금년 여름부터 박영감이 새로 만들어낸 철학 용어다. 나도 이 목공실에 오면서부터 그 소리를 듣고는 처음에 몇 번씩 반복을 하고서야 터득한 말이다.

"금년 겨울은 이리시 하나가 폭발하면서 그건 죽음이 꽉 찬 도시야. 죽음의 폭발이지."

그는 이렇게 표현했다.

'죽음이 꽉 찬' 이란 말에는 별로 새로울 것도 없다는 듯이 '폭발'에 강한 액센트를 넣고 있었다. 내 귀에는 이 '폭발' 이란 단어가 '폭팔' 로 들렸다. 그럼으로 해서 그건 죽어 있는 불꽃이 아니라, 살아 있는 불꽃으로 더욱 강한 이미지가 중첩되었다.

박영감은 그 날 하루내 이상한 흥분에 사로잡혀 검은 관들이 꽉 찬 벽에 고양이처럼 붙어서 그래프를 그리고 있었다. 1970년도부터 1977년도 여름까지의 매달 죽어가는, 사장되는 서울 인구에 관한 통계 그래프였다. 그는 하루내 폭발이란 어감에 힘을 주며 검은 매직으로 그래프를 달아 내리고 있었다. 그 그래프가 지시한 것을 보면, 바람이 부는 날 화장터의 굴뚝에서 오른 검은 연기들이 뿜아내는 완만한 곡선이 아니라 바람이 없는 날 기세좋게 오르는 수직에 가까울 만큼 빠른 직선이었다. 1970년도엔 0.9%이었던 것이 1977년도 여름에는 2.9%의 상승률을 보이고 있었다. 1978년도엔 3%의 상승률은 무난할 것이었다. 8백만의 3%, 그것은 실로 무서운 숫자라는 데 나는 몸을 떨었다. 박영감이 예시한 대로 폭발은 시간문제일지도 모른다. 폭발은 보류한다 하더라도 2천년대에는 65%의 상승률까지 올라간다는 이론이 성립되고 있었다. 박영감은 다시 확인이라도 하듯이,

"칠삼은 이십 일……."

하더니 이십일만 명이 확실하겠느냐고 먹줄을 퉁겨 보란다. 나는 다시 대답했다. 이십일만 명이 맞는 것도 같고 이만일천 명이 맞는 것도 같다고 했다. 박영감은 벽의자에서 성큼 내려서며,

"이놈아 동그라미 하나 치는 것도 계산 못해!"

꽥 소리를 질렀다. 그는 다시 윽박질렀다.

"서울 시내 장의사가 몇 군데나 되지?"

나는 주워들은 대로,

"이백여 군데 조금……."

하고 말했다. 박영감은 다시,

"이십일만을 이백으로 나누면 얼마지?"

했다.

"그건 천 아네요?"

했다. 그러고 보니, 장의사 하나 앞에 할당되는 죽음의 몫은 천개란 결론이 나왔다. 돈으로 환산하면 어림잡아도 오백만 원 꼴이 되었다. 박영감은 다시,

"거참 이상하단 말야…… 내가 저승으로 보낸 친구들만 해도 금년에 이천 개는 넘었었는데 말야……."

그는 고개를 갸웃했다. 내가 다시 무슨 뜻인지 몰라 주저주저하고 있는데, 그는 무릎을 탁 치며 "맞았어, 맞았어"를 연발했다. 내가 다시 무슨 뜻이냐고 눈을 흘겨보자 박영감은,

"폭발이야, 이 지대는 공장지대거든."

그는 단호하게 그리고 자신있게 말했다. 아닌게아니라 금년 겨울까지 몇 군데의 공장에서 부분적으로 폭발이 있었거나 집단 사고가 있었던 것은 나도 쉽게 기억해 낼 수 있었다. 나는 가슴이 섬뜩해져서 재빨리 창을 넘어다보았다. 창을 새까맣게 기어오르는 굴뚝의 연기들이 기진맥진이었다. 내 낌새를 짐작한 듯이 박영감은,

"누가 아나? 오늘밤 새고 나면 돈방석에 올라앉을지도……."

그는 그 가능성에 대하여 살고 있는 사람처럼 히물히물 웃었다.

"그런데 말야, 요즘은 아주 고약한 버릇이 붙어 있거든, 탈이야 탈."

그는 고약하단 말에 강하게 액센트를 넣고 있었다.

"대중들의 근성이란 그래서 탈이거든."

그는 이번에는 탈이란 말에 액센트를 옮기며 뜸을 들였다.

"고약한 버릇이라뇨?"

나는 다시 묻지 않을 수가 없었다.

"내 말은 옛적부터 우리 조상에겐 고름장은 있어도 수장이나 풍장을 하는 버릇은 없었다 이말이야."

그는 버럭 화를 내었다.

"화…… 장터까지 가는 버릇은 좋다 이말이야, 그런데 뼛가루를 넓짝에다 하지 않고 비닐 봉지나 와이셔츠 곽에다 받아다 뿌리고 흘린단 말야. 고약한 버릇이잖고!"

"그거야 얼마나 경제적인데 그래요?"

나는 경제적이란 말에 뜸을 들였다.

"예끼놈! 너 애비 죽으면 그럴 거냐? 천벌을 받을 놈."

박영감은 정말 부들부들 몸을 떨며 화를 내고 있었다. 나는 서너 발치 물러 앉으며,

"그거야 그런 근성을 싹 뜯어고치면 될 게 아니겠어요."

슬슬 너스레를 떨었다.

"뜯어 고쳐? 무슨 재주로?"

"대중은 영리한 데도 있지만 멍청한 데도 있다구요. 그러니까 그 멍청한 데를 물고 늘어지면……."

"물고 늘어져?"

"예. 인정사정 볼 것 없이 물고 늘어지는 기라요. 서울시내 텔리비전이라고 생긴 것은 싹 동원해서 뼛가루를 흘리고 다니는 건 조상 모독죄다. 인간 모독죄다. 미풍양속이 어떻고……."

나는 무심코 이 말을 지껄이다가 정말 놀랄 만큼 희한한 아이디어가 떠오른 것이다.

"……학자들을 동원해서 충효사상 같은 것도 떠벌리게 하고, CM

을 통해서 댓자 여섯 치 팔 푼짜리 오동나무 관은 가벼워서 실용적
이며 어쩌고 떠벌려서, 공해다, 오염이다 하는 환경 위생을 80년대
에는 정신 위생에도 초점을 맞추는 기라요. 한강이나 북악산에서 뼛
가루를 날리는 것은 정신 위생 오염죄로…… 그러니 제발 땅은 없어
진장은 못해도 건장(乾葬)으로 그 뼛가루만 여섯 치 팔 푼짜리 관에
다 정중히 모셔서 어쩌고 하면서, 김윤경이나 누구 하나 쏙 빠진 걸
로 발가벗겨서 바가지 들리고 뼛가루 날리는 귀신으로 대중 앞에 내
세우는 기라요…….”

“속을까, 그 약아빠진 것들이?”

“속잖고요. 저그들도 아무리 약아빠져도 죽음 앞에선 앞발 뒷발
싹 드는 기라요.”

“그럴 듯한데…… 천상 우리 협회를 통할 수밖에 없겠지?”

“아, 그렇다니까요.”

나는 제물에 흐물흐물 주저앉고 말았다.

박영감은 거 희한하다는 듯이 큰 기침을 두어 번 뱉고는 드르륵
문을 밀고 나갔다. 그 틈새로 진눈깨비가 한아름 밀려 들어왔다. 그
때였다. 따르릉 전화벨이 울렸다. 대뜸 한다는 소리가,

“화장텁니까?”

였다. 나는 하마터면 화장터라고 할 뻔했다.

“그 비슷한 데요.”

라고 곧 수정했다.

“찰깍.”

저쪽에서 전화 끊는 소리가 길게 무덤 속으로 이어지는 듯했다.

“빌어먹을, 이렇게 눈이 오고 멋있는 날 화장터를 찾을 거란 또

뭐람?"

투덜거리며 짜다 둔 관에 꽝꽝 못을 쳤다. 그것은 매일 우울하고 따분하게 한 삽씩 죽음을 퍼나르는 내 자신의 모습에 대한 불평이었다. 내 자신도 어떻게 좀 폭발해 버려라. 이리시 하나가 폭발하고도 세상은 끄떡없는데 제기랄 제기랄…… 나는 따분해서 망치를 팽개치고 무심코 창 밖으로 눈을 돌렸다. 뜻밖에도 거기엔 흰 눈사람이 서서 창 안을 넘어다보고 있었다.

"저런, 저런, 눈동자가 살아 움직이네……."

나는 당황해서 소리를 질렀다. 그는 온몸이 흰 눈투성이였다.

거기 그렇게 서 있었던 것으로 보아 어깨도 흰 눈으로 굳어 있었다. 그녀는 스카프를 벗어 젖히며 오래도록 당신을 지켜 보았노란 듯이 드르륵 창문을 밀고 들어섰다.

"안녕하세요."

미소를 짓는 그녀의 입술에서도 목덜미에서도 눈사태가 일어났다.

"저는 당신을 알고 있거든요. 저의 이름은 설희예요."

"설희, 설희라…… 그래, 어디서 많이 듣던 이름인데……."

나는 머뭇거렸다. 그러나 생각이 나지 않았다. 내 머릿속은 흰 눈으로만 가득 찼다. 북극에서 온 흰 눈사람.

"눈 설 자 빛날 희 자이지요?"

그녀는 고개를 끄덕거렸다.

"일을 계속하시지 그래요."

일을 방해해서 사과라도 하듯 그녀는 상냥하게 말했다.

"용건은?"

내가 간단히 따졌다.

"없어요."

그녀도 단호히 말했다.

"눈을 피하려고?"

그녀는 그냥 고개를 저으며 부정했다.

용건도 없다, 눈을 피한 것도 아니다. 그렇다면 이 여자의 정체는 무엇인가?

나는 쩔쩔 끓는 난로 앞에 나무의자를 권할 수밖에 없었다. 그녀는 앉았다. 나도 나무의자를 타고 앉았다.

"그냥 선생님이 일하는 것만 보면 행복해요."

아무리 추근거려도 시종일관 그녀의 입에서 쏟아진 말은 이것뿐이었다. 그럴 수가 있느냐고 나는 몇 번 추근거리다가 정말 화가 났다. 나는 망치를 찾아 들었다. 망치에는 힘이 가 있었다. 작은 소리로 쳐도 될 못을 꽝꽝 쳐댔다. 여섯 치 팔 푼짜리 관치고는 죽음의 소리가 너무나 컸다. 세상에 이런 여자는 나로선 처음이었다. 남의 관을 짜는 일을 보러 기웃거리고 다니는 여자가 있다니…… 이렇게 눈이 오는 날에 낭만인가. 죽음에 대한 여유와 멋 그런 것인가. 행복하다니…….

"낭만인가요?"

꽝 하고 망치 소리가 울렸다.

"그 반대예요."

그리고는 입을 다물었다. 반대라, 반대라…… 나는 착잡한 심경에 젖지 않을 수가 없었다. 그러면 죽기라도 하겠단 말인가? 뭔가? 아니면 저승에서 날아온 새란 말인가? 저승새? 나는 차마 이 말을 묻지 못했다. 아무래도 검고 어두운 까마귀 같은 저승새란 기분이 도무지 들지 않았기 때문이다. 오히려 그 반대였다. 해가 꼬박 져서야 그녀는 돌아갔다. 눈은 멎지 않을 기세였다. 멎기는커녕 눈은 폭설로 변해 있었다. 그것이 어둠 때문에 그렇게 보였는지 모르지만 어쨌든 근래 없는 폭설이었다.

"또 봐요."

그녀는 단서라곤 이것밖에 남기지 않고 그냥 그대로 돌아갔다. 시를 쓰는 여자? 소설을 쓰는 여자? 화가를 지망하는 여대생? 별 희한한 생각들이 머릿속을 먹칠하고 있었다. 그것은 이따금 목공소에 쌓아둔 관을 보고 내가 언제 죽을 것 같다는 그런 예감보다도 더 짐작하기 어려웠다. 그녀가 눈을 밟고 온 것은 다음 날 오전 열한 시 경쯤이었다. 이번엔 심히 불쾌감까지 들었다. 그녀는 책보자기에 싸온 것을 풀며,

"어제는 실례가 많았어요."

상냥하게 웃었다.

"저 웃음이 사람 잡는다니까."

내가 투덜거렸다. 순간, 그녀의 웃음이 싹 가신 채 가지고 온 물건을 목의자에다 올려 놓고,

"어제 짠 관에다 이걸 좀 붙여 주세요." 그리고는 봉투 하나를 내놓고는 그것으로 그만이었다. 그 물건은 각판이었다. 문패보다 조금 큰 검은 각판에는 흰 목련송이가 피어 있었다. 그녀는 거기에다 눈물 한방울을 떨구었다.

그것은 얼음보다 차갑게 꽃잎을 타고 흘렀다.

"집안에 누구 죽은 사람 있나요?"

문을 밀고 뛰어가는 그녀의 어깨에다 대고 소리쳤다. 봉투 속에는 엄청나게 많은 돈이 들어 있었다. 관을 열 개쯤 팔아야 충당할 수 있는 그런 돈이었다.

　"제기랄, 오늘은 또 누구 하나가 폭발하는군."

　그 누구는 그 여자의 누구인가? 나는 여태 그런 여자를 본 일이 없기 때문에 다소 비감에 젖어 있었다.

　이 추운 겨울에 활짝 핀 목련 위에 떨어진 한방울의 눈물. 대체 그것의 의미는 무엇일까? 그 투명하고 맑은 색깔을 지우듯이 창문을 가린 굴뚝에선 검은 연기들이 어지럽게 날았다.

　나는 다시 긴장하지 않을 수 없었다. 여섯 치 팔 푼의 검은 관에 마치 내 자신의 죽음을 바라기라도 하듯이 흰 목련의 각판을 붙였다. 이 좋은 죽음 하나는 어쩌면 예상보다 더 빨리 올지도 모른다. 어쩌면 이 시각일지도 몰라! 그런 조바심을 태우며 며칠을 보냈다.

　관의 임자가 나타난 것은 또 며칠 후의 어느 날이었다. 그 며칠 후 그녀의 동생이 관을 찾으러 와서 이런 말을 했다.

　"백혈병 환자였어요."

　충격적이었다. 나는 곧 그녀가 흘리고 간 눈물 한방울이 꽁꽁 얼어붙은 서울 한복판에 떨어져서 우리들의 가슴에다 목련꽃 한 송이를 활짝 벌게 하고 있음을 느꼈다.

겨울 산문

검은 까마귀떼가 들판을 덮는다.

나는 이런 어둑신한 겨울이 좋았다. 먹물처럼 가라앉은 산들, 그 위로는 쉴새없이 떠가는 검은 구름장들, 잎이 진 팽나무들이 폴 끌레(Paul Klee)의 철필처럼 마을을 싸고 하늘에다 윙윙 울음을 쏟아 놓는 그런 겨울이 좋았다. 대낮에도 굴뚝마다 청솔가리 연기가 피어 오르고 그래서 항상 이 마을에선 화장터의 죽음 냄새가 조금씩 들판으로 피어 넘치는 듯했다.

그런 겨울날에 어디서 왔는지 수백 수천 마리도 넘는 갈가마귀떼가 하늘을 뒤덮고 바람을 일으키며 들판을 내려앉을 때는 일시에 온 마을이 술렁거리기 시작했다. 굴뚝마다 피어오르던 연기는 빠른 속도로 들판을 향해 수의처럼 흩어졌고, 갈가마귀떼는 와글와글 귀신 같은 울음을 내리 쏟으며 벌판을 이동했다. 벌판을 이동했다가는 다시 하늘로 떠서 검은 날개가 불규칙적인 율동을 시작했고 어느 한순간에 약속이라도 한 듯 수천 마리의 까마귀떼는 빗각을 지으며 한꺼번에 한 방향으로 내리 솟구치듯 하다가는 다시 방향을 되돌려 위로 떴다. 그때, 그 날개들이 일으키는 바람 소리가 바다에서 예고도 없이 만난 폭풍처럼 요란하게 공중을 흘러갔고, 그 소리는 어찌나 컸던지 초가 집집마다 꽉 닫힌 문풍지들을 바르르 떨게도 했다. 마을 사람들은 헌 누더기들을 뒤집어쓰고 나와서 까마귀떼의 행진을 쳐다보았다. 그건 장엄한 행진이었고 이 세상에서 본 그 어떤 검은 교향악보다 더한 흥분과 긴장이 온몸을 흘러 내렸다. 그 흥분과 긴장 속에는 어두운 겨울 마을의 전설이 악마의 발톱을 갈며 다가선 듯한 착각마저 일게 했다.

검은 까마귀떼와 검은 바람소리—내가 만일 화가가 되었다면 대형 화폭에다 이 소리의 그림을 틀림없이 담아 냈으리라—벌판에서 자란 사람이라면 아마 이 겨울 낮의 악령(惡靈) 같은 새들이 일으키는 바람소리를 가슴 깊이 새겼을 것이다.

공중에 서는 검은 강물—우리는 손에 활을 들고 이 강물을 추적해 갔다. 추적했다기보다 대결했다. 대결하면서 우리의 어린 시절은, 우리들 생애의 태반은, 여기서 이미 끝난 듯했다. 허파에 팽팽하게 차오른 겨울 바람 탓으로 우리들의 뺨은 붉게 상기됐었고 우리들 눈은 알 수 없는 살기로 등등했다. 팽팽한 활줄에다 화살을 먹이며 우리들은 동시에 수십 개의 화살을 공중에다 쏘아 올렸다. 그러나 얼어붙은 겨울 벌판의 흙덩어리 위로 떨어진 것은 겨울새의 심장이 아니라 화살이었다. 우리는 그 시절 우리들의 활에 대해서는 자신을 가지고 있었다. 우리는 집집마다 두 개씩의 활을 두고 살았는데, 우리들의 키를 넘을 만큼 큰 것은 어머니의 활이요, 그보다 작은 청청한 대를 베어다 불에 달궈 반달처럼 정성들여 만든 것은 우리들의 활이었다. 그리고, 어머니들이 안방이나 품앗이 청에서 그 거대한 활을 꺼내 놓고 오묘한 악기의 줄을 누르듯 활줄을 손가락으로 튕길

때마다 눈보다 희고 보드라운 무명솜이 어느새 온 방을 넘치며 한켜 한켜 쌓여가고 있었다. 그 부드러운 햇솜의 감각 속에 우리들의 겨울은 따뜻했으며 그 솜을 뒤집어 쓰고 우리들은 쥐똥나무 열매처럼 한 겨울에도 익어가고 있었다. 그 중의 어떤 솜은 누나들의 시집가는 이불 속으로 그 중의 어떤 솜은 바지나 저고리 속에 스며들어 우리들의 체온을 유지시키는 방한(防寒)의 구실을 했다. 어머니들의 활이 이상한 짐승의 소리를 내며 햇솜을 부풀게 하는 동안, 우리들은 그 두터운 솜바지와 솜저고리를 입고 씩씩한 겨울 병정이 되어 활을 메고 겨울 벌판을 떠나갔다. 우리들의 화살은 견고했으며 밀랍을 먹인 활줄은 절대로 끊어지는 일이 없었다. 겨울바람을 찢으며 어두운 하늘로 날아가는 화살, 그 수많은 화살을 쏘아 올렸으나 누구도 악령과 같은 겨울새의 심장을 떨어뜨리지는 못했다. 이 악령과 같은 새떼들은 좀처럼 벌판을 떠나려 하지 않았고 우리들의 화살을 교묘하게 피해 가며 동쪽 벌판에서 서쪽 벌판으로 또는 남쪽 벌판에서 북쪽 벌판으로 그 검은 강물을 이끌고 다니며 무시로 바람을 일으켰다. 어떤 때는 연 3일씩 추적해 가느라 힘이 빠졌고 벌판에 주저앉아 괴로운 숨소리를 내지르기도 했다. 그래도 우리들은 지칠 줄 몰랐다. 우리들 중 이따금 영악스러운 어떤 병정은 복병전이라는 묘한 대안을 창안해 내기도 했다. 복병전이란 언덕 밑에 쥐새끼들처럼 엎드리고 아득한 벌판 끝으로 밀려난 그 검은 강물이 다시 벌판의 중심을 딛고 올 때까지 기다리는 작전이었다. 이 작전은 때로 적중할 때가 있었고 우리는 그 검은 강물이 다시 벌판의 중심부를 가득 밀고 들어올 때쯤 팽팽하게 활줄을 당겨서 화살을 먹이고 있었다.

우리들의 머리 위로 발끝으로 어지럽게 날아내리는 이 검은 새들의 악령, 이 악령들이 쉴새없이 지껄이는 소리는 우리들의 혼을 빼고 현기증을 일게 했다. 그래도 결코 쓰러지는 법이 없었다.

쌩—하는 활시위 소리와 함께 수십 개의 화살이 이 악령들의 새떼를 덮어 씌웠지만, 우리들의 화살이 그처럼 재빠르고 견고했지만, 결코 이 악령의 새떼들은 벌판에 넘어지는 법이 없었다. 그래서, 우리들 중 누군가의 입에서는 '죽지 않는 악령의 새', '겨울의 불사신'이라고 이름을 붙였다. 또한 이 악령의 새들은 어둠이 고양이 걸음처럼 들판에 밀려와도 아득한 하늘 끝에서 그 어둠보다 더 진하고 강인한 색깔로 바람 소리를 일으키고 있었다. 벌판과 하늘뿐만 아니라, 이 우주의 공간을 가득 메우고 흘러다니며 검은색의 장엄한 음악을 뿌리는지도 알 수 없었다. 아니, 들판에 밀리는 어둠이 그 새떼들이 일으키는 진한 빛깔이요, 바람인지도 몰랐다.

우리들의 머리 끝에서 시작된 어둠이 발끝까지 내리씌울 때까지도 그들이 일으키는 바람 소리는 그칠 줄 몰랐다. 이렇게 될 때서야 우리는 풀어 놓았던 활을 등에 메고 돌아갈 차비를 했다.

"저 새들은 자지 않을꺼야. 결코 죽지도 않고."

우리들은 이구동성으로 입을 모아 절망적이고도 소름이 끼치는 신음을 내질렀다. 그러나, 이 신음 소리를 거역하는 한 아이가 우리들 중엔 소속되어 있었다.

그는 애꾸눈이었다. 우리들보다는 먼저 손에 활을 들었고, 그가 만드는 활솜씨는 우리들의 경탄을 자아낼 만큼 빠르고도 훌륭했다.

"저 새들은 어디에선가 잠을 잔다. 그리고 죽는다."

벌벌 떠는 우리들의 공포와 절망을 그는 뒤집어 설명했지만, 그러나 우리들은 그를 제외하고는 아무도 그 설명을 따르지 않았다.

"애꾸눈이 뭘 아니?"

한 아이가 말했고,

"그러게 말야."

또 한 아이가 대꾸했다.

그 애꾸눈을 우리는 그 무렵 병신, 바보, 머저리 등으로 불렀다.

거기에는 그만한 상황과 이유가 충분했다. 검은 악령의 새떼가 이 마을의 벌판에 오기 전, 우리는 굴뚝새를 사냥한 적이 있었다. 굴뚝새는 그 생김새나 이름과 같이 굴뚝지기를 잘 했다. 울타리를 잘 꿰고 볏짚단이나 무명대를 쌓아 놓은 낟가리를 잘 꿰다녔다. 묘하게도 우리들의 화살에 몰린 굴뚝새가 층층이 멍석을 쌓아 놓은 헛간으로 쫓겨 들었고 굴뚝새는 도르르 말아 포개진 멍석 구멍 속으로 몸을 숨겼다. 한 아이가 이쪽의 멍석구멍 끝을 손바닥으로 막았고, 또 한 아이가 저쪽 멍석구멍 끝을 막았다.

저쪽 구멍 끝을 막은 아이가 잽싸게 이쪽으로 화살을 날려 굴뚝새를 겨냥했다. 이쪽 구멍 끝을 막고 있던 아이가 손바닥을 떼고 굴뚝새의 행방을 찾으려고 얼굴을 대는 순간, 화살은 공교롭게도 그 아이의 한쪽 눈을 꿰뚫었다. 그 아이는 비명을 지르며 나가 떨어졌다. 그때부터 그는 애꾸눈이었으며 그때부터 병신, 바보, 머저리 등의 온갖 욕설을 우리들로부터 받아내야 했다. 그는 병신이고 바보고 머저리이면서 이 악령의 새떼들이 겨울을 몰고, 이 마을에 올 때쯤은 맨 먼저 활을 등에 메고 나섰다.

그 아이는 언젠가 홀로 밤중에 돌아와서 그 악령의 새떼들이 웃녁 끝 정자나무에 새까맣게 몰려 자고 있더라는 충격적인 뉴스를 우리들의 귓구멍에다 쑤셔박고 다녔으나, 우리들은 아무도 그 말을 믿으려 들지 않았다.

　오히려 그 애꾸눈은 울면서 우리들에게 대들었으나 우리들은 병신, 바보, 머저리 등으로 몰매를 씌워서 그를 쫓아 버렸다. 어둠보다 더 진하고 강인한 빛깔로 바람소리를 일으키며 이 우주의 공간을 검은 교향악처럼 흘러 다니는 그 악령의 새떼들이 잠을 자고 있다니…….

　어두운 하늘 끝에서 쉴새없이 물레를 돌리며 검은 바람 소리를 자아내리는 그 악령의 새떼가 잠을 자다니…… 그건 안될 말이었다.

　그렇다. 그 새떼들은 잠을 자지 않을 것이다. 결코 죽지도 않고. 왜냐하면, 우리들의 용감한 병정들 가운데 누구 하나 그 검은 새의 심장을 아직은 한번도 관통시키지 못하였으므로…….

사랑이 커다랗게 날개를 접고

대체로 인간의 성장 과정에서는 두 개의 결정적 요인이 작용한다.

이 결정적 두 개의 요인을 목격할 때마다 나는 무릎을 꿇고 기도를 올릴 만큼 경건해진다.

'신(神)은 위대하다.'

적어도 내가 아는 두 가지 사실에 관해서는 그렇다.

나는 어느날 아침 내가 살아가는 시간 속에서 내 피를 나누어 가진 그 아이와 같이 이 말을 배웠다. 그 아이란 다름 아닌 내 딸 경이 녀석이고 녀석은 아장아장 걷는 흉내를 내느라고 벽을 짚고 비틀거리기도 하고 유성음과 무성음을 섞어서 '엄'이니 '부' 소리를 내기도 하더니 오늘 밤에는 드디어 병아리처럼 입을 놀려 '어음마' 라는 말을 완성했다. 별이 총총한 밤이었다. 젖니가 두 개쯤 났을까? 그 말을 할 때 입 속을 들여다보니까 빨간 울림대가 가늘고 긴 풍선처럼 떨었다.

"여보! 당신 들었수. 우리 애가 말을 했어요. 엄—마, 엄—마, 엄마—라고."

아내는 들떠서 손을 모으더니 경이를 덥썩 끌어안고 볼에다 뺨을 부비기 시작했다. 나는 이때 아내의 두 눈에서 한 줄기 소리 없는 눈물방울이 두 뺨을 적시는 것을 보았고 그 눈물이 아이의 볼에 닿아서 뜨겁게 어룽지는 것을 보았다. 나는 이들 모녀가 하는 애무의 풍경을 시큰해지는 눈시울로 오래도록 지켜보고 있었다.

그리고 외쳤다.

"신은 위대하다."

사실 경이가 이 말을—어음마라는 말을—완성하기까지에는 피나는 노력이 따랐다.

우리 부부가 곁에서 지켜보기에도 그것은 안타까운 노릇이었다. 막 태어나서는 아기 방울을 흔들어도 알아듣지 못하고 손가락을 눈에 대고 찌를 듯이 위협해도 눈동자 하나 움찔 않더니 한 달째는 소리와 물체의 움직임에 반응을 보이기 시작했다. 이때부터는 너도 살려는 본능이 싹트는구나 싶어 측은해지기도 하던 것이다.

'삶'이란 명사 하나가 '살다'라는 동사의 움직임으로 실감되었을 때 녀석은 세차게 울어대었으며 한시라도 누워 있지 않으려고 발버둥을 쳤다. 둥개둥개 하고 팔그네를 매어서야 말똥말똥 눈동자를 움직거렸고 작은 손가락을 빨기도 했다. 손가락을 빨 때마다, "이렇게 손가락을 빠는 건 애정 결핍증의 표시라는데" 하며 내 꺼칠꺼칠한 손가락 하나를 물려주면 유치원생이 쮸쮸바를 빨 듯이 잘도 빨며 히물히물 웃기까지 하던 것이다. 그때마다 시장에서나 외출에서 돌아온 아내는 이 징그러운 모습을 보고 "아서요, 더러운 손병 걸리려고." 하며 기겁을 해서 애를 빼앗은 적도 있었고 "웃는 것은 진짜 웃는 것이 아니라 배냇짓이에요"라고 무슨 비밀을 털어놓은 듯이 소근거리기도 하던 것이다.

그러던 넉 달째로 접어들어서는 덮어씌운 기저귀를 툭툭 차기도 하며 아랫목에서 웃목까지 송장헤엄 같은 반복운동을 쉴새없이 되풀이하던 것이다. 베개를 장애물로 설치해 놔도 그 장애물을 밀어제끼는 것이었다. 또 어떤 때는 고개 운동을 하며 그 장애물을 넘어가다 엉덩이가 걸쳐서 모둠발을 하늘로 치켜들고 기겁을 해서 까무라친 적도 있었고 고개가 외틀어져서 발악을 하거나 송장헤엄을 중지한 듯이 제풀에 지쳐 깊은 잠 속에 떨어진 적도 있었다.

다섯 달째는 장구벌레처럼 기기 시작했고 이 기어 다니는 일은 가속이 붙어 심지어는 텔레비전 네 발 사이에까지 끼어드는 일도 있었다. 이 기는 일은 기는 일로만 끝나는 것이 아니라 방바닥에 떨어진 단추를 주워 먹어 무른 똥에 섞여 나온 적도 있었고 무릎이 까지고 이마가 까져 피를 흘린 적도 있었다.

아내는 그럴 때마다 아기 발에 부드러운 편자를 신기기도 했다. 이때부터 밥내를 풍기기 시작했으며 불타와 가섭존자에게서 이루어진 저 연화묘법 같은 육두문자와 애정의 웃음이 교감되기도 했다.

여섯 달째는 앉는 법도 알았으며 대개는 베개를 받쳐주면 혼자서도 똑바로 꼿꼿이 앉았으며 열 달째는 '엄'이나 '무무' '푸푸' 같은 거품 속에서 페니키아의 문자들이 쏟아져 나왔다. 그것은 만물에 대한 신비로운 인식이었으며 우리들 세계의 인식에 대한 끈을 언어로 표현하려는 눈물겨운 노력이라 생각되었다.

이때부터 먹는 일과 생각하는 일이 공존되며 형이하학적에서 형이상학적 세계로 비상하려는 '새'와 같은 자유의지가 표현되기도 했다.

생각해 보라. 누가 이 성스러운 자유의사에 감히 쇠사슬을 씌울 수가 있는지? 그는 이때부터 똑바로 앉으며 창밖의 하늘을 보았을 것이다.

"아, 날고 싶다."

"……?"

"그러나 나는 아직 멀었는걸."

그는 갈매기 조나단 리빙스턴 시절처럼 외쳤을 것이다. 하기야 잠 자리도 날고, 풀무치도 날지.

"푸푸푸, 아냐, 아직 멀었어."

그리고, 그는 드디어 섰다. 열 달째 되던 어느날이었다. 그의 돌이 가까워오고 있는 10월도 중순, 억만평의 하늘이 쨍하고 금이 갈 듯한 어느 하루, 한순간의 일이었다.

머리를 하늘로 드는 일이란 이렇게 어려운 것인가?

나는 한숨 같은 것을 내쉬며 그 며칠 후 외출에서 돌아왔다. 아내는 말했다.

"여보, 우리 애가 오늘 걸었어요."

그리고 그날 밤, 아내는 아기가 걷는 모습에 대해 열심히 설명했다.

"처음에는 한 발자국 …… 그 다음에는 두 발자국 세 발자국 …… 그리고 쓰러지지 않아요. 이제 걷는 거예요."

(하기야 개도 걸으니까)

나는 고이 잠든 아기의 볼을 꼬집었다. 하루내 걸음마로 지쳤는지 아기는 자면서도 웃는다. 아마 오늘 걸었다는 사실에 대한 기쁨으로 들떠 있겠지. 아니, 그는 낮에 본 창 너머로 넘어다본 억만평의 하늘을 날고 있는지도 모른다.

"그래 날아라, 리빙스턴 시절처럼…… 아빠가 가보지 못한 저 아마존의 늪까지……."

다음날 아침 제 엄마가 밥을 짓는 동안 나는 이놈을 실제로 걸려본 것이다. 내 팔 기럭지에 맞추어 세워 놓고서 손바닥을 짝짝 하고옳지, 경이 착하지 했더니 한 발자국…… 그리고는 팔의 기럭지대로내 품에까지 와 안기며 쓰러진 것이었다. 마치 디딤돌을 건너듯 불안한 상태로…… 나는 예쁜 발가락에 입을 대며,

"네가 걷다니…… 아직은 내 팔 기럭지의 공간 안에 있다만 좀더자라면 저 억만평의 하늘이 좁을걸. 경이야 직립(直立)보행의 쾌감이 어떤가? 어렵지? 힘들지?"

연화묘법 같은 대화를 그의 얼굴에 이마에 손에 발가락에 퍼부었던 것이다.

"그래, 우리 다시 한번 시작할까? 이번엔 네 발자국이야. 다음은다섯 발자국이고……."

나는 밥상을 물리고 나서도 계속했다. 제 엄마가 하는 양을 한참이나 지켜보다가,

"그만해요. 힘 빠지겠어요. 그러다간 정말 날아가 버릴 거예요."하더니 그녀도 꺄르륵 웃음을 터뜨렸다.

그녀는 새실거리며 "오늘은 일찍 들어오라는 말은 필요없겠군요.아기 놀리는 재미가 여간 아닐 테니까, 하기야그래, 섯다판보다 재미있을 걸" 하고 못을 박았다. 사실은 그 재미라는 말은 신비라는말로 바뀌어져야만 할 것이다. 신비한 것은 신비한 것이니까. 소나개, 돼지, 짐승들이 걷는 일은 하나도 신비할 것이 없지만 인간이 걷는다는 것 이것은 얼마나 신비한 일인가? 어느날 아침 갑자기 머리가 하늘로 쳐들어지고 한 발자국을 떼놓게 된, 그것은 기적에 가까

운 것이니까. 그렇지 않은가? 그 기적이란 다름 아닌 인간의 수치고 번뇌고 사랑이고 자유고 평등이니까. 그러면서도 그것은 이 모든 구속과 억압으로부터의 탈출과 해방이니까.

형이상학적 세계로의 비약, 이것이 없다면 구태여 인간이 걸을 필요가 있을까? 머리를 들지 않고 걷지도 않았다면 머리 위에 주렁주렁 매달린 금단의 과실도 보지 못했을 것이고 낙원의 주방에서 무화과 잎으로 부끄러운 데를 가릴 필요도 없었을 테니까.

나는 이날 아내의 말대로 서둘러 일찍 퇴근을 했다. 한 인간이 걷는다는데 어찌 신비롭지 않겠는가? 내가 돌아오자 아내는 경이를 안은 채 쪼르르 달려나와 싱글벙글 하며 손가락 일곱 개를 폈다. 그녀는 정말 경이처럼 귀여운 데가 있었고 순진해 보였다. 나는 아기의 볼을 쓸며 여자의 행복이란 이런 것인가 하고 생각해 보았다. 아니, 부부의 행복이래야 옳을 것이다. 우리는 방안으로 들어왔다. 옷도 벗지 않은 채 나는 다급하게 소리쳤다.

"일곱 걸음, 어디 실험해 봐!"

"아이, 천천히 해요. 경이가 무슨 기계인 줄 알아요. 실험을 하게?"

그녀는 곱게 정말 행복하게 눈을 흘겼다. 그래 기계는 아니다. 어디 해봐. 경이는 정말 내 앞에서 일곱 걸음을 해냈다. 첫 번째는 네 걸음, 두 번째는 여섯 걸음, 세 번째는 일곱 걸음이었다. 세 번째 만세다! 나는 소리를 쳤다. 그 다음도 일곱 걸음이었다. 세 번째 만세다. 나는 다시 소리를 쳤다.

"힘 빠져요. 그만 시켜요."

아내는 경이를 뺏다시피 나꿔채 갔다. 경이는 더 해보겠다는 듯이

어—ㅁ 어—ㅁ 소리를 질렀다.

그 순간이었다. 아내가 '엄마'라고 해. 엄마 엄마야, 하고 얼러대니 경이도 '어음마'라고 서툴게 발음을 했다. 아내는 감전된 것처럼 숨이 막히며,

"여보, 방금 뭐랬죠?" 하고 비명을 질렀다. 경이가 또 한번 "어음마"라고 했다. 방금 했던 말을 영원히 잊지 않으려는 듯이.

"여보, 당신 들었수. 우리 애가 엄마, 엄마 엄마라고 했어요."

그녀는 세 번이나 "엄마" 소리를 퍼질렀다. 경이가 "어음마" 소리를 할 때, 경이의 입 속을 들여다보니까 빨간 울림대가 가늘고 긴 풍선처럼 떨었다.

오늘 경이는 일곱 걸음을 떼고 말을 했다.

이 지상에서 처음으로 "엄마"라는 말을!

신은 정말 위대하다.

사랑은 어떻게 너에게로 왔던가
햇살이 빛나듯이
혹은 꽃눈보라처럼 왔던가,
기도처럼 왔던가,
말하렴!
사랑이 커다랗게 날개를 접고
내 꽃이 핀 무지개의 영혼에 걸렸습니다.

우리는 저녁을 물리고 우리들의 아기가 자는 얼굴을 한참이나 들여다보았다. 천상에서 내려온 박나비 같은 숨결이 온 방안에 쌔근거

렸다.

아내는 한번 더 뽀뽀를 하고 나서 창문으로 다가가 커튼을 쳤다. 커튼을 치려다 말고 "어머. 저 별들 좀 봐……." 하며 드르륵 유리창을 열었다. 총총한 별들이 방 안으로 가득 쏟아져 들어왔다.

오래도록 잊고만 산 밤하늘. 나는 아내의 곁으로 다가가 어깨너머 별들을 쳐다보았다. 아내는 행복한 듯이 내 머리에 어깨를 기댔다. 나보다도 키가 크니까.

"인간은 죽으면 별이 된다죠. 저 작은 별은 우리 같은 평범한 사람들이 스쳐간 영혼의 발자국이고 저 큰 별은 옳지……."

이 도시를 굽어볼 수 있는 외곽지대의 창밖으로는 북방 하늘에 큰 곰이 어기적거리고 큰 개가 초저녁에 뜬 개밥별을 먹고 있었다. 아내는 마치 커다란 슬픔의 웅덩이에 고여 있는 낮달처럼 한 이별에 대한 어떤 예감을 준비하는 듯한 표정이었다. 그래서 나는 그녀의 말끝을 이어주어야 했다.

"저 큰 별 세 개 보이지. 큐피드 화살 같은 별 말야. 하나는 아문젠의 별이고 하나는 콜롬버스의 별이고 하나는 리빙스턴의 별이야. 나는 다음에 경이가 크면 이렇게 말해 줄 거야. 저별들은 그들의 영혼이 스쳐간 별이라고……."

아내는 슬픈 듯이 갑자기 호호 웃었다.

"그게 아녜요, 저 북두칠성을 봐요. 일곱 개의 국자 같은 별……. 오늘 우리 경이가 걷는 걸음이 저렇게 찍혀 있는걸. 마치 붉은 벽돌처럼 말야. 일곱 발자국을 떼놓기에 얼마나 힘들었을까?"

아내는 어느새 울고 있었다.

나비꿈

　나는 오래 전부터 이루고 싶은 꿈이 하나 있다. 이 지구상에는 몇 종류나 되는 나비가 살고 있을까? 가장 아름다운 몸 빛깔을 지닌 나비는 어디에 살고 있을까? 아프리카의 숲속에, 아니면 아마존강 유역에, 아니면 그 어디쯤엔가 하늘색 바탕의 나비가 살고 있다는데 그 나비일까? 그 나비에 관한 명칭은 무엇일까? 그 나비들은 푸른 강의 연안을 따라 질린 듯 투명한 공간에 원색의 춤을 빚고 있지 않을까? 이 지구상에 벌어진 나비들의 춤을 한 곳에 모아 보면 그것은 얼마만한 장엄함과 화려한 춤의 악보가 될 것인가? 대체로 이 즐거운 환상 때문에 내가 생각해낸 것은 채집 여행이다. 생각해냈다기보다는 깊이 걸려 있는 풍경이라 해야 옳을 것이다. 될 수 있으면 내 서재는 나비들의 활활 타오르는 그림으로 채워 두고 싶고 남방계와 북방계의 괴상한 이름을 단 나비 표본들로 쌓아두고 싶다. 도대체 나는 언제부터 이런 나비꿈에 걸려 있는 것일까? 한겨울 속에서도 나비를 연상하면 내 마음은 춥지 않고 금방 뜨거운 열정으로 끓어 넘치니 '나비'라는 이 말 속에는 주술적인 치유와 재생의 능력이 있는지도 모른다. 왜냐하면 나는 그 동안 '나비'를 주제로 한 몇 편의 시를 쓰고도 아직 뜨거운 열정 또는 엑시타시(Exitasie)가 가시지 않고 있으니 말이다.

얼마 전 친구로부터 타이완산 나비채집 상자를 선물로 받고 이루어질 수 없는 꿈임을 알면서도 "채집 여행을 가고 싶다"고 소리를 쳤었다.

얌전하게 유리상자 속에 박제되어 있는 그 빛깔의 정체감, 그 황홀함은 나를 거의 광적으로 만들어 버리곤 한다. 나는 그 유리 상자 앞에서 "나비", "나비"라는 발음을 환각제처럼 토해낸 것이다.

나비잠: 어린이가 쇠뿔처럼 머리 위로 손을 모으고 자는 잠.
나비꿈: 나비가 꽃에 앉아서 자듯이 옹알이를 하는 잠.
나비춤: 어린애가 양손을 나비처럼 흔들며 추는 춤.

이러한 잠, 꿈, 춤을 나는 어디에서 찾을 것인가를 곰곰이 살펴보기 시작했다. 그러나, 그것은 불가능이라는 해답밖에는 찾을 길이 없었다. 오일 쇼크 하나라도 무상한 1980년대의 여름—이러한 '잠', '꿈', '춤'을 우리는 어디에서 찾을 수 있는가? 잠도 꿈도 춤도 죽은 시대, 중세의 신(神)으로부터 인간이 해방되던 그 시대를 거슬러 농경 사회의 디오니소스 축제에선 인간은 모두 나비였을 테지. 아니 프로메테우스가 불을 훔친 그 시대에 이미 '잠'과 '꿈'과 '춤'은 폭발해 버렸던 것은 아닐까?

그리고, 우리는 지금 이 잠과 꿈과 춤의 원형으로 돌아가기 위해 안간힘을 쓰고 있는 것이 아닐까? 그렇다면 우리에게 남은 마지막 한가지의 길, 그리고 명쾌한 해답은 이 지상에 널려 있는 거대한 오일 탱크를 폭발해 버리는 일이 아닐까? 이것은 손쉬운 일인데도 그들은 어떤 희망 때문에 범죄자가 되지 못하는 것일까? '꽝'이 아니라, '쿨쩍쿨쩍'으로 호박꽃처럼 시들어져 가는 우리들 개체의 삶은 어떤 의미가 있는 것일까? 하루에도 수없이 내뱉는 말, 자고 싶다는 말, 꿈꾸고 싶다는 말, 춤추고 싶다는 말, 완전한 꿈에 이르기 위하여 대낮에도 푸석푸석한 눈두덩을 부비며 등불을 들고 어둡다고 소리쳤던 사람은 누구일까?

"……집을 버려야지. 잠이 와, 집을 가지면 꿈을 꾸게 되고, 꿈속엔 숨을 데가 너무 많아 갇히게 돼."

우리가 이와같이 꿈을 꿀 수 있는 집이란 도대체 어디에 있는 것일까? 집, 우리들의 영혼 속에 깊이 괴어 있는 집? 집을 가진다면 꿈을 꾸게 되고 꿈을 꾼다는 것은 무서운 일, 완전한 꿈을 꿀 수 있는 일이란 죽음밖에 더 있을까?

"……저는 늘 기분 좋은 꿈을 꾸곤 했어요. 저의 옷자락에 나비들이 주렁주렁 매달리는 꿈이었어요. 그 후론 늘 기분이 들떠서 생인지 꿈인지를 분간할 수도 없었어요. 씻김굿을 물리고 접신(接神)을 했던가 봐요."

어느 민속학자의 접신법(接神法)에 관한 기록에 의하면 이 '나비꿈'이야말로 신이 거처하는 집이요, 순수 영혼이 머무는 집이라 하지 않을 수 없을 것이다. 따라서 가장 완전한 상태의 집은 끈적끈적한 불빛 속에서 '스푼'이 딸그락거리고 '나이프'가 번쩍이며 문명어(文明語)의 이기들로 도배된 방이 아니라, 그것은 소리도 냄새도 빛깔도 없는 투명한 집일 뿐이다. 소리도 냄새도 빛깔도 없는 집, 거대한 망치로 철근을 달아올리고, 두들겨 패고, 쟈키로 두리기둥을 달

아울린 고층 누각이 아닌 집, 우리가 국민학교 시절 곧잘 만들었던,
종이로 오려내고 붙여서 만든 집일 뿐이다.

　이런 집의 정원이라야만 꽃은 제 빛깔을 온전히 발하고 햇빛은 충
만하며 나비는 가장 순수한 영혼의 상태로서 머무르다 갈 것이다.
나비가 날으는 것처럼 경쾌하고 여유가 있는 부드러움, 그러한 사랑
이 있다면 나는 그 대상을 서슴치 않고 구원의 상징으로써 이 지상
에 세워두려 한다. 그러나, 그러한 가벼움과 부드러움은 달리 있을
수 없다. 있다면 힘을 물고 나는 공포의 대상, 저 화학성 세균까지도
날개를 달고 날아다닌다는 '사실' 뿐이다. 우리 시대를 마지막 적시
는 꿈은 아구리가 긴 병의 마개를 따는 일이다.

　　　힘을 물고 날으는 화살을 보면
　　　바람을 빼고 싶어진다.
　　　아이들이 치는 팽이를 보면
　　　회색 빛깔이 무지개 색판으로 떠오를 때까지.
　　　팽이채의 끈도 자르고 싶어진다.
　　　힘을 물고 있는 모든 것들
　　　각목이 세워지고 집들이 일어서고
　　　각목의 각이 서슬졌을 때
　　　집보다 피가 먼저 보인다.

　　　발목을 덮는 풀보다 무릎을 덮는
　　　날이 선 풀들의 당당함도
　　　튀어오르는 고무공도

바람을 빼고 싶어진다.
물 위에 배를 깔고 날으는 돌멩이도

요즘은 눈에 와서 부딪치는 빛
소리들까지도 모두가 공포다
날이 선 것들 색채의 흔들림까지도
산타클로스의 네 귀가 접힌 모자 끝까지도
나에게는 사랑의 힘을 만들 수 없는 피다.

목판 위에 진열된 사과들의 눈시린 빛
햇빛을 물어 뜯으며 꽝꽝거린 지난날의
저 울부짖음도 사랑으로 들려오지 않는다.
덧없어라. 내 이빨 아래 깨어질 때
그 차디찬 비명을 아들아 너는 듣느냐.

조그만 흔들림에도 떠는 심장을 죽이고
요즘은 편히 잠들고 싶다.
흐르는 물과 나란히 영체도 없는 면 위에
그러나 이 잠들 수 없음
아들아 내 곁에서 풍선에 자꾸 바람을 넣지 마
힘을 물고 떠오르는 공포
나는 자꾸 바람을 빼고 싶어진다.
네 꿈을 물고 날으는 공중의 조그만 새들까지도

— 졸시 「바람빼기」 전문

될 수만 있으면 이 지상에 달아올린 마천루도 허물어 버리고 싶은 욕망 끝에 나는 이 시를 쓴 것 같다. 이 시의 반대항(反對項)은 부드러움이다. 겨울에 뜨는 노을이거나 복사꽃 같은 부드러움, 그 따뜻한 이불 한 자락만을 이 지상에 드리우고 포근히 자고 싶은 삭막한 감정으로 이 시를 구상한 것 같다. 실제로 겨울 나비가 있을 리는 없지만 이 시를 쓸 당시에는 남해안의 따뜻한 눈 속에 파묻혀 있었을 때였으니까, 나는 아무래도 따뜻함, 부드러움, 그 겨울 나비 같은 포근한 잠을 연상하며 썼을 것이 분명하다. 힘을 물고 날으는 모든 대상에서 힘을 빼고 싶었음이 분명하다. 힘을 물고 날으는 화살, 힘을 물고 돌아가는 팽이, 힘을 물고 일어서는 집, 힘을 물고 성장해 가는 풀잎, 튀어오르는 고무공, 날으는 돌멩이, 날으는 새 등에서 힘을 빼앗아 버리면 어떻게 되는 것일까? 이 분노는 곧 힘을 가진 것들에서 피가 먼저 보이거나 모두가 공포이거나 하기 때문이며, 더군다나 그것들이 나에게는 사랑의 힘을 만들 수 없는 피이기 때문이다. 힘이 단단함이라면 사랑은 부드러움이기 때문이다. 이 사랑이라는 부드러움이 마지막 연에서,

"아들아, 내 곁에서 풍선에 바람을 자꾸 넣지 마"로 유년 시절과 연루되어 있다. 내가 어렸을 때 보았던 바람찬 이미지들, 자신의 존재 깊숙한 곳에서 늘 싱싱한 모습을 보여줬던 이미지들이 이제 아무 쓸모없게 되어 버렸다. 이 유년의 바람찬 이미지들이 산타클로스의 네 귀가 접힌 모자인양 나의 소원을 들어주리라 믿었지만, 그것이 공포의 근원이 되고 있음을 인식하게 된 것이다. 이 인식이야말로 차디찬 비명일 수밖에 없다. 나는 어느날 길을 가다 목판 위에서 너무나 빛깔이 선명한 사과 한 알을 깨물다 말고 차디찬 비명을 듣게

된 것이다.

그 빛깔은 유년에 보았던 부드러움, 따뜻함의 빛깔이 아니라, 조그만 흔들림에도 떠는 공포의 빛깔이었다. 풍선에 바람을 넣고 저 하늘 끝까지 떠오르고 싶었던 유년의 꿈이 아들 녀석의 손에서 되풀이되었을 때, 나는 바람을 빼라고 소리치지 않을 수 없었다. 저 러시아의 화가 샤갈(Chagall)이 그의 추억의 편린들에게 그의 화폭 속에서 중력을 포기하게 하고 과거와 현재가 뒤엉켜 날으게 했다면 나는 모든 나는 것에서 바람을 빼 떨어져 쓰러지게 하고 싶은 의지를 화폭에 담고 싶었다. '바람을 뺀다'는 동작은 무상의 것도 공허한 것도 아니다. 이 운동은 지나치게 단단함과 함께 지나치게 부드러운 유년 또는 사랑이 이룩하는 변증법 사이에 위치한다. 즉 부드러움에 의해 이 힘의 위선적인 저의를 규명하고 싶은 것이다. 물론 바람을 빼면 새도, 돌멩이도, 고무공도, 화살도 추락할 것이다. 추락함으로써 공간을 갖지 못했던 날아가는 것들은 하나씩의 공간을 부여받게 될 것이며, 더욱이 흔들리던 존재 기반이 확실해질 것이다. 한 물질이 추락한다는 것은 그것이 자신의 존재 양식을 발견한다는 뜻이 된다. 반대로 속도를 갖고 난다는 것은 이 깊은 추락의 심연을 확보한다는 뜻이며, 낙하의 본능적인 공포를 갖는다는 뜻이며 존재의 기반이 없다는 뜻이다.

그렇기 때문에 부드러운 힘이 아닌 어떤 힘을 축적해 가는 이 문명은 두려운 것이다. 흐르는 물과 나란히 형체도 없는 면(面) 위에 잠들 수 없는 것이다. 영원히 날지도 못할 것들이 힘을 물고 날으려 하기 때문에 나는 그들에게서 인력(引力)을 빼앗고 바람을 빼앗아 추락시키고 싶은 것이다. 그들에게 한 개씩의 공간을 선물하고 역동적인 힘을 다시 분배하고 싶은 것이다. 원초적인 고향에로의 귀속과 재생으로 수렴되는 따뜻한 공간은 어디에 있을까? 이 지상에 그러한 공간이 도대체 어디에 비장되어 있기나 할 것인가? 시간과 공간을 초월한 무시간대(無時間帶)의 흐름에 있다면 그러한 공간과 시간도 삶의 연속과정으로 수용되는 시간일 것인가? 생성과 소멸이 없는 시간 밖의 공간은 공간으로서 인식되어지는 것일까? 현장성이 없는 시간과 공간이 용납될 수 없는 것이라면 우리가 살고 있는 바로 '여기'가 아닌가? '여기'야말로 실감나는 현장이며 잠과 춤의 따뜻한 보금자리가 아닐까? 그런데도 왜 따뜻하지 못한가? 왜 따뜻하지 못한 곳을 향하여 죽은 다음에 무엇이 되어 태어날 것이냐고 물으면 대부분의 사람들은 나비가 되어 오겠다고 말하는 것일까? 잠자고 싶다, 춤추고 싶다, 꿈꾸고 싶다는 말이 놓여 있는 한 평의 공간을 찾기는 그렇게 힘든 일은 아닐 것이다. 나의 경우에는 몇 평의 '풀밭'이면 족할 테니까. 이 풀밭은 어떻게 해서 찾아진 것인가? 나비로 환생하겠다는 마지막 꿈을 적시는 말끝이 단서가 된 것은 아닐까? 교과서에서 배운 대로라면 저 디오니소스의 축제, 저 농경사회의 그러한 축제가 벌어진 곳은 언제나 풀밭이 아니었을까.

풀밭에 오면 내 키는 낮아지며 낮아지며
숨 끼네

그림 속에 흩어진 초가집들처럼 한가한
달팽이집 몇채
술래야 내 그냥 여기에 숨어 살까?

그러면 혹 너 나를 찾을 수 있겠니?
술래야 네가 내 집 문간 위에 홀로
어느 날 나비로 와 떨며 섰을 때
그러면 혹 너는 들을 수 있겠니?
딸각딸각 베를 짜는 아침 방직의
즐거운 베틀 소리를
벌레들의 똥이 화풍단 알약처럼 흩어져서
풀잎 끝 약탕기마다 약이 끓는 내음
술래야 넌 그러면 알아차릴 수 있겠니?

풀밭에 오면 내 키는 낮아지며 날아지며
숨 끼네.

　원형적인 삶에로의 복귀, 어느 날 피로한 정신을 이끌고 풀밭에
누워서 내 꿈꾸었던 삶은 이런 소박한 형태의 삶이 아니었을까? 이
상으로 하는 사회의 실현, 그것은 루소의 말을 빌 것도 없이 한 마디
로 자연의 순리가 존중되는 사회, 갈등과 투쟁으로서의 사회가 아니
라 화해와 관용으로서의 사회가 아닐까? 지배와 소유로서의 사회가
아니라 신성한 노동의 사회, 그것은 또한 강한 자, 가진 자의 힘으로
서 지배되는 사회가 아니라 건강한 자보다도 약한 자, 어른보다도
아이를 찬양하는 사회의 질서 회복이야말로 현재의 삶을 극복하는
길이 아닐까? 풀밭에 누워 흐르는 구름을 쳐다보며 외롭게 버려진
달팽이집에서 그때 나의 귀에 들리는 소리는 무슨 소리였을까? 근
대 이전의 비록 계급적 층하는 져 있었을지라도 이조 여인의 딸깍딸

깍 베를 짜는 베틀소리는 아니었을까? 배고픔과 굶주림은 있을지라도 소나기처럼 쏟아지는 물량 사회의 공포를 넘어선 소박한 사회, 정신의 여유와 멋이 넘쳤던, 디오니소스적인 건강미는 있었지 않았을까?

……서산(西山)에 해가 지고 땅거미 지면 시골 어느 부잣집 마당에는 타작이 끝나고 어수선한 마당 한편에는 임시 가설 무대가 세워진다.

"……고사(古事)는 금삼척(琴三尺)이요, 생애는 주일배(酒一杯)"라는 노랫소리 구슬프게 들리는 가운데,

박첨지 : 떼루 떼루 떼루.

— 어슬렁거리고 나온다. 이때 새면에서 깽매기를 꽝 친다. (장죽을 입에 문)

박첨지 : (놀래어) — 이게 무슨 소리냐?

새면에 있는 촌인(村人) : 여보, 영감.

박첨지 : 어 —

새면 : 웬 영감이 아닌 밤중에 요란히 구느냐?

박첨지 : 나는 살기는 웃녘에 산다.

새면 : 웃녘이 어디란 말이오?

박첨지 : 살면 살고 말면 말았지 이렇다는 양반으로서.

새면 : 그래서? ……

박첨지 : 서울 아니고야 살 데 있느냐.

새면 : 서울이면 장안이 다 영감의 집이란 말이오.

박첨지 : 나 사는 곳을, 저저히, 이를 터이니 들어 보아라.

새면 : 자세히 일러 보시오.

박첨지 : 서울로 일러도 일간동, 이 골목, 삼청동, 사직골, 오궁터, 육조앞, 칠약관, 괄각체, 구리개, 십자위, 광명주리, 미성재, 아랫벽동, 웃벽동, 다 제쳐 놓고 가운데 벽동 사시는 박사과(朴司果)라면 세상이 다 알고 장안 안에서는 또르르 하시다…….

이 환상적인 꼭두각시 극을 읽고, 단 한번이라도 보았던 사람이면 이 허수아비 같은 박첨지의 거동에 우선 웃음을 가지고 임할 것이다. 그 풍류와 새면의 장단에 나를 잃고 몰입해 갈 것이다.

이러한 여유와 건강미는 아직도 살 만한 가치가 있음을 뜻한다. 아무리 봉건영주 사회가 닫혀진 사회였다 할지라도 오늘의 꽉 짜여진 사회보다는 공간적으로 더 열려져 있음을 뜻한다. 그 시대의 김삿갓은 멋으로 존재했지만, 오늘의 김삿갓은 한 푼의 여유도 없는 거러지로 존재한다. 아니 거러지가 될 수 있는 자유마저 박탈당하고 만다. 집집마다 문은 굳게 잠겨 있고 담벼락은 높아 사다리를 놓고 담을 뛰어넘지 않으려면 그는 차라리 '자살' 하는 게 낫다.

잠 못 든 어느 날은 창 밖을 무심히 스치는 나비 등허리에
풀밭이 흔들리고 나비가 길을 이끄는 대로 한 줄기 잠의 풀밭을
건너왔다
부러워라, 반짝이는 풀꽃 위에 잠이 든 나비 몇 마리 얼마나
깊은 잠이 들었는지 붉은 나비 흰나비 노랑나비 검정나비 잠의
색깔도 귀여워라, 얼마나 열렬한 꿈을 꾸는지 타오르는 꿈의
빛깔도 고와라, 마가목빛 강물을 이끌고 디딤돌을 놓아 가다

빠져 죽는지, 불모래 속에서 타 죽는지 휘뜩휘뜩 솟아오르는
검정나비 흰나비 노랑나비 이 세상은 얼마나 깊은 잠들로
가득 쌓이는지, 나비잠을 자라 나비잠을 자라 잠깬 나비들의
눈부빔 타오르는 춤, 우리는 또 얼마나 깊은 잠이 드는지
아가야 너는 벌써 이마에 손을 얹는구나.

— 졸시 「풀밭변주(1)」 전문

나는 비로소 질식할 것 같은 도시문명 속에서 디오니소스의 축제
와 같은 화려한 춤을 본 것이다. 그것은 '나비잠'을 통한 황홀한 춤
이다. 잠과 춤의 상관관계는 다같이 우리들 인간의 원초적인 삶에
대한 희구며 정열이라 말할 수 있을 것이다. 그래서 풀밭은 나의 고
향이다. 어느 날 퉁퉁 부은 눈으로 창밖을 향하여 무심히 지껄였던
말—자고 싶다. 영원히—지금 난 너무 피로해. 그때 난 창밖을 흘러
가는 나비 등허리에서 무심히 풀밭이 흔들리고 있음을 알았다. 내
영혼의 깨끗한 풀밭, 그곳 위에서 난 마음껏 잘 수도 있고 노래를 부
를 수도 있다. 초록색 꿈의 화폭이 펼쳐지고 붉은 나비, 흰나비, 노
랑나비, 검정나비로서 그 화폭에다 점점이 수놓을 수 있는 건강한
생명의 실—색감이 짙은 실을 본 것이다. 그러나, 이 시는 자연과 생
명의 회복이라는 주제를 전달하는 데 있다. ……이 세상은 얼마나
깊은 잠들로 가득 쌓이는지, 나비잠을 자라, 나비잠을 자라, 잠깬 나
비들의 눈부빔, 타오르는 춤…, …이에 대한 자각은 기계 문명에 지
친 현대인들의 자연에 대한 향수인 동시에 타락한 인간이 잃어버린
'낙원'에 대한 그리움이란 사실은 여기서 새삼스럽게 말할 필요도
없다.

며칠째 따스한 바람이 오고 어느 구석에선가 풀자락이 하나 흔들
렸다.
　　달기풀꽃 제비꽃 등속이 꼭꼭 숨어 피고 점액질의 햇빛이
　　입을 대다 기절한 풀 그늘, 젖은 이슬을 털며
　　또 어느 구석에선가 풀자락이 하나 흔들렸다.
　　두 개의 풀자락이 서서히 흘러들었다. 이내 부드럽게 겹치더니
　　까맣게 솟아나는 뱀대가리 둘, 마주보고 서서
　　달디단 풀무의 불꽃, 불꽃 같은 혀를 놀렸다.
　　풀들이 눕고 경련을 일으켰다. 어제밤 꿈에 타오르던 宿墨의 빛깔
　　낮게 낮게 오는 도랑물 소리가 갑자기 크게 들렸다.
　　　　　　　　　　　　　　　　　　— 졸시「풀밭변주(2)」전문

'풀'은 심리적 측면에서 리비도(libido)를 상징한다고 한다. 외부
를 향해 닫혀져 있고 내부를 향해 열려졌을 때 그것은 무서운 강박
관념이며 나르시즘으로 발전된다.

　이 시에서는 일회적인 삶의 현장으로서 싱싱하게 젖어오는 풀밭
위에 타오르는 섹스와 잠과 춤이 정열적으로 전개된다. 어떤 사람은
성실로서 일회적인 삶을 노래했지만, 나의 경우 산다는 일은 열정
(熱情) 이외에 아무것도 아니다. 동시에 안개가 막 걷히고 드러나는
풀밭, 또는 느슨한 햇빛이 퍼붓는 풀밭, 또는 이슬 방울이 맺히는 풀
밭, 한 달 내내 나는 어쩌면 이 풀밭을 보며 산 것 같은 착각이 든
다. 이 풀밭의 재생(再生)이야말로 지극히 선한 삶의 열정이 아닐
수 없다. 이것이야말로 원형적인 삶을 재현하는, 다시 말하면 풀밭
이 어떻게 해서 신화적(神話的) 고향으로 다가올 수 있는가 하는 확

신, 또는 재생의 현장으로 나의 삶이 수렴되지 않으면 안 된다는 시적 자각이기도 하다. 어차피 단죄의 슬픔을 띠고 나타난 뱀과 같은 숙명일지라도 내가 존재하고 살아가는 이 현장이야말로 풀무의 불꽃 같은 열정으로 극복할 수밖에는 없는 것이다. 그것은 「풀밭」 전체를 긴장시키는 섹스며, 춤이며, 낮게 오는 도랑물(뮤즈)소리로 단죄의 빛깔인 숙묵(宿墨)을 지워야 하는 것이 되기 때문이다.

나는 최근 나비에 관한 기록을 뒤지다가 나비 중에는 희한한 나비가 있음을 알았다. 그것은 유리창 나비다. 전 세계에 분포된 나비는 2만여 종으로 알려져 있는데, 한국에서는 호랑나비과, 흰나비과, 부전나비과, 제주왕나비과, 네팔나비과, 뱀눈나비과 등으로 나누어지고, 한국의 나비류는 북구 계통의 종류인데 동양 계통에 속하는 나비류의 비가 5 : 1이다. 또 한국의 나비류는 특산종을 비롯하여 남방계와 북방계의 것들이 섞여서 한국 나비상을 이루는데 분포상의 흥미를 자아낸다.

북방계의 나비에는 '높은 산 노랑나비', '높은 산 지옥나비', '연주노랑나비', '줄그늘나비', '높은 산 뱀눈나비', '엣다지옥나비', '은점선 표범나비' 등이고, 남방계의 나비에는 '남방노랑나비', '극동노랑나비', '부나비', '먹그림나비', '왕노랑나비', '홍점알락나비' 등이 있다.

나비의 일주 활동을 보면 음성과 양성이 있는데 양성 활동을 하는 것은 상오 10시부터 하오 2시 경까지 활발한 활동을 하고 음성 활동을 하는 것은 '뱀눈나비' 과에 속하는 나비무리같이 해질 무렵이나 흐린 날, 또는 나무그늘 같은 데서 활발히 활동한다. 나비가 활동하는 것은 두 가지 목적이 있는데, 첫째는 어린 벌레가 먹고 자랄 수 있는 식물을 찾아서 알을 낳을 산란 장소를 찾는 것이고, 둘째는 생식을 위하여 이성을 찾는 것이다.

흥미있는 기록은 '산제비나비'에서는 수놈이 향기를 발하는 발향린을 날개에 가지고 있는 것도 있고, '누에나방' 같이 향수 주머니를 몸 안에 가지고 있어서 수놈을 유인하는 것도 있다. 알프스 산이나 북극권 안에서의 기후를 가진 고산에서 추위와도 싸워야 하며, 그보다도 무서운 것은 수많은 천적과도 싸워야 한다는 사실이다. 소위 분류학자들이 말하는 아종(亞種) 또는 별종(別種)이 우리나라의 해안 각 도시 지방에는 있을 법도 하다.

　"……비오는 날엔 나비들이 안 다니는 줄 알았어요."
　"모르는 사람들은 다들 그렇게 알고 있지. 하지만 '유리창나비'란 놈은 우중(雨中)에 잘 다니지. 그놈은 아마 멋들어진 우비를 가진 소녀가 비오기를 기다리는 것만큼 비를 기다릴지도 몰라. 녀석은 조물주로부터 기가 막히게 아름다운 우비를 선사받았거든. 날개에 달린 투명한 망이 그것인데 비를 맞아도 물방울이 바깥으로 굴러떨어져 몸을 젖지 않게 해주지……."

한쪽 벽면 전체를 꽉 채운 촘촘한 선반엔 나비 이름과 채집한 날짜, 장소 등을 적어 유리 상자에 담아 놓은 수십 종류의 나비표본들이 진열되어 있었는데, 그 생김새의 정교한 아름다움과 빛깔의 현란함은 아라비아의 채색무늬 벽을 연상케 했다. 진열대 맨 아랫단엔 미처 상자에 분류하지 못한 나비들이 수십 마리 꽂혀 있는 판대기와

채집에 필요한 도구인 듯싶은 망원경, 장갑, 약병, 통에 담긴 곤충 침, 채집망 등속이 널려 있었다.

이상은 우리나라 어느 작가가 묘사한 나비 콜렉터(Collector) 얘기지만, 이 이상의 나비 얘기는 나오지 않으니 안타깝다. 나는 될 수만 있으면 나비 콜렉터가 되어보고 싶다. 지리산이나 한라산쯤, 또는 국내의 채집이 끝나면 아마존강이나 알프스의 계곡도 멋있으리라. 그러나, 그것이 가능하리라는 생각이 쉽게 들지 않으니 이 또한 안타까운 일이다.

멋진 콜렉터, 멋진 채집 일기!

고작해야 타이완산 나비 채집 상자 하나를 두고 나는 지금 이런 생각에 들떠 있다.

나비가 지나간
질린 듯한 투명한 공간에
눈물 몇 방울이 비친다.
누군들 여름 산에 와서 나비채를 휘두를 수가 있을까
풀밭을 건너 작은 시냇물을 건너
다시는 못 올 길처럼
나비를 따른다.
채집핀이 자꾸 목에 걸리고 날아다니는 불꽃처럼
나비는 길을 바꾸어
버럭 바위 끝에 붙었다.
화석처럼 거인처럼 굳어지고

커 보인다.

눈을 감았다 떠 본다.

채집상자의 에테르 한 방울에도

선명하게 풀리는 여름산

왜 나비를 보면

고생대의 시간이 먼저 떠 보이고

지리산의 밑뿌리가 떠 보이는 것일까.

— 졸시 「여름산」 전문

우렁껍질 하나의 매력

김수영의 시 「거대한 뿌리」 속에 보면 이런 시어들이 나온다.

> 아이스크림은 ×× 좆대강이나 빨아라 그러나, 요강 · 망건 · 장
> 죽 · 種苗商 · 장전 · 구리개 · 약방 · 신전 · 피혁점 · 곰보 · 애꾸 · 애
> 못 낳는 여자 · 무식쟁이. 이 모든 무수한 反動이 좋다.

내가 이 시에 주목하고 싶은 것은 아이스크림의 대칭어로 쓰인 요
강 · 망건 · 장죽 · 종묘상(種苗商) · 장전 · 구리개 · 약방 · 신전 · 피
혁점 · 곰보 · 애꾸 · 애 못 낳는 여자 · 무식쟁이들인데, 이 말은 사
양(斜陽)의 문화권을 달리는 시어들이란 점이다. 이 시를 읽고 있으
면 나는 한 세대 전에 그 당시의 종로바닥을 혼자 여유자적하며 걷
고 있는 느낌이 든다. 회고취미라면 지독한 회고취미이겠지만, 한편
으로는 이런 시어들을 전근대적이고 낡았다는 이유로 치부해 버린
다면 아무래도 서먹함을 면치 못할 것 같다. 내 손에 들린 '떡' 하나
를 먹어 버리고 남의 손에 들린 '떡'을 쳐다보는 그런 섭섭함이 뒤
따르기 때문이다. 우리 시사(詩史) 전반을 통해 볼 때 이런 고유언

어로만 짜여진 시를 찾아볼 수 없다는 데도 불만은 커진다. 그건 대체로 시사가 짧고 그런 시어의 연금술사가 없었다는 데 기인한다. 거기에다 급격히 밀어닥친 서구문화와 고유문화의 상충지대(相衝地帶)에서 우리 현대시가 뿌리를 내렸다는 한 표징이기도 하다. 따라서 우리는 이 두 개의 의식구조에서 아직도 공존한다고 보아야 타당할 것이다.

이같이 박자가 빠른 시대에서 호흡하기도 절박한 판에 그게 무슨 급살맞은 소리냐고 욕을 퍼부을지도 모른다.

너는 민속촌에나 가서 팔을 들고 선 허수아비가 되라.

그렇지 않아도 나는 얼마 전에 이런 곤욕을 치렀다. 「빗접」이란 시를 모(某)일간지의 월평란에서 '빗점'으로 오식(誤植)을 했기 때문에 한 독자로부터 빗접이 맞느냐 빗점이 맞느냐는 문의를 받았다. 더욱 놀라지 않을 수 없었던 것은 시를 쓰는 시인이 '빗점' 운운한 소리를 듣고는 아연실색했다. 아마 자라나는 신세대들은 '빗접'의 뜻을 모르는 것이 당연하리라. '수지'란 말을 '휴지'로 알고 있다거나 '치부책'을 '수첩' 쯤으로, '요강'을 '변기' 또는 '변기통', '책력'을 '달력'으로 '칙간'이나 '통시'를 '화장실'로 쓰고 있는 대중언어는 누가 막을래야 막을 수 없기 때문이다.

'빗접'이란 알다시피 빗을 꽂는 도구로써 요즘 벽에 붙어 있는 '편지꽂이' 쯤으로 설명할 밖에는 딴 도리가 없다. 빗접이란 빗치개나 얼레빗·참빗 등을 꽂아 놓는 도구라고 아무리 설명해도 그들은 이해가 되지 않는다. 빗치개나 얼레빗·참빗은 이미 화장대의 서랍에 넣어두는 것이 상식인 줄로 알고 있으며 실제에 있어서는 이 빗치개나 얼레빗·참빗도 지금은 머리빗 하나로 통용되어 쓰고 있기 때문이다. 나는 그 독자에게 '빗접'을 설명하면서 편지꽂이의 그림을 그려 놓고 "이것은 옛날 참종이에다 기름을 먹여서 빳빳하게 접어 만든다"라고 했는데 아마 이것만 가지고도 그 독자는 안심이 안 되었던지 민속촌에 가면 볼 수 있느냐고 확인 편지가 왔었다.

　나는 이날밤 독자에게 민속촌에 가도 그런 것에까지 신경을 써서 진열해 놓았을까 싶다고 오히려 자책감으로 편지를 쓰면서 문학박물관의 절실함을 깨달았다. 이런 곤욕은 실제로 교단에서 중학교 국어 교재에 나오는 장만영의 「소쩍새」에서도 치르던 경험이 있다.

　　소쩍새들이 운다
　　소쩍소쩍 솥이 작다고
　　뒷산에서도
　　앞산에서도
　　소쩍새들이 울고 있다.

　　소쩍새가
　　저렇게 많이 나오는 해는
　　풍년이 든다고
　　벼 풍년이 든다고
　　어머니가 나에게 일러 주시는 그 사이에도
　　소쩍소쩍 솥이 작다고
　　소쩍새들은 목이 닳도록 울어댄다.
　　(생략)

이 시를 감상해 가면서 '소쩍새는 풍년을 예고하는 새'라고 중심 이미지를 설명하고 '한국 농촌이나 산간 지방에서 5월부터 10월까지 살다 가는 새'라고 설명을 했는데 학생들은 도무지 알아든지를 못한 것이다. 하도 답답해서 소쩍새는 소쩍소쩍 하고 울며 딴 이름으로는 귀촉도·자규·불여귀·촉조라고 하며 꾀꼬리 둥지에 알을 한 개 낳는 습성이 있는데 촉나라 망제의 죽은 혼이 붙어서 된 새라고 설명을 곁들여도 그들은 알지를 못할 뿐이다.

"뻐꾸기인가요?"

"종달새인가요?"

"비비새인가요?"

별별 질문이 쏟아진다. 농촌, 특히 산간 지방에 살며 그 울음을 들었을 터인데도 이 모양이다. 생물도감이 나오고 『일지춘심(一枝春心)을 자규야 알랴만』 하는 시조집이 나오고 아무리 보조자료를 써도 끝내 이해를 못하고 넘어간 수업이 되고 말았다. 아마 이 소쩍새의 울음을 서울 한복판의 어느 교실로 가지고 간다면,

"병아리인가요?"

"참새인가요?"

쯤의 질문으로 둔갑할 것은 뻔한 이치다. 외국에서 성행하고 있는 유명한 작고 작가나 시인들의 기념관은 그만두고라도 '빗접' 한 개라도 진열할 수 있는 문학박물관이 있다면 좋겠다.

문학 속에서 사장된 언어, 사장된 유품들은 실제로 그 시대에서 존재했던 실생활의 중핵적 요소라 해도 과장된 얘기는 아닐 것이다.

얼마 전에 김수영의 이 매료적인 어휘에 집착하다 보니, 문득 허민(許民)의 유고시가 생각났지만 그 유고시가 내겐 없어 메모된 고

유어들만 옮겨 볼 수밖에 없다.

더벅머리 · 사포 · 노돗돌 · 자배기 · 쾌자 · 물광이 · 새아참 · 탁배기 · 돍떡 · 보맥이 · 복개일 · 어연바람 등인데 원색적인 고유언어가 많이 있었다고 생각된다.

따라서 허민은 그 당시 우리 문단을 외롭게 지켰던 윤동주와는 다른 두 가지 측면에서 나를 매료시키기도 한다. 하나는 그의 사상이 한국적 샤머니즘의 원형을 어느 시인보다 깊게 간직하고 있다는 점이다.

…… 하상(河床)은 발가락을 깨물고 아래로 노돗돌을 더듬는데.

이 구절은 무당이 쾌자자락을 날리는 이미지와 중첩되어 쓰인 구절인데 오묘한 심상의 극치까지를 자아내게 하고 있다.

그 다음은 정지용에게서도 이런 고유어들은 많이 발견되고 있다.

책력 · 도마뱀 · 도체비꽃 · 홍역 · 박나비 · 흑난초 · 참벌 · 창장 · 질화로 · 짚베개 · 상달 · 장작 등…….

그리고 이런 언어는 미당의 『화사집(花蛇集)』이나 그의 시 전반에서 절정의 원색을 띠고 나타난다.

……꽃대님 · 능구렁이 · 문둥이 · 초록제비 · 돌개울 · 꽃각시 · 비녀 · 돌문 · 미투리 · 초롱 · 굴딱지 · 개와집 · 가시내 · 달래마늘 · 기럭지 · 지아비 · 미릿내 · 적삼 · 앗세 · 소망 · 염발질 · 아재 · 망건 · 암무당 · 징채 · 고삐 · 금가락지 · 즈믄밤 · 놋낱 · 외할먼네 · 방축가 · 돌쩌귀 · 상무 · 놋쇠 · 베갯모 · 꽃비 · 저고리 · 거시기 · 고로초롬, 물낯바락, 때거울 등….

이 외에도 서북계 사투리는 소월(素月)이나 백석, 이용악과 남도 계의 영랑(永郞)이나 목월을 추적해 볼 만하고 소설 쪽으로는 김유 정·이효석·계용묵 등을 들 수 있다. 또는 김동리의 「역마(驛馬)」 에 나오는 '체'라든가 '바닥가음' '역마살' 같은 사장어도 기억에 남는다. 또는 「무녀도」 등의 기타 작품에서도 들 수 있을 것이다.

이 외에도 나의 메모쪽에 적힌 고유어들은 많다.

……퉁사니·퉁시가래·꽃사당년·암중·돌중·수악(숭악한 총 각놈)·구름재·토악질·쇠똥구리·하늘지기밥도둑놈·초례청· 기럭아비·수톨쩌귀·기와꼽·막새·돌쪼시·독쟁이·노랑돈〔葉 錢〕·우걱뿔·송낙뿔·시렁·덩치·쪽두리·말총갓·토시·가 락·토리실·벽채·벼릿줄·누마루·고수레·벼리·방상시·각 수·초라니·꽃밭·꽃등·호망(虎網)·꽃물·사품·엘레달·숫 기·악쉰·동방아·지에밥(고두밥)·도레멍석·시앗·실겁다·빗 장거리·빗장고름·절(절이삭다)·가래질·하님·보드기·달장 간·언년·언놈·사발통문·자새·보두청·해찰·아전님·두남두 다·드레·드난군·거간꾼·그늘·부싯돌·뽈가리다·애지다·뻘 때추니·벌천이·연밤송이·짜치동갑·잰바람·에둘움·홉빡·곰 뱅이·꼭두쇠·모가비·어슴새벽·먼장질·덧정·점등개·솔찮 이·나숭개·쇠좆메·개미·쏠쏠·재울음·황새망치·거푸집·방 짜쇠·곁두리·쥐코밥상·거집·까마귀오줌통·도롱태 등 사장될 가능성이 충분한 언어들이다.

그리고 현대 도시 문명사회보다는 시골 문명에 집중해 있으며 시 어로 사용할 때에는 현대 정신의 표출에 기여하지 않을 때에는 실패 한다는 것도 뻔한 사실이다. 이제 시에 있어서도 농촌 이미저리보다는 도시 이미저리가 우위에 서 있다는 것을 감안할 때, 농촌 이미저리를 다루는 시인으로서는 불안하고 초조하지 않을 수 없다.

　실제로 연전에 어느 잡지에서 이 시적 이미지의 감각도(感覺度)를 독자들에게 실시한 바도 있다. 거기에 따르면 농촌 이미저리는 도시 이미저리에 흡수될 가능성이 많으며 이렇게 되면 우리 고유 언어는 사장의 폭이 그만큼 넓어진다는 얘기가 성립된다. 그렇다고 그런 시인마저 사장한다는 뜻은 아니다. 독자의 폭은 좁아져도 그 희소가치는 상승되기 때문이다. 적어도 이것은 전통문화에 대한 한 양식으로서의 옹호다. 탈춤은 이미 사라졌지만 탈춤에 대한 붐은 오히려 젊은 세대에서 더 인기가 있다. 쌀막걸리가 시판되자 너도 나도 사족을 못쓰던 시대가 있었다. 물론 이것은 그 질(質)에 척도를 두어야 할 것은 두말할 나위도 없다. 사장되거나 사장될 고유언어는 미당의 『화사집』에서 극치를 이룬다고 말했다. 그렇다고 해서 독자의 폭이 좁아졌다거나 근대적인 시로 타락했다는 뜻은 아니다. 오히려 이런 시들에서 민족적인 강한 색채를 느끼고 우리가 안주하고 싶은 고향을 찾기 때문이다. 연탄이나 백화점을 노래한 것이 현대적 감각이고 자연의 사물에서 오는 정서가 낡았다고 한다면 이것 또한 망발이 아닐 수 없다. 자연에 대한 개념이 모호하고 민족 고유미를 이해하지 못한 데서 오는 소치일 뿐이다. 그렇더라도 도시 이미저리는 확산되고 있다(도시서정이란 말도 쓰이고 있다).

　언어의 변화는 생활의 변화요, 그 생활은 곧 민중의 생활을 말하는 것이다. 민중의 생활이 바뀌면 따라서 언어도 바뀐다는 것은 두말할 여지가 없다.

　이 언어 중에서도 가장 정수를 차지한 것이 시라고 볼 때 진정한

의미로 독자 또한 대중 언어 속에 있어야 할 것임은 재론의 여지가 없다.

그런데도 농촌 이미저리를 고수하는 일군(一群)의 시인들은 프랑시스 잠이 평생 고향을 떠나지 않고 전원을 고수했듯이 고향을 지키고(혹은 떠났다 해도) 향토미를 다지며 현대의 매머드 문명과 대비하여 오히려 도시 이미저리보다 위에 서 있어 빛을 더해가고 있다. 이것은 무엇을 의미하는가? 도시 문명에 대결하는 치열한 불꽃이 없어도 그 우수성을 인정받는 까닭은 어디에 있는가?

　　볏가리 하나하나 걷힌
　　논두렁
　　남은 발자국에
　　딩구는 우렁껍질
　　수레바퀴로 끼는 살얼음
　　바닥에 지는 햇무리의 下棺
　　線上에서 운다
　　첫 기러기떼

이것은 고 박용래 시인의 「하관(下棺)」이라는 시 전문이다. 추수가 끝난 뒤의 논바닥에 버려진 우렁껍질, 그것도 농부의 발자국에 파묻혀 있다. 첫 추위가 오고 우렁 속에는 살얼음이 끼고 바닥에는 햇무리가 진다. 우렁껍질의 하관을 슬퍼하듯 적막한 추위를 몰고오는 기러기떼와 가을의 논바닥에 깔린 우렁껍질에서 생성과 소멸을 읽어내는 이 발상이야말로 놀랍게도 가장 한국적이면서 향토적 정서다. 도시인에게는, 더구나 자라나는 새로운 세대에게는 생소한 풍경이며 따라서 시의 소재(오브제)인 우렁껍질에 대한 독자의 질문을 받을지도 모른다. 아마 이러한 시는 천 사람의 독자보다 한 사람의 질 좋은 독자에게 값하게 될는지도 모른다. 이 경우 한 사람의 질 좋은 독자는 천 사람의 독자를 뛰어넘는 독자이며 이런 시는 쉽게 문학사에서 지울 수 없다는 사실도 자명해진다. 이러한 시, 이러한 시인이 이 시대의 참다운 고독을 누리는 자이며 참다운 레지스탕스이며 시적 소명에 의해서 시를 쓰는 개성인이라고 말하지 않을 수 없다. 부족방언(판소리)으로 씌어지지 않은 춘향전은 있을 수 없기 때문이다.

그러므로 이 일군의 시인은 반딧불이 도시문명으로 폐허화된 일본에 건너가 외화 획득에 한몫을 차지하고 여치나 베짱이가 문명국의 어느 초등학교 교실에서 인기 품목이 되어 한국의 가을을 알려주듯이 그들의 언어가 사장될지도 모른다는 의구심은 버려야 할 것이다.

도시 이미지가 창궐할수록 오히려 그것은 후광을 더하게 되고 고유의 민족정서는 희소가치를 띠며 더욱 빛날 수 있기 때문이다.

그러므로 사장될지도 모르는 이 '우렁껍질'의 매력 하나가 이 시대의 시인에게는 더욱 값지고 소중한 것이다.

다음은 박용래의 「첫눈」이란 작품인데 민간화법(民間話法)에 나오는 친족언어 '낮도깨비'란 말이 얼마나 잘 쓰여졌는지 혀를 내두르게 한다.

눈이 온다 눈이 온다

담 너머 두세두세
마당가 마당개
담 너머로 컹컹

도깨비 가는지
'한숨만 참자'
낮도깨비 가는지

—《세계의 문학》 1980년 겨울호.

섬

무변한 바다, 저기에 한 개의 섬이 떠 있다.

어떻게 떠 있는지 아무도 알 수 없다. 우리 상식으로는 오랜 물결의 침식작용으로 육지에서 떨어져나갔다는 고정관념으로 해석되겠지만 이 고정관념으로 단순히 섬이 저기에 떠 있다는 사실은 시인의 인식 세계에선 통하지 않는다. 거대한 하와이 섬이 달에서 측정하고 있는 레이저 광선에 의하면 일 년에 얼마만큼씩 이동하고 있다는 사실도 하등의 놀랄 만한 이유가 되지 못한다. 시인은 논리를 거부하고 상상의 눈으로만 사물을 포착할 때 생명력이 있다. 상상의 논리로만 비약할 때 예술적 진리는 탄생된다. 이 논리의 비약에 의해서 본다면 저기 떠 있는 섬은 마력과 같은 존재다. 유인도이건 무인도이건 그것은 화려한 고독을 느끼게 한다.

그렇더라도 내가 시(詩)에서 꿈꾸고 있는 섬은 언제 보아도 신비스러운 전설 같은 것을 듬뿍 안고 있는 푸른 섬이다. 수목이 잘 덮여 있고 샘물이 듬뿍 넘치는 그런 풍요로운 섬이며 그 빼어남이 준수하기 이를 데 없는 섬이다.

나는 항상 지용(芝溶)의 시를 읽고 있으면 현대의 사악된 언어 속에서 지용의 시들은 푸른 섬처럼 고고하게 떠 있는 느낌이 든다. 이 말은 시 속에 용해된 작자의 인격까지를 함께 포함한다. 미당(未堂)에 오면 주술적 요소가 강해져서 환쟁이 같은 능청스러운 모습을 느낄 수 있고 수영(洙暎)에 오면 태작과 수작의 기복이 심하여 아주 속된 욕기가 철철 넘치는 점에서는 달갑지 않다. 요즘은 자꾸 이 속되고 사악스러운 언어들이 싫어진다.

한국 현대시의 폭을 넓히고 다양한 화법이나 이즘(ism)에 공헌했다고 할지라도 이런 언어들을 대하면 내가 변비증을 앓고 있는 기분이 든다.

다시 저기 한 개의 섬이 떠 있다. 시멘트의 정글이 아니라 낡은 토담이 있고 대숲의 맑은 바람이 끝없이 불고 솔바람 소리도 은은하다. 그대로 안주하고 싶은 전통 속의 고향이다. 예이츠가 노래한 끝없는 에이레의 향수 같은 게 충만한 고향이다. 이러한 고향에 살고 있는 또는 살다 간 대표적 시인이 정지용이다. 너무 화려하지도 않고 고독하지도 않으면서 항상 은은한 수국색의 언어들을 잘 정제한 시인이다.

끝없는 의식의 전도된 언어들, 주술적이고 몽환적인 언어들, 너무 메말라서 물기라고는 하나도 없는 깡마른 해골들이 토해내는 듯한 언어들은 식상이 난다.

저기에 다시 한 개의 섬이 떠 있다. 푸르고 아늑한 우리들의 보금자리 쳤던 고향이기도 하다. 현대라는 각박한 물결에 마모되어 금세 가라앉을 것 같은 섬이지만 정지용이라고 하는 시인이 띄워놓은 저 거대한 상상력의 섬은 좀처럼 가라앉을 것 같지가 않다.

지구는 연꽃인양 폈다 오므리고

이 시구는 정지용의 「바다」라는 시 전편의 끝 구절이다. 이 이미지는 심오하기 이를 데 없다. 그는 푸른 바다 속에 떠 있는 한송이 연꽃으로 지구를 옭아맨다. 연꽃이 폈다 오므리는 과정을 그는 어디에서 본 것일까? 아마도 내 생각으로는 그 연꽃의 피고 지는 구체적인 모습은 어느 연못 속의 연꽃이 아니라 망망한 바다에 떠 있는 섬이었을 것이다. 만조가 되면 수련처럼 벙그는 섬, 썰물 때가 되면 앙상하게 드러나는 섬의 이미지를 확산하고 더 나아가서 공간을 넓혀 지구 자체를 한 개의 연꽃으로 보아 낸 것이리라. 이건 소리 없는 무인도와 같은 고독이다.

> 눈보라는 꿀벌떼처럼
> 윙윙거리고 설레는데
> 어느 마을에서는 홍역이 철죽처럼
> 난만하다

여기에서도 슬프면서 화려한 고독을 발견할 수 있다. 호도껍질을 까는 견고한 고독이다. 눈보라가 꿀벌떼처럼 윙윙거리는 12월의 밤 어느 산간 마을에 홍역이 난만한 모습은 가히 늦은 봄의 철죽꽃밭 같은 경지를 이룬다. 겨울과 봄의 대비, 눈과 꽃의 대비 현상으로서 겨울밤에 피어나는 꽃은 석탄불을 두른 듯이 아름답다. 저기 끝없이 흐르고 있는 섬, 눈발 속에서 활짝 핀 동백꽃, 슬프면서도 화려한 섬의 모습이다. 이 섬은 다름 아닌 우리 생활 속에 깊숙이 들어와 있으며 인습의 테두리 안에서만 느낄 수 있는 섬이다.

전통 속에 깊이 뿌리를 내리고 있는 굴딱지같이 엎으러진 초가집 동네, 초분골이 있고 독장, 애장이 아직도 성행되고 있는 그런 초가집 동네다. 이건 정중동(靜中動)의 소리 있는 그림이다. 유인도와 같은 고독이다. 그러한 섬에 나이루겐 한 방울이면 홍역을 안 할 수도 있다는 현대 의학의 처방은 얼마나 싱거운 것인가? 그리고 그들은 이구동성으로 말할 것이다. 홍역이란 생전에 안하면 무덤 속에 가서도 해야 한다고 그건 마치 삼신할매가 준 선물이다라고……

　　나는 중얼거리다 나는 중얼거리다?
　　부끄러운 줄도 모르는 다신교도와 같이.
　　아아, 이 애가 애자지게 보채노나.
　　불도 약도 달도 없는 밤.
　　아득한 하늘에는
　　별들이 참벌 날으듯 하여라.

열이 올라 애자지게 보채는 어린애의 이마에 입술을 대고 지껄이는 시인의 부성애야말로 눈물겹다. 아마 이 「발열」이라는 작품도 홍역을 치르고 있는 어린애의 모습이라는 것쯤은 쉽게 떠올릴 수 있으리라. 잘못하면 애장을 쓰러 밤길을 가야 할지도 모르는 생명에 대한 애착이 발열처럼 온몸을 끓게 한다. 그러한 밤에 시인은 하늘을 본 것이리라.

막막한 공간에 떠 있는 별들의 운행, 시인은 절망을 깨물며 부끄러운 줄도 모르고 다신교도와 같이 그 수많은 별들에게 지상적인 어둠에서 사라지려는 한 생명의 고귀함을 호소하는 것이리라.

실제로 나는 섬에 나가서 밤 낚시질을 하다 보면 수평선에 몰려 있는 별들이 그물코에 걸려 파닥이는 붕어떼처럼 생동감이 끓어오름을 몇 번 경험한 적이 있었다. 그때의 적막 속에서 아득한 원시의 음률이 몸에 닿아오듯 지용의 시 전편에서 느낄 수 있는 것은 순수함의 절정에서 끓어오르는 그런 신선한 광휘를 느끼게 한다. 같은 모더니스트들의 계열 중에서 가장 깨끗한 고유 언어로 순수감정을 유발하고 전통성의 고향을 추구했다는 점에서도 그는 단연 빼어나다. 그러한 그의 시를 낡은 것으로 치부한다거나 산중무력일(山中無曆日) 운운으로 한시를 차용했다는 등의 난도질을 하는 일부 논객을 만나면 자꾸 웃음이 나와 견딜 수가 없다.

같은 계열의 김기림이나 김광균과 비교할 때에도 버즘처럼 창궐했던 당시의 이미지스트로서의 회화성을 논할 때는 그의 이미지들은 결코 밖으로 발산하는 일이 없이 고도의 시정신으로 응축되어 있음을 감지할 수 있다. 기림이나 광균의 그 많은 문명어와 치졸한 비유에 더러 막힐 때가 있어도 지용의 시에서는 그런 막힘이 없다. 가령 광균의 시에서 회화성으로 범벅이 된 많은 작품들보다 회화성이 정제된 「은수저」가 단연 뛰어난 작품으로 보이는 것은 무엇 때문인가? 그것은 그의 시혼과 고도의 이미지가 한꺼번에 응축되어 있기 때문일 것이다. 또는 암흑기의 항일운동의 시를 언급할 때에도 윤동주를 항일 운동의 시인으로서 추켜세우며 벌떼처럼 일어났던 저간의 평문들에서도 나는 아연실색하지 않을 수 없다. 단 한 분 오세영 씨만이 여기에 반론(反論)을 제기했던 것으로 기억하고 있다. 민족 문학 건설이 꼭 역사주의 관점으로서만이 가능할 것인가는 아직도 의심스럽다.

동주 · 만해…… 그 다음은 어느 논객이 소월의 유고들을 뒤집어 놓고 철저한 항일시인으로 또는 민중시인으로 추켜세울 단계에 와 있는데도 아직 그런 평문이 없으니 이상하게 느껴질 정도다. 아마 소월이 감옥에서 죽지 않았기 때문일까?

말이 빗나갔지만 적어도 지용의 시를 읽고 있으면 먼저 가슴으로 쓰고 이미지 구사는 언어의 표현수단으로 써라는 시에의 정수 같은 것을 느낄 수 있게 한다. 동시에 이미지는 시 정신이 될 수 없다는 교훈을 느끼게 하며 그래서 에즈라 파운드의 이미지즘 운동이 막을 내렸던 서구의 현대시도 경계하지 않을 수 없음을 지용의 시는 느끼 게 한다.

> 장미꽃처럼 곱게 피어가는 화로에 숯불.
> 입춘때 밤은 마른 풀 사르는 냄새가 난다.

「석류」의 첫 줄인 '장미꽃처럼 곱게 피어가는 화로에 숯불'은 마치 중학생이 사용하는 어투의 낡은 수사법을 연상할지 모르지만 결코 천박스럽지 않은 까닭은 무엇인가? 모래알 속에 모래알이 있다는 기상천외한 수사법보다 얼마나 깨끗하고 순결한가? 지용의 시에서 느낄 수 있는 것은 아직도 그의 시 속에는 한국의 처녀성이 고스란히 간직되어 있다는 점일 것이다.

> 입춘설레 마른 풀 사르는 냄새가 나는 밤
> 아― 아 석류알을 알알이 비추어 보며

신라 천 년의 푸른 하늘을 꿈꾸노니.

화롯불씨를 되작시며 석류알을 깨무는 우리 할아버지들의 그 순결성, 그것은 신라 천 년의 푸른 하늘에까지 그 기맥이 닿아 있는 영원한 민족정신의 통로가 아닐까?

이 깨끗한 순결성, 이 깨끗한 민족 정서가 우리의 삶을 지속시켜 왔고 이런 선비의 옹골찬 기개가 멍석자리에서 사약을 받으면서까지 끝없는 상소문을 쓰게 했으리라. 지용의 시에서 또한 느낄 수 있는 것은 이 옹골찬 선비의 사상이다.

빨어도 빨어도 배고프리.

술집 창문에 붉은 저녁 햇살.

연연하게 탄다. 아아 배고파라.

황혼 무렵의 술집 창문에서 타오르는 '저녁 햇살', 굴풋한 시장기를 달래며 배회하는 한 선비의 모습이 결코 밉지가 않다. 새로운 세대에겐 한낱 우스개 소리로 들릴지도 모르는 시다. 금강산도 식후경이고 먹어야 양반이라는 식담을 끌어댈지도 모르겠지만 이 배고픔을 참아내는 절제야말로 우리 조상들이 간직하고 내려온 슬기로운 양식임을 간과해서는 안되리라.

혹자는 말하리라. 안빈낙도(安貧樂道)의 자세야말로 소극적인 삶의 수용 방법이라고. 적극적인 삶의 뜨거운 현장을 지용의 시에서는 찾아볼 수 없다고. 옳을지도 모른다. 그러나 삶의 뜨거운 현장을 폭로하고 고발하는 시 속에선 고매한 시정신을 찾아볼 수 없고 속기

(俗氣)로 처져버린 시의 저질적 속성도 우리는 잊어서는 안될 것이다. 그 까닭은 고매한 시정신이야말로 한 시(詩) 속에선 그 시인의 인격을 형성하기 때문이다. 다시 말하면,

　　수집듯 놓인 유리컵
　　바삭바삭 씹어도 배고프리.

　술이 없는 유리컵마저 씹고 싶어하는 시인의 욕망, 시인의 배고픔을 그대로 이 시 속에서 극기(克己)의 미학(美學)으로서 한 인격(人格)을 형성하기 때문이다. 기(氣)가 승하고 이(理)가 속되다든가 이(理)가 승하고 기(氣)가 속되다든가 하는 문제는 이런 경우를 두고도 통하는 이야기가 되기 때문이다. 따라서 지용(芝溶)의 시에서 느낄 수 있는 것은 여유(餘有)의 미학(美學)으로서 시정신을 통한 고매한 인격까지를 함께 누려 지닐 수 있다는 점이다.

　　노주인(老主人)의 장벽(腸壁)에
　　무시(無時)로 인동(忍冬)삼긴 물이 나린다.

　　자작나무 등그럭 불이
　　도로 피어 붉고

　　구석에 그늘지어
　　무가 순 돋아 파릇하고
　　흙냄새 훈훈히 김도 사리다가

바깥 풍설(風雪) 소리에 잠착하다

山中에 책력(冊曆)도 없이
三冬이 하이얗다

　이 「인동차(忍冬茶)」는 한시(漢詩)의 한 경지를 느끼게 하지만
결코 한시를 차용한 것은 아니다. 이 시 속에서 귀족적인 그의 풍모
를 느낄지도 모르지만 그보다는 한 선비의 당당한 생활태도가 놀랍
도록 그려져 있다. 우리들에게 이만한 안빈낙도의 시가 있다는 것은
자랑스러운 일이지 결코 부끄러운 일은 아닌 것이다. 또 한편 이 시
속에서 보는 바 순수전통의 고유어로서의 교직(交織)이 얼마나 놀
랍고도 아름다운가 하는 점이다. 눈(雪)이라는 말을 쓰지 않고도
'삼동이 하이얗다'는 구절의 표현은 얼마나 가상한가? 한밤내 사그
라져 가는 자작나무 등그럭불이 도로 피어 붉고라든가 그의 시 「바
다」에서 보는 바, '푸른 도마뱀떼처럼 재재 발렸다'는 신선한 비유
는 얼마나 깨끗하고 청순한가? 또한 지용의 시에서 느낄 수 있는 것
은 이 신선한 비유와 함께 등그럭불, 책력(달력), 하이얗다, 잠착하
다 등의 민족정서 언어로만 교직된 고유어의 보고(寶庫)라는 점이
다. 이 점은 그의 시를 말할 때의 제일의 장점이 될 것이며 동사나
형용사까지도 한 개의 이미지군에 응축된다는 사실도 간과해서는
안될 것이다. 쉬운 예를 들면 위의 시에서 삼동이라는 말만으로는
눈의 이미지가 형성되지 않고 '하이얗다'라는 말이 와야만 비로소
눈이라는 이미지를 추출할 수 있기 때문이다.
　또한 지용의 시에서는 각 행간마다 서구적인 문명어로서 회화성

이미지를 구축했던 광균에 비하여 그는 각 연이나 행 전체를 전통적 이미지로 구축했다는 점도 특이하며 이는 오히려 속되지 않고 고결한 인격으로까지 승화시켜 준다. 그는 그때부터 이 시작 과정에서 기림이나 광균에 비하여 잡다한 서구 문명에 구역질을 느낀 듯한 인상이 짙으며 그의 삶 자체마저 가장 한국적인 전통양식의 틀 속에 매어두고 싶었던 욕망이 강하였을 것으로 느껴진다.

나로서는 단 한가지 그의 행적에 의심점을 풀 수 없는 문제가 있긴 하나 여기에서는 언급하지 않겠지만 그는 어쨌든 이땅의 많은 시인군들 속에서 몇 편 안되는 작품을 남겼다 할지라도 가장 순수한 토박이요, 향토성을 지녔다는 점에서도 그의 시는 높이 평가되지 않으면 안될 것이다.

다시 한 개의 섬이 저기에 떠 있다. 현대라는 언어의 물결 속에 마모되어 갈지도 모르지만 그러나, 그 섬은 내 의식 속에 살아서 이렇게 나를 매료하고 있다. '전설 바다에 춤추는 밤물결, 검은 귀밑머리 누이와 아무렇지도 않고 예쁠 것도 없는 사철 발 벗은 아내가 이삭을 줍는 곳, 하늘에 섞은 별, 알 수 없는 모래성으로 발을 옮기고 흙에서 자란 마음은 다시 파아란 하늘빛이 그리워 함부로 쏜 화살을 찾으러 밤 이슬을 함초롬이 휘적시던 곳'이기도 하다. 아아, 그가 부르던 끝없는 '향수'는 전통도 인간성도 파괴된 그냥 이 시대의 무잡한 언어들의 바다 속에 외롭게 떠서 다시 우리들에게 끝없는 향수를 부르고 있을 뿐이다.

겨울나비

어무이요, 아시다시피 내가 시집간 지가 꼭 석 달째 안 나능교.
우리 신랑 내 얼굴 한시라도 못 보면 죽을라 하고 나는 신랑의 얼굴
한시라도 못 보면 환장을 하는데 내 신랑에게 미쳐 가지고 나는 못
가겠심더

—「바리 공주」 중에서

오늘은 놈이 장가가는 날이다. 새벽부터 집안은 술렁거리기 시작
했다.

신부집은 먼 마을 오십 리 밖에 있다. 마당엔 차일이 둘러쳐지고
횃불이 활활 타올랐다. 밤새도록 음식을 장만하느라 설쳤던 식구들
은 눈두덩을 깔고 안방에 모여 앉은 채로 누구 하나 말이 없었다. 무
서운 정적이 감돌기 시작했고 이상한 공포증에 가슴들은 벌벌 떨고
만 있었다. 큰고모 작은고모도 와 있다. 백지장처럼 얼굴들이 하얗게
질려 있다. 마당 가운데서 몇 번 댕댕 징이 울었다. 징채를 휘두르는
화랭이들의 손은 신바람이 나 있었다. 헛간에서 작두날이 마당 가운
데로 걸어 나왔다. 횃불 속에서 작두날이 번쩍거렸다. 잘 씻긴 볏짚

단을 추스르며 한바탕 춤을 추었다. 그리고 작두날이 마당에 놓여지고 볏짚단도 작두날 곁에 서 있다. 첫 번째 화랭이가 두 손에 침을 바르더니 한 손으로는 신장(神杖)을 짚은 채 작두날 통귀목에 한 발을 괴고 서서 번쩍 작두날을 들어 올렸다. 작두날이 번쩍거리며 허공에 떠오르자 둘째 화랭이가 볏짚단을 풀어 먹였다. 싸그락싸그락 짚날과 짚총이 작두날 속에서 넘어지고 그 비명소리가 마당에서부터 안방을 꽉 채워 흘렀다. 댕댕 가슴을 찢는 징소리가 뒤따라왔다. 세 번째 화랭이가 빗갓을 쓰고 양손에 대신칼을 흔들며 마당귀를 돈다. 몽두리 자락이 미쳐서 모닥불을 넘고 스르릉스르릉 불빛에서 울던 작두날이 질겁을 해서 헤드레청으로 쫓겨간다. 화랭이 둘이서 짚동을 날라서 짚총을 추려 제웅을 만든다. 덩더꿍 장단과 젓대소리(지금은 수무당이 없어졌다)는 빠져 있다 해도 놈의 저주스러운 요설은 그들의 입과 목을 타고 흘러서 마당에 넘치고 안방의 죽은 적막을 흐득흐득 흔들어 숨소리로 깨워 낸다. 놈은 화랭이들의 혀끝에 살아서 식구들의 가슴을 타고 안방 깊숙이 구들장 속으로 귀신같이 여행한다.

> 한 모랭이 두 모랭이 삼세 모랭이
> 열두 모랭이 나를 던져서
> 누가 날 살리리
> 날 살릴 이 누가 있더냐
>
> —「바리데기」의 1절

세 번째 화랭이가 몽두리 자락에 걸친 붉은 주머니를 흔든다.
"벌써부터 노잣돈 투정인가? 지깐놈이 원체 시상 바람쐤다고 나자마자부터 돈 투정이여!"

　놈의 숙모뻘 되는 여인이 꼬깃꼬깃 접혀진 지폐를 안섶에서 꺼내더니 쪼르륵 마당으로 뛰어나간다. 붉은 주머니가 몇 번 허공으로 날아오르고 지폐를 흔적 없이 받아 삼킨다. 자세히 보니 붉은 주머니가 돌아가는 땅바닥에서 첫 번째 화랭이가 짚날과 짚총으로 머리를 만들고 두 번째 화랭이가 난쟁이 배불뚝이 같은 몸통을 달아내어 첫 번째 화랭이로부터 받은 머리를 왼새끼줄로 단단히 비끄러맨다. 머리와 몸통이 이어지더니 다시 두 번째 화랭이가 만든 양팔이 몸통의 겨드랑이에서 쑥 삐져 나온다. 방 안에서 흐득흐득 느껴오는 이상한 숨소리가 마당을 꽉 채우고 흰창을 뒤집어 깐 집식구들의 눈알들이 벌벌 떤다. 세 번째 화랭이가 미쳐 날뛰고 두 번째 화랭이가 마지막 양다리를 달아 내더니 그 제웅은 벌떡 일어섰다. 한번 일어서더니 다시 나자빠진다. 첫 번째 화랭이가 잽싸게 방을 뛰어들더니 웃목에 놓인 검게 닳아진 목재함에서 사모관대와 꽃당혜를 꺼내간다. 사모관대를 입히고 꽃당혜를 신기니 벌렁 나자빠졌던 놈이 히히 웃고는 일어선다. 세 번째 화랭이가 손을 잡아 주자 놈은 헤헤덕거리며 마당을 돈다. 그때 먼 무덤으로부터 한 화랭이가 왔다. 명주필로 싸 든 신기(神器)를 상에 바치더니 놈을 끌고 갔다. 놈은 어칠어칠 따라가더니 서쪽을 향해 두 번 절했다. 그리고 상 앞으로 똑바로 걸어왔다. 전신을 비틀거렸다.

　　게 누가 날 찾는가 날 찾을 리 없건마는
　　어느 누가 날 찾는가
　　베려라 버리데기 던져라 던지데기

깊은 산중 퍼 버려라 퍼 버려라

—「바리데기」의 2절

이번엔 무덤으로부터 온 화랭이와 대신칼을 흔들던 화랭이가 들
러리를 섰다. 놈은 똑바로 서서 절했다. 너무 감격스러워 울고 있는
듯했다. 동시에 안방에서 격격 맺히는 소리가 마당을 흘러왔다. 놈
도 그들의 눈길과 마주치자 이상한 신음을 내었다. 눈 표정으로도
하나하나 알아보는 듯했다. 그리고, 똑바로 걸어왔다. 댓돌을 딛다
가 기우뚱하는 듯싶더니 성큼 마루로 올라섰다. 똑바로 안방을 향해
걸어 들어왔다. 꽃당혜가 사뿐사뿐 바람을 일으켰고 사모관대가 삼
현육각을 잡히는 듯 펄럭거렸다.

"아부이요."

놈은 꾸벅 절을 했다.

"어무이요."

두 번째 절을 했다. 놈은 무릎을 꿇고 절을 했다. 고요한 산 속처
럼 흐득흐득 가랑잎 지는 소리가 들렸다. 뿌옇게 어린 수증기들이
공중에 가득 얼어 있다가 후둑후둑 가랑잎 밟는 소리를 냈다.

"오냐, 잘 갔다 오너라!"

놈의 어머니뻘 되는 사람이 툭 말문을 텄다. 그리고, 여기저기서
쩔렁쩔렁 엽전이 놈의 무릎 밑에 떨어져 왔다. 몇 장의 구겨진 종이
돈들이 동전닢 위에 가득 쌓였다. 그리고 어머니뻘 되는 사람이 장
롱 속에서 혼수감들을 끌어냈다. 날이 뿌옇게 새고 있었다. 그때 가
마 한 채가 마루 끝에 당도했다. 집안 장정네들이 방문을 기웃거렸
다. 놈은 일어서서 침통한 표정으로 마지막 고모뻘 되는 사람에게

절을 올리고 가마문 속으로 쏙 들어갔다. 가마가 움직였다.

집안 장정네들 넷이서,

"꽤 무거운걸……."

이상하다는 듯이 머리를 저으며 가마를 메었다. 놈의 재종당숙뻘 되는 사람이 흰 두루마기를 걸치고 따라나섰다. 이런 상객(上客)은 처음인 걸, 역시 투덜거렸다.

"곶감하고 대추는 싸 와라!"

그의 고모들이 가마문 뒤에다 대고 소리쳤다. 화랭이들이 끄억끄억 트림을 하며 나섰다.

대신칼이 스르릉 찬 공기를 찢었다. 동이 트고 가마가 사립을 나섰다. 신부집은 먼 마을 오십 리 밖에 있다.

선간에 가서 선간 사람입니다.

그 고양이와 강아지는 둘이 살아서

둘이 부비처럼 인간의 십 년은 감해져 있으니까니

그래서 고양이나 개가 십 년 아니 합니다.

십 년을 양해서 보니까니

둘이 쌍합이 돼서 사람이 돼서

그 고가(高哥)라는 성(姓)은

개가 고양이로 환생해서 낳은 성이 돼서

고개 돼서 고개라는 성으는

가슴이 털이 있습니다.

—「궁상이 굿」1절

놈을 장가들이기 위하여 처음 화례무당(花禮巫堂)을 찾아갔을 때, 그녀는 병들고 초췌해 보였다. 자신의 말로는 신통력이 많이 줄었다는 것이다. 요즘은 통 나비가 오지 않는다고도 했다. 그 전에는 겨울철에도 신당(神堂)에서 나비를 보았는데 지금은 볼 수 없다고 했다. 봄인데도 나비가 오지 않는다고 그는 서러워했다. 아랫목 벽장 끝 상청 같은 신당에는 거미줄이 두 줄 세 줄로 가로쳐져 있었다. 그녀는 요즘 대를 쥐고 흔들어도 통 신이 내리지 않는다고 했다.

그녀는 원래 전승무당이나 학습무당이 아닌 본풀이로 접신을 한 무당이었다. 그래서, 화랭이는 아니었다. 그녀는 열세 살 때 아버지를 여의고 어머니를 따라가게 되어 의붓아버지를 섬겼다. 의붓아버지의 학대는 극심했다. 그녀는 어느 날 밤에 나비꿈을 꾸었다. 옷섶에도 치맛자락에도 주렁주렁 노랑나비가 매달렸다. 그녀는 너무 좋아서 꿈을 깨지 못한 채 밖으로 뛰쳐나갔다. 며칠을 돌아오지 않았다. 이 마을로 저 마을로 혼수상태에서 떠돌아다니기만 했다. 이것을 알고도 집에서는 말문을 터 주지 않았다는 것이다. 우연히도 삼십 리 밖에 있는 화랭이촌을 들어가게 되었는데, 이것을 안 화랭이들이 씻겨 내렸다는 것이다. 그때부터 그녀는 이름자대로 화례무당이었다. 씻김을 당하고 나서부터 그녀는 참 용한 점장이로 이름을 떨쳤다. 재산도 꽤 붙었다. 그러나, 여순 사건이 터지고 6·25가 일어나고 세상 인심은 하루 아침에 뒤바뀌면서 손님은 뜸해졌다고 한다. 내가 숙모님과 더불어 찾아갔을 때 그녀는 몇 년 만에 처음으로 어젯밤 나비꿈을 꾸었다고 했다. 오늘은 신이 잘 내릴 것 같다는 말에 우리는 안심했다.

점쌀(點米)을 내밀자 그녀는 상바닥에다 쌀을 엎질렀다. 그리고,

점쌀 위에선 몇 번째 동전닢이 비명을 지르며 넘어졌다. 화례무당이 무어라고 구시렁거리며 댓가지를 쌀에 꽂는다. 무덤에서부터 놈이 먼 길을 왔는지 쌕쌕 후깨질을 하며 흰창을 까집는다. 방바닥에 나뒹 군다. 화례무당은 뱀 같은 혀를 놀려 놈의 말을, 죽음을 쏟아 놓는다.

놈이 제대복을 입고 허무증을 안고 돌아오던 날이 1966년 3월이 었는데, 그 이튿날로 놈은 자기 어머니 무덤이 보이는 언덕 밑에서 자살을 했다. 놈이 먹다 남은 수면제 알약들이 군복깃을 타고 흘러 들찔레꽃처럼 아침 이슬에 희게 젖어 피고 있었다. 놈을 거적대기에 말아다 산에 묻고 오던 날부터 입바람이 나기 시작하더니,

"나 장가 갈래……"

였다.

동남간(東南間) 쪽 어느 마을에 색시를 보아 두었다거니 아무데 마을 색시는 마음에 안 들고 겁살(怯煞) 꼈다거니 축방(丑方) 쪽은 액운이라니 횡설수설 떠들어댔다.

……그러니 시간, 망각하는 법을 배우라. 시간이

지닌 의미를 두려워하지 않는 법도 배우라. 감상적인

기록의 모든 흔적들을 억누르고 곧 사라져 버릴

명상어린 추억도 가을도 짓밟힌 꽃잎도 향수

마저도 억누르라.

— 「부카레스트」, 1934

신부의 가마가 도착한 것은 저녁 무렵이었다. 정확히 말해서 폐백 을 드리는 시간은 신시초(申時初)였다. 가마는 네 귀에 흰 띠를 두

르고 있었다. 문간쪽 오동나무에서 몇 번 징이 울고 가마 앞에 서서 놈은 어슬렁어슬렁 걸어 들어왔다. 간밤 신부 방에서 곤죽이 된 탓인지 풀기가 하나도 없었다. 가마를 향해서 쌀, 녹두, 검은 콩알들이 쏟아져 내리고 폐백상에 몰려 있던 마을 사람들은 뚜드름한 정적에서 깨어나 선소리도 하고 쿡쿡 옆사람 겨드랑이에 간지럼도 먹이면서 웃기도 했다. 집안은 갑자기 활기가 돌기 시작했다. 은은한 불빛 속에서 묶여진 닭이 꼭꼭 소리를 지르고 폐백실 마당은 횃불이 타올랐다. 큰 등 작은 등이 안팎 뒤란까지 비치고 있었다. 폐백상이 놓인 돗자리에는 놈의 상객으로 갔던 그의 재당숙뻘 되는 사람과 어머니뻘 되는 그러니까 신부로서는 시가(媤家)가 되는 식구들이 차례로 죽 나와 앉았다. 놈은 가마문을 열고 제 계집을 끌어냈다. 이 일은 화랭이 넷이서 전적으로 거들고 들러리를 섰다. 신부는 초록 저고리 다홍 치마 얼굴도 고왔다. 족두리 화관에다 용잠을 찌고 연지곤지도 발랐다.

"시상에 시상에도 이것이 무슨 일이당가 잉……."

혀끝을 끌끌 말아대는 마을 젊은 새댁들보다 훨씬 이뻤다.

신부는 우선 시집 식구들의 선영이 있는 서북쪽 하늘을 향해 절을 올렸다. 그 다음, 시집 식구들에게 차례로 폐백을 드렸다.

시아버지의 바지 저고리에서부터 두루마기, 하다못해 시집 끝 식구들의 버선짝 양말짝도 두루뭉수리였다. 반짇고리 · 요강 · 바가지 등속 등…….

폐백이 끝나고 신부는 놈이 기다리고 있는 안방을 향하여 하얀 명주필을 밟으며 아장아장 걸어갔다. 첫 번째 화랭이와 두 번째 화랭이가 들러리를 서서 부축했다. 세 번째와 네 번째 화랭이는 마당굿을 시작했다. 대신칼이 번쩍거리고 몽두리자락이 모닥불을 넘는다. 그때마다 신부의 치맛자락이 나풀거리고 예쁜 꽃신이 벗겨질 듯 벗겨질 듯 따라갔다.

이 원색 속으로 어디서 왔는지 한 마당 가득히 겨울 나비들이 날아내렸다.

註) 이 글은 송수권 에세이 『사랑이 커다랗게 날개를 접고』에 있는 글이다. 당선작 「山門에 기대어」의 창작 배경으로 씌어진 글로 「사혼가(死婚歌)」로도 발표된 적이 있다. 그의 출생 가족사를 황톳길에서 벌어진 신화의 축제라고 그가 고백한 대로 그의 원색적 시정신이 어디서 오는가를 가늠하게 한다.

군산항(群山港)

금강……

이 강은 지도를 펴놓고 앉아 가만히 들여다보느라면, 물줄기가 중둥께서 남북으로 납작하니 째져가지고는 한강이나 영산강도 그렇기는 하지만 그것이 아주 재미있게 벌어져 있음을 알 수 있다. 한번 비행기라도 타고 강줄기를 따라가면서 내려다보면 또한 그럼직할 것이다. 저 험준한 소백산맥이 제주도를 건너 보고 뜀을 뛸 듯이 전라도의 뒷덜미를 급하게 달리다가 우뚝…… 또 한번 우뚝…… 높이 솟구친 갈재와 지리산 두 산의 산협 물을 받아가지고 장수로 진안으로 무주로 이렇게 역류하는 게 금강의 남쪽 줄기다. 그놈이 영동 근처에서는 다시 추풍령과 속리산의 물까지 받으면서 서북으로 좌향을 돌려 충청 좌우도의 접경을 흘러간다.

그리고 북쪽 줄기는……

좀 단순해서 차령산맥이 꼬리를 감추려고 하는 경기 충청의 접경 진천 근처에서 청주를 바라보고 가느다랗게 흘러 내려오다가 조치원을 지나면 거기서 비로소 오래 두고 서로 찾던 남쪽 줄기와 마주 만난다. 이렇게 어렵사리 서로 만나 한데 합수진 한 줄기 물은 게서

부터 고개를 서남으로 돌려 공주를 끼고 계룡산을 바라보면서 우쭐
거리고 부여로…… 부여를 한 바퀴 휘돌려다가는 급히 남으로 꺾여
단숨에 논산 강경에까지 들이닿는다. 여기까지가 백마강이라고, 이
를테면 금강의 색동옷이다. 여자로 치면 세태에 찌들지 안한 처녀적
이라고 하겠다.

백마강은 공주 곰나루에서부터 시작하여 백제 흥망의 꿈자취를
더듬어 흐른다. 풍월도 좋거니와 물도 맑다.

그러나 그것도 부여 전후가 한창이지, 강경에 다다르면 장꾼들의
흥청하는 소리와 생선 비린내에 고요하던 수면의 꿈은 깨어진다. 물
은 탁하다.

예서부터가 옳게 금강이다. 강은 서서 남으로 빗밋이 충청, 전라
양도의 접경을 골타고 흐른다. 이로부터 물은 조수까지 섭슬려 더욱
흐르나 그득하니 벅차고 강 넓이가 훨씬 퍼진 게 제법 양양하다.

이름난 강경벌은 이 물로 해서 아무때고 갈증을 잊고 촉촉하다.
낙동강이니 한강이니 하는 다른 강들처럼 해마다 무서운 물난리를
휘몰아 때리지 않아서 좋다. 허기야 가끔 홍수가 나기도 하지만 이
렇게 에둘르고 휘몰아 멀리 흘러온 물이 마침내 황해 바다에까지 깨
어진 꿈이고 무엇이고 탁류째 얼리 좌르르 쏟아져버리면서 강은 다
하고, 강이 다하는 남쪽 언덕으로 대처 하나가 올라앉았다.

이것이 군산(群山)이라는 항구요, 예서부터 이야기가 풀린다.

이상은 채만식의 소설 『탁류』에 나오는 서두 부분이다. 반도의 서
남부를 흐르는 금강 묘사가 생생하게 드러나 있다.

채만식을 본 일은 없지만 비뚜름한 낡은 중절모자를 아무데서나

쓰고 나오는 것을 보면 이 중절모에 곁들인 그의 시니시즘(냉소주의)이나 지성적인 풍자주의를 느끼게 하며 자꾸 웃음이 떠오른다. 이 웃음은 사실 걸맞지 않은 그의 안경테 너머에서 솟아나는 웃음일지도 모른다.

그의 소설은 식민지의 사회상의 안팎을 확연하게 드러내어 세태를 풍자했기 때문에 세태소설 또는 사회소설이라는 지목을 받았다. 그는 1933년까지 프로문학에 대하여 동반자적인 작품경향을 보여주었다. 사회를 두루 통찰하는 그의 눈은 도시뿐만 아니라 농촌 상황에 대해서도 독특한 비판을 가하고 있다. 주인공 초봉이의 일생이 바로 그러하다.

비뚜름한 그의 중절모와 안경 너머의 독특한 웃음, 무슨 독약을 구하는 지성인의 그것처럼 "……이렇게 에둘르고 휘몰아 멀리 흘러온 물이 마침내 황해 바다에까지 깨어진 꿈이고 무엇이고 탁류 채얼려 좌르르 쏟아버리면서 강은 다하고, 강이 다하는 남쪽 언덕으로 대처 하나가 올라앉았는데 이것이 군산항"이라는 것이다. 길고 긴 회랑처럼 누비고 흘러서 낙타의 수낭(물주머니)처럼 금강은 군산항을 남쪽 언덕으로 밀어 올려 놓았는데 이는 반도의 무슨 혹처럼 보이는 것이다.

나는 일제 시대 다 닳아져서 너덜너덜한 채만식의 중절모자 같은 군산항을 밟고 지나갈 기회가 있었다. 사실 그때 보았던 그 금강 하류의 서끌서끌한 물과 기울어 있는 군산항의 옛모습을 그대로 본 듯하여 가슴이 아팠다. 군산항과 채만식, 군산항과 그 중절모자, 군산항과 그 탁류는 2월의 하늘 아래서 어둡게 떠서 흔들렸다. 그때 나는 어느 잡지에 호남의 뿌리를 캐는 역사기행을 2년째 해오고 있었으므로 멀리서 내뿜는 장항제련소 굴뚝의 연기를 바라보며 이 탁류를 건너 충남 한산 땅까지 들어간 일이 있었다. 백제 유민의 마지막 항쟁터였던 '백강 싸움'을 취재하기 위해서였다.

　군산항에서 차를 대놓고 하룻밤을 묵었는데 일제시대와 별반 달라진 것이 없다는 그 너덜너덜한 풍경과 또한 그 너덜너덜한 채만식의 중절모자가 하룻밤내 겹쳐 떠오르던 것이다. 나는 그때 비로소 금강의 실체를 다소나마 파악한 것 같았고 이 너덜너덜한 풍경 속에서 등산모와 배낭을 짊어지고 떠돌았던 신동엽 시인을 떠올릴 수도 있었다. 둘이는 엇비슷한 체구에 같은 풍토병을 앓았던 지식인들로서 피를 대물림한 의좋은 선후배 같다는 생각도 하게 되었다. 탁류와 금강, 금강과 탁류, 너덜너덜한 중절모와 등산모 또는 그 등산모와 중절모는 '도래구찌(일본인들의 모자)'의 반대개념이며 압박과 억압, 결국 수탈당하고 쫓기는 자들의 아픔으로 귀속된다는 사실에 일치함을 알았다.

　이 아픔의 끝에는 피를 다 말린 군산평야가 떠오르고 군국주의를 살찌우는 식민지 도로인 전군가도(全群街道)가 떠오르는 것이다. 그것은 곧 군산평야의 다른 이름인 호남평야 또는 서남평야 일대가 되며 반도 전체가 되는 것이다. 중절모자가 일제치하 고뇌의 상징물이라면 등산모는 분단된 국토의 아픔, 신식민주의 그늘에서 자란 독재정부의 권력구조에 대한 아픔인 것이다. 그래서 소설 『탁류(濁流)』나 서사시 「금강(錦江)」은 한 시대와 한 시대를 동반자적(同伴者的) 상황으로 묶을 수 있는 것이다. 우리 식민주의 문학사에서 이 동반자적 또는 '동반작가'라는 말처럼 애매모호한 말이 없지만 사실 일제치하에서 고뇌했던 이 동반작가들이야말로 가장 건전한 양식(良識)을 가진 사람들이 아니었던가 싶다. 바로 채만식이 그러한 지식인이었으며 작가였다. 당시의 언론매체를 장악했던 프로문학의 구성원이 아니었던 이 동반작가들이야말로 '민족지성(民族知性)'을 가장 올바르게 이끌어 갔던 사람들이다. 이끌었다기보다는 동반자적 입장에 있었기 때문에 그들은 객관화될 수 있었고 양심의 지렛대를 그 누구보다 튼튼하게 지니며 살 수 있었다. 혁명에는 찬동하나 마르크스주의나 프롤레타리아 문학의 어느 쪽에도 적극적으로 가담하지 않는 자유주의적인 인텔리겐차로 최서해, 주요섭, 유진오, 이효석, 채만식 등이 바로 그들이다. 다음에 오는 김유정, 이상, 이효석, 이무영, (김기림, 정지용) 등 9인회의 출현과 함께 이들을 식민지 문학사에서 제외시켜 버리면 사실상 우리 소설에는 남을 만한 작품이 없는 것이다.

언변(言辯)으로서의 문학, 행동하는 투사요 지사로서의 문학이 아니라 영혼을 꿈꾸는 문학에서는 이념의 벽도 뛰어넘어야 하는 것이다. 이것은 고뇌하는 지성이며 한 시대의 이념에 갇히는 문학이 아니다. 그러므로 이 동반작가들은 늘 외로웠으며 물 위에 기름처럼 떠돌다 간다. 결코 혁명주의자들이 내거는 문학을 한 시대의 수단으로 삼는 이는 민중의 영웅이 될 수 없기 때문이다. 그래서 이들은 외로운 그 길을 가는 것이다. 역사의 변증법에서 그 어느 편에도 모순은 내재하고 있기 때문이다. 그 어느 편에서도 참다운 자유와 개성은 죽고 영혼은 속박당하는 것이기 때문이다.

이 중간자적(中間者的) 입장에서 비판적 기능을 수행하는 일이야말로 지성인의 몫이며 이들의 몫이었다. 그래서 낮은 목소리 작은 몸짓으로 허장성세 없이 민족이란 이름을 팔지 않고도 그 주옥같은 작품들을 써낼 수 있었다. 채만식이 바로 그런 지성의 작가였던 것 같다. 그래서 그의 지성은 얼음처럼 차갑고 싸늘하다. 1980년대 후반에 와서 그의 작품이 분석되고 빛을 보게 된 것은 바로 이 때문이다. 한 인간이 객관화되기란 얼마나 어려운 일인가?

오랜 시민 사회의 전통에서 얻어진 파리적 지성과 그것을 체험하지 못한 한국적 지성은 근본적으로 그 시각부터가 달라 있음을 우리는 항시 주목할 필요가 있을 것이다. 그런데도 이 동반작가들에 대한 연구는 전무한 형편이다.

아마 모르긴 해도 흑과 백의 존재가 아니면 설 수 없었던 일제치하로부터 지금까지의 어두운 사회상황을 그대로 드러내보인 단적인 예로서 이땅의 지성이 얼마나 이데올로기의 시녀가 되어 치사했던가를 보여 주는 좋은 증거일 것이다. 이럴수록 진실은 가려지기 마련이다. 역사를 그들의 전유물로 저당잡고 난도질할 때는 그렇다. 나는 채만식의 중절모나 이효석의 중절모에서 그것을 읽을 수 있다. 당시 지식인들이 이용했던 중절모는 바로 그런 상징물이 아니었을까? 당시 독립군의 개털모자를 썼던 분들은 이 모자에 대한 혐오증을 가졌었을 것이다. 이 시대에도 개털모자를 쓴 지식인들은 많다.

나는 이날 밤 이런 생각을 하며 채만식이 곧잘 어슬렁거렸을 군산항의 밤거리를 헤맸다. 군산항 앞바다에 떠 있는 많은 화물선들이 영락없는 그 시대의 화륜선들처럼 가슴 아팠고 서남평야의 넘어지는 소리가 하역을 하는 지게차의 삐걱거리는 소리와 중첩되어 선명하게 떠올랐다.

지게차가 운다…….

서남평야가 넘어진다…….

일찍이 우리들의 못자리 벽골둑과 황등못이나 쇠정이못(눌제)을 발원했던 서남평야가 뿌리째 넘어지면서 통곡하는 소리가 밤늦도록 들리는 것이었다. 전군가도를 달려오는 그 수많은 군국주의 일본식 트럭들…… 거기엔 배가 터지도록 넘치는 쌀가마니들이 실려 이 항구로 집결되는 것이었다. 단야(丹若) 낭자의 거룩한 희생으로까지 물둑을 지켰던 원고향이 이렇게 힘없이 넘어진 것이다. 넘어지고 우리는 구황식(救荒食)의 풀뿌리를 씹고 이렇게 자라난 것이다.

"이놈들아 정신 차려라……."

마침 『탁류』의 여주인공 초봉이 같은 음성이 뒷골목 어디선가 들려와 포장집의 가스불 밑으로 들어서더니 그 시대의 막막한 분위기처럼 눈이 퍼붓는 것이었다. 눈발은 바닷바람에 쏠려 말채찍 같은 울음소리를 낸다.

아마 이 울음소리를 못 들었다면 나는 2월달 군산항에 오지 않은 것이 분명하다.

"이제 미두값이 좀 어떠냐?"

하역을 하는 인부들 사이에서 한사코 이 말을 듣지 못했다면 나는 한번도 군산항에 오지 않은 것이 분명하리라. 아직도 한 집 건너, 또 한 집 건너 한 집은 어김없이 왜식집인 군산항의 가옥들, 그리고 그때의 주식취인소, 금융조합, 성결 교회당, 미사의 종소리, 『탁류』 속에 어둡게 섞여 들리는 그 눈발 속의 말채찍 같은 소도구(小道具)들의 울음소리를 못 들었다면 나는 두 번 다시 군산항에 오지 않은 것이 분명하다.

지금 군산항은 이 잔재의 소리를 씻어내는 속죄양처럼 누워 어둡게 흔들린다.

그래서 2월달 군산항, 내리는 눈발 속에서는 그 말채찍에 얻어맞는 기막힌 염소 울음소리가 난다.

　　기필코 누구든 이 항구에 와서 내시(內侍) 같은 염소 울음소리를 못 들었다면 그는 한번도 군산항엘 와 본 적이 없는 것이다. 골목골목 금강의 검은 탁류가 밀려 들고 두 집 건너 한 집, 그 한집은 영락없는 왜식 지붕인 것이다.

　　나는 지금 이 왜식지붕 밑에 앉아 글을 쓰는 것이다.

　　채만식의 『탁류』에 나오는 서두 부분의 '금강' 묘사가 너무나 좋기 때문에 나는 다시 그것을 시로 옮기는 것이다.

　　초봉이의 연애편지 같은……. 그렇다 군산항은 어두운 그 식민지 그늘에서 문패도 번지도 없는 주막과 같은 항구였음이 틀림없는 것이다.

　　　강물은 뿌리로 보면 한 그루 나무와 같다.
　　　돌무지에서도 어린 느티나무 싹이 자라듯
　　　처음은 가느다란 가느다란 풀무치 울음소리가
　　　들린다. 그것이 귀또리 울음처럼 잎을 달고 제 날기뼈를 쳐서
　　　저 깊은 골짝으로 막 밀어낼 때는, 가지는 휘늘어져
　　　검은 구렁이처럼 운다. 이제는 융융하다 소리가 없다.
　　　그러나 잘 들어 보면 한밤중 그것들은 저 벌판,
　　　늑대들처럼 몰려서 짖는다. 어떤 창이 와도 이 옆구리
　　　찌를 수 없고 어떤 대포알이 와도 이 심장 죽일 수 없다.

　　　강물은 뿌리로 보면 한 그루 나무와 같다.

창창한 어린 잎을 달고서는 계룡산 연봉을 보며
우쭐거리던 처녀시절 — 扶餘, 참 좋은 숲 하나를 이루었다.
백마를 타고 강폭을 미끄러지던 범선의 돛대를 향하여
화살을 날리는 꿈 같던 백제의 청년은 죽었다.
시들해지고 그후 밑뿌리까지 다 보일 듯하더니
강경에 이르러 장꾼들의 멸치젓 새우젓 어리굴젓 독에서도
왁자지껄 진딧물 같은 물벼룩들이 툭 툭 떨어진다.

강물은 뿌리로 보면 한 그루 나무와 같다.
그것들은 모이고 모여 밑둥까지 꺼머진 채 숲을 이루며
어깨와 팔다리의 근육을 우그려뜨려서는 금산사의 미륵보살
흰 눈썹에도 어진 손 없고 지나는 것을, 그러고도
논산 제2훈련소 앞을 서서남으로 빗밋이 에두르고
휘두르다가는 이제는 그 숲 속에서 깨어진 꿈이고
무엇이고 탁류에 얼려 이제는 더 어쩔 수 없이
전라도 사투리가 열매들처럼 툭 툭 불거진다.

아, 저 보아라 저무는 강둑 착한, 젖먹이 소를
앞세우고 가는 농부의 뒷모습, 서해 짠물 속에
머리를 처박고 들어가 이제는 멸치떼고
새우떼고 마구 퍼올리는 한국의 江을, 저
이끼 슬은 관촉사의 저녁 종소리가 들릴 때까지 그러고도
이 벌판 가득 떠오르는 저 찬란한 별들을.

— 졸시 「한국의 江」 전문

황토와 고향의 봄

　……앵화의 어깨 너머로 뻗쳐나간 길을 보았다. 그것은 황톳길이 아니라 검은 길이었으며, 고향으로 가는 길이 아니라 몇 개의 도시로 뻗쳐 있는 순환도로와 같은 길이었다. 그 길의 끄트머리에 불돌 노인은 서 있었다. 대낮인데도 어두운 산 속에서 내려오는지 등불을 켜들고 비틀거리며 술통 하나를 굴리며 오고 있었다. 온몸은 주렁주렁 박달나무 방망이투성이이었다.

　나는 다시 앵화의 등을 힘있게 끌어안았다.

　이 글은 시(詩)가 아니라 나의 첫 산문집 속에 나오는 「앵화(櫻花)」라는 글 속의 끝 부분이다(이 글은 본 산문집에도 실려 있음 – 편집자 주).

　이제 모든 국토는 황톳길이 아니라 검은 길이 되어 버렸다. 그 길의 끄트머리에 고향은 무참히 내던져져 아스팔트길로 포장되었거나 아니면 수몰지구로 물 속에 처박혀져 버렸다. 장성댐이나 다도댐쯤 청명한 가을에 낚싯대를 메고 나가보면 어느 산골짜기 가득 고인 물속에서 신기하게도 감나무 가지가 솟아 올라 감 몇 개가 익고 있는 모습을 보게 된다. 이 광경을 보면 아, 이 물밑이 우리들 전설의 고향이 있었던 자리구나 하고 넋을 놓을 때가 한두 번이 아니었다. 나의 고향은 수몰지구는 아니더라도 마을 앞까지 아스팔트길이 지나고 있어 고향다운 운치라고는 조금도 맛볼 수 없는 곳이다. 고흥읍에서 20리, 그 옛날의 황톳길은 이제 다시 찾아볼 수 없다. 이 꼬불꼬불한 황톳길을 따라 나는 고무신을 끌고 읍내 중학교까지 통학했었다. 1975년 등단하기까지만 해도 이 길이 나의 작품 속에 어떻게 투영되어 있는가를 보면 그 격세지감이 어떠한 것인가를 잘 느끼게 한다.

> 자전거 짐받이에서 술통들이 뛰고 있다
> 풀 비린내가 바퀴살을 돌린다
> 바퀴살이 술을 튀긴다
> 자갈들이 한 치씩 뛰어 술통을 넘는다
> 술통을 넘어 풀밭에 떨어진다
> 시골길이 술을 마신다
> 비틀거린다
> 저 주막집까지 뛰는 술통들의 즐거움
> 주모가 나와 섰다
> 술통들이 뛰어내린다
> 길이 치마 속으로 들어가 죽는다.
>
> — 졸시 「시골길 또는 술통」 전문

 적어도 이와같이 그 길은 생동하는 길이었다. 어둠 저 끝에서 떠오르던 주막집의 불빛, 그 불빛을 배경으로 우리 신화시대는 화려하게 연출되었다. 이는 곧 우리들 고향으로 가는 원색적인 길이었다. 이 길의 신화야말로 우리 역사 그것이며 고향 전부라 해도 틀림이 없다. 이 길이 단절되었을 때 전통 문화는 깡통 속에 들어가게 되고 그 중에서도 인스턴트식품처럼 우리 문화 또한 맛을 잃게 될 것이다. 음식뿐이랴. 나는 우리 시(詩)도 그런 거라 믿는다. 이 체취가 없을 때 현대시는 드라이하고 모래를 씹는 맛이며 한 수 격이 떨어지는 시가 되고 만다. 영리한 시인이라면 이 격을 자기화하려고 애를 씀을 알 수 있을 것이다.

따라서, 나 자신도 이 길 위에서 시를 쓴다. 그 신화의 불빛을 받으며, 그래서 따뜻하다. 제1시집은 『山門에 기대어』이지만 제2시집은 또 『꿈꾸는 섬』이다. 그 『山門에 기대어』는 이 길의 어두운 불빛 속에서 자살해 버린 누이(동생)의 이야기고 『꿈꾸는 섬』은 내가 소생하기 위한 이 길의 신화에 다름 아니다. 이는 곧 원초적인 고향 회복의 노래며 '부활의지'에 다름 아니다. 지금은 시멘트 다리가 걸쳐져 있지만 옛날은 이 다리 아래가 바로 폭이 넓은 냇물이었으며 징검다리가 가로질러 있어 나는 이 냇물을 건너 국민학교에 처음 들어 갔다. 그것도 어머니 손을 잡고 까치발로 곤두박질하면서 나는 더 큰 황톳길을 만났고 내가 일어서야 하는 법도 배웠다. 어머니와의 고통스런 이별은 정확히 열 살 때였다. 지금도 그 입학하던 첫날처럼 그녀는 징검돌들의 끝에 서서 주저앉지 말고 건너와 보라 소리소리친다. 남빛 치맛자락에 참매미처럼 붙어서 그녀의 손 이끌림대로 징검돌을 밟을 때는 나는 하나의 꽃씨였다. 그 꽃씨가 땅에 떨어져 하루나 이틀 천지 사방에 찬란한 햇빛은 흘러넘치어 그 모자를 가만히 땅에 벗어놓고 세상을 한 바퀴 뚤래뚤래 둘러보는 그런 일이나 같은 것이었다. 나는 그 징검돌들이 처녀애들의 뒷통수처럼 물에 잠겨서 "도령아 도령아 내 뒷머리채 못 밟아준 것도 천치 바보지…… 낄낄낄" 소리내는 그 돌들을 밟으며 '새파란 냇물에 낭의 모습 잠겼세라' 라는 저 「찬기파랑가」와 같은 모자(母子)상을 지금도 보고 서 있는 것이다.

그러므로 이런 「찬기파랑가」와 같은 모습은 '아으 서리 높아 끝간데 모를 잣나무 가지여…….' 와 같이 꼿꼿한 기상으로 또는 저 월명사의 「제망매가」와 같은 부활로 환생되는 것이다.

누이야
가을山 그리메에 빠진 눈썹 두어 낱을
지금도 살아서 보는가
정정(淨淨)한 눈물 돌로 눌러 죽이고
그 눈물 끝을 따라가면
즈믄밤의 江이 일어서던 것을
그 강물 깊이깊이 가라앉은 고뇌의 말씀들
돌로 살아서 반짝여 오던 것을
더러는 물 속에서 튀는 물고기같이 살아오던 것을
그리고 산다화 한 가지 꺾어 스스럼 없이
건네이던 것을

— 졸시 「山門에 기대어」 1연

이 얼레지〔哀歌〕는 곧 동생의 죽음에 바쳐진 노래이지만 '고향' 이 있는 한, 그의 죽음도 절대로 외롭지 않다는 것을 나는 안다. 그

의 죽음에 바쳐진 「겨울나비」라는 글 속에선 다음과 같이 비쳐지기
도 한다.

어무이요. 아시다시피 내가 시집 간 지가 꼭 석 달째 안 나능교.
우리 신랑, 내 얼굴 한 시라도 못 보면 죽을락하고 나는 신랑의 얼굴
한 시라도 못 보면 환장을 하는데 내 신랑에게 미쳐 가지고 나는 못
가겠심더.

— 「바리 공주」 중에서

오늘은 놈이 장가 가는 날이다. 새벽부터 집안은 술렁거리기 시
작했다.

신부 집은 먼 마을 오십 리 밖에 있다. 마당엔 차일이 둘러쳐지고
횃불이 활활 타올랐다. 밤새도록 음식을 장만하느라 설쳤던 식구들
은 눈두덩을 깔고 안방에 모여앉은 채로 누구 하나 말이 없다. 무서
운 정적이 감돌기 시작했고 이상한 공포증에 가슴들은 벌벌 떨었다.
큰고모 작은고모도 와 있다. 백지장처럼 얼굴들이 하얗게 질려 있
다. 마당 가운데서 몇 번 댕댕 징이 울고 징채를 휘두른 화랭이 무당
들은 신바람이 나 있었다. 헛간에서 작둣날이 마당 가운데로 걸어나
왔다. 횃불 속에서 작둣날이 번쩍거렸다. 잘 씻긴 볏짚단 몇 개가 다
시 걸어나왔다. 화랭이들은 작둣날에 볏짚단을 추스르며 춤을 췄다.
첫 번째 화랭이가 작둣날을 치켜올려 한 손으로 신장(神杖)을 짚은
채 작둣날 통귀목에 한 발을 걸었다. 작둣날이 울며 허공으로 떠올
랐다. 둘째 화랭이가 볏짚단을 풀어먹였다.……

— 산문 「겨울 나비」 부분

이는 누이(동생)가 죽은 후에 그 혼맞이로 또한 죽은 처녀의 혼을 불러 결혼을 시키는 장면의 한 굿판이다. 이러한 비장미 넘치는 애절함이 또한 황톳길 위의 그 신화로 벌어진다. 마침 이 글을 쓰기 위하여 사진반과 함께 고향집에 들렀을 때 거기엔 70 넘으신 아버님이 췌장암으로 누워 계셨고, 그분의 생 또한 결코 순탄치만은 않은 것이었다. 대학병원에서 쫓겨난 지 석 달째 접어들고 있어 조바심 타는 날들의 연속이다. 그분은 고흥 향교의 전교(典校)까지 지낸 꼿꼿한 유교식 전형적 선비인데도 "……이제 네 어머니 제사는 광주로 모셔가거라. 네 동생은 서울 둘째가 데려다 엊그제 제사를 모셨느니라……. 그리고 고조 증조부 내외도 합제(合祭)로 세상 따라……." 이렇게 완강했던 당신의 고집을 꺾으신 것이다. 나는 여기에서 마지막 고향이 어떻게 돼가는 모습을 본 듯 서글펐다. 비록 아버님 당신이 돌아가셔도 어머님(代)만은 고향집을 지키며 선영 봉사해야 한다는 그 원칙만은 부자간의 약속으로 이루어졌다. 그러고 보니 내가 자랐던 그 안방, 생모가 7년간이나 병을 앓다 간 방(이 얘기는 나의 산문집 『닳아지는 방』에 수록)에 아버님이 누워 있어 서글픔이 감돌았다. 우연히 쳐다보는 어머니 시집 올 때 함께 왔다는 그 이조 장롱 문짝의 봉황새 한 쌍이 때가 절어 있었다. 다시금 어머님의 청초했던, 그 닳아지는 방에서 수틀을 괴고 있던 모습이며 내가 곧잘 어려서 앓던 고뿔(감기)든 모습이 떠올랐다.

   어머님 한 땀씩 놓아가는 수틀 속에선
   밤새도록 오동나무 한 그루가 자라고 있다
   매운 선비 군자란 싹을 내듯

어느새 오동꽃도 시벙글었다

태사신과 꽃신이 달빛을 퍼내는 북전계하(北殿階下)

말없이 잠든 초당(草堂) 한 채

그늘을 친 오동꽃 맑은 향 속에

누가 당음(唐音)을 소리내어 읽고 있다

그려낸 먹붓 폄을 치듯

고운 색실 먹여 아뀌 틀면

어머님 한삼 소매 끝에 지는 눈물

오동잎새에 막 달이 어린다

한 잎새 미끄러뜨리면 한 잎새 받아올리고

한 잎새 미끄러뜨리면 한 잎새 받아올리고

스르릉스르릉 달도 거문고 소리 낸다

어머님 치마폭엔 한밤내 수부룩이 오동꽃만 쌓이고……

— 졸시 「자수」 전문

　내 기억 속에 떠오르는 어머님의 막 시집왔던 그 시절의 모습은 천사와 같이 남아 있다. 그때는 사랑채가 있었고 사랑채 귀퉁이에는 오동나무가 채양 넓은 잎사귀를 치고 봉황이라도 올 것만 같았다. 할아버지는 더운 여름날에도 그 사랑방에서 죽부인(竹夫人)을 껴안고 "어, 시원타" 소리를 청승맞게 내질렀다. 그 죽부인도 보고 싶어 민속박물관 몇 개를 찾아다닌 적이 있지만 없었다. 국토 개발에 따른 1970년대 문화의 병은 이리도 뿌리 깊다. 나는 그 안방에 누워서 가버린 어머님처럼 아니, 지금의 아버지처럼 고뿔을 앓던 기억이 났다. 그때 만났던 여승(女僧)의 이미지는 지금도 가장 순수한 모습으로 남아 있다.

어느해 봄날이던가, 밖에서는
살구꽃 그림자에 뿌여니 흙바람이 끼고
나는 하루종일 방안에 누워서 고뿔을 앓았다.
문을 열면 도진다 하여 손가락에 침을 발라가며
장짓문에 구멍을 뚫어
토방 아래 고깔 쓴 여승이 서서 염불 외는 것을 내다보았다.
그 고랑이 깊은 음색, 설움에 진 눈동자, 창백한 얼굴
나는 처음 황홀했던 마음을 무어라 표현할 순 없지만
우리 집 처마끝에 걸린 그 수그린 낮달의 포름한 향내를
아직도 잊을 수가 없다
나는 너무 애지고 막막하여져서 사립을 벗어나
먼 발치로 바리때를 든 여승의 뒤를 따라 돌며
동구밖까지 나섰다
여승은 네거리 큰 갈림길에 이르러서야 처음으로 뒤돌아보고
우는 듯 웃는 듯 얼굴상을 지었다
(도련님, 小僧에겐 너무 과분한 적선입니다. 이젠 바람이 찹사운
데 그만 들어가 보셔얍지요.)
나는 무엇을 잘못하여 들킨 사람처럼 마주서서 합장을 하고
오던 길로 되돌아 뛰어오며 열에 흐들히 젖은 얼굴에
마구 흙바람이 일고 있음을 알았다.
그 뒤로 나는 여승이 우리들 손이 닿지 못하는 먼 절간 속에
산다는 것을 알았으며 이따금 꿈속에선

지금도 머룻잎 이슬을 털며 산길을 내려오는
여승을 만나곤 한다.
나는 아직도 이 세상 모든 사물 앞에서 내 가슴이 그때처럼
순수하고 깨끗한 사랑으로 넘쳐흐르기를 기도하며
詩를 쓴다.

— 졸시 「여승」 전문

또한 할아버지, 어머니가 돌아가시고 가난에 찌들렸던 궁핍한 모습, 열살 때 대모(代母)가 오셨는데 그녀는 이 가난을 극복하고자 무척이도 베길쌈을 많이 했다. 그보다는 장롱 속에 지금도 있는, 아버님이 열여섯 장가갈 때 입었다는 '두루마기' 한 벌과 함께 '모시옷' 한 벌을 본 적이 있는데 그때의 감격이 제1시집의 『山門에 기대어』 속에는 이렇게 남아 있다.

어머니 장롱 속에 두고 가신 모시옷 한 벌
삼복 더위에 생각나는 모시옷 한 벌
내 작은 몸보다는 칫수가 넉넉한 그 마음
거울 앞에 입고 서 보면
나는 의젓한 한국의 선비
시원한 매미 울음소리까지 곁들이고 보면
난초잎처럼 쑥 빠져나온 내 얼굴에서도
뚝 뚝 모시물이 떨어지지만
그러나 내 목젖을 타고 흐르는 클클한 향수
열새 바디집을 딸각딸각 때리며

드나들던 북 소리

가는 모시올 구멍으로 새나고

살강 밑에 떨어진 놋젓가락 그분의 모습은

기억 밖에 멀지만

번갯불과 소나기를 건너온 젖은

도롱이의 빗물들

등 구부린 어머니의 핏물이 떠 있다.

아 어머니의 손톱 으깨어진 땀냄새 피냄새

태모시 훑다 깨진 손톱

울 어머니 손톱

밤하늘 기러기가 등불을 차 넘기면서

뿌려놓은 한숨 같은

열새 베 가는 올의

모시옷 한 벌.

— 졸시 「모시옷 한 벌」 전문

이러한 가족사(家族史)는 이제 시골에도 남아 있지 않다. 마을 앞 벌판은 어느새 비닐하우스로 뒤덮였고 오이가 넝쿨을 내밀고 새봄과 함께 오이들을 줄줄이 달아내고 있다. 이래도 농촌은 여전히 가난하기만 하다. 1970년대의 돼지파동은 고향을 치고 갔는지 지금도 작은 마을에는 돼지 돈사가 귀신울음처럼 서 있다. 또한 새마을 게시판에는 지독한 선거 열병으로 대통령후보 사진의 손가락 한 개가 봄하늘을 치켜 솟아 독사처럼 날 듯하다.

봄날 황혼은 유독 시장기가 느껴지는, 그래서 굴풋한 김에 술 한 잔이 생각나는 때다. 조금 더 있으면 대숲머리에 저녁 연기가 잠기고 옛날의 둥구나무 고목엔 까치가 기승을 부릴 때다. 그런데도 연기는커녕, 까치집 하나 걸리지 않은 서운함이 오늘 보는 내 고향의 모습이었다. 이제 고향은 상가집만 같다.

그러나 아직도 내가 지나온 어느 촌마을에선 대숲 마을에 연기가 끼고 보리밭도 즐펀하여 김매는 풍경도 더러는 볼 수 있었다. 아마이 풍경도 1990년대를 넘어가면 비닐하우스가 채워주지 않을까 하는 의구심이 먼저 온다. 전형적인 내 고향의 흙냄새는 잃었지만, 아직도 남아 있는 저 대숲 마을의 저녁 풍경은 무덤 속까지 가지고 가고 싶은 풍경이다.

보아라, 황혼의 저물녘 저 대숲머리 잠기는 저녁 연기들
가뭇없는 세월 속에 살아오는…… 한숨에 절고
때에 절은 어질머리, 땀냄새 피냄새 굴풋한 이 시장기……

땅으로 땅으로만 바닥을 긁으며 오매 밥…… 오매 밥……
참음으로 울음으로도 다하지 못할 양이면 병이 도질 듯……
보아라, 저 대숲머리 잠기는 봄날의 저녁 연기들

캄캄한 비애를 넘어서 너희 형제 깃들인 곳……
그러지 않느냐, 천년을 살아서 퍼드러져 나오는
시방 저 대숲머리 잠기는 저녁 연기들……

— 졸시 「저녁 연기」 전문

사실, 연기처럼 인간의 향수를 긁어대는 목마름은 따로 없다. 굴뚝에서 피어오르는 연기 또는 화장터의 높은 굴뚝은 더한 향수를 지끌인다. 아마 계절적으로는 봄날의 연기가 유독 더하고 그 황톳길의 주막에 비끼는 황혼의 햇살이 연기에 젖을 때는 창자를 끊는 듯한 아픔이 도질 것이다.

나는 이 읍내로 들어가는 20리의 황톳길을 중학시절 걸어서 통학을 했다. 그리고 그 길 위에서 한 소녀를 사랑했다. 앞서거니 뒷서거니 오가다 마주치면 얼굴이 홍당무처럼 빨개졌다. 세 해 동안, 이 길을 걸으며 말 한 마디 건넨 적이 없지만, 지금도 내 가슴에 그녀의 수줍음 긴 눈, 코, 입 언저리의, 웃으면 떠오르던 보조개 등도 남아 있다. 그때는 길가의 잔풀꽃들도 걸어 나와 이 황톳길을 밝게 비춰주었고 말똥 쇠똥도 깔깔거리며 나의 못남을 마음껏 비웃어 주었다. 이것이 바로 제2시집의 타이틀 「꿈꾸는 섬」이다. 그 시는 "말없이 꿈꾸는 두 개의 섬은 즐거워라.//내 어린 날은 한 소녀가 지나다니던 길목에/그 소녀가 흘려내리던 눈웃음결 때문에/길섶의 잔풀꽃들도 모두 걸어 나와/길을 밝히더니//그 눈웃음결에 밀리어 나는 끝내 눈병이 올라/콩알만한 다래끼를 달고 외눈끔적이로도/길바닥의 돌멩이 하나도 차지 않고/잘도 지내왔더니……"로 시작된다. 다래끼 핀 눈썹을 뽑아 길바닥의 돌멩이 위에 숨겨 놓고 그 소녀가 그 돌을 차서 그 소녀의 눈 속에도 다래끼가 들기를 바랐던 미신적 행위, 그러나 그 소녀는 다래끼가 올랐던 흔적은 없고, 그 소녀도 나도 중학을 나와 영 그만이었지만 지금도 어느 바닷가에서 두 개의 섬을 보고 서 있으면 그 눈썹이 날아가 섬으로 떠서 그때를 꿈꾸고 있지 않나 하는 불교의 윤회설에서 내 몸은 들뜬다.

이 길 위에서 나는 가장 행복했다. 고흥읍에 들어서 이 길은 끝나고 지금은 조석으로 보고 자랐던 '봉황산'을 빠져나와 고향 언저리로 떠도는 광주에 살고 있지만 봉황산에 봄이 오는 모습은 장엄했다. 장날이면 대장간의 모루 위에서 철판을 두들기는 망치 소리와 불꽃이 그 봉황산에 메아리졌고 집집마다 추녀끝의 고드름발이 녹아 흐르던 읍내 생활의 즐거움은 지금도 잊을 수 없다.

벚꽃이 구름처럼 그 기슭을 메우고 어린이공원(지금의)의 우뚝한 동상이며 살구, 앵두꽃의 화사함도 즐거웠다. 중학시절에 곧잘 오르던 메기동산이었으며, 지금은 인간 문화재로 국창 5호인 김연수 시비(詩碑)가 서 있다. 나는 이 비석에 추도시를 새기며 처음으로 호가 있어야 한다는 고향 어른들의 성화에 못 이겨 '平田'이란 호를 부여받았다. 平田은 「지리산 뻐꾹새」에 나오는 세석평전(細石平田)을 이름이다. 그래서 두인(頭印)을 '세석', 말인(末印)을 '平田'이라 했다. 그 메기동산이 또한 지금은 平田이 되어 그네터가 되고 김연수(동초)선생의 비가 솟아 을씨년스럽기만 했다.

언제나 내 꿈꾸는 봄은
서문리(西門里) 네거리
그 비석거리 한 귀퉁이에서 철판을 두들기는
대장간의 즐거운 망치 소리속에
숨어 있다

무싯날에도 마부(馬夫)들이 줄을 이었다.

말은 길마 벗고 마부는 굽을 쳐들고
대장간 영감은 말발굽에 편자를 붙여가며
못을 쳐댔다.

말은 네 굽 땅에 박고
하늘 높이 갈기를 흔들며 울었다.
그 화덕에서 어두운 하늘에 퍼붓던 불꽃
그 시절 빛났던 우리들의 연애와 추수와 노동

지금도 그 골짜기의 깊은 숲
캄캄한 못물 속을 들여다보면
처릉처릉 울릴 듯한
겨울山 뻐꾸기 소리……

집집마다 고드름 발은 풀어지고
새로 짓는 낙숫물 소리
산들은 느리게 트림을 하며 깨어나서
봉황산 기슭에 먼저 봄이 왔다.

― 졸시 「봄」 전문

  이 싱싱하던 고향의 봄은 지금 없다. 그러므로 나는 허탈하다. 마치 고향바다, 물이 썬 다음의 그 허전한 뻘밭 가에 나는 지금 한 마리 해오라기처럼 서 있다. 이에 대한 회복이 나의 시고 이에 대한 부활, 재생 곧 한의 의지가 나의 시다.

더러는 비워놓고 살 일이다

하루에 한 번씩

저 뻘밭이 갯물을 비우듯이

더러는 그리워하며 살 일이다

하루에 한 번씩

저 뻘밭이 밀물을 쳐보내듯이

갈밭머리 해 어스름녘

마른 물꼬를 치려는지 돌아갈 줄 모르는

한 마리 해오라기처럼

먼 산 바래서서

아, 우리들의 적막한 마음도

그리움으로 빛날 때까지는

또는 바삐바삐 서녘 하늘을 깨워가는

갈바람 소리에

우리 으스러지도록 온몸을 태우며

마지막 이 바닷가에서

캄캄하게 저물 일이다.

　　　　　　　　　　 — 졸시 「적막한 바닷가」 전문

　그러므로 또한 나의 시는 그 따뜻한 황톳길의 불빛 신화 속에서 탄생한다. 그래서 아직도 가야 할 길이 있고 고향이 있음을 안다. 그것이 바로 저 황토의 늙은 잔등이에서 부는 솔바람 소리며 장독대에 감춰진 그 어머니의 정갈한 오지그릇 항아리들이다.

까치야 배가 희연 산까치야
네가 울면 귀빠진 장독대
울 어매 떠놓은 정화수
또 하늘은 몇 번이나 새파랗게
얼어 터지것네
은하수 하얀 강물은 몇번이나
새로 서것네
남북강산 막힌 설움
저편 강언덕 견우는 소먹이고
직녀는 강건너 또 베를 짜것네.

— 졸시 「까치노을」 부분

먼 바다에 태풍이 자고 맑고 고요한 날, 수평선 위에 뜬 한 점 노을, 내가 찾아가야 할 불빛과도 같은 애끓는 까치노을—

나는 지금 그러한 노을 앞에서 마지막 아버지를 대하며 이 글을 쓰는 것이다. 어쩌면 슬픈 가족사(家族史)의 마지막 헌시(獻詩)가 될지도 모르는 눈물 위에 이 시를 쓰는 것이다. 아마 1900년대의 초반 어느 날, 아버님 묘소의 빗돌 위에는 이 시가 뜨거운 감격으로 다시 새겨질지도 모른다.

이게, 얼마만이냐
다리와 다리가 만나는 슬픈 가족사(家族史)의 밤
암으로 죽어가면서 암인 줄도 모르면서
마른 복국이 먹고 싶다는 아버지 부름 따라

옛집에 오니 밤개는 컹컹 짖어

약속이나 한 듯이 또 흰 눈은 퍼부어

우리 부자 복국 끓여먹고

통시길에 나와보니

옛날의 국자 같은 북두칠성이 또렷했다

구주탄광, 아오모리 형무소, 휴전선이 떠오르고

도란도란 밤 깊어 무심히 아버지 다리에

내 다리 얹었다

70년 황야를 걸어 온 다리

마른 삭정이 다 된 다리

어금니 악물고 등돌려 흐느꼈다.

— 졸시 「별밤지기 (1)」 전문

뱀과 지옥의 강

나는 삶에 시달리면서 가끔 굉장한 충동을 느낄 때가 있다.

그것은 원색이 충만한 고향에의 그리움이다. 샤머니즘의 원색으로 꽉 짜여진 고향 암수무당의 붉은 옷자락 푸른 옷자락들이 때로 몰려서 큰 굿을 벌이는 한밤중의 굿거리판 같은 데 말이다.

김동리의 「무녀도」는 수묵색의 감각으로 가라앉아 있어 아득한 향수를 느끼게 하지만 미당의 「화사(花蛇)」는 원색의 춤을 그대로 가슴에 전달시켜 준다.

이보다는 나와는 고향이 같은 천경자의 「불꽃의 십자가」로 그 혀 끝을 날름거리는 뱀대가리들의 화폭은 미당의 화사보다 더 뜨거운 원색으로 가슴을 파고든다. 최근에 본 헨리 밀러의 「번뇌」도 좋다. 헤세의 「선당(禪堂)의 젊은 수도사」도 좋다. 밀러나 헤세는 다같이 동양적인 원색을 추구한 이교도들이다. 밀러가 소설에서 묘사한 성 행위의 대담한 터치도 좋고, 헤세의 동양적인 선(禪)도 좋다. 아마 하느님이 나를 백만 장자의 거부로 만들었다면 나는 원색이 충만한 이런 그림들을 모으는 수집광이 되었으리라. 나는 이런 그림들을 볼 때마다 내 고향집 마당에서 한밤중 타오르던 무당춤을 잊지 못한다.

이런 그림들에 우선하여 그 무당춤은 내 가슴을 적신다. 그리고, 거기에다 비중을 두고 이런 그림들을 감상하고 시를 찾는다. 이를테면 밀러의 「번뇌」는 살아 움직이는 원색의 감각이 덜 훈련되었군…… 한다든지 헤세의 「선당의 젊은 수도사」에선 중놈이 발랑 나자빠진 채 손바닥을 펴고 피묻은 손바닥에 액센트를 주고 있는데, 어째서 화면 전체를 어두운 색의 짙은 고뇌로 깔았을까 하는 안타까움이라든지, 그래서 선당의 묘사는 내가 알고 있는 한으로는 활활 타는 인도의 강인한 색채가 마땅히 배경으로 선택되어야 한다는 등, 밀러는 성(性)묘사의 천재고, 헤세는 헤세다운 원색의 신비가 아니라 가라앉은 신비의 글을 썼던가 하는 추측 등 이런 끝없는 상상은 나를 원색의 고향으로 몰아다 주기에 충분하다.

또 최근에 문학잡지 화보에 소개된 뷔페의 그림에서 신곡의 지옥편에 지옥의 강을 건너고 있는 해골들의 끈끈한 울음이 화면 가득히 폭발하는 것도 좋았다. 나는 이 뷔페의 그림에서 한밤중의 활활 타는 원색이 가라앉은 우리 고향집 새벽 굿마당을 떠올리고 오래도록 아픔을 견뎌내느라고 애를 썼다.

> "……내가 살아서 무엇할꼬, 워어이 화랭이 여편네들! 나 좀 데려다 주소……"

당골네들은 들은 체 만 체 자기들이 사는 무당촌으로 돌아가고 '나 좀 데려다 주소' 하는 그 울음이 오래도록 지옥의 강물을 적시는 듯했다. 마룻장을 치고 우시던 어머님, 술이 벌겋게 달아올라 고래고래 소리를 퍼지르던 아버지의 모습, 이러한 모습들의 울음이 강물에 덩어리가 되어 가득 쏟아지고 있었다. 나는 이러한 고향집을 저주하면서도 그 활활 타는 한밤중의 원색을 잊지 못하니 성격파탄자가 아닌가 하는 생각도 때로는 가져 본다.

나는 이 진한 그리움 때문에 글을 쓰고 원색의 그림들에 매달리거나 낚시질에 미쳐 살지만 아직 한 번도 이런 원색이 충만한 글을 써낸 적이 없다.

언제 생활이 좀 풀리려나? 내달의 곗돈까지 깨끗이 먹어치워버렸다고 투정하는 아내, 이러한 생활 속에서 어떻게 예술적 감각이 세련될 수 있다는 말인가?

얼마 전이었다. 우리나라 화가들의 『100인집』을 가지고 온 월부 책장수와 몹시 다툰 적이 있었다. 나는 대뜸 손때가 묻어 허름해진 견본의 책자들 중에서 뱀대가리를 골라냈다.

"이 책은 견본이니까 나 이 뱀대가리들만 사겠소?"

"선생님, 그러지 마시고 하나 해 보슈."

"글세 팔겠어요, 안 팔겠어요?"

"그러지 마시고 이건 장사 밑천이라구요. 전질 백권을 다 사셔야죠. 이 책이 없으면 병신 됩니다요."

이렇게 해서 옥신각신 끝에 팔겠다거니 안 팔겠다거니 해서 언성은 높아졌다. 현금 박치기로 슬슬 꼬셔도 가망이 없음을 알자 에라 모르겠다, 볼 대로나 실컷 보자 싶어 나대로의 즐거운 공상을 다시 시작하고 원색의 고향으로 줄달음질쳤다. 뱀대가리들이 날름거리는 그림 위에서 한밤중에 타오르는 무당의 미칠 듯한 옷자락들이 어지럽게 돌아간다. 암수 무당들의 시나위 가락이 뱀들의 혀끝에서 쏟아진다. 활활 타오르는 둥그럭불과 징소리 장고소리…… 훨훨 날아 내리는 붉은 나비떼, 흰 나비떼, 미칠 듯한 백일홍 꽃밭, 끈끈한 햇살……. 큰 굿을 보려고 마을 안팎에서 밀려온 아낙네들의 웃음소리와 울음소리들까지도 뱀대가리들과 어울려 돌아간다. 책장수는 심히 불쾌했던지 화집을 끌어당겼다. 그 순간 내 손에 잡힌 뱀대가리들이 북 소리를 내고 모로 쓰러졌다. 화지가 찢겨나간 것이다. 자세히 보니 내 손에도 몇 개의 뱀대가리가 묻어 있었다.

"어쩔 테요?"

덜미를 잡은 책장수는 분노 반, 애원 반, 호소 반, 강제 반으로 어르고 설친다. 싸움은 다시 시작되었고, 몰려든 동료 교사들도 내 편을 들어 자잘못을 따지느라 진땀을 뺀다.

"송선생님, 오늘 당장 학생들을 동원해서 뱀을 잡도록 합시다. 지금 가을이라 지리산에 가면 뱀대가리들 수두룩할 겁니다. 한 양철동이 잡아다 실컷 구경해요. 이까짓 뱀대가리 좀 찢겼기로소니……"

"당신, 고소할 테요. 내 아는 친구 한 사람은 실수로 백만 원짜리 골동품을 깨뜨렸어도 변상 못시켰어. 당신 고소할 테야."

이래서 뒤죽박죽 교무실 분위기는 말이 아니었다.

그 순간 나는,

"좀 보실까요?"

하고 침을 찍찍 뱉으면서 욕설을 퍼붓고 나가는 책장수를 불러 세웠다. 그리고 월부 카드에 사인을 했다. 사인을 하는 순간 또 한판의 싸움이 예비된 채 벌거벗은 아내의 울음이 달라붙고 어깨가 처졌다. 그리고, 화집을 와락 끌어당기는 순간, 수많은 뱀대가리가 지옥의 강을 건너는 그림이 새로 펼쳐졌다.

대저, '산다는 일'은 무엇일까. 이 수많은 뱀대가리들이 지옥의 강을 건너는 일이나 마찬가지가 아닐까. 결국 쓴다는 행위는 원죄 덩어리인 나를 구원하고 나를 정화시켜 가는 작업 이외에는 아무 것도 아닐 것이다.

2부

내 영혼에 불꽃을 던진 동냥치

캄캄한 지하도에 쭈그리고 엎드린 동냥치를 아시는가. 개차반 같은 내 인생에 '한푸줍쇼' 하는 그 처절한 음성이 구원의 계시로 다가왔던 그 기적을 아시는가. 세상에 기적도 많고 복음도 많다지만 팔도 다리도 뭉그러진 채 기적과 복음을 행하고 있는 그 동냥치를 아시는가. 충장로 지하도 입구에 가 보아라. 어쩌면 그런 동냥치 하나가 오늘도 쭈그리고 엎드려 그 기적을 행하고 있을 테니. 지금 계단을 내려가고 있는 한 사람이여. 너는 그 앞을 그냥 지나치지 말라. 양은 밥그릇에 네가 던진 동전닢 몇 낱이 쩽그렁 하고 떨어지는 그 순간 너는 무엇을 느꼈는가? 어떤 신의 음성이 너의 영혼에 불꽃을 붙였는가. 한없이 고귀한 생명의 불꽃. 일찍이 개밥에 도토리 같은 내 인생에도 그런 불꽃이 있었다면 당신은 믿겠는가.

1974년 겨울은 추웠다.

인천항구가 얼어터졌다는 소문이 들리던 해였다. 그때 나는 서울에 있었다. 남해안의 초도라는 섬, 초분을 썼던 풍습이 아직도 남아있던 외딴 섬 중학교에서 나는 6년을 몸바쳐 일했다. 당시는 여수항에서 격일제 운항의 삼산호를 타면 여덟 시간 반이나 걸리는 섬이었다. 풍랑을 만나면 대마도 앞바다까지 떠밀렸던 시절이었다.

나는 이곳에서 내 총각시절을 보냈고 한 여인과 결혼했고, 세 자녀를 얻었다. 그 세월속에서 인생의 황금기인 청춘을 홀랑 다 까먹었다. 그런 대로 보람이 있었다면 중학교에 오지 못한 섬 아이들 80여 명을 모아 야간 상록학원을 운영한 것이었다. 월남전에서 미군들이 쓰다버린 야전등을 구해 그 석유등을 교실 두 칸에 밝혔다. 3년되던 해 육지학교로 발령이 났지만 주민들의 진정에 의해 다시 주저앉은 것이 6년의 세월, 아이들도 자라 있었다.

나는 정신이 번쩍 들었다.

'이러다가 뭐가 되지? 내가 페스탈로찌냐?'

육지로 전보발령을 원했다. 막상 발령이 난 곳은 고향 가까운 섬이었다. 무려 1개월간을 옥신각신 담당 장학사와 실랑이를 했다. 교육계에 환멸이 큰 것은 이때부터였다.

과감히 사표를 던졌다. 산문의 길을 택하기 위해 유명한 사찰을 떠돌았다. 그곳도 내가 머무를 곳은 아니었다. 승과 속, 걸리는 것이 너무나 많았다. 다시 서울로 튀었다. 무슨 묘수가 있으려니 했던 서울은 더욱 어두웠다. 추웠다. 3류 여관방에 죽치면서 살아남기 위한 몸싸움을 했다. 그리고 지쳤다. 이제 더 갈곳이 없어졌다. 갈 곳이 없다고 생각했을 때 차라리 마음이 편해졌다.

남대문 지하도를 지나고 있었다.

캄캄한 어둠속에서 '한푼줍쇼' 하고 외쳐대는 동냥치가 있었다. 팔도 다리도 뭉그러진 허수룩한 사내의 눈알이 어둠속에서 본 고양이 눈처럼 빛났다. 나는 무심코 호주머니를 더듬었다. 그리고 마지막 남은 동전닢을 양은 밥그릇에 쏟아부었다. 그때 툭 하고 떨어지면서 알약들이 흘러 나왔다. 약봉지가 찢긴 채 그 알약들은 동전닢과 함께 양은 밥그릇에 흘러내렸다.

빨간 세코날 알약들이었다. 10년 전에 군대에서 돌아온 동생이 처먹고 죽었던 그런 빛깔의 정제들이었다. 섬뜩했다. 아니 섬뜩한 게 아니라 놀라운 충격이 일어났다. 팔도 다리도 없는 동냥치가 악착같이 살아가는데 자살계획을 품고 다니다니! 그때 퍼뜩 스쳐가는 얼굴들은 동생의 얼굴과 아내와 아이들 모습이었다.

고향!

그렇다. 막판에 몰리면 고향밖에 더 있던가. 그때서야 아내에게 나의 소재지를 알리고 고향 갈 차비를 부탁했다.

우리는 쓸쓸히 서울의 춥고 어두운 거리를 빠져나왔다. 아내는 갓난애를 업고 있었다. 고향에 내려와 수박농사를 했다. 아침마다 수박순이 뱀대가리같이 빳빳이 고개를 쳐들고 한밭 가득 뻗어감을 보고 농작물처럼 정직한 것이 없음을 느꼈다.

나는 지금도 이따금 문학도 팔자련가, 하고 생각한다.

그후 나의 문학적 길은 비교적 순풍에 돛을 단 듯 바람을 탔다. 이만큼 나를 끈기와 오기로 버티게 하고 변화시킨 사람은 다름 아닌 그 동냥치였다.

'팔도 다리도 없이 사는데 피둥피둥하게 사지 멀쩡한 놈이 이게 무슨 꼴이람'

무엇에 얻어맞은 듯 정신이 번쩍 들었다.

나는 그때 그 지하도에서 무심코 떨어진 알약들에 대고 짐승처럼 울부짖었다. 그래서 내 교단생활은 1년간 펑크가 나 있다.

낙도 시절의 공적이 인정되어 국민훈장 목련장도 받았다. 어두운 시대에는 훈장도 종이쪽지라는 것을 안다. 결국 나에게 변화를 주고 생존방식을 알려준 사람은 다름 아닌 그 동냥치였다.

오늘도 지하도 계단에는 동냥치가 쭈그리고 있다. 나는 그곳을 지날 때마다 양은 밥그릇에 동전을 털어 넣고 구원이란, 혹은 천국이란 결코 먼 데, 높은 데가 아니라 가장 낮은 곳에 있음을 깨달으며 동냥치에게 이렇게 속삭인다.

> 하루의 배고픔을 원망하지 말라
> 네 깔자리가 낮다고 투정하지 말라
> 살아서 너는 이 세상에 빛을 만들고 있지 않으냐
> 오늘도 지하도가 밝은 것은
> 너 때문이다.

그 후로 나는 지하도를 지날 때마다 하다 못해 동전 몇 닢이라도 자선냄비에 넣고 가는 일을 잊지 않는다.

나의 등단작 「산문(山門)에 기대어」는 그 때 그 어두운 여관방에서 씌어진 작품이었다.

혼돈의 법칙을 설명하는 말에 '나비 폭풍'이라는 효과법칙이 있다. 한 마리 나비 나래의 떨림이 아마존의 숲을 흔드는 폭풍이 된다는 설이다. 때로 우리가 지나온 태반의 생애를 회고해 보면 죽음 쪽에 편을 들고 허무를 끌어안는 자살충동 또한 없지 않는 법이다. 그런 점에선 본능설보다 충동설을 설명하는 융의 패러다임이 훨씬 적중한 것 같다. 사소한 충동에 의해 신(神)의 미소를 발견하거나 기도에 닿는 일은 얼마나 중요한 것인가.

그리고 그 이듬해 나는 복직했다. 평생 이루어지지 않을 것 같던 광주 입성도 그 몇 년 후에 이루어졌다.

'지에꼬'를 찾아 여름 속으로 떠난다

살아가면서 더욱 절실하게 느끼는 것이 있다.

그것은 내 인생의 영원한 주제 거의 전부가 사랑이라는 점이다. 이보다 더 절실하게 심금을 울리는 주제가 없고 이보다 더 생활의 촉기와 윤택을 더해주는 사실이 없다는 점이다. 그래서 나는 늘 우울하고 생활에 때가 묻고 조울증이 겹치면 버럭버럭 집안에서도 신경질을 부린다. 울분을 끄기 위해서 내 머리맡엔 어느 땐가부터 『지에꼬 시초(智惠子詩抄)』, 그것도 다까무라 고오다로가 쓴 자기 사랑의 회고를 함께 쓴 시문집(詩文集)이 놓여 있다.

나는 해마다 여름 속으로 떠나거나 겨울 속으로 떠나거나 간에 이 고오다로가 쓴 『지에꼬 시초』를 반드시 여행용 가방에 챙기는 것을 잊지 않는다. 따라서 이 책은 나의 시작노트 다음 가는 재산목록이 되었으며 그만큼 손때가 묻은 책이다.

누가 무슨 읽을 거리가 좋으냐고 물어 올 때도 나는 항상 이 책을 추천한다. 어느 때는 하룻밤내 울었다는 독자의 편지도 받은 적이 있었다. 이로부터 우리들의 심금을 울리는 영원한 주제는 '사랑'이라는 점에 나는 더욱 확신을 갖게 되었으며, 나 자신도 조용한 절간

방이나 해변의 오두막집에 여장을 풀고는 시(詩)가 안되는 밤은 이 책을 꺼내 놓고 몇 번이나 읽는다. 그때마다 울음이 쏟아지고 울고 나면 마음이 개운하게 가라앉으며 세상이 새롭게 보인다.

이것을 아리스토텔레스는 카타르시스〔淨化〕라고 정의했지만 이 때만큼 인간이 순수해지고 깨끗해진 적은 없다. 괴테의 『젊은 베르테르의 슬픔』이 발표되자 자살한 청년들이 속출했다는 당시의 일화가 있지만 그러나 『베르테르의 슬픔』은 『지에꼬 시초』만큼은 십분 마음에 차오르지 않는다.

"이 세상에서 그녀를 만났음으로 나 스스로를 제어할 수 없었던 퇴폐의 생활로부터 벗어날 수 있었다. 그녀의 존재는 내 모든 정신의 내부에 있었다. 그러므로 그녀의 죽음은 내게 더없이 가혹한 운명의 형벌이었다."

고오다로는 그녀가 죽은 지 2년만에서야 정신을 차리고 이렇게 술회했다. 그는 한 인간의 순수한 사랑이 얼마나 숭고한 것인가에 대해 예술의 주제를 말한다.

아무리 장대한 민족의식이라 할지라도 그것 하나만으로는 결코 미(美)를 태어나게 할 수는 없다. 그런 것들은 창조의 어떤 모티브나 주제가 되는 경우는 있겠지만, 창조욕의 내부에 살아있는 피를 가지게 하기는 어렵다. 거기엔 운명과도 같은 사랑의 기동력이 있어야 할 것이다. 그것은 신의 사랑일 수도 있겠고 한 여자의 끝없는 순수한 사랑일 수도 있다.

사실 고오다로의 말대로 '그녀는 내게 있어 순수한 사랑의 화신 그 자체였다'고 말할 만큼, 그 사랑의 진폭은 큰 것이었다.

　　　쓸쓸한 구쥬구리(九十九里) 모래밭에 앉아서

　　　아내는 논다.

　　　수많은 물새들이 아내의 이름을 부른다.

　　　지이, 찌, 찌이, 찌, 찌이―

　　　모래에 조그만 발자국을 찍으며

　　　물새들이 아내에게 다가온다.

　　　입속말로 늘 뭐라 중얼대는 아내가

　　　두 손을 높이 들고 되부른다.

　　　지이, 찌, 찌이―

　　　두 손에 든 조갑지를 물새들이 조른다.

　　　아내는 조개를 자륵자륵 던진다.

　　　떼지어 비상하는 물새를 아내가 부른다.

　　　지이, 찌, 찌이, 찌, 찌이―

　　　세상일 다 어디다 두고

　　　이미 천연의 저편에 선 아내의

　　　뒷모습이 외롭디 외롭다.

　　　두어 마장 떨어진 솔밭 속으로

　　　해는 지고

　　　송화가루 맞으며

　　　나는 하염없이 서 있다.

　　　　　　　― 다까무라 고오다로, 「물새와 노는 지에꼬」 전문

위의 시는 「물새와 노는 지에꼬(智惠子)」다. 그녀는 오랫동안의 정신분열증으로 언제나 순수한 무(無)의 세계로 돌아가 있다. 하루 종일 이 모습을 지켜보고 서 있는 고오다로. 고오다로.

그렇다. 이 세계에선 이런 사랑의 시 한편을 남겨둘 일이다. 특히 여름 해변에서는 더욱 그럴지도 모른다.

처음 만난 연인들끼리 고해성사가 시작되고 난데없는 태풍이 오면 낡은 폐선 밑에 엎드려 가장 순수무구한 글자를 새겨봐야 영혼의 순수함이 어떤 것인가를 알 것이다. 그리고 고오다로가 말한 것처럼 A차원은 절대현실. 걸을 때 인간은 약간 친해진다. 그 두 줄의 모래 발자국 위에 작열하는 여름 태양, 그때 우리의 순수 불꽃도 어떻게 작열하는가를 알게 될 것이다.

순수, 그 불가해한 저 자연의 파도소리……

나는 다시 여행가방을 꾸린다. 그리고 시작노트와 『지에꼬 시초』도 잊지 않는다. 그보다 더 중요한 것은 릴낚시통과 몇 개의 낚싯대다. 그리고 훌쩍 갈매기처럼 서귀포 바닷가로 날아간다. 거기엔 오두막집이 있고 미친 지에꼬가 살고 있을지도 모른다.

그러나 사실은 그 오두막집은 여류시인 H네 집이다. 해안경비 초소를 개조한 두어칸 방이 있고 창유리가 범섬을 향해 나 있어, 그 범섬은 항상 '해란(海蘭)'처럼 나를 유혹한다. 잘 병근 난초잎 같은 그 섬은 오두막 별장에서 불과 5분 거리에 떠 있다. 별장 아랫마을의 늙은 어부를 손짓하면 통통배는 그 섬의 해안에 닿고 나는 물때를 계산하여 낚싯대를 바다 깊숙히 처박는다. 펄떡거리며 튀어오르는 여름 돌돔, 이놈은 불같은 소라, 고둥도 씹어 삼키는 습성을 지닌 놈이다.

올해는 돌돔이 낚이지 않을지도 모른다. 아니 어쩌면 먼 남태평양 해협에서 태풍이 으레껏 농어떼를 몰며 여신의 이름을 달고 올지도 모른다. 태풍 뒤 끝의 고요함, 적막, 그리고 수평선에 걸리는 저녁 해, 저녁 해가 질 무렵에 뜨는 까치노을, 그 여신의 천사의 월경 같은 까치노을의 생경함을 내다보며 나는 또 『지에꼬 시초』를 읽으며 꿈에서조차 울지도 모른다.

나는 단 한번도 울 시간이 없었으니까.

이마를 짚는 손
— 지리산 뻐꾹새는 산 속에서 울어야 한다

삶이란 물방이와 같은 것일까. 한번 쏟아버린 물은 다시 주워담을 수 없으니 말이다. 영허(靈虛)와 같은 세월 속에 한 스승과 제자의 만남은 어떤 필연적인 동기에서라기보다는 운명적인 만남이었다.

"송 시인, 이어령 선생님께 우리가 문학사상을 인수인계할 때 부탁받은 사항이 무엇인 줄 압니까? 꼭 한 가지가 있습니다."

"그게 뭔데요?"

"꼭 그러시더군요. 우리 잡지 출신 중에 촌놈 시인이 하나 있는데 그게 송수권입니다. 아주 어리숙해서 고집 세고 세상 물정도 모르는데 이 놈 하나 인계하지요."

꼭 그말 한 마디로 인수인계가 끝났다는 것이다. 어느날 문학사상이 임홍빈 회장님께 인계되고 나서 한참 후 상경하여 임영빈 사장을 만났는데 첫 마디가 그랬다. 세종문화회관 뒷골목 어느 점심자리에서였다.

나는 평소에도 그 누구보다 선생님의 사랑을 독차지하다시피 했는데 이날의 감격스러운 말은 아직도 잊을 수가 없다. 면전에선 단한 마디의 칭찬에도 그렇게 인색했던 선생님께서 애지중지 한국 제일의 문학지로 가꾸어 오신 문학사상을 넘기면서 이런 부탁을 하셨다니 어찌 눈물 나지 않겠는가.

생각해 보니 단 한 번의 칭찬이 있긴 있었다. 1976년도 1월 어느날 방학이라서 주간실에 들렀는데, 내방객 몇이서 환담을 하고 있었다. 선생님은 평소의 버릇대로 손끝에 담배 한 개피를 피지도 않고 돌려가면서 총알같이 달변을 토하고 있었다. 대개 담배개비 돌리는 것은 신이 났을 때 하는 버릇이고, 무엇이 잘 안 풀리면 소파 깊숙히 얼굴을 숙이고 이마에 손을 짚는다. 그럴 때는 이 세상이 끝난 것처럼 심각하게 보인다.

'이마를 짚는 손', 산문 제목으로는 제격인데 왜 이런 제목으로는 산문집이 안나오는지 나는 지금도 의아해한다.

"우리 잡지 1회 출신 시인인데 지금 섬에서 근무하고 있어…….'

그러고는 인사할 틈도 주지않고

"금년도 신춘문예 보라고…… 조선일보 당선자가 바로 이 사람이 쓴 「산문에 기대어」의 표절작품으로 박두진, 조병화 선생이 공동 사과문을 냈다고…… 내가 찍은 소설가나 시인이 실패한 적이 없다고…….'

또 신바람이 났다.

1975년도 2월호 문학사상에서 당선작으로 나의 시 「산문에 기대어」를 발굴했는데 다음해 조선일보엔 묘하게도 '풀잎에 누워'란 제목의 표절 작품이 당선되어 독자들의 제보에 급기야 취소광고가 나가고 '신춘문예 이래도 좋은가'라는 코멘트가 각 신문에서 떠들썩한

때라서 신바람이 날 만도 했다. 그리고 순수와 참여논쟁이 절정에 이른 때에 이런 작품을 즉, 반시대적이요, 반시류적인 작품을 문학사상이 제1회로 내놓았다는 데서도 반응이 크게 일고 있었던 때다.

마누라자랑 자식자랑은 팔푼이라지만 당시의 심사평이나 지금 이 시대에 와서 언급되고 있는 평들을 보면 「산문에 기대어」는 이미 고전화되었음을 확신할 수 있다. 다른 지면들은 차치하고라도 '송수권 집중연구(1991년 가을호《시와 시학》)' 편만 보더라도 한 시인은 당시를 이렇게 회상하고 있다.

"70년대 중반 문학사상(文學思想, 1975. 2)에서 첫 번째 주자로 내세운 송수권이라는 시인의 등장은 가히 충격적이었다. 신선함과 생동감 그것이었다. 특히 같은 또래의 시인들에게 더욱 그러하다. 「산문에 기대어」 등 네 편의 시는 작품의 수준도 고르거니와 편편이 독특하고 다양한 세계를 담고 있었다.

전통 서정시의 가락과 형태를 갖추고 있었지만 송수권의 시는 예사로운 전통 서정시와는 달라보였다. 우선 치렁치렁 시에 감칠맛이 있었다. 이 감칠맛은 어디서부터 오는가? 그의 내부에 숨긴 정서의 힘과 그가 두루고 있는 언어의 율조에 의해서 그렇다는 걸 짐작하게 된 것은 훨씬 지난 뒤의 일이었다. ……문학사상의 황태자! 그 당시 내가 가졌던 원한 섞인 생각이었다. ……어느 사이 수권형은 우리들의 리더가 되어 있었고 70년대의 시인 그룹의 수장이 되어 있었다……."

나는 더러운 세상, 어쩌고 하며 겨울 산사를 떠돈 적이 있다.

화엄사에서 ○○스님을 만났고 그의 상좌 노릇을 했지만 삭발하려는 초발심에서 그만두기로 했다.

왜냐하면 우선 세 아이의 가장이었고 아내가 불쌍했다. 갓난 막내 딸 아이를 업고 아내는 나를 찾아 전국으로 떠돌았다. 그리고 스님이 못된 데는 또 이유가 있었다. ○○스님은 밤마다 사하촌(寺下村)에 내려가서 술과 닭고기를 먹고 올라와서 하룻밤내 면벽이 아니라 벽에 주먹치기를 했다.

나는 서울로 튀었다. 그러나 서울은 나에게 적막한 곳이었다.

어떤 면에서는 나를 고독하게 길들여 놓은 분은 이어령 선생이거나 김용직 선생이란 생각을 할 때가 많다. 이 시대에 휩쓸려 봐야 별 볼일 없다. 두 분의 충고와 훈계가 아니라면, 나는 벌써 광주에 살면서 감옥투쟁에서 별을 달고 나온 투사로 금배지쯤 못 달았겠느냐고 생각할 때가 있다. 나도 한때는 전담 형사를 끼고 살았기 때문이다.

"지리산 뻐꾹새는 산 속에서 울어야 매력이지 시정 바닥에 드러내 놓고 울면 하나도 매력이 없는 법이야!"

이는 선생님께서 나를 훈계할 때 쓰던 반어법이다. 섬이 지겨우니 서울에서 살겠다고 삐걱삐걱 우기고 달려드니 마지못해 어느 잡지사 기자로 추천해 주셨고, 교사 봉급보다 못할 테니 문학사상 일을 조금 해서 보충하라는 허락이 내렸던 때가 있었다. 3일도 못 버티고 도로 내려가겠다고 하니 "그래 뻐꾹새는 산속이지!" 하며 좋아하셨다. 나중에야 선생님께서는 "자네 집사람이 서울은 생리상 안 맞으니 내려보내라"는 간곡한 편지도 있었다는 귀띔을 하셨다.

나는 1980년 3월 벽지점수 가산제도에 따라 섬에서 광주여고로 전보되었고, 5 · 18항쟁시대에 돌입했다. 전남일보와 전남매일이 폐간 조치 당하고 한 달 후에 다시 복간되면서 광주일보 전신인 전남일보에「젊은 광장에서」라는 추도시를 씀으로 해서 험한 시대를 살았다.

'지리산 뻐꾹새는 산 속에서 울어야 한다'는 그 만고의 진리를 깨닫기 시작하며 내 순수한 시에 군더더기나 억지가 끼어들었음을 알았다.

"광주는 자네 어깨에 무거워." 하시던 생각도 난다.

그래도 나의 인생은 내가 사는 것이니 후회는 없다. 진창을 밟으므로 해서 나는 내 시에 민족의 정통성과 청결성을 어떻게 유지해야 하는가 하는 문제에 대해 방법론을 터득하기 시작했다. 이 길에 도달하기 위해 나는 3년이란 시간을 남도는 거의 다 밟아 보았고 또 『남도 역사기행』을 쓸 수 있었다. 그러므로 해서 고향인식, 황토사상을 알았다. 민족적인 따뜻한 정한과 그 체취가 무엇인지도 알았다.

이러한 민족정서를 구사하면서 발림도 모르는 이 시대 도시 아이들이 쓰는 통일시에도 쐐기를 박았다. 국토가 통일되면 고향은 넓어질 것이고 시간적으로는 더욱 젊어질 것이다.

나 개인적으로는 소월이나 영랑의 애원상성조의 가락을 치렁치렁한 동편제의 남도 가락으로 바꿔보고 또 영랑시에 부족한 텁수룩한 사람 냄새와 역사의 현장을 담아보고 싶은 것이 욕심이기도 하다. 토속적 공간이 너무 좋아 여기에서 내가 무엇을 해야 할지도 알게 되었다.

'지리산 뻐꾹새는 산 속에서 울어야 한다'는 그 만고의 반어법이 곧 서울 사단(師團)을 무너뜨리는 강력한 힘이라는 것—이것이 곧 홀로 서기라는 그 가르침을 충실하게 따른 셈이었다.

박종화 선생이 돌아가셨을 때였다. 그 무렵 서울을 갔는데 선생님께서는,

"봐라. 박종화 선생이 가셨는데, 남을 게 얼마나 있나? 시도 쓰고 역사소설도 많이는 썼지만, 시가 남나? 소설이 남나? 전집(全集)은 안되고 끼워 넣기 정도 아니겠나? 시인은 작품으로 남는 길밖에 없다. 나도 요즘은 싫어증이 온다."라고 심각한 표정을 지으셨다.

그렇게도 오만하고 자신감에 차 있는 선생님이 심각한 표정을 지은 것은 처음이었다. 그러면서 미당(未堂)의 세계를 탐구해 가라는 주문을 했다. 사랑방 노인 같은 그 어법부터 깨치라며 한국에 노벨상이 주어진다면 그 분밖에 더 있겠느냐는 극언까지 했다.

나는 대학시절부터 미당 문(門)안의 직계 제자였다. 그 분의 무덤을 파온 지가 오래였지만 선생님께서 이런 주문을 하고 나올 줄은 꿈에도 몰랐다. '저 흙 속에 바람 속에'로 잠든 신화를 일깨워 혼을 되살리라고 이 산맥을 비껴가는 것은 허위라는 말씀으로 들렸다.

그래서 나는 31년만에 미당 댁을 방문했다. 이는 필연적인 어떤 연유가 있었지만 선생님은 너무 좋아하시며 세 번이나 나를 끌어안으셨다. 그리고 중앙 아시아를 왜 갔겠느냐는 그 비밀통로를 나만 알고 왔다.

나는 지금 이 토속 공간에서 선(仙)놀음을 하고 있다. 바로 이 정신을 나는 미당 산맥에서 찾아낸 것이다. 따라서 미당이 일찍이 나에게 정신적 스승이라면 이어령 선생님은 나를 발굴해 새로운 삶을 준 스승이다.

소월시문학상 저녁식사 자리에서 김남조 선생이 그랬다.

"이 시대를 이어령 선생과 함께 살아간다는 것이 나는 지극히 행복합니다."라고.

나 또한 그렇다.

농사꾼밖에 될 수 없는 사람을 시인으로 발굴해 준 그 운명적 만남에 감사한다. 그리고 또 이렇게 분명히 밝히리라.

　　"이마를 짚는 그 고뇌의 손에 감사한다"고.

동생의 죽음에 바쳐진 엘레지

눈먼 장승처럼 바닷가를 떠돌던 세월이 있었다.

무려 6년간이란 긴 세월이었다. 여수항에서 격일제의 배를 타면 8시간이 걸려서야 당도하는 섬, 초도라는 섬, 나는 이 섬에서 나의 청춘을 부질없이 다 소모해 버렸다.

스물 아홉 총각으로 들어가 중학교 교편을 잡으며 이곳에 있을 때 결혼을 했고 어느덧 세 아이의 아버지로 인생의 틀이 굳어졌다. 그런 대로 행복했다.

일요일이나 방학 때면 낚싯대를 들고 수없이 널려 있는 남해안의 무인도를 정복했고 그래도 정열이 남아서 밤에는 중학교에 들어오지 못한 아이들을 모아 야간 상록학교를 운영했다. 박봉을 털어 내어 석유를 사들이고 장학생 제도를 두어 밭을 사고 돼지막을 쳐 돼지도 길렀다.

그러나 마음 한구석에 응어리진 시(詩)를 쓰겠다는 생각은 좀처럼 가시지 않았다. 나는 이 울화병을 끄기 위해 이 섬에 와 있는지도 몰랐다. 이것뿐이 아니라 한 가지 이유를 더 찾는다면 단 하나밖에 없는 동생이 군대에서 제대를 하고 와 느닷없이 고향 선산 언덕 밑에서 자살을 해버렸다.

이때가 1966년의 일이었고 나는 이 해에 중학교 발령을 받아 1968년도에 바로 이 섬에 자원해 왔다. 아마 동생의 이유없는 자살이 큰 충격으로 받아들여져서 실의에 찬 나날의 연속이었을 것이다.

동생은 중학교를 나와 가끔 어질병으로 시력이 약화되어 고등학교에도 진학 못하고 있다가 서울로 올라와 무척 고생도 많이 겪은 아이였다. 녀석은 7살 때 어머니를 잃었고, 태어났을 때는 어머니가 병중이었으므로 젖도 못 빨고 자란 아이였다. 녀석이 일곱 살, 내가 열 살 때 어머니는 갔으며 그 후 우리 형제는 참 외로웠다.

아마 나는 이 환경 때문에 애초에 시공부에 길들여진 것 같았으며 대학도 그런 곳을 택하게 되었다. 그러나 얼마나 재질이 없었던지 남들은 대학에 들어가자마자 문단에 척척 발을 걸었는데 대학을 나오고 군생활을 거쳐 초도라는 섬에 6년을 머물면서도 이 한을 풀지 못했다.

언제부턴가 시 쓰는 일은 점점 잊혀져 갔으며, 1974년도에는 드디어 이 섬을 떠나기로 했다. 아이들도 컸고, 곧잘 대마도 앞까지 태풍에 밀려갔던 그 여덟 시간의 뱃길을 떠나기로 한 것이었다. 그런데 육지에 나와보니 다시 발령이 난 곳이 섬이었다. 참으로 한심했다. 섬 생활 6년에 헌신적으로 일해서 상록수 교사상도 받았는데 한마디로 이런 처사는 불만이었다.

미련없이 사표를 던졌다. 그리고 무작정 절을 찾아 방황했다. 선암사, 화엄사, 쌍계사 등…… 한때는 노스님을 모시는 상좌로 머리를 깎을 각오도 했지만, 그 노스님은 밤마다 술을 들어야 잠이 드는 괴벽이 있어 그 곳에서도 환멸을 느끼고 서울로 뛰었다. 몇 개월을 서울에서 떠돌았으며, 드디어는 일년간이나 나를 찾아 헤매다녔던 아내에게 호소하여 고향집으로 내려왔다. 그때 아내는 갓난아이를 업고 1년간이나 나를 찾아 헤매었던 것이다.

집에 와 보니 한심했다. 아내가 지게질에 똥장군까지 져나르면서 농사를 짓고 있었다. 나는 수박농사를 시작했다. 그리고 아내는 그 수박을 파는 수박행상까지 시작했다.

고통스러운 1974년도가 저물고 1975년이 밝았다. 서울에서 사람이 왔다. 문학사상에 작품을 응모한 일이 없었느냐고 물었다. 기억을 더듬으니 서대문 화성여관에 있을 때 작품을 백지에다 휘갈겨서 당시 남대문을 넘으면서 우연히 샀던 문학사상을 보고 응모한 기억이 났다. 문학사상사에 들어갔더니 그 주간 왈,

"자네를 찾으려고 1년간이나 수소문을 했네"하고 대견해했다. 그 길로 사진 찍고 당선소감 쓰고 1975년 2월호에 내 작품 「산문(山門)에 기대어」 외 4편이 소개되어 나갔다.

이렇게 해서 문단에 발을 건 셈인데, 참 재미있는 것은 작품을 원고지에 쓰지 않고 백지에 써서 응모했던 결과로, 당시의 편집장이 원고지에 쓰지 않았다는 사실만으로 휴지통에 딴 원고들과 함께 그냥 처박아버린 점이다.

마침 주간님이 편집실 데스크를 지나다가 휴지통에 쌓인 원고들을 다시 털어내 놓고 보니 그 중 백지에 쓴 「산문에 기대어」가 좋았더라는 것이다. 그런데 막상 있어야 할 주소가 서대문 '화성여관'으로 되어 있어 연락을 해봐도 작자는 이미 그곳에 없는 탓으로 1년간이나 수소문을 한 것이었다. 또 일이 묘하게 꼬여서 1976년도에는 이것을 모방한 표절작품이 조선일보에 당선작으로 올라 시상 직전

에 당선 무효를 발표했었다.

이래 저래 「산문에 기대어」는 시끄러웠다.

그래서 나는 지금도

"시 쓰는 것도 팔자런가. 하필이면 그 순간에 주간이 편집실의 데스크를 지나다가 휴지통에 버려진 작품을 거두어 올릴 것은 뭐람!" 하는 넋두리가 나오는 것이다.

"자네는 휴지통에서 나온 시인이야!" 하고 힘주어 말하는 그 주간의 말끝이

"자네는 콘돔 속에서 나온 놈야!"라는 이상야릇한 기분으로까지 받아들여질 때가 참 많은 것이다. 그후 나는 개뼉다구 같은 작품일지라도 그 주간님의 애정을 듬뿍 받고 원없이 발표해 갔던 것이다.

그러므로 나는 나의 등단이 결코 우연이 아니라 저 불가에서 말하는 인과법칙으로 믿고 있으며 「산문에 기대어」 또한 그런 인연설로 된 작품이라고 믿고 있다.

누이야 가을산 그리메에 빠진 눈썹 두어낱을

지금도 살아서 보는가

정정(淨淨)한 눈물 돌로 눌러 죽이고

그 눈물 끝을 따라가면

즈믄 밤의 강이 일어서던 것을

그 강물 깊이깊이 가라앉은 고뇌의 말씀들

돌로 살아서 반짝여 오던 것을

더러는 물 속에서 튀는 물고기같이 살아오던 것을

그리고 산다화(山茶花) 한 가지 꺾어

스스럼 없이 건네이던 것을

　이상은 누이에 대한 추모로, 즉 엘레지로서 그 누이의 '눈썹'이 가을산 그림자에 묻혀 떠돌고 있는 이미지로 부각된 제1연이다.

　어떻게 해서 가을산 그림자에 죽은 누이의 눈썹이 떠돌고 있는 것일까. 이는 무주고혼(無主孤魂)이다. 야산(野山) 같은 데서 이장(移葬)을 하다 보면 뼈는 다 삭았는데 육신이 지녔던 터럭들(머리칼과 눈썹)은 그대로 웅덩이에 고여있음을 본 사람은 알 것이다.

　이는 곧 인간이 이승에서 못다 풀고 간 한(恨)의 끈적끈적한 덩어리인 것이다. 백발이 아니라 그것이 검은 터럭들일 경우, 얼마나 섬뜩하고 한에 젖어 있는 터럭들인가. 또는 뱃길에서 죽은 자의 혼풀이를 할 때, 무당이 식기를 바다 속에 흰띠를 매어 던져 넣어 건져올린 후 열어보면 거기에 들어있는 것 역시 터럭이다.

　출가할 때도 머리를 깎는다. 원한에 절인 터럭들은 뼈가 삭아도 영원히 삭지 않는다. 생각해 보라. 육신이 삭았다지만, 혼마저 땅속에서 없어진다고는 전혀 믿어지지 않는다. 그것이 젊은 죽음일 때, 그 죽음은 아직 죽지 않았다고 볼 수 있다. 그래서 이따금 많은 재앙도 일으키고 심통도 부린다. 그래서 나는 동생을 사후에 장가 보냈다.

　이 시의 영역본을 보니까 「산문에 기대어」는 'Mt. Gate'가 아니라 'Temple Gate'로 된 것을 보았다. 이 'Temple(절)'은 이승과 저승을 넘나드는 경계선의 문, 지금 시인은 거기에 기대어 누이의 눈썹을 보고 있는 것이다. 그것은 저 월명사가 '한 가지에 나서 가는 곳 모르겠다. ……도 닦아 기다리고' 하는 「제망매가」의 '고, 집, 멸, 도' 패턴을 지니면서 기다리는 모습과 같다.

죽은 누이의 혼은 신선한 물방울로 만나지고 더러는 물 속에서 튀는 물고기같이 또는 물 속에서 반짝여 오는 돌의 모습으로 부활되어 생명을 얻는 것이다. '정정한 눈물 돌로 눌러 죽이고……' 이 덧없는 죽음 위에 돌을 눌러서라도 복수를 하고 싶은 부활 의지, 그 부활 끝에 누이는 이제 산다화를 꺾어 나에게 스스럼없이 건네 주는 생명의 인과법칙과 윤회 속에 사는 것이다.

> 누이야 지금도 살아서 보는가
> 가을산 그리메에 빠져 떠돌던, 그 눈썹 두어 낱을 기러기가
> 강물에 부리고 가는 것을
> 내 한 잔은 마시고 한 잔은 비워두고
> 더러는 잎새에 살아서 튀는 물방울같이
> 그렇게 만나는 것을

이상은 제2연이다.

바람부는 늦가을, 기러기가 공중에 길을 내는 것만 보아도 눈썹의 행방을 보게 되고, 동생의 무덤 앞에서는 '내 한 잔은 마시고 한 잔은 비워두고' 그가 와서 나의 빈 잔을 채워 줄 때까지 기다리는 것이다.

결국 누굴 그리워하고 산다는 것은 이 슬픈 '제의(祭儀)'를 되풀이하는 끝없는 행위 그 자체가 아닐까. 꽃을 뿌리며 이를 악물고 임을 떠나보내는 소월의 '진달래꽃'도 따지고 보면 생이별이 아니라 죽음에 바쳐지는 가상적인 노래일 것이다.

> 새파란 냇물에

낭의 모습 잠겼세라……

아으 서리 높아 끝간 데 모를

잣나무 가지여……

그래서 기실 나의 작품 「산문(山門)에 기대어」도 그 이미지와 패턴은 「찬기파랑가」나 「제망매가(祭亡妹歌)」의 시적 부활 의지에서 얻어왔음을 이 기회에 고백하지 않을 수 없다.

등불을 거는 사람

살아갈수록 낯설어진다. 30년이나 켜 온 내 방의 형광등이 낯설어지고 TV화면이 자꾸만 낯설어진다. 명암을 내놓고 뭐라 떠드는 한밤의 낯익은 그 얼굴들, 매양 만나고 보는 사람들인데 그 목소리가 날이 갈수록 낯설어만 간다.

이 땅을 가득 무엇으로 물들이겠다는 그 혁명의 한밤중에 그들이 내뿜는 형광물질보다 나는 따뜻이 살아 있는 이 국토 안의 어떤 상징(象徵)이 그립다. 그것들은 이를테면 등불이나 꽃의 상징 같은 것들이다. 이 상징의 참뜻을 알기 위해서는 여행처럼 좋은 것이 없다. 여행은 곧 새로운 삶의 시작이고 끝이기 때문이다.

그래서 한밤중 지도놀이는 내 살아 있음의 이유가 된다. 국토를 밟는 일은 얼마나 힘있는 일인가. 불끈 불끈 산들이 솟아 있고, 산이 높아야 골이 깊다는 말처럼 아기자기한 골짜기에서 흘러온 강물들은 또 얼마나 정다운가. 사는 재미 또한 오밀조밀하고 음식맛 또한 그렇지 않은가. 나는 되도록이면 이 국토를 아껴서 밟고 싶다. 그래서 여행이란 목적을 띠고 동해안을 한번도 가보지 않았다. 이것은 나만이 지켜온 처녀성이다.

남부 이태리의 롬바르디 평원을 달릴 때 나는 초록의 공포에 몸을 떤 적이 있었다. 끝없이 펼쳐지는 양파밭이나 밀밭들의 초록 일변도의 그 녹색이 사람을 지치도록 만드는 것이었다. 그 후로 나는 우리 국토만은 아껴두자고 작심했다. 산공부, 물공부 10년이란 말이 있지만 나는 적어도 이 공부가 끝나면 경쇠를 들고 명산대천을 밟을 생각을 하고 있다. 그때쯤이면 통일도 될 수 있었으면 싶고, 늙은 말년은 아예 떠돌이로 살았으면 싶다.

산이 기진하고서야 물도 새로 오는 법인가. 나는 지금 어느 희귀한 여행사에서 빼내온 관광지도를 놓고 백두대간을 따라 가고 있다. 백두대간을 흘러오다 가지뻗은 산맥들, 그 등뼈 하나의 추수름으로 어떤 상징 하나를 기운차게 따라가다 보면 태백산맥 아래 휘어진 청송(靑松)의 주왕산이 나오고 다시 영천의 보현산을 건너뛰어 한 산맥이 금성의 비봉산인 쇠머리를 만든다. 관광지도 속에선 때아닌 산(▲)이 하나 돌출하고 먹물 같은 집이 한 채 점 찍혔다.

이름하여 이 산과 집이 오토산(五土山)의 오토재(五土齊)다. 의성 김(金)씨 9세조인 김용비(金龍庇)의 무덤자리며 그 직계 후손으로 6부자 등과 집안인 학봉 김성일(1538~1593)이 재실을 갖추었고, 4부자 등과 집안인 동강 김우옹이 비문을 적었다. 김용비는 고려 때 태사첨사로 3백 년이 지난 중종 때까지 읍민들의 제사를 받았다 한다. 동강의 13대 종손인 심산 김창숙 옹은 대전형무소에서 항일운동으로 고문 끝에 앉은뱅이가 된 독립유공자, 1919년 전국 유림의 대표로 독립 청원서 작성, 상해로 튀어 임정 의정원 의원, 그곳에서 체포 징역 14년, 대전형무소 복역, 해방 후 초대 유도회 회장, 성균관장, 성균관대학장, 이승만 독재 항거, 40일간의 옥고—

이는 다 김용비의 무덤자리에서 일어난 동기감응(同氣感應)이라 그 맥이 천고에 뻗쳐 있음을 알 수 있다.

　흔히 산서(山書)에서 말하되 이 지혈(地穴)을 일러 괘등혈(掛燈穴)이라 풀이한다. 바로 이 산의 동북방에 상서로운 바위가 있어 그 바위를 베틀바위라 하고 옥녀직금형(玉女織錦形)이라 한다. 즉 선녀가 내려와 베를 짜는 형국이란다. 그래서 밤에도 등불을 걸면 베 짜는 소리가 그치지 않았다 한다. 새벽닭이 울 무렵엔 베짜는 여자도 깜박 졸음에 떨어졌는지 도깨비들이 나와 "뉘집 명당인고!" 한바탕씩 들쑤시고도 갔다 한다.

　오토재의 관리인인 김태영 씨는 지금도 그 재실의 입구에 밤마다 두 개의 등불을 걸어둔다고 한다. 폭설이 지는 밤에도 두 그루의 등불은 밝게 빛나서 오토산 한 채를 다 적신다고 한다. 멀리서 보아도 두 그루 장수매화가 핀 국토관의 생명은 얼마나 싱싱한가. 이 경건성, 이 신성성에 젖어 사는 문중 사람들의 자부심, 긍지감은 그 열량이 무릇 얼마일 것인가. 이것이 풍수에서 말하는 나쁜 바람을 막아 기(氣)를 살리고 물을 얻는 동기감응설 아닌가.

　알고보면 우리 산천은 그대로가 살아있는 경전이요 신성으로 흐르는 멋스러운 뿌리가 있다. 그 산천에 흩어져 있는 바위 하나도 신성을 타고 사는 생명인데 오늘의 국토관은 어찌되었는가. 물을 막고 바람을 막아 이제는 서해안 시대라는 구호로 평균 깊이 10미터밖에 안되는 서해(황해)를 쓰레기장으로 만들겠다는 계획은 무엇인가.

　황사바람에 온갖 잡균, 세균, 황열병이 오는구나!

　또 한밤중 나의 여행 지도놀이 속에선 장수매화(長壽梅花) 두 송이가 피어 천리 격한 먼 오토재에서 흘러온 불빛이 세차게 살아나서

내 서재의 침상 하나를 괸다. 내 잠드는 이불 속에서도 그 장수매화
가 흰 눈을 쓰고 빨갛게 피어난다.

  아아 이 동기감응 따뜻하여라!

선지관(宣地觀) 이야기

　남도(南道)의 자료를 모으기 위해 떠난 기행길에서 만난 사람이 많다. 그중 잊을 수 없는 가장 인상 깊은 사람이 구례에 살고 있는 선지관(宣地觀)이다. 그는 쇠 하나로 팔십 평생을 살아온 때문에 구례지방의 장풍(藏風)과 물길에 대해서는 가히 독보적인 풍수객이었다. 스스로 지리도인(智異道人)이라 호를 명명했고 턱수염이 갈대꽃처럼 날리는 풍채라서 도골선풍(道骨仙風) 그대로였다.

　그와의 만남은 4년 전 구례군의 '운조루(雲鳥樓)' 취재길에서 이루어졌다. 한약재로 쓰이고 있는 산수유 20그루가 전 재산인 그의 산동골 오두막집에서 나는 쉬기를 원했고, 그때 늦은 점심을 처음 대접받았다. 뜰에는 통방아가 놓여 있었고 백년쯤 해묵은 감나무 그늘이 슬레이트 지붕을 덮고 있었다. 산수유 열매가 토닥거리는 마당에는 토종닭 몇 마리가 어슬렁거리고 있었다.

　단 두 식구. 아들들은 울산에 살고 있고 늙은 부인께서는 베적삼을 똘똘 벗어 부치고 불을 때어 귀한 손님이라면서 밥상을 내왔다. 그런데 그 밥상 앞자리가 그렇게 편할 수가 없고 밥상이 그렇게 정갈할 수가 없었다. 된장에 풋고추, 그리고 보리밥알로 담갔다는 전라도 특유의 고추장과 고들빼기 김치가 전부였다. 그것으로는 서운해할까봐 그랬는지 덤으로 달걀찜이 곁들여 있었다. 나는 어려서 방학이 되어 시골집에 내려가면 웃통을 벗어놓고 달걀찜을 내왔던 그 여름날의 어머니 모습을 낯익게 떠올릴 수 있었다.

선지관은 주주객반(主酒客飯)이라면서 술잔을 기울인 채 지리산 자락과 섬진강이 에돌아 가는 구례의 풍수를 유창하게 읊고 있었다. 여기서 나는 한국의 자연이 살아서 춤추는 법을 처음 깨달았으며 레비스트로우스가 말한 '땅은 무용을 정지했다'는 그 인식과 함께 우리 국토인식에 대해서도 새롭게 눈을 떴다. 아예 기행 제목을 「춤추는 남도의 자연, 그 멋으로 본 풍수골의 운조루」라고 못을 박았다. 그때의 메모록을 꺼내어 펼쳐보니 선지관의 구술과 함께 내 느낌의 일단이 감격적으로 이렇게 적혀 있다.

지리산 만학천봉의 봉우리에서 흐르는 푸른 이내가 항상 공기를 소독하고 이상한 영기(靈氣)가 하늘을 찌르는 곳 – 이곳이 남도에서 산자수명 제일의 경관으로 이름난 땅 '구례분지'다. 이 곳에선 이상하게도 작은 풀꽃 한 송이도 보기 싫게 시드는 법이 없고 선명한 무늬를 보듯 자연은 항상 새롭게 빛난다. 아마도 이 곳에 태양이 비치면 작은 먼지까지도 빛날 것이다.

뿐만 아니라, 연기조사가 화엄사 터를 어떻게 잡았는가 하는 대목에서 선지관은 '남쪽에서 불끈 솟아오른 섬진강 물이 주먹(구례분지) 위를 돌아가는 듯한 빠른 물길에 지리산 용(龍)이 돌아보고 웃는 형국, 이것을 '수회권상 용희소혈(水廻卷上 龍喜笑穴)'이라 하고 이처럼 급히 돌아드는 강물에 북쪽 언덕에서 풀을 뜯던 말들이 놀라 울음을 퍼지르며 쫓겨드는데 그 궁둥이를 보니 살이 포동포동 쪘더라는 '마시삼천북안비혈(馬嘶三天北岸肥穴)'의 배산 임수를 논할 때는 흥바람이 절로 일었다.

그에게 다시 초대를 받은 것은 추석 무렵이었다. 나는 어려서부터 박나물을 좋아했는데 머리통만한 박들이 선지관의 통숫간 지붕 위에 매달려 크고 있는 것을 보고 가을에 꼭 박나물을 먹으러 오겠다는 약속을 단단히 해두었다. 그 약속이 추석 무렵에 이루어진 것이었다. 그래서 토요일 오후 그의 집으로 내려갔다.

사위가 고요한 밤에 밤참거리로 내온 박나물은 화학성의 식초가 아니라 비장의 가전법(家傳法)으로 담근 식초에 박나물을 빨아 듬뿍 버무린 된장무침이었는데 어렸을 때 먹었던 그 맛이 고스란히 거기에 있었다.

고향길을 찾아나선 나그네를 안아준 것 같은, 어머니의 무명치맛자락 기억까지도 소생시켜 주는 골목길목과도 같은 곳. 그곳을 떠나 일요일 아침에 올라오면서 박 한 통과 살아 있는 식초 눈을 담은 식초병까지 차고 올라와 며칠을 포식했다. 그나마 식초 눈은 눈대로 따 담아 대가 끊겼던 우리집 식초 갈무리하는 비법까지도 살려 놓았던 것이다. 이 식초는 지금도 잘 익고 있으며 아는 친구 몇에게도 그 눈을 옮겨주었던 것이다.

다시 초대를 받은 것은 감이 잘 익은 무렵의 초겨울이었다. 푸짐한 대접을 받고 나는 마을에서 올라온 청년과 함께 지붕에 올라서서 긴 장대로 감을 후려쳐 두 접도 넘는 감자루를 메고 올라왔다. 내 다락방에서는 겨우내 감이 말랑말랑 홍시감으로 곰삭고 있었다.

그런데 어느 날, 갑자기 눈이 내리던 날 전남대병원에서 연락이 왔다. 선지관이 고혈압으로 입원을 했다고 한다. 경련을 일으키고 실어증까지 겹친 중풍이었다. 실로 난감했다. 그러던 어느 날 문안 길에 나는 홍시감 생각이 나서 다락에 올라가 그의 집 마당에서 딴 홍시 몇 개를 싸들고 병실로 찾아갔다. 그의 입에다 홍시감을 댔더니 무슨 정신이 났던지 잘도 빨더니 빙긋이 웃기도 하고 내 손을 꽉 쥐기도 했다. 뿐만 아니라 눈 가장자리에 스르르 눈물이 돌기까지 하는 것이었다. 그 길로 그는 영 일어나지 못하고 내 곁을 떠나버렸다. 그는 어느 곳에 손님으로 가 있는가. 아니 이승에 손님으로 와 머물다가 그의 본가를 찾아간 것이리라.

　나는 아직도 그때 선지관이 감 따던 날의 모습을 기억하고 있다. 젊은 일꾼에게 그는 이렇게 말했다.

　"이제 그만 따도 됐다. 나머지 감은 까치밥이다."

　집을 떠날 때 돌아보니 서른 개 남짓한 감이 초겨울의 하늘을 태우고 있었다. 그 휘모는 빛살이 어떻게나 강렬한지 하늘 귀퉁이에 불이 난 듯이 보였다. 이것이 우리 조상들이 지니고 살아 왔던 넉넉한 마음이자 여유이자 멋이구나라고 찬탄하지 않을 수 없었다.

　'까치밥'이란 이름으로 날짐승들에게까지 길을 내어주고 휴식을 제공해줄 줄 알았던 남도의 넉넉한 인심을 나는 당대의 마지막 풍수객 선지관에게서 보고 배웠던 것이다.

　등불과도 같이 따스한 그 인정, 그 까치밥, 이제 박나물은 먹을 수 없고 식초 눈은 끓는데 막상 나를 불러주고 반겨줄 그 선지관은 가고 없는 것이다.

아름다운 선율을 타고 나누는 절정의 교감

'백조의 호수'란 카페는 볼쇼이 발레단의 선풍을 타고 광주에 새로 생긴 고전음악 감상실이다. 오랜만에 정갈한 분위기와 알맞은 조명, 고요한 선율에 젖어본 기분은 별났다.

그 중에서도 별난 일은 한복차림의 중년 여인이 은테 안경을 걸치고 오뚝한 콧날을 세우며 세일러복을 입은 고등학교 2학년쯤 돼 보이는 딸아이와 함께 나란히 앉아서 음악을 감상하는 모습이 퍽 인상적이었다. 그 모습이 헐렁한 공간을 메우고 있음으로 해서 분위기는 한결 따뜻해 보이고 알맞게 돋보이는 듯했다. 두 모녀가 좁은 공간에 앉아서 마주보며 흘려보내는 눈웃음이야말로 행복의 절정을 가는 듯했고 그 모습이 마치 조선 소나무의 갸우뚱한 가지에 앉은 두 마리 학처럼 준수해 보였다.

이윽고 음악은 좀 웅장하고 템포가 빠른 곡으로 바뀌었고,

"엄마, 시벨리우스의 핀란디아지?" 하고 여학생이 묻자, 어머니의 눈빛은 은테 안경 속에서 더욱 빛났다.

나는 순간 행복이란 저런 것이 아닐까 하고 생각했다. 아름다운 선율을 타고 봄날의 종달새처럼 떠 있는 모녀의 행복감, 그 절정의

교감 상태, 이 세상의 종말이 와도 그 모습은 영원할 것 같았다.

자녀들이 디스코텍이나 뮤직홀에서 일요일을 죽치는 동안, 바쁘다 바쁘다 호들갑을 떨며 동창회다, 계모임이다, 주부클럽이다, 헬스클럽이다 해서 집을 비우는 어머니들보다 이렇게 주기적으로 딸과 마주 앉아서 멋을 누릴 줄 아는 감각이야말로 현대인의 교양인 것이다.

이 여유와 멋이 사치성을 지닐 때, 그것은 자칫 방종이 되기 쉽지만 아무리 바빠도 자기의 멋과 여유를 가꿀 줄 아는 사람이 현대의 교양미를 갖춘 여성임에는 틀림없다. 이것은 예나 지금이나 다를 바가 없다. 백정도 소 잡는 칼은 개 돼지 잡는 데는 아니 쓴다는데, 현대를 사는 속세에서 적어도 속되지 않으려면 이만한 고집의 절제는 필요할 것임이 분명하다.

그것은 옛스런 말로 '지체', '뼈대'라는 말로 우리 선인들은 써왔다.

'뉘집 자손인지 보배운 데가 있다.'

이 말은 지체가 있고 교양미가 있다는 말과 같은 것이다. 이 교양미가 현대에 와서는 보수적이라는 생각을 넘어서서 여유와 멋으로 통한다는 것은 비단 나만의 생각이 아닐 터이다.

우리 전통사회의 선비들 사이에선 '창랑에 갓끈 씻는다'는 말이 유행했다. 무더운 7월의 땡볕 괴나리봇짐을 짊어지고 한양 천리를 가는 선비가 비지땀을 흘리며 길을 가다 징검다리를 건넌다. 현대인 같으면 모자라도 벗어놓고 물창을 튀기며 푸푸 세수라도 하고 가련만 겨우 하는 모습이 갓을 쓴 채, 갓끈에 물을 쥐어 바르고 길을 재촉한다.

이것을 우리 선비는 중용에 결부시켜 9분쯤 차고 1분쯤 비우는 것이 멋이고 그것이 절제미(節制美)라고 이르지 않았던가. 참으로 교양이 있는 집의 가문이 아니고서야 이런 행동이 나올 수는 없으리라.

이 인상 깊었던 그들 모녀를 본 후, 한동안 뜸하게 잊고 지냈었는데 지난 일요일엔 또 예기치 않은 충격을 받았다. 책을 사려고 시내 서점엘 들렀을 때였다.

두 모녀가 책을 제각기 고르고 있었다. 교회를 다녀오는 길인지 한 손에는 성경을 들고 있었다. 백화점에서 옷치장을 하고 돈 쓰는 재미로 스넥에 앉아 점심이나 저녁을 하는 경우는 많이 보았지만 이런 모습은 흔치 않은 풍경이었다. 그들 모녀는 예사롭게 행동하고 바쁜 가운데서 바쁘지 않게 살아가는데 그것이 하필 왜 내 눈에만 멋으로 보이고 교양미로 보이는지 알 수 없었다.

서점 창문을 통해서 그들 모녀가 사라져가는 모습을 오랫동안 지켜보며 나는 따뜻한 정감에 휩싸여 있었다.

우리 전통속의 고향, 어느 우물가에선가 만난 소저(小姐), 먼 길을 걸어 오느라 조갈증에 걸린 장군, 그 장군에게 한 바가지의 물을 떠준 소저, 때는 7월이라 휘늘어진 버들잎을 따서 좌르륵 바가지에 띄워 수줍게도 물을 건네주는 그 소저. 연유를 물은즉 버들잎을 띄웠음은 얹힐까 싶어서 그랬단다. 그래서 그 소저는 태조 왕건의 제2왕비가 되었다던가.

오늘의 현대를 살아가면서 그런 지체 있는 가정과 여성의 멋스러움이 자꾸만 그리워짐은 웬일일까.

무슨 죄 있기 오가다
네 사는 집 불빛 창에 젖어
발이 멈출 때 있었나니
바람에 지는 아픈 꽃잎에도
네 모습 어리울 때 있었나니

늦은 밤 젖은 행주를 칠 때
찬그릇 마주칠 때 그 불빛 속
스푼들 딸그락거릴 때
딸그락거릴 때
행여 돌아서서 너도 몰래
눈물 글썽인 적 있었을까

우리 꽃 중에 제일 좋은 꽃은
이승이나 저승 안 가는 데 없이
겁도 없이 넘나들며 피는 그 언덕들
석남꽃이라는데……

나도 죽으면 겁도 없이 겁도 없이
그 언덕들 석남꽃 꺾어들고
밤이슬 풀비린내 옷자락 적시어가며
네 집에 들리라

— 졸시, 「석남꽃 꺾어」 전문

석남꽃 이야기는 수이전에 있는 서정이 넘치는 이야기다.

최항이라는 사내가 부모의 금족령으로 애첩을 만나지 못한 지가 오래되었는데, 하룻밤엔 최항이 애첩의 꿈에 나타나 머리에 꽂은 석남꽃을 나누어 주고 갔다. 애첩은 하도 꿈이 이상하여 최항의 집에 갔더니 최항은 벌써 죽은 지가 8일이었다. 부모도 이상히 여겨 관뚜껑을 열어보니 최항의 몸은 온통 이슬에 젖어 있고 머리에는 석남꽃 가지가 꽂혀 있었다. 이 모티브를 빌어 써본 것이 곧 「석남꽃 꺾어」이다. 더구나 그것이 첫사랑일 때 '그 소녀는 나의 가슴에 영원히 시들지 않는 한 송이 석남꽃' 같은 것이 아닐까.

누가 가져다 줄 것이냐
그 아름답던 첫사랑의 날을.

이것은 유명한 괴테의 「첫사랑」이다. 참으로 아름다운 사랑의 시라고 생각한다.

나는 중학교에 들어가서는 거의 20리 길을 매일 걸어서 통학을 했다. 그때는 전라도의 뻘건 황톳길이었고 솔뫼라는 큰 재도 있어 밤이 늦을 때는 가끔씩 떠 있는 주막집 불빛이 큰 구원이었다.

이 길 위에서 한 소녀를 사랑(?)하게 되었는데 그것이 하도 우스워 사랑이랄 것도 없는 소년의 동정이라고나 해야 적당한 표현이 될 것 같다.

시골 황톳길은 알다시피 여름 땡볕 속에선 풀뭇간의 쇠처럼 타오르는 길이다. 새벽밥을 먹고 아랫동네의 갈림길까지 나가면 그 소녀를 만나는데 늘 앞서거니 뒷서거니 했건만 지금 기억으로는 단 한번도 앞선 적이 없었던 것 같다. 뒷꽁무니를 멀찌감치 따라가며 좋아했던 그 소녀의 뒷머리채를 지금도 잊을 수가 없다. 어떤 때는 서로 갈림길에서 만나 얼굴이 홍당무처럼 빨개진 때도 있었다.

그때 곧잘 눈에서 다래끼가 나곤 했었는데 아마 그 소녀를 너무 빤히 쳐다보고 다니는 죄값으로 눈병이 나지 않았나 싶었고, 그때마다 어머님의 "눈썹 두 개를 뽑아 한길가의 돌밑에 숨겨두면 그 돌을 차고 간 사람에게 옮아 간단다"라는 민간요법을 믿고 눈썹을 뽑아 돌밑에 묻어 놓고 그 소녀가 차고 가는지 어쩐지를 지켜본 적도 있었다.

이것이 바로 「꿈꾸는 섬」이다.

말없이 꿈꾸는 저 두 개의
섬은 즐거워라.

내 어린 날은 한 소녀가 지나다니던 길목에
그 소녀가 흘려내리던 눈웃음결 때문에
길섶의 잔풀꽃들도 모두 걸어나와
길을 밝히더니

그 눈웃음결에 밀리어 나는 끝내 눈병이 올라
콩알만한 다래끼를 달고 외눈끔적이로도
길바닥의 돌멩이 하나도 차지 않고
잘도 지내왔더니

말없이 꿈꾸는 저 두 개의
섬은 슬퍼라.

우리 둘이 지나다니던 그 길목
쬐그만 돌 밑에
다래끼에 젖은 눈썹 둘, 빼어 눌러놓고
그 소녀의 발부리에 돌이 채여
그 눈구멍에도 다래끼가 들기를 바랐더니

이승에선 누가 그 몹쓸 돌멩이를
차고 갔는지
눈썹 둘은 비바람에 휘몰려
두 개의 섬으로 앉았으니

말없이 꿈꾸는 저 두 개의
섬은 즐거워라.

　사실 이런 추억이 없어도 푸른 바다에 연잎처럼 두 개의 섬이 떠
있는 것은 보기만 해도 즐거운 일이다. 그 섬들이 더구나 전설 같은
이름을 달고 있거나 깊은 유서가 있다면 더한다.
　상길마도(上吉馬島)와 하길마도(下吉馬島), 어느날 금당도의 가
화리 앞바다에 떠 있는 두 개의 눈썹 같은 섬을 내다보면서 쓴 시가
바로 이「꿈꾸는 섬」이다.
　같은 시내에 살면서 그 소녀가 지금 남의 아내가 되어 늙어가면

서 이따금 만나 "당신 그때 생각 나?" 하는 추억이라도 새긴다면 어떨까. 그러나, 위에 소개한 대로 「석남꽃 꺾어」의 내용처럼 그럴 수는 없는 일이고 이따금 밤 늦게 그녀의 집 앞을 지나오며 불빛창에 어려 있는 그녀의 실루엣!

그녀도 나처럼 젖은 행주를 치다가 눈물 글썽인 적 있었을까. 이 다음에 이 다음에 죽어서 최항처럼 나도 물어봐야지.

조각칼

　로댕과 끌로델을 생각하면 연인관계에 있었던 두 사람의 석연치 않은 관계에 놀라곤 한다. 끌로델은 로댕에 비하면 젊고 아름다운 여인이다. 두 사람은 같은 예술의 길을 걸었으나 로댕의 권위와 그늘에 짓눌려 끌로델은 일생을 불우하게 끝마쳤다.

　로댕은 끌로델의 재능을 담보했을 뿐 아니라 그 재능마저 담보해 버린 사랑을 했다는 점에서 늘 뒷맛이 개운치 않다. 끌로델이 로댕을 만나지 않았다면 훨씬 행복했었을까. 아니 로댕을 만나지 않았으면 끌로델의 이름마저 이 지상에는 남아 있지 않았을 수도 있다. 어쨌든 예술의 혼으로 만난 두 사람의 관계는 비극적일 수밖에 없다.

　올여름 파리를 여행하면서 현대 미술박물관에 들러 로댕의 '생각하는 사람'의 조각품 앞에서 문득 이런 생각이 스치고 지나갔다.

　차디찬 청동(靑銅)의 피막에서 뜨거운 심장의 피가 분출되는 깊은 고뇌와 사색. 이 지구의 종말이 와도 사과나무를 심겠다던 철학자 스피노자의 말대로 지구의 종말이 와도 그 깊은 고뇌와 사색은 영원히 꺼지지 않을 것 같은 불꽃의 의지가 용솟음쳤다.

　이 조각품 하나를 만들기 위해서 로댕의 일생은 허비되었다 해도 과언이 아니다. 그러므로 인간의 삶이란 이 '의지의 표상'으로서의 삶이라 할 수 있다. 이 '의지의 표상'으로서의 삶이야말로 예술가들이 걸었던 길이며 창조와 노력, 그리고 천재성을 담보로 했던 길이기에 그 길은 피로 얼룩지고 고뇌로 얼룩졌던 길이다. 로댕과 끌로델 또한 이 길 위에서 예술혼을 담보로 했던 사랑이기에 그 종말은 더욱 비극적일 수밖에 없었던 것으로 생각된다.

여행에서 돌아와 보니 내가 살고 있는 바다도 쪽빛이다. 어느새 가을이 내 여행길 먼저 앞서 달려온 것이리라.

바다가 쪽빛으로 개어 올 때는 영혼에 찬바람이 으스스 돈다. 어떤 날 그 바다는 무심히 조약돌 한 개를 던져보면 영혼의 상처 속에서 팽팽한 수평선이 입을 벌리고 서슬진 유리처럼 퍼어런 금이 선다. 그 금속에서 솟아오른 것은 대영제국 박물관의 희랍관에서 본 청춘남녀의 표상인 비너스나 미로도 아니요, 차디찬 피막으로 싸인 로댕의 청동 조각상인 '생각하는사람'이다.

차디찬 피막에 핏줄이 내리고 드디어 싸늘한 지성과 이성의 표피를 뚫고 불타는 사색(思索)이 솟아오르기까지 로댕은 얼마나 많은 칼놀림을 했던 것일까. 깎고 또 깎아내리는 그 작업이야말로 차가운 금속성의 이미지와도 얼마나 거리가 먼 것일까.

원고지 위에 써 내려가는 시나 소설보다 화판에 그려나가는 채색의 그림보다 그 칼의 차디찬 비명은 더욱 매정하게만 느껴진다. 그런 점에서 조각가란 한없이 존경스러워지기까지 한다.

문득 칼을 놀리고 있는 그녀가 그리워진다.

창밖엔 한 잎 두 잎 낙엽이 지기 시작하고 아뜰리에에서 내다보이는 들길엔 코스모스 여린 꽃잎들의 한숨이 다발로 떠서 날리는데 그녀는 이윽고 칼놀림을 멈추다 말고 그 들길에 자신도 모를 한숨을 날리고 있다. 그녀가 깎아 내리고 또 깎아 내리는 그 차가운 조각상에도 이 가을엔 따뜻한 피가 살아 돌았을까.

아마 그 작업은 겨울 내내 계속될지도 모른다.

그녀가 부엌에서 도마를 파는 부엌칼의 인상은 새긴 적이 없지만, 그 늦가을 볕 바른 창 아래서 열심히 놀리던 조각칼의 인상은 잊혀지지 않는다. 그리고 이때처럼 달리 아름다운 모습을 그 어디에서도 느껴본 적이 없다.

이 가을이 가면 곧 눈이 내리리라. 눈이 내리면 그 조각칼도 잠시 놓아두고 무릎까지 채이는 폭설을 뒤집어 쓰며 천관산을 오르던 그때의 추억도 잊을 수 없으리라.

차디찬 피막을 훑고 자나가던 조각칼과는 달리 눈오는 비탈길에서 훑고 지나갔던 그녀 따뜻한 손길의 촉감도.

시(詩)가 태어난 자리

누군가 말했다. 詩를 쓰는 시인이 아름다운 것이지 시를 말하는 시인이 아름답지 않다고! 시는 몸으로 쓰고 영혼으로 쓴다. 말로 쓰는 시는 작위적이고 열변을 토하는 사상가나 웅변가나 목사 같아서 싫다. 시를 쓰는 것이야말로 겸허하고 진솔하다. 그러므로 말로 쓰는 시는 자신의 진솔함이 드러나지 않고 혀가 빨라지고 경박함이 앞선다. 그래서 자신은 물론 그 자신을 향한 뭇 시선들로 진실을 감추고 말하지 않는다. 왜냐하면 시 쓰기의 궁극의 목적이 善이나 聖으로 가야 하는데 俗으로 떨어져 영혼을 울릴 수 없는 까닭이다.

나의 경험에 따르면 대개 '문제詩'는 혀가 빨라지고 '좋은詩'는 혀를 감추고 그 혀를 독자에게 보여주지 않는다. 아니, 어떻게 말하는지조차 알 수 없게 말한다. 시란 죽음과 삶, 사랑에 대한 테마연구라고 할 수 있을 것 같다. 이중에서 나는 지금도 '죽음'이란 단어 하나를 생각하면 가슴이 쿵쿵 뛴다.

사춘기 때는 이불을 쓰고 누워 이 생각을 하다가 소리를 치고 벌떡 일어나 밖으로 뛰어나간 적이 몇 번 있었다. 밤하늘을 쳐다보면 초롱초롱한 별들 사이로 내가 걸어가는 모습이 보이기도 했다. 그리고 공연히 까닭모를 눈물이 맺히는 것이다.

대체로 습성이 강한 동물은 잘 울지 않거나 죽음을 택할 때도 그 흔적을 드러내지 않는다고 한다. 나는 습성이 강해서가 아니라, 생리적으로 유약체질이어서 그런 것 같다. 될 수 있으면 경건하게 죽고 싶고 아무도 안 보는 데서 죽고 싶다. 그것도 여행길이거나 어느 낯선 풍경 속에서 반짝이는 죽음이면 좋겠다고 생각한다. 아마 여자로 태어났으면 틀림없이 여승(女僧)이 되어 이 세상을 떠돌고 있을 것만 같다.

지금도 간혹 여승을 만나면 가장 신비스럽게 생각되고 경외감을 떨쳐버리지 못한다. 그것도 쭈글쭈글한 늙은 보살이나 여승이기보다는 앳된 여승을 보면 내가 한없이 경건해지고 고요해지고 성스러운 분위기로 빨려든다. 아마 그 여승은 절대로 자기의 죽음을 보여주지 않을 것 같은 그런 생각이 든다.

이 분위기는 수녀들에게서도 가끔 충동적으로 만나는데, 며칠 전은 장어탕집에서 기름덩어리를 훔치고 나오는 모습을 보고 나는 일종의 배신감 같은 것을 한꺼번에 느꼈다. 하기야 저네들도 나와 같은 생리적 구조가 똑같은데 왜 이럴까 하는 생각에는 나도 대답을 찾지 못하고 끙끙거렸다.

만일 여승이 저와 같은 속물(?)근성을 보인다면 이번에는 나는 틀림없이 그 장어탕집 탁자에서 땅바닥으로 주저앉을 것만 같다. 그리고 이 세상에 나를 경건한 외경으로 세워 둘 그 무엇도 있을 것 같지가 않다. 이건 참말인 것 같다. 그리고 다시는 시(詩)를 쓰지 못할 것 같다.

폭풍이 지나간 자리에도 샘물이 솟고, 백합이 피듯이 상흔이 깊은 내 가슴에 고여 있는 영원한 모습은 앳된 여승, 그 처녀성을 지닌 웃음인지도 모른다. 내가 너무 속되고 한이 많아서 그런지 모른다. 속될 바에야 다 마찬가진데 나의 일방적 요구는 왜 이 모습을 구원의 상징으로 세워 두고 위안의 빛을 삼으려 하는지 대답을 내릴 수 없다.

무조건 신비하고 경건하고 무조건 성스러워 이빨에 고춧가루 하나 묻어 있지 않아야 한다는 이 고집은, 아니 이 고집이 무너질까 싶어 나는 두려운 것이다. 나는 연애를 해도 괜찮지만 아내가 연애를 한다면 당장 이혼을 선언할 터인데도 말이다.

나는 이런 분위기가 끓어올랐을 때 시도 가장 좋게 써짐을 늘 체험하고 있다. 이런 정신적인 카타르시스와 이기주의를 무슨 경지라고 이름 붙이는지 모르지만 좌우당간 이 경지가 나를 한평생 이끌어 주었으면 하는 것이다. 나는 이 분위기를 타면 평생 시를 쓰고 살 것만 같다.

나의 여섯 권의 시집 속에는 여승만을 소재로 한 시가 너댓 편 있다. 또한 시선집 『우리나라 풀이름 외기』에는 '여승(女僧)'을 독자에게 드리는 자서(自序)로 했다. 나는 지금도 머룻잎 이슬을 털며 산길을 내려오는 여승을 가끔 꿈속에서 만나기도 하고, 어릴 때 체험했던 그 여승의 순결한 이미지로 이 세상 모든 사물 앞에서 그때처럼 순수한 가슴으로 시를 쓰고 싶다.

한마디로 여승은 나에게 있어서 구원이다. 법당 앞에 깨끗하게 널려 있는 신발 한 켤레—

지난해는 교원대학에 있으면서 마곡사엘 처음 가 보았다. 은석암까지 올라갔는데 예쁜 여승 한 분이 살고 있었다. 뒤꼍에는 감이 휘두러지게 늦가을 하늘에 충만해 있었다. 누군가 감나무에 세워둔 장대를 들어 감을 땄다. 그때 키가 후리후리하게 큰 여승 한 분이 소리없이 다가왔다. 감을 따던 사람이 놀라 엉거주춤한 체 얼굴을 붉혔다.

'더 따세요, 어차피 대중 공양하려고 따지 않았던 감들이에요.'

괜찮다고 해도 엉거주춤한 체 서 있기는 마찬가지였다. 이번엔 여승이 장대를 돌려받아 손수 감꼭지를 비틀어 따내렸다. 그 행동이 철없이 귀엽고 천진스러웠다.

그리고 내 손에도 감 세 개를 쥐어주었다. 얼굴에 감보다 더 연한 홍조가 수줍게 물들어 있었다. 그리고 정말 초롱같은 눈망울을 보내며 수줍게 웃고 있었다. 그날 밤 돌아오는 버스 속에서 시 한 수를 썼다.

길은 낙엽들 속에 묻혀 따뜻하다
푸석하게 발이 빠지는 이 아늑함

밟을 때마다 이슬들은 한낮의 햇빛에 깨어나
흰 김을 뿜는다
이따금 낙엽들 속에서 낯가림한 다람쥐들이
불쑥 솟는다.
이 기척을 알아차린 물소리 하나가
저 세상 밖을 휘어진다.
길은 다시 댕댕이넝쿨 사이로 끊어질 듯 뻗는다.
장불령 고개를 넘어 눈을 들면 분칠한 하늘
저녁 해를 비껴선 태화산 봉우리가 초례청
불 밝힌 신부 같다.
소리 죽은 가을 저녁 은석암에 다가갔다
구절초 마른 풀냄새가 온몸을 적신다
법당 앞뜰 벗어 놓은 신발 한 컬레가
오래 못 본 쪽배와 같다.
이 허적 위에 신발을 벗을 줄 아는 이
나는 너무나 많이 헤매었구나
저녁 예불을 드리는 자은스님의 목소리가
상한 발등을 적신다 따뜻하다.

　늦가을 가랑잎 속에서 한없이 따뜻함을 느꼈다. 제목도 「따뜻한
늦가을 저녁」이다. 나는 동냥치에게서 구원을 받은 적도 있지만 여
승에게선 보다 깨끗한 구원을, 그것도 순수무구한 구원을 받는다.

실패한 여름

고뿔든 데는 왕겨불에 모과를 구워 먹는 것이 제일이란다. 결리는 데는 개똥물이 약이란다. 이것은 민간요법에서 나온 처방이지만 막상 개똥도 약에 쓰려고 하니 귀했다. 그해 여름 우리 동네 개똥은 씨가 말랐다.

막상 주모자요 행동대원이었던 큰 손들은 다 빠져 나가고 걸려든 것은 송사리떼들뿐인데, 이 송사리떼들만 죽도록 여름내 개똥을 주워 날랐다. 그것도 아침부터 시작해서 해질 때까지 한 걸망씩을 지고 이웃 목넘이 마을의 흑석부리 영감한테 틀림없이 져다 주어야 했다. 그때마다 흑석부리 영감은 여름 땡볕이 쬐는 구들목에서 일어나 앉으며 '아이쿠 허리야' 하면서 엄살을 떨었다. 그의 마누라인 쭈그렁 할멈이 잘 달여진 개똥물을 한 사발 떠다 새끼손가락으로 한 번 휘휘 젓고는 약사발을 내밀면 흑석부리 영감은 또 김이 오른 약사발을 단숨에 들이켜며 '아이쿠야 쓰다' 고 엄살을 부렸다. 그리고 다시 할멈이 내민 마른 생강 쪽을 입에 넣고는 오물거리며 구린내를 가셔 내느라 애를 썼다.

그런데 우리 대여섯 명이 날마다 주워 나른 개똥이 모두 개똥물로 들어갈 리는 없고 나머지 개똥들은 흑석부리 영감의 머슴놈이 바지게로 져다가 자기밭 참외 밑구덩이에 파묻는다는 소문이 나돌았다. 우리는 괘씸한 생각이 들었다. 저절로 그 개똥 거름을 빨고 잘 익어가는 참외에 군침이 돌았다.

중학교 2학년 때였다. 여름방학이 되면 대처에 나갔던 동네 유학생(고등학생)들이 되돌아오고, 밤마다 닭서리 판이 벌어졌다. 겨울방학 때 이웃마을에 닭서리를 나갔다가 새벽 첫눈이 흠뻑 쏟아져 우리가 파놓고 온 발자국 때문에 닭 주인이 아침에 그 발자국을 밟아와서 영락없이 우리 본부(복습소)가 탄로났고 동네 어른들께 볼기짝을 맞은 적이 한두 번이 아니었다. 여름방학도 마찬가지였다.

목넘이 마을로 여나믄 놈들이 들이닥쳐 밤 3시쯤 동네를 돌다가 흑석부리 영감네 닭장을 덮쳤다. 씨암탉을 많이 기른다는 소문이 돌았기 때문이다. 그 흑석부리 영감의 닭장은 간이 오두막처럼 독립가옥으로 지어진 닭장이어서 여나믄 놈이 아예 떠메고 동구 밖을 벗어났다. 동네 개가 컹컹 짖었다. 인기척이 없는 밤중이었다. 간간이 뉘집 마당에선 모닥불이 탁탁 타고 산등성이에는 은하수가 걸려 있어 참으로 멋스럽기까지 한 밤이었다. 닭장을 메고 들판을 건너 오다보니 또 사발 같은 별이 쭈루룩 하늘 복판을 미끄러지고 있었다. 우리 마을로 들어가는 징검다리가 놓인 냇물 속에서 누군가 제의했다.

"야, 땀흘러 못 가겠다. 목욕이나 한 판 하고 가자."

그때였다.

"네 녀석들 이름 다 외워 두었다."

닭장 속에서 벽력 같은 소리가 터졌다. 이게 무슨 수탉 울음 소리냐. 수탉도 말을 하나. 그때 누군가 '흑석부리다'라고 소리쳤다. 그대로 닭장은 냇물 속에 처박혔다. 모두가 삼십육계 줄행랑을 놨다.

다음날 신새벽에 흑석부리 영감네 머슴 외팔이가 우리 마을에 들어왔다. 이장 영감의 호출명령에 따라 여나믄 놈이 속속 모여들었다. 흑석부리 영감이 허리를 삐어 다 죽어가고 있다는 것이다. 우리는 목넘이 마을로 이장 영감과 머슴놈을 따라 들어갔다.

그리고 죽도록 무릎을 꿇고 빌었다.

"네놈들을 꼭 지서 유치장에 처넣어 콩밥을 먹이고 싶지만 이웃간에 이깐 일로 그럴 수는 없겠고, 예흠…… 오늘부터, 내 허리가 나을 때가지 개똥 한 망태기씩 꼬박꼬박……."

벌 치고는 혹독한 벌이었다.

다음날부터 매일 개똥 한 걸망씩을 주워다 바쳤다. 개똥이 동이 나면 쇠똥을 섞은 놈도 있었다. 선배들 몫까지 우리가 담당했다. 그러는 동안 여름이, 그 은하수 별자리가 기울고 있었다.

흑석부리 영감도 슬슬 기동을 시작했고 머슴놈 외팔이가 지키던 외막에도 나갔다. 지팡이 끝에 매달려 기우뚱거리며 나가는 흑석부리 영감을 볼 때마다 킥킥 웃음이 터졌다. 묘한 웃음이었다. 개똥맛에 익은 참외가 슬슬 코를 간질였다. 누군가 더 참을 수 없다는 듯이 소리쳤다.

"우리 한탕이다."

그날 밤으로 외밭 기습작전이 벌어졌다. 외밭 고랑을 고슴도치처럼 슬슬 기었다. 코를 벌쭉거리며 냄새로 참외를 땄다. 일렬 횡대로 엎드려서 비탈밭에서 따낸 참외를 굴려 내렸다. 몇 놈이서 차례로 참외를 굴려 내리면 맨 마지막에 엎드린 놈이 망태기에다 차례로 참외를 포장했다.

그때였다. 외막 밑에서 똥개가 악을 써댔다. 흑석부리 영감도 악을 쓰며 기우뚱 외막 밑으로 굴러 떨어져 개줄을 풀어주었다. 똥개가 이를 갈며 외밭을 덮쳤다.

"아이쿠야!"

한 놈이 악을 썼다. 드디어 개가 덮친 모양이었다.

"토끼자!"

누군가 외쳤고 칠흑 같은 어둠을 뛰었다. 그리고 모두 마을 앞 징검다리에 모여서 개가 덮친 팔삭동이를 기다렸다. 외밭 고랑에 널퍼졌다가 놈은 새벽녘에야 돌아왔다.

간신히 혹부리 영감에게 덜미를 잡히지 않은 채 외밭을 흘러나왔고 결국은 뒷소문이 나지 않도록 팔삭동이는 여름이 다 갈 무렵까지 집에 들어 앉았다. 그해 여름은 결국 닭서리도 참외서리도 모두 실패한 여름이었다.

며칠이 못 가 이 소문은 꼬리를 물고 온 마을에 퍼졌다. 개학할 날짜가 점점 가까워 오고 있었다. 미친 개에게 물린 데는 그 개 터럭을 불에 태워 참기름에 개어 바르면 낫는다고 했다. 이 소문도 마을에 파다하게 퍼졌다.

할 수 없이 팔삭동이 아버지 매부리코는 흑석부리 영감을 찾아가 자초지종을 고했다. 흑석부리 영감이 팔짝 뛰면서 발끈했다. 외밭을 책임지라고 외장을 놓았다. 그래야 개터럭을 베어 준다고 했다. 또 지서에 고발해서 기어코 콩밥을 먹이겠다고 으름장을 놓았다.

이장 영감이 다시 우리를 소집시켰다. 볼기짝을 몇 대씩 얻어맞고 나서야

"내 체면이 말이 아니여. 지서장이나 면장에게 내 체면이 뭐여."

지서에 안 잡혀 가려면 빨리 이 마을을 뜨라고 윽박질렀다. 그래서 우리는 모의 끝에 여름 복습소를 떠나기로 했다. 선배들은 일찍 서둘러 대처 유학가로 빠져나갔지만 우리 송사리 떼는 갈 곳이 없었다.

　그래서 나는 외갓집으로 튀기로 했다. 그렇잖아도 한번쯤은 가고 싶었던 외갓집이었다. 외갓집은 먼 해안가에 있었다. 외삼촌은 하모니카를 잘 불었다. 느릿한 군함이 바다를 떠 가고 외삼촌은 무엇이 슬픈지 늘 기우는 비탈밭의 소나무 그늘에 앉아 하모니카를 불었다. 그때 내가 배운 노래가 '클레멘타인'이었다.

　외갓집에선 밤마다 멍석을 깔아 놓고 별자리를 쳐다보며 삼태성이며 북두칠성을 세어 가는 재미가 있었다. 그리고 향긋한 모닥불 내음 속에선 강냉이(옥수수)가 익고 있었다. 강냉이 맛도 좋았지만 그보다 더 좋은 것은 외할머니의 부채바람이었다. 그 부채바람이 애써 내 등 뒤로 왔고 이따금 정수리에서도 붙었다.

　나는 그 바람 속에서 외할머니 무릎을 베고 곧잘 잠이 들었다. 꿈속에서도 사발 같은 유성이 먼 해안을 흘러가는 것이 보였다. 그리고 누구네 혼불인지 죽을 때가 되면 혼불이 난다는 그 다리미 자루 같은 혼불이 뒷 산등성이에 내리는 것도 보였다.

　"또 초상이 날랑가보다."

　그때마다 외할머니는 배가 고픈 듯이 밀팥죽을 퍼내 와 나를 깨우곤 했었다. 그때를 추억하며 쓴 작품이 두 편이 있는데 그 중의 한 편이 「수레바퀴 자국」이다.

　우리 방학이 오면
　외갓집에 가자

하늘의 푸른 별자리 옮기러 가자
모깃불을 올리고 멍석을 깔고
밀팥죽을 쑤어 먹고 나면
먹물 속 전설처럼 깔려오는 푸른 하늘
별자리 보러 가자

날 새도록 얘기 한 대목씩 풀어내던
외할머니 부채바람 따라가자
하늘의 거인 큰곰 작은곰 형제가
나란히 손잡고 나와 개밥별을 핥고
수레바퀴 자국 성큼성큼 길을 내는
우리는 밀림 속 도둑괭이처럼 울부짖으며
그 큰 수레바퀴 자국 따라가 보자.

느티나무 밑에서

느티나무 하면 먼저 생각나는 게 있다.

'빙고'라는 사내의 이야기다. 20년 감옥살이에서 출감 전날 밤 고향집 아내에게 이런 편지를 썼다.

> 지금까지 당신이 나를 흉악범이라고 면회 한 번 오지 않았어도 나는 당신을 사랑하오. 내일 출감하면 버스를 타고 고향을 지나가려 하오. 고향 앞 느티나무에 노오란 손수건이 나풀거리면 당신이 나를 받아주는 정표로 알고 버스를 내릴 것이며, 노오란 손수건이 그 나뭇가지에서 나풀거리지 않으면 그냥 지나치려 하오.

대강 이런 내용의 편지였다. 빙고는 다음 날 버스를 타고 출발하여 고향을 찾아간다. 정말 그가 바란 대로 수백년 묵은 느티나무 가지에는 노오란 손수건이 몇 십개고 걸려서 나풀거렸다.

이 이야기가 감동적인 것이 아니고 나의 관심은 이 느티나무에 있다. 우리는 이 나무를 마을의 수호신 또는 마을 경계의 표지로서 사장나무라 부르거나 당산나무라고 불러왔다.

동제를 지내거나 맞이굿 또는 축제가 열리는 곳은 어김없이 이 곳이다. 그래서 설이나 정월보름이거나 명절을 기해서는 어김없이 이 나무에 금줄을 두르고 장승이나 벅수에겐 옷을 입힌다. 그리고 두레굿이나 푸짐한 농악이 벌어지며 부락의 풍년과 무병장수의 굿판을 행한다.

그런가 하면 으레 마을 아이들과 어른들이 모여들어 한담을 하거나 장기를 두거나 고누를 놓는 일도 많다. 사장나무야말로 가장 오래 사는 나무로 손꼽히며 그 목질이 단단해서 용도가 다양하고 일명 참귀목이라고도 한다. 대개는 이 나무를 베어다 쌀궤를 만들거나 목절구통, 목절구 구시 등을 만들었고 이 기물들은 대를 물려 전해왔다. 느티나무에 대하여 보통 우리가 알기로는 이 정도의 상식이다. 나는 금년 봄부터 직장이 먼 곳에 있어 통근을 하지 않으면 안되었다. 참으로 몇 십년 만에 도심을 빠져나가 시골 산자락에 있는 직장으로 출퇴근하기란 여간 고역이 아니었다. 그러나 그에 못지 않은 즐거움이 있었다.

시골 논둑길에 하얗게 낀 서리, 저녁 강마을의 느슨한 연기, 들판에 밀리는 해어스름과 낙조, 냇물에 얼어 있는 얼음과 겨울 하늘을 태우는 까치밥, 그리고 높다란 미루나무에 매달린 까치집과 조석으로 듣는 까치 울음까지도 모두 남도만이 자아내는 그윽한 정취요 멋이기에 한결 살맛나는 세상인 것 같았다. 이런 풍경들은 다분히 두보의 시에 나오는 청강일곡포촌류(淸江─曲浦村流)에서 보이는 원형적 정서들이 자아낸 풍경이다. 그것도 수백년씩 묵은 느티고 보면 애착이 더했다. 그 나무에 잎이 필 때부터 공연히 눈물이 솟는다. 나만 그런가 했더니 이따금 동승한 동료나 내 상사인 원장님도 눈물이 난다는 것이다. 우리 토정비결의 괘에는 '동풍이 부니 마른 고목에 꽃이 핀다'는 국토생명관에 희망을 던지는 감결문이 있는데 비록 고목의 꽃이 아니더라도 그 순한 엽록소의 잎들이 눈부시게 피어나는 모습을 보면 참으로 내 자신이 왠지 그렇게 부끄러워져 견딜 수가 없다.

솔벤유에 젖어 피는 창백한 잎새가 아니라 자연의 숨결이 그대로 만들어낸 오묘한 엽록소들이기에 그럴 것이다. 엽록소의 순한 피를 꿈꾸는 짐승들의 시간, 내 살아 있음의 순결성이 저처럼 깨끗하지 못함은 무엇 때문인가. 동생이 죽었을 때 마을 사람들이 그랬다. 지금보다 더 슬플 때가 온다. 내년 산천 초목에 움이 터오르면 그때 눈물이 난다는 것이다. 그 후 나는 도시 속에서 살았으므로 이에 대한 경험은 없지만 올봄 느티 잎새들의 움틈은 간장을 긁어대었다. 간장을 긁어대되 행복하게 긁어대는 촘촘한 이파리들이었다. 선한 이파리들이 물을 머금고 피는 봄날의 전경은 이 땅에 가장 선기(仙氣)가 충만한 날이다. 밝은 연두색 움들이며 그 우듬지에서 피어나는 모습들은 마치 천사들의 옷이거나 웃음 같다.

목질이 질기고 오래되면 저런 잎들이 피는 걸까. 그 촘촘한 잎새들이 하늘을 가리기에 햇볕 가리개로도 가장 좋았을 것이고 태풍에도 좀처럼 가지가 찢기거나 둥지째 부러지는 일이 없기 때문에 우리 조상들은 저 나무를 사랑했을지도 모른다. 또한 그늘을 던지는 폭이 크고 수형(樹形)이 아름다웠기 때문이기도 했으리라. 어쨌든 느티는 마을을 지키는 사장나무로까지 숭앙을 오래도록 받아온 나무다. 그 나무가 산업화의 물결에 밀려나면서 국토의 신성성(神聖性)이 없어졌다.

단군조 이래 가장 잘 사는 기적을 이루었다고 찬양들 하지만 그 반면 이 사장나무의 신격성이 추락된 것은 가장 큰 불행한 역사적 사건이라 할 만하다. 사장나무가 서 있던 그 곳에 지금은 서울서 내려온 자가용들이 서 있다. 옛날 같으면 파문(破門)당하고 마을에서 쫓겨나갈 사람들이 거기에서 돈자랑을 한다. 이 마을정신이 없이 우리 교육도 정치도 그렇게 바람직한 것이 아니라고 나는 생각한다. 우리 원의 야영장 동산에 느티나무 공원을 조성했다. 오랫동안 이 길목을 지나다니며 원장님도 느낀 점이 많았던 탓이 아니겠느냐고 생각되었다. 이는 단순한 생각에서 나온 것이 아니라 조상들의 지혜를 터득한 철학에서 나온 것이다.

느티동산이 조성되고 그 아래 텐트촌락이 이루어진다면 우리 학생들 또한 많은 깨달음이 오리라 믿는다. 느티, 곧 참귀목이야말로 우리 조상들이 선호했던 나무다. 느티동산이 조성된다면 나는 학생들에게 우리 조상이 계율처럼 행해 왔던 '파문(破門)'에 대해 자세히 설명해주리라.

그리고 봄날 그 나무들의 우듬지에서 피어나고 있는 그 순한 엽록소들의 피를 꿈꾸며 조상의 슬기와 멋을 함께 알게 하리라.

지금이야말로 국토의 신성성과 함께 생명관을 불어넣고 마을마다 사장나무를 새로 심어야 할 때다.

두만강 돌멩이

여행소감을 일러달라는 네 말 끝에

나는 가슴 뜨거워 말 못하겠다

이것 보아라 이것이 두만강 돌이다

이것 보아라 이것이 두만강 흙이다

돌멩이 하나 흙 한줌 싸들고

나는 지금 어두운 베이징의 하늘 밑을 돌아왔다.

백두산엔 그새 눈이 세번째 내렸더라

북간도 용정벌엔 추수도 끝나고

옥수수대 서걱이며 말 달리는 소리

장주 편자황도 동인당 우황청심환도

그 소리에 잊고 왔다

다 잊고 왔다

팔달영 여우 목도리도 단계석 벼루도

두만강 물소리에 잊고 왔다

내 초라한 여행용 백을 열어 보아라

이것이 두만강 돌이다

이것이 그 돌이 바스라져 쌓인

우리 그리운 흙 한줌이다.

오늘밤 꿈속에 이 돌멩이 하나

네 뜨거운 핏줄의 피를 먹고 자라

하얀 물새로 깃을 치며

곧장 북녘 하늘 훨훨 날아가리라.

— 졸시 「두만강 돌멩이」 전문

나는 얼마 전 두만강에서 돌아왔다. 여행용 백에는 두만강 다리 밑에서 주워온 돌멩이 한 개가 나왔다. 이번 여행에서 내가 가장 뜨겁게 만난 것은 그 넓은 중국 땅덩어리도 아니고, 만리장성(萬里長城)도 아니고, 천안문(天安門) 또는 자금성(紫禁城)이나 서태후(西太后)가 환락을 누렸던 이화원(梨花園)도 아니다. 오직 이 돌멩이 한 개뿐이다. 나는 지금 이 돌멩이 한 개를 꺼내놓고 허탈감에 빠져 시 한편을 막 끝냈다. 그동안 두만강 시리즈로 시를 엮어라 해서 광주일보, 동아일보 등에 나갔지만 아직도 할 얘기는 많다. 두만강은 연길시에서 1시간 10분 거리에 있으며 연길에서 갈 때는 용정벌을 거쳐가기 때문에 우리 동포들이 살고 있는 집단 취락들을 차창 밖으로 내다볼 수 있어 한결 감회가 깊었다.

아직도 짐을 실어나르는 달구지가 있고 추수가 끝나가는 벌판에는 옥수수대 서걱이는 소리가 들리기도 하였다. 연길에서는 백산 호텔에 묵으면서 연변분회의 작가들, 그리고 그 곳 조선족의 신문사인 연길신문, 연변일보 등의 기자들과 연변대학의 부총장인 장판용씨도 만날 수 있어 더욱 뜻깊은 여행이 되었다. 덤으로 연길신문에서는 나의 시 「일송정 푸른 솔」을 게재하겠다는 주문까지 받은 터였다.

내가 탄 버스는 아침 9시 백산호텔 출발, 10시 10분경 도문시에 있는 두만강 다리에 닿았다. 조선족들로 북적대는 남시장을 거쳐 두만강 다리에 나가보니 그 감격을 무엇으로 다 표현할 수 있으랴. 강수량은 줄었다고 하나 반백년 그 세월 강물은 여전히 흐르고 있고 그 뒤에 걸친 다리는 백여 미터 남짓 돼 보이는 다리 절반에 경계선을 쳐서 이쪽은 붉은 자주색, 저쪽은 빛바랜 하늘색이었다. 이것이 소위 한만 국경선이라는데 이 다리를 건너기 위해 조선족 몇 사람이 도문 세관 앞에서 수속중이었다.

모두가 이북에 있는 친척을 방문하러 간다고 했다. 물론 통행증을 받아야 하는데, 그 통행증 구별은 녹색 통관증과 적색 통관증으로 되어 있고 가지고 갈 수 있는 품목의 수치도 세관 밖 담장에 게시되어 있었다. 그 게시판 밑에 줄지어 놓여진 초라한 보따리와 아낙들을 보는 순간 왈칵 눈물이 솟을 뻔했다. 행색들이 너무나 초라했고 말을 걸어도 감시의 눈초리 때문인지 잘 받아주지 않는다.

어떤 아낙은 베이징에서 열차를 타고 며칠이나 걸려 이곳에 왔다고 한다. 강변엔 초라한 호텔도 있고 호텔의 진열대엔 거의 절반으로 에누리할 수 있는 약품과 옷가지들도 있었다. 수속이 끝나지 않으면 대개는 이 호텔에서 투숙한다는 것이다.

수없이 카메라 셔터를 누르며 두만강 다리를 밟으려 했지만 그것은 거의 불가능했다. 물론 백줄이 좋으면 밟아볼 수도 있으니 중국군 장교에게 흥정을 해보라는 조선족의 귀뜸도 있었지만 나는 포기하고 강언덕을 거니는 코스를 택했다. 강건너가 바로 함경북도 온성군 남양시란다.

남양시의 뒷산엔 '속도전'이란 흰 팻말의 글씨가 늦가을 오후의 햇볕에 투명하게 드러나고 아파트 담벽엔 김일성의 대형 사진이 걸려 있는 것도 빤히 볼 수 있었다. 어느 집 굴뚝에서 연기가 오르고 자세히 귀기울이면 똥개 울음 소리도 들릴 성싶다. 이 풍경을 보기 위해 나는 이국땅의 베이징 하늘 밑을 돌아왔구나 생각하니 알 수 없는 분노감이 치솟기까지 했다. 그것도 서울에서 판문점으로 당당하게 들지 못하고 남의 집 뒷담을 타고 왔다는 수치심까지 겹치는 것이었다.

나는 이 분노감, 수치감 때문에 강가의 조약돌을 몇 번이나 강물 위로 날려보냈는지 모른다. 핑그르르 물매암을 돌며 날아가는 돌멩이, 결코 뜻 있을 수 없는 이 돌멩이 하나에 나는 어떤 의미부여를 하려고 애를 썼다. 그러나 물새가 아닌 이 돌멩이들은 몇 번이나 저편 강언덕을 향해 날았지만 전부 물속에 가라앉고 만 것이었다.

이 뜻 있을 수 없는 행위 끝에 나는 드디어 잘 생긴 돌멩이 하나를 백 속에 집어 넣었다. 그리고 다시 강언덕으로 올라와 보니 저쪽에서 막 건너온 조선족 몇 사람과 마주쳤다. 모두들 친척을 방문하고 온 모양이었다. 그 중 늙은 노인 한 분을 붙들고 그쪽의 실정을 물었더니 동문서답으로 어제 경평축구가 끝났는데 남조선이 1:0 승부차기로 졌다는 것이었다.

실제로 보았느냐고 했더니 자기도 어디서 귀뜸으로 들었다는 것이었다. 그 뒷말 끝에 남한땅에 가보고 싶지 않느냐고 했더니 내 나이 칠십인데 그 통일회담이란 것 한두 번 속겠느냐고 되물으며 세관 안에 세워 둔 자전거를 타고 휭하니 사라진다.

저 두만강 다리는 이제나 그제나 여전한데 이 불신의 벽은 언제나 허물어질 것인지…… 나는 이날 밤 백산호텔에 돌아와 주워온 돌멩이를 불빛에 비춰보며 열심히 닦고 또 닦으며 한숨을 쉬었다.

이 산하의 봄

꽃멀미가 오기 전에 지독한 감기와 몸살을 앓았다.

꽃멀미가 오기 전에 가벼운 길을 떴다.

남도에 살고 있다는 뿌듯함을 느낄 때는 늘 길 위에서였다. 나주대교를 벗어나고 반남고분을 스쳐갈 때는 이른 봄 햇볕 속에 커다란 봉분 몇 개가 풍선처럼 하늘에 솟아 오른다.

이쯤에서 만나는 봄은 벌써 가벼운 봄은 아니다. 봉분에 햇살이 내리듯이 우리들의 어깨 위에도 어떤 비장한 봄의 이야기가 내리기 때문이다. 그 봉분은 우리들의 어깨 위에 늘 살아서 떠돈다. 도심 속에서 만나는 아파트 몇 채가 비어 있다는 그런 로고와 같은 상표가 아니기 때문이다.

오랜 옛날 들려오는 이야기로는 적어도 그렇다. 이 벌판에 디딤돌을 놓고 여러 촌마을들을 아우르며 중심세력권을 형성했던 한 왕국이 있었음을 알게 한다. 그것을 마한의 중심권인 목지국이든, 어떤 부족들의 연맹체 사회이든 어떻게 불러도 상관은 없다.

그 존재 이유야 어찌되었든 간에 저 봉분 몇 개만으로도 남도의 문화가 주변경계의 문화가 아니었음을 증명하는 데 충분하다. 그러므로 우리는 늘 변방으로 몰리고 주변 경계인으로서의 삶을 살았던 게 아니라는 자신감만 있으면 된다.

이 자신감은 늘 저 봉분을 지날 때마다 새로운 봄의 입김으로 시작된다.

아직은 새잎이 돋아 있지 않은 봉분들의 잔디밭을 성큼성큼 거닐며 카메라 속에 담아 보는 봄은 여기서부터 시작된다. 답답한 가슴은 남녘벌 이쯤에 나와서야 확 뚫리기 때문이다. 비로소 내가 역사 속의 한 주인공이 되고, 늘 유배지 속에서 꽃핀 문화 감각이 아니라 천착하며 떠도는 유랑민 의식이 아니라, 활달한 자유인으로 짓눌린 콤플렉스에서 벗어남을 느끼기 때문이다.

다시 말하면 여기 어디쯤에서 맞는 봄이 나의 체질상 진정한 봄의 향수가 된다는 뜻이다.

지금은 막혔지만 여기 어디쯤 봉추마을쯤 들러보면 영산강이 활처럼 휘어져 역류로 돌아가는 그 시원한 모습도 보인다. 더 심하게 말하면 영산포와 나주를 상행하는 호남선 열차가 보이지 않는 것만도 나에게는 부담을 더는 일이 되기 때문이다. 호남선 열차는 이난영의 노랫가락에 실려 늘 유랑민의 열차 같다는 생각, 한때는 북간도로 저 사할린까지 연장되었다는 그 피해의식을 심원(深遠)한 강물이 덮어주고 있기 때문이다.

남도의 상고사와 근대사를 놓고 볼 때, 강물의 이쪽과 저쪽의 흙냄새와 봄볕이 다르게 비쳐짐은 웬일인가. 이는 곧 나의 감각으로는 어두운 근대사의 강물 저쪽보다는 맑게 뚫린 상고사의 이쪽 강물이 짓눌린 콤플렉스를 덜게 하는 이유일지도 모른다.

그리고 지독한 개펄 냄새가 여기 어디쯤에 와서야 내 코를 덮치기 때문이다. 내가 늘 강물의 이쪽 지대를 찾고 봄맞이를 하는 길뜸도 여기에 있음이렸다.

> 등때기 돌때기 뜯어봐라
> 청창 황창 배떡기 누비떡기
> 대족이 어족이 소록이 팔족이
> 천상목이 걸음걸이 가로걸이
> 코침이 잘 잘……

뻘게의 걸음걸이와 생김새, 그 맛까지를 구연하는 이 들판의 동요나 식요 한 구절까지도 내 마음을 부담없이 걸러준다. 이는 곧 질퍽한 뻘물이 튀어 입맛까지를 되돌려 놓는 신선함이 나를 적시기 때문이다.

심원한 강물의 덮어줌과 열림, 그 열림만으로 볼 때도 월출산이 떠 있어 남해의 소금강이란 수식 없이도 어느새 내 마음에 꽃 노을을 덮어 씌운다.

그것은 강물 저쪽에 우뚝 선 유달산에서 꿈꾸는 봄빛과는 다르다. 그늘이 없는 산이기 때문이다.

> 작은 시냇가에 솥뚜껑을 돌로 받치고
> 흰 가루와 맑은 기름으로 진달래꽃을 지져낸다.
> 저붐을 들어 부침개(花煎)를 먹으니 꽃향기 입에 가득하고
> 일년 봄빛이 한꺼번에 뱃속을 훑는다.

떠돌이 임백호의 시다.

바탕과 맵시가 어울릴 때 가히 군자라고 누군가 말했지만, 임백호의 멋은 천성이 타고 난 바탕에 그 기질의 얹힘이 뱃속까지 싸하게 흔드는 것을 보면, 월출산 구정바위 어디쯤에서 이 이야기는 가능한 것이 아닐까.

봄이 오기 전, 영산강 빙어(氷魚)는 한겨울 미나리와 만난다. '미나리 강회'가 되고, 임백호는 벌써부터 월출산 기슭 어디쯤 배를 대어 놓고 구정물이 튀는 시대 속에서도 혼자 봄을 여유자적하곤 했을 터이다.

한평생 떠돌이로 살다 죽자 그의 후손들이 '외(外)'자 한 자 때문에 그의 외손자 허미수(허목)가 써 준 그 '方外'라는 묘비문조차 새길 수 없었다. 그러므로 그의 죽음 자체가 유랑인의 그것이었다. 그가 회진골에 숨어 살면서 강 건너 이 월출산의 봄 그림자가 들판에 뜰 때, 늘 어떤 생각을 하며 살았을지가 궁금하다.

봄빛에 나와 섰는 월출산은 살아 있는 금강처럼 떠 보인다. 남해신당이 있는 남해포로 길을 떠 본다. 그 옛날 같으면 벌써 영산강 황복이 이 갈대숲 어디쯤 오를 때도 되었다 싶다. 원삼국 즉 마한 시절부터 조개파시, 숭어파시, 맛파시가 섰던 곳이다. 남해포는 조선조 이전까지는 이 벌판의 중심 관문이었다. 강 건너 영산창이 문전성시를 이루면서 문을 닫았던 곳이다. 기록에 의하면 고려 헌종 19년부터 해신제가 부활했으며, 동해의 양양해신, 서해의 풍천(豊川)해신과 더불어 3대 해신당터로 알려져 있다. 따라서 남해신당으로 미루어 짐작하건대, 고려 때는 전남 지방에서 가장 먼저 나라의 제사를 받았던 곳임을 알 수 있다. 게파시, 숭어파시, 홍어파시로 흥청댔던 곳이고, '영암 어란'의 제조창이기도 했다. 또한 제주도에서 말을 실은 말배가 이곳에 닿았다 하니 그 옛날의 맛과 가락이 어떠했는가를 짐작케 한다.

특히 관심을 끄는 대목은 일대의 반남고분과 접경을 이루고 있는 시종면만 하더라도 일백여 기의 고분이 집중된 것으로 보이고, 이 고분권의 중심 세력지인 남해포는 그 직접적인 관문이란 점이다. 그래서 이 유역은 벼농사의 발상지로까지 추정되고, 원삼국 시대의 말기에는 이미 선진문화의 위치를 점유한 지역임도 알 수 있게 한다. 금동관이나 금동신발, 환두대도 등의 출토물로 보아 반남, 시종, 학교, 월야 등 대암리 방대형(方台型)의 고분을 보면 일일생활권 유역임도 가늠케 한다. 이때부터 짚신은 크게 유행했을 터이다. 지금도 학산면 학계리 김주호씨의 소유로 되어 있는 '부들신'에 봄볕이 어리는 정경을 보면 묘한 감정이 파문처럼 일어난다. 이 부들신은 한산도 싸움에서 부친 김극희의 뒤를 따라 순절한 선전관 김함(金涵)의 묘에서 파낸 신발이다. 그렇다면 짚신 이전에는 이런 부들신 같은 신발이 당시의 유행이었을까.

남해포를 떠나 서호면 장천리 매향비가 서 있는 철암산을 향한다. 벌써 봄은 영암만에 가득하다. 매향비가 서 있는 구역에서 그리 멀지 않은 곳에서 선사시대 최고의 연대를 자랑하는 지석묘와 움집군락지를 본다. 모두가 청동기시대 후기와 철기시대의 초기에 해당되는 것들이다. 실연대는 B.C.300~400년 전후인, 다음 단계 사회의 마한으로 발전되지 않았을까 하고 추측케 한다. 또 지석묘 사회에서 옹관묘제 사회로 발전하면서 고분들의 규모가 커지고 있다는 것이 주목된다. 특이한 점은 부장품으로 마구류(馬具類)와 청동거울이 없고, 백제 토기의 특징을 이루는 3족(足) 토기와 기대류(碁台類)가 유행하지 못했다는 점이다.

그렇다면 이곳은 백제로 통합되기 이전 남방행렬 사회의 중심지가 아니었을까 싶은 것이다. 즉 백제에 저항하면서 편입될 때까지 군장급들의 무덤이 아닌가 추측되고, 마한 목지국(目支國) 설까지도 추측케 한다. 어쨌든 남방적 요소, 그 어떤 외세의 불교나 유교문화에도 착색되기 이전의 원주민으로서의 원형공간 즉 황토와 개펄과 대숲의 신성한 땅이었음을 직관력으로서 파악해 보는 것이다.

이는 곧 주변인으로서의 삶, 경계인(境界人)으로서의 삶, 즉 어디에 빌붙어 착색되어지는 삶이 아니라 황토의 정신, 개펄의 정신(개땅쇠), 대(竹)의 정신이 이 공간에 서 있을 때만 아주 신선하게 살아나기 때문이다. 여기에서 원시 무가(巫歌)와 무당의 붉은 옷자락 춤이 보이고 운자꾼들의 모도소리와 달구소리, 활활 타오르는 황토의 불꽃이 순열하게 나를 적시는 것이다. 그리고 참귀목을 뻘강에 묻고 매향비를 세우는 향도꾼들의 노래가 들리고, 이후 천 몇 백년 후에 그 향을 파내어 손을 씻고 금시조 알 같은 찻잔을 들었을 때, 나는 불에 구워낸 토우(土偶)같이 새로워지는 것이다.

나주대교를 건너고 문득 정처없는 발길이 영산강을 마주했을 때, 왼쪽 '영암→강진→해남이냐?' 오른쪽 '영산포→목포냐?' 마음 속의 길을 물어 왔을 때, 서슴없이 왼쪽으로 핸들을 꺾는 것도 이 때문이다.

흙에서 오는 감각의 차이가 이처럼 다르다. 저쪽은 늘 식민지의 어두운 그늘이 서려 있는 것 같고, 이쪽은 늘 맑은 가락의 물기가 빛나는 땅인 듯한 인상을 지울 수가 없다. 그것은 섬진강을 동서쪽으

로 갈라보는 동편제와 서편제의 가락과 같은 인상과 차이 같은 것이
리라.

왕인박사가 배를 타고 떠났던 상대포를 지나 강진 무위사의 벽화
를 보고 간다. 겨우내 쌓인 먼지를 훌훌 털고 비로소 천사의 옷주름
을 추스르며 월출봉을 타고 오를 듯한 신선(神仙)들이다. 날개를 달
지 않고 옷 한 벌로도 하늘을 오르내리는 직관력은 분명 우리만의
타고난 감수성이다. 제트엔진에 점화를 하지 않고도 소리없이 솔개
가 하늘을 날 듯이 날 수 있으니 말이다. 그러고도 봄빛에 부서지다
못한 그 하얀 속살은 뜰앞의 목련가지에 와서 발톱을 풀고 초혼장
같은 흰 꽃을 지상에 활짝 펼쳐두고 있지 않은가.

이렇듯 목련 한 송이를 만나고 나면 영랑 시인의 생가에 벌써 동
백꽃은 한창이겠구나 싶다. 최근에 읽은 기록으로는 그 맑은 가락의
「모란이 피기까지」가 전위예술로 이름을 떨쳤던 최승희와의 일 년
남짓한 연애 끝에 씌어진 시(詩)라는 사실을 기억하고는 영랑의 이
미지에 걸맞는 시라는 것도 새로움으로 남게 되었다.

이윽고 다산초당, 영랑 생가의 동백꽃은 백련사의 동백꽃을 보면
되니까 생략해도 좋으나 이곳만은 생략할 수 없는 곳이다. 무거운
현실이 다산(茶山)이라는 산 속에는 한 편의 드라마로 펼쳐져 있기
때문이다. 그것은 전 근대사 이후 가장 무거운 중압감으로 가슴을
짓눌러 온다.

……살구꽃이 피면 한 차례 모이고, 복숭아꽃이 피면 한 차례 모
이고, 한여름에 참외가 익으면 한 차례 모이고, 서늘한 바람이 불어
서지(西池)에 연꽃이 피면 한 차례 모이고, 국화꽃이 피어나면 한

차례 모이고, 겨울에 큰눈이 오면 한 차례 모이고, 세모에 화분의 매화가 피면 한 차례 모인다…… 이에 이름과 규약을 기록하고는 책의 이름을 죽란시사첩(竹欄詩社帖)이라 했는데, 그 모임 대부분이 우리 집 사랑 죽란사(竹欄社)에서 이루어 진다…….

이 글을 참구할진대, 다산이 결코 고뇌하는 지성(知性)으로만 살았던 게 아니었음을 알 수 있다. 이 글에는 그의 중후한 학술과는 달리 유배지 이전의 구강성과 즉흥성이 담뿍 우러나는 풍류의 맥이 있어 즐겁다.

꿈에 옻나무만 보아도 옻이 오르는 사람을 볼 수 있는데, 다산이 쓴 「죽란시사」의 글을 읽고 있으면 그 고풍한 멋과 훈훈한 인정미에 자신도 모르게 옻칠물이 젖어들어 세상이 옻칠투성이로 반짝반짝 검은 윤이 날 것만 같다. 살구꽃, 복숭아꽃, 참외, 연꽃, 국화꽃, 큰눈, 매화꽃, 이런 세시적인 단어들만 곱씹어도 선(仙)기에 젖고, 여기에다 술과 안주 그러고도 붓과 벼루에 시를 짓는 문방사우까지 갖추었으니 자연과 인간이 한통속이 되었음은 물론, 충분히 멋과 맛깔을 더하고 있다.

다산초당은 동암과 서암, 천일각을 한번 둘러보고 백련사로 넘어가는 오솔길이 좋다. 외지 사람들은 이 길을 밟지 않고 지나치는 경우가 많은데, 이 오솔길을 걷지 않고서야 다산초당을 보았다면 다산초당은 그냥 정지해 있는 그림과 같다.

백련사까지는 30분 거리. 다산은 이 산책길을 따라 수많은 저서의 구상을 했고, 그러면서도 그가 결코 역사 속에 주눅들지 않고, 한 인간으로 개방될 수 있었던 것은 이 길이 있었기에 가능했다.

나는 작년 가을에도 두 사람의 독자를 이 길 위에 세워 두었다. 그때는 백련사의 목백일홍꽃이 강진만의 저녁바다에 어리어 노을처럼 타올랐었다. 그리고 승당(僧堂)의 찻집에 앉아 저녁 찻잔을 기울였다. 벽에는 여러 모양의 부채가 걸려 있고, 그 중 몇 개의 민부채를 끌어내려 먹붓을 들어 아름다운 싯구를 적어 선물하기도 했다. 이 아름다운 모습을 시로 적어 보내온 독자의 정성어린 편지도 인상 깊었다. 다산이 직접 쓴 아암선사의 탑비명을 읽으며 그 괴짜스님의 내력도 물어왔다.

백련사 또한 '백련결사' 운동으로 불교정풍을 주도했던 절이기도 하지만 그보다는 오늘 같은 봄날은 그저 절 마당에서 무심히 강진 마량쪽의 바다를 내려다보는 것만으로도 제격이다. 하늘엔 봄 구름이 차일같이 흐르고, 뚝뚝 지고 있는 동백꽃이 지상을 곱게 물들이고 있다.

바닷바람을 비로소 바닷바람답게 마실 수 있는 곳, 그러고도 긴 봄날은 해가 남아 그 옛날 고대 해상로였던 마량(馬良)의 조그만 포구를 향해 나아간다. 완도의 고금도와 약산, 금일, 평일도로 이어지는 뱃길의 포구다. 글자 그대로 이 곳 또한 제주말을 풀었던 곳, 이 조그만 포구에 이르기 전에 칠량 옹기와 사당리의 청자가마터를 볼 수 있는 것은 오늘 하루 봄나들이 중 최상의 기쁨에 속하는 일이다.

물레를 돌리며 옹기그릇의 점토 위에 무심히 쳐보는 덤벙기법, 오늘은 평소에 늘 해보고 싶었던 손장난을 할 수 있어 좋았다. 물레를 밟으며, 그 점토 위에 무심히 손가락으로 쳐보는 댓잎사귀나 난초잎의 가는 줄기에 강진만의 갯바람이 묻어 비린내를 토하고 간다. 그대로가 질퍽한 삶의 비린내들이다. 그에 비해 청자가마터에서 보는 꿈꾸는 듯한 신비의 색채는 그 뭐랄까. 내가 죽은 후에 안주할 영원의 거처에 마련된 색채일 것만 같다.

쪽빛 세상을 꿈꾸었던 사람들, 그렇다. 색채의 세계는 언어로의 전환을 거부한다. 그것은 언어 이전의 영혼으로 남아 집요하게 자신의 세계를 견지하려 한다. 이 색채가 바로 다름 아닌 청자(青磁)의 비색(翡色)이다. 이 비색이란 송나라의 청자가 지녔던 비색(秘色)과 구별하기 위해 붙여진 이름이다. '고려인들은 도기의 빛깔이 푸른 것을 비색(翡色)이라고 한다' 는 구절이 곧 그것이다. 따라서 비색(翡色)이라고 하는 글자는 비취옥을 뜻하며, 이 비취옥의 색깔은 한국 중년 부인들이 가장 즐겨 입는 한복색이라는 점을 감안할 때, 우리의 기호와 감각이 가장 세련된 전통색임을 알 수 있다.

또 다른 말은 취색(翠色)이다. 이는 녹청색에 속하면서도 때로는 청색의 기운을 띠는데 밝기가 더해질수록 은은해진다.

> 고려 청자는 그 발색(發色)이 극히 좋은 것이라도 오히려 한 줄기 어둠을 품고 있다. 그것은 이른 겨울 가랑비 사이로 보이는 하늘의 파란색에나 비할 것이다. ……그 그릇은 보는 사람으로 하여금 침잠한 심정으로 이끌지 않고는 못 배기는 유묘(幽妙)한 매력을 지닌다
>
> ― 內川省三

우리 민족이 이상으로 꿈꾸었던 세련된 색채, 참으로 적절한 표현이다. 이러한 청자 찻잔에 불그스름한 세작 한 잔을 대접받는 여유와 한가의 멋은 그대로가 우리의 것이다. 이러한 찻잔이 탁기(濁氣)

가 아닌 청기(淸氣)를 깨워 일으킴은 지극히 당연하다.

일본의 낭인(浪人) 정신에 이러한 찻잔이 흘러들면 빳빳할 수밖에 없고, 우리처럼 흥바람을 타는 민족에게는 멋스러울 수밖에 없다. 마찬가지로 호떡집에 이런 찻잔이 굴러들면 시끄러울 수밖에 없겠다. 그래서 중국인은 시끄럽다. 다만 아쉬운 것은 청자 찻잔을 받기 전에 영암만에서 파낸 매향의 그 향쪼가리가 있었으면 좋겠다. 먼저 손을 그 향에 적시고 차를 마셨으면 한다. 전통 끽다법(喫茶法)이 생각나는 것이다.

이러한 찻잔에 고이는 한 줄기 시원한 봄바람을 마시며 사당리에서 다시 마량 포구로 나간다. 벌써 봄날 하루 해도 다했고, 방파제 끝의 저녁 등대에 불이 들어와 있다. 늦은 밤참으로 일본인들도 부러워했던 한 접시의 약산 도미회를 든다.

누군가 술잔을 받으며 읊조린다.

雨過晴天色
비가 지나니 하늘색이 맑도다

아직도 청자 빛깔을 못잊어 내뱉는 취중의 소리다. 방파제의 등대 밑에서 쏴 밤 파도가 인다. 시간을 축으로 하여 공간적 삶을 확장하며 단순한 먹이 본능이 아닌 영혼의 확장에 필요한 감각기관이 인간에게 있다는 것은 얼마나 행복한 일이 되는지 모른다.

성 아우구스티누스는 우리가 경험하는 현재는 주의(主義)며 과거는 기억, 미래는 기대라고 했다. 그러므로 오늘의 기대는 정신적으로 영혼이 확장되는 삶의 정체성을 터득하는 길이란 뜻이다. 오늘의 기대는 그 낯선 길 위에 있었다.

차를 다시 북으로 돌린다. 여기서 광주까지는 장장 한 시간 반이 걸린다. 포도 위에 불빛이 명멸한다. 그 불빛속에 지나온 과거가 벌써 묻혀 있고, 나는 지금 가마에서 막 구워낸 토우(土偶)처럼 싱싱해져서 삶에 짓눌리지 않고 주눅들지 않는 새로운 인간으로 탄생함을 느낀다.

3부

송골매

이 국토의 어딘가에는 봉을 받는 할아버지가 있다.

진안군 백운면 운교리 내동산과 성수산 일대를 깔고 사는 노인이 바로 그 분이다. 팔십이 넘은 전영태(全永泰) 옹은 현재 생존해 있는 유일한 봉받이다. 봉받이란 매를 팔뚝에 받고 있는 매꾼을 말한다. 버렁(가죽토시)에 매를 걸고 있는 모습을 보면 신수도 훤하고 풍채도 당당하다.

상강(霜降)이 지나면 산태극(山太極) 물태극이 다한 내동산과 성수산이 술렁이기 시작한다. 꿩털이꾼이 산 속을 헤치고 "우우─ 애기야 꿩나간다"고 소리치면 봉받이 전옹은 꿩 날아가는 방향을 향해 "매 나간다"고 소리치며 힘껏 매를 날려 보낸다. 매는 순식간에 하늘로 치솟았다가 화살처럼 내리꽂혀 수풀 속의 꿩을 덮친다. 대개는 야산 너럭밭에서 꿩과 매의 싸움이 일어나기에 이 순간만은 꿩털이꾼도 넋을 잃고 바라본다.

활기찬 겨울산의 꿩사냥, 싱싱한 국토의 생명감이 내동산 골짜기와 성수산 골짜기에 화끈 달아오른다. 더구나 산과 들에는 눈이 지척으로 쌓이면서 설산(雪山)에 띄운 매는 그 사나운 부리며 날카로운 발톱으로 하여 형형한 눈빛을 빛낸다. 산토끼와 꿩은 수풀 속에 숨어 매의 발목에 매달린 빨간 헝겊의 시치미(주인의 이름을 표시한 명찰)를 보거나 허공에서 들리는 매방울 소리만 듣고도 기가 죽는다. 눈가루 같은 그 음향이 뚝 그치고 매가 정신없이 덮친 꿩의 생치 살점을 찍어낼 때, 꿩털이꾼도 봉받이도 그 순간만은 정신이 다 아찔하여 멀거니 서서 바라보기 일쑤다.

이 순간의 황홀한 맛을 느끼기 위해 꿩털이꾼도 매꾼도 산에 올랐던 것, 그래서 우리 선조들은 각시방 갈래, 매방 갈래 하고 물으면 으레 '매방 갈래' 라고 대답할 정도로 매를 사랑했다. 고려 시대에는 응방(鷹坊)이라는 관청이 있었고, 조선시대에는 이 응방제도가 발전하여 내응방(內鷹坊)이 됐다. 이 내응방에서는 조공 상납과 청소년층의 주색잡기를 막기 위한 건전 오락 스포츠로 매사냥을 발전시켜 왔다. 일제 때만 해도 봉받이는 2천 명을 상회했던 것, 광복이 되고 1970년대의 급속한 변화가 오면서 이 맥은 어느덧 끊어져 이 국토 안에는 전옹만이 유일한 봉받이로 남게 되었다.

1993년도에는 스페인에서 '국제 매사냥 대회'가 있었다. 참으로 정신이 얼얼해지는 소리다. 일본이 우리의 송골매 씨를 받아가서 황실 전속의 사냥매로 자리잡았고, 사우디에는 매사냥꾼만도 70여 명이 있다. 미국에서는 면허증 제도까지 도입하고 있는 실정이다. 우리 속담에도 '송골매에서 올빼미 씨는 생기지 않는다'고 했는데 느닷없이 올빼미들이 국토의 사실계획과 부재계획의 개념조차 모른 채 갈아엎는 바람에 지금 송골매의 씨는 거의 말라가는 위기에 와 있다.

전옹(全翁)에 따르면 사냥매를 보통 송골매라고 하는데 봄철, 알에서 깨어나 한 해가 채 안된 매를 보라매, 해를 넘긴 매를 산지니라고 한다. 봉을 받기 위해선 보라매를 '매잡는 틀'이나 보통 그물을 쳐 잡아다 길들인다고 한다. 길든 수지니의 훈련법만도 3년에서 5년, 길게는 7년이나 걸린다니 매사냥법이 얼마나 까다롭고 인내심이 요구되는가를 알 수 있다.

매사냥은 고조선 때 북방 수렵민족인 숙신족으로부터 왔다고 기록에 보인다. 이것이 다시 일본으로 전파되었고, 세종 때는 '매 잡는 틀'이나 '매의 부적'까지도 널리 유행했다. 또 매가 첫 사냥을 나갈 때 치르는 의식을 '방알이'라고 한다. 또 원나라 사람들은 우리 송골매를 부러워해 특산품 중 조공품목 일호로 쳤다.

몇 년 전 공군사관학교에서는 항공기에 달려드는 새떼를 쫓기 위하여 현대판 '성무응방'을 열 계획이란 발표도 있었다. 그러나 송골매는 씨도 없이 말라가는 판국에 뭘 어쩌겠다는 것인지 의아해하지 않을 수 없었다. 고작 대안이란 것이 외국 잡종 독수리란 말에는 어안이 벙벙했다. 여기에 시치미를 붙여봐야 그건 '시치미' 떼이는 일밖에 더 되지 않는다. 더 쉽게 말하면 이 지상에서 가장 못생긴 새인 콘도르에다 시치미를 채워 보아야 그건 송골매가 되지 않는다는 뜻이다.

"농촌이 망하면 매사냥인들 살아남간디?" 하는 이 시대의 마지막 봉받이 전웅의 외침은 내 영혼에 와서 깊이 박히는 말이다. 왜냐면 이것이 곧 세계화로 가는 길이며, 우리가 살아남는 길이 되기 때문이다.

그렇다. 송골매에서 절대로 올빼미 씨는 나오지 않는 법이다.

남도(南道)의 공간적 풍류

淸江一曲抱村流
長夏江村事事幽
맑은 강물 한 구비가 마을을 안고 흐르나니
긴 여름 이 강마을 일일이 한가하다

두보의 「강촌(江村)」에 나온 맨 서두의 2행이다. 유(幽)자를 한가
하다고 풀었지만 차라리 '그윽하다'라고 해야 할 것 같다. 그것은
오랜 마을의 역사와 더불어 일어나는 리듬이 전통적인 멋과 가락에
굳어진 그 어떤 서사적인 일들이기 때문이다.

한반도적 생활양식으로 볼진대, 백두대간을 흐른 산맥들이 등뼈
를 이루며 동해태백을 이루고 한라에까지 뻗친다. 그 산맥들의 사이
사이 골짜기를 휘돌며 흐르는 강줄기들의 유연함과 그 강줄기에 싸
인 마을들의 정경이야말로 충분히 한반도적이며 한국적이다.

내가 사는 남도만 해도 영산강 수계와 섬진강 수계가 있다. 섬진
강 수계를 따라 도는 남원고을에 그윽한 서사적 이야기는 내 시에도
스며든다. 가히 나는 늘 풍토병을 앓으며 시를 써 왔다.

나는 이것을 남도풍(南道風) 또는 남도가락과 정서라고 부른다.

누이야 너는 그렇게는 생각되지 않는가
오월의 저 밝은 산색이 청자를 만들고 백자를 만들고
저 나직한 능선들이 그 항아리의 부드러운 선들을 만들었다고는
생각되지 않는가
그렇다면 누이야 너 또한 사랑하지 않을 것인가
네 사는 마을 저 떠도는 흰구름들과 앞산을 깨우는
신록들의 연한 빛과 밝은 빛 하나로 넘쳐흐르는 강물을
너 또한 사랑하지 않을 것인가
푸른 새매 한 마리가 하늘 속을 곤두박질하며 지우는
이 소리 없는 선들을, 환한 대낮의 정적 속에
물밀듯 터져오는 이 화냥끼 같은 사랑을
그러한 날 누이야, 수틀 속에 헛발을 딛어
치맛말을 풀어 흘린 춘향이의 열두 시름 간장이
우리네 산에 들에 언덕에 있음직한 그 풀꽃 같은 사랑 이야기가
절로는 신들린 가락으로 넘쳐흐르지 않겠는가
저 월매의 기와집 네 추녀끝이 허공에 나뜨는 날.
                              ― 졸시 「5월의 사랑」 전문

이러한 가락 속에 질퍽한 사랑얘기가 있고 넘치다 못해 춘향이의
'화냥끼' 같은 그 '끼'가 발동되는 일은 당연한 일이다. 이 끼와 가
락이 바로 남도 판소리에 잘 응축되어 있다.
또한 남도를 휘돌아 나가는 산들은 그 능선이 완만하여 순하고 곱

다. 지리산, 무등산이 그러하고 그 능선에 달이 뜰 때,

> 앞산머리 자주빛 구름 옥색빛이 섞갈려 휘돌더니
> 그 빛 연한 솔잎마다 그늘지는 소리
> 산봉우리들도 수런수런 잔기침을 놓아
> 보기 좋은 달 하나 解産하고
> 몸을 푼다.
>
> — 졸시「춘향이 생각」제1연

이렇듯 설악산이나 백두산에 뜨는 달과는 그 정서가 사뭇 부드러운 게 특징이다.

바로 여유와 여백 또는 선(線)의 미학이 다름 아닌 동양 한시 특히 위에서 소개한 두보의 '청강일곡포촌류'의 공간이다. 이 공간을 주축으로 한 것이 윤선도의「어부사시사」며 정송강의「사미인곡」이나「성산별곡」이며 더 거슬러서는 백제가요로 알려진 정읍사의 유장한 달이며 백제불상의 그 미소인 것이다.

> 若道夢魂行有跡
> 門前石路已成沙
> 꿈 속에 가는 넋도 자취 있다면
> 문앞의 돌길조차 모래 됐으리.

위의 시는 우리나라 어느 여류시인의 작품인 기승전결 중 '전'과 '결'이다. 사실 우리 사랑의 시에서 이보다 절실한 표현을 어디서

나는 본 일이 없다. 그래서 나는 저 신라의 '관기설화'를 빌어 우정
이 아닌 사랑으로 사계가 분명한 우리나라의 숲과 산 속에 이런 사
랑얘기를 펼쳐보기도 했다.

> 남풍 불어 미루나무밭 물 푸는 소리 나거든
> 직녀여, 그대 산 아래 오두막 짓고
> 그 미루나무 가지들 몸을 굽혀 북쪽 산마루에까지
> 허옇게 허옇게 속잎새 날려오는 날
> 나는 그곳에 초막을 짓세
> 하늘 두고 맹세한 우리들의 사랑……
> 철따라 부는 남풍과 북풍
> 남풍에 미루나무 속잎새들 몸을 굽혀 오거든
> 그대 오는 걸음새 내 마중 나가고
> 북풍에 미루나무 겉잎새들 팔팔거리며
> 남쪽으로 몸을 굽혀 가거든
> 직녀여, 그대 내 발걸음 마중 나오게
> 하늘 두고 맹세한 우리들의 사랑……
>
> ― 졸시 「우리들의 사랑 노래」 전문

　미당 서정주는 「신록」이란 시에 '나는 기찬 사랑을 가졌어라'라
고 온몸으로 열광하지만 나 또한 이런 사랑의 '화신'이 되어보고 싶
은 것이다.
　저 지리산쯤 또는 그 어느 산이든 절 두 채를 짓고, 꽃 피면 한 번
꽃 지면 한 번, 그 사계의 순환 속에서 일 년에 네 번만 만나는 사랑

을 하고 싶은 것이다.

눈이 천길로 쌓일 때 만나고, 그 눈이 녹을 때 만나고…….

도대체 이 세속의 세간살이 살림도구가 무슨 의미가 있다는 말인가. 죽으면 한 줌의 흙일진대. 이 미련을 못 버림은 무엇 때문인가.

봄이 오는 길목에서

말란아.

너의 편지 받고 가슴이 훈훈해 오는구나. 요즘은 하도 세상이 각박해지고 모두가 편리한 방식대로 살고 있기 때문에 전화 다이얼을 돌려서 선생님의 안부를 묻는 정도인데 너만은 꽃봉투에 긴 사연을 적어 보냈구나. 그것도 해바라기 꽃씨 봉투까지 넣어서 보내왔으니 얼마나 흐뭇한지 모르겠다.

소중하게 보내준 해바라기 꽃씨, 그 꽃말은 존경—이 영원한 스승과 제자의 끝이 네가 어른이 되는 날에도 이어졌으면 싶구나. 더구나 창밖엔 한 겨울의 함박눈이 펄펄 내리는데 너는 그 눈발 속을 헤매며 어느 꽃씨 가게에서 해바라기 꽃씨를 샀다니 그 마음이 얼마나 착하고 가상한지 모르겠다.

고작해야 연말이나 연초의 방학 기간에 신년 카드나 마스코트 정도가 편지 봉투 속에서 묻어 나오는데 너만은 꽃씨를 벌써 준비했다니 얼마나 감동적이냐.

이제 3학년에 올라가면 입시지옥에 시달려야 하고 편지 쓸 시간도 없을까봐 겁난다는 너의 조바심에 선생님도 충분히 공감이 간다. 그러나 학창 시절이 네 말대로 무덤이 될까 두렵기는 하지만, 시간이란 자기 나름으로 운명의 묘를 터득하면 얼마든지 쪼개어 쓸 수 있는 법이란다. 창밖에 눈이 설치는 날, 행인들의 어깨와 어깨 사이를 비집으며 충장로 거리를 거니는 그 시간만은 적어도 온 세상이 착하고 깨끗해 보이고 사람 냄새가 이상한 향기로 젖어오지 않겠니? 너는 그 향기 때문에 해바라기 꽃씨를 산 게 아니겠니? 한겨울인데도 벌써 봄의 향기를 맡고 꽃밭 같은 환한 세상을 본 게 아니겠니?

그리고 그 숫눈길 위에 너의 예쁜 발자국을 남기며 우체국에 들러 긴 편지를 쓰고 편지봉투 속에 꽃씨 봉투를 묻으며 몇 번이나 너의 예쁜 손이 봉투를 다독거리고 그것도 부족해서 가슴에다 편지봉투를 넣어 체온을 불어넣은 것이 아니겠니? 그 체온이 어찌 나의 손에, 가슴에 전달되지 않을 수 있으랴? 그러므로 나 또한 귀중한 시간을 쪼개어 얼마간 너의 예쁜 손과 가슴을 그리고 눈발자국까지 떠올리며 이 글을 쓰는 것이 아니겠니? 어찌 이 글만을 쓰는 것으로 만족할 수 있으랴.

내 뜰에 봄비가 오는 어느 날은
봉투에서 흘러나온 네 꽃씨를 묻으마
4월 하순께쯤 촉촉히 젖어 움이 트고
6월 하순께쯤 견고한 꽃대에
해바라기 노오란 꽃잎이 겹겹으로 피어나면
너를 생각하마
해를 물고 빙글빙글 돌아가는 정오의 태양 아래
백지장처럼 흔들리는 여름뜰에 나와

세파트처럼 경경 짖으며 네 이름 부르마.
까맣게 세월을 태우는 그리움은 강물처럼 흐르고
아아 잿빛 하늘 아래
우리들의 서러움도 한줌의 재로 무너져 내릴 것을
그래도 어느 세월의 한 구비에선 또 그리운 손이
꽃씨를 묻겠지.

말란아.

네 정성이, 네 마음이 얼마나 간절했으면 나는 또 이런 즉흥시를 쓸 수 있었으랴.

네가 벌써 오는 봄의 찬란한 꽃밭을 눈발 속에서 보았듯이 선생님 또한 너의 해바라기 꽃씨에서 찬란한 꽃밭을 본게 아니겠니? 한 사람의 착한 마음이 이 세상 어딘가에 또 한 사람의 마음에 전해진다면 이 세상은 그렇게 하여 들꽃같이 환한 세상 아니겠니?

말란아!

머지 않아 아니, 오늘 내일 봄비가 내리겠지.

네 소중한 꽃씨를 묻으마.

꿈꾸는 광장

한여름 무더위에 로마나 파리를 여행하면서 느낄 수 있었던 것은 도시의 한 블록마다 어김없이 광장이 있었다는 점이다. 그 광장의 한가운데는 분수가 콸콸 솟고 있었다. 여행자나 시민들이 맨발로 걷기도 하고 이젤을 세워 놓고 그림을 그리는가 하면 열띤 토론을 벌이기도 한다. 금발머리 집시 미녀들의 춤이 벌어지는가 하면 얼굴에 황칠을 하고 고깔모자를 쓴 신사양반이 판토마임을 하여 분위기가 금방 들뜨는가 하면 가라앉기도 한다.

대체로 이런 정서적인 감각은 오랜 전통의 유럽 시민사회에서 싹텄음을 금세 알아차릴 수가 있었다. 그 광장이 바로 시민들의 안방이나 다름없는 것이다. 통기타로 분위기를 들뜨게 하는가 하면 초상화를 그려주거나 시를 읊거나 노래를 불러서 밥을 먹고 사는 사람들도 있다. 그러고 보면, 그 광장은 매일매일이 시민들의 안식처이고 휴식처인 셈이며 신문이나 TV를 보지 않아도 살아 있는 뉴스원의 보급처며 열띤 토론의 한마당인 셈이다. 닫힌 사회와 열린 사회의 구별은 여기서부터 판가름이 난다.

한마디로 우리 도시와는 천양지차다. 이 말은 우리가 살고 있는 도시에 광장이 없다는 말은 아니다. 여의도의 그 넓은 광장은 얼마나 살벌한가. 그곳에서 군중집회는 가능할지 몰라도 문화행사나 놀이마당으로는 적당치 않다. 정서적으로 머무를 수 있는 분수대도 없고 그저 롤러 스케이팅이나 사이클을 하기에 알맞은 검은 땅인 것이다.

내가 살고 있는 광주만 해도 그렇다.

바로 도청 앞 광장은 동숭동의 대학로와는 달리 그 여의도와 같은 표본인 셈이다. 분수대가 있고 분수가 치솟기는 한다. 이런 점에서는 여의도보다 나을지도 모른다. 그렇다고 사람이 모여들 수 있는 문화공간은 아니고 한낱 차도나 인도로밖에는 쓸 수 없는 공간이다.

그러나 생각해 보라. 이런 광장마저 없었다면 5·18과 같은 민주화 운동은 결코 성립되지도 않았을 것이다. 이 광장에서 사람들의 힘은 폭발할 것이다. 경상북도의 도청이 안동으로 옮겨갔듯이 언젠가는 전남도청도 나주나 목포, 순천, 그 어디로든 옮겨가야 할 시기가 올 것이다.

그때 지금의 건물인 도청청사는 어떻게 해야 할까.

참으로 깨달음이 있는 시민이라면 아마 허물어야 한다고 주장할 것이다. 그리하여 예향 또는 빛고을에 걸맞는 광장을 내어 유럽의 전통도시와 같은 공간을 설계하자고 할 것이다.

그리고 이 광장을 가로질러 무등산으로 통하는 산책로를 트자고 말할 사람도 있을 것이다.

매일 이 광장에서 시화전이 벌어지고 통기타가 울리고 판소리가락이 휘늘어지며 탈춤이나 마당극이 벌어지고 말로만 듣던 광주가 아니라 살아 있는 삶의 문화 현장으로 들뜰 것이다. 이곳에 무등산을 떠받치는 탑이라도 한 개 들어서면 더욱 운치가 있을 것이다.

파리 제4구역 자유광장(콩코드)에 서 있는 오벨리스크와 같은 탑이 아니라 우리의 피와 얼이 스민 그 탑은 얼마나 자랑스러울 것인가. 그 오벨리스크 탑은 약탈자의 전리품(戰利品)에 불과한 것, 나폴레옹이 이집트를 정벌하고 나서 여왕이 무릎을 꿇고 내 선물로 이 황금의자를 가져가라고 애원하자 나폴레옹은 아무런 응답도 없이 창밖의 광장에 서 있는 고대금박문자로 새겨진 오벨리스크 탑만을 물끄러미 내려다보고 있었다는 것, 그때서야 여왕은 한숨을 쉬고 그러면 저 탑을 가져가라고 해서 해군함대에 실어 왔다는 것, 그 탑과 비교하면 우리의 탑은 얼마나 정겨울 것인가.

그 탑과 짝하며 금낭공, 춘장공의 동상을 곁들인다면 더욱 금상첨화가 아니겠는가. 더 이상의 어떤 장식물도 필요없지 않겠는가.

그때 가서야 진정 위대한 광주, 영원한 빛고을, 예향의 도시라고 감히 말할 수 있지 않겠는가.

쪽빛 세상

「어린이 날의 노래」에서 '오월은 푸르구나, 우리들은 자란다'라고 하는 대목을 일러 작사가, 작곡가, 어린이들까지 싸잡아 색채에 무감한 민족이라고 지적한 식자들이 있었다. 그러나 이 말은 민족정서를 잘못 이해하고 하는 말일 듯하다. 왜냐하면 우리 민족이 총체적으로 경험해 온 색채는 서양의 실증주의적이고 분석적인 태도와는 그 사유방식이 사뭇 달랐기 때문이다.

그렇다고 분석적 태도를 등한시한 것도 아니다. 예를 들어, '청출어람(靑出於藍)'이란 말만 봐도 우리 민족의 분석적 태도가 얼마나 확실한가 알 수 있다.

'하늘도 푸르고 바다도 푸르고 산도 푸르다'는 말은 분석적 개념이 아니라 묵시적이고 일상적인 개념일 뿐이다. '천지현황(天地玄黃)'은 우주관을 논하는 천자문의 첫 구절이다. 색채가 어떻게 종합되는가를 한마디로 설명한 구절이기도 하다. 금채색(禁彩色)시대에 있어서도 폐백상의 원색적 분위기와 간색(間色)과 보색(補色)을 바탕으로 이루어지는 다식(茶食)의 분위기. 그리고 제삿상에 홍동백서로 과일을 놓는 오방색(五方色)만 보아도 우리 색채관념은 저쪽과는 달리 음양오행의 우주관에서 왔음을 알 수 있다. 이는 곧 오방색의 색채감각이면서 동시에 자연에서 그대로 빌어온 것이다.

그러므로 화학염료와는 달리 우리 색채는 은은하고도 명상적이다. 그것은 마치 우수에 젖어 있는 여인의 눈빛과도 같이 영원을 꿈꾸게 하는 가라앉은 색감이다. 이는 곧 오래 봐도 질리지 않고, 안정감을 주면서도 차분한 정서를 주는 색감이란 뜻이다.

이것이 곧 우리가 총체적으로 경험해 온 민족의 색채감각이다. 여기에는 검약과 절제의 선풍(仙風)이 음식에서처럼 그대로 배어 있다. 그러므로 음식과 색채를 따로 분리해서 생각할 수 없다. 왜냐하면 음식도 색채도 자연의 기운과 성정(性情)을 진원(眞元: 원기-본질적인 생명체) 그대로 살려 쓰고 있기 때문이다. 이 원리는 곧 원기를 보강하는 '음식과 색'에 이르게 되고, 그 보강원리(補强原理)로 '중용'을 선택하며, 이것은 최고 경전인 『식경(食經)』이나 『산해경(山海經)』의 원리이기도 하다.

4기론(四氣論)을 들어 말하되 봄 석 달은 발진(發陳), 여름 석 달은 번수(番水), 가을의 석 달은 용평(容平), 겨울의 석 달은 폐장(閉場)이라 한다. 개구리가 움츠리고 겨울잠에 드는 것도 이 천기(天氣)와 지기(地氣)를 알기 때문이며, 동북아(東北亞)의 기후대를 그대로 따르도록 되어 있다. 여기에서 나온 것이 곧 음양오행이며 순환논리의 사관이다. 그래서 24절후처럼 뚜렷한 자연의 법칙이 있고, '윤달'이라는 개념과 함께 경칩에 개구리가 눈을 뜨고 나오는 것도 어김없는 사실이다. 다만 과학의 실증적인 문명에 이를 꿰맞추고, 또 이를 변조시키고 있다는 사실에서 오히려 우리는 당혹감을 면치 못하고 있다. 이는 순환의 논리가 아니라 역천(逆天)의 논리로 구조화

되어 있기 때문이다. 이제야말로 이 구조화의 틀에 삶을 붕어빵처럼 찍어내는 것이 과연 옳은 것인가 하는 의심을 품어 볼 때가 온 것이다.

동북아의 순환논리에 따르면 동쪽은 청색(靑色), 남쪽은 주색(朱色), 서북쪽은 백색(白色), 북쪽은 검은색(玄色), 중앙은 황색(黃色)이 된다. 삶과 죽음의 경계를 무너뜨리며 넘나드는 색채감인 것이다. 그러므로 이 색채감은 '영원'을 전제로 형성된 색채이기도 하다.

이 경계선이 곧 닉포인트인 셈인데, '문 밖이 저승(황천, 黃泉)'이라는 말은 곧 이 말이다. 이는 비단 우리 국토의 생명관에만 한정된 것이 아니고, 동북아 공영권, 더 나아가서는 세계 공영권의 문제이기도 하다. 서해는 바로 한국과 중국의 닉포인트인 셈인데, 샘물이 솟지 못하게 망쳐 놓는다면 바로 '문밖이 저승'이라는 사실 — 곧 '황천' — 인 셈이다.

황천은 어디인가. 물이 흐름을 멈추고 썩어 있는 샘을 말한다. 지금이야말로 말법(末法)시대로 문 밖이 아니라 문 안의 썩은 샘물로 이어져 있는 황천인 셈이다.

이 샘물을 맑게 하고자 '쪽' 농사를 짓는 사람이 아직도 남도에 두 사람이나 있다. 문 밖이 바로 값싼 화학염료인 염색공장으로 강줄기를 막아 황천을 만드는 세상인데, 그들은 전통 자연색료를 채취하기 위해 공해 없는 생수를 길어다 '쪽 농사'를 짓는다. 쪽 농사 하나로 이 썩은 세상을 '쪽빛 세상'으로 가득 물들이고야 말겠다는 고집 센 농심꾼들이 아직도 죽지 않고, 이 들녘에 살아남아 있다니 참으로 믿을 수 없는 사실이다.

벌교에 살고 있는 한광석(38세)씨와 문평면 복동리 명하마을에 살고 있는 윤병운(76세)노인, 두 사람이 그들이다. 물쟁이로 쪽빛 꿈을 꾸는 그들은 말한다.

"먹지 않고 살 재간이 어디 있간디. 물려받은 땅에 물려받은 재주라곤 이것뿐이여. 그저 조상박대 안허고, 천벌 안 받으려고, 이것이 내가 좋아서 하는 짓이여. 썩은 밀가리 처바르고, 썩은 옷 입히는 거 다 우리 시대가 저지른 범죄여. 진짜 우리 '짐 나는 밥' 묵고, 쪽빛 치마에 잇꽃저고리 입히면 이 세상 살맛 나제. 그게 쪽빛 세상인데 그걸 왜들 몰라."

쪽빛 세상이란 말, 그리고 이 땅의 풀과 나무들이 다 우리 먹거리고 옷 색깔이고, 저 흘러가는 산의 능선에 알맞춰 활짝 날개를 편 우리 집들의 추녀 끝이란데 달리 할 말이 없다. 언젠가는 우리 밀과 보리가 살아나듯이 쪽빛도 살아날 거라고 나도 그렇게 확신한다.

낙동강이 썩은 물줄기가 된 것은 대구의 염색공장이 주범일지도 모른다. 쪽빛 같은 남도 들녘을 적시는 영산강이 살아남지 않고서는 쪽빛 세상은 올 수 없으리라. 그런 의미에서 그들은 지금 염색공장을 가동하고 있는 게 아니라, 쪽빛 생수공장을 가동하고 있는 중이다. 이보다 더 활력있고 보람찬 삶이 어디 있겠는가, 값이 비싸고 품이 많이 드는데도 치자열매, 쪽대, 울금이나 황련뿌리, 홍화(잇꽃)나 오배자로 물들인 옷감을 만들고 있다. 찾는 사람이 있으면 그만이고 없어도 그만이다.

요즘은 이 분야에 관심이 있는 국내의 디자이너들이 가끔 사가기도 한다는데, 참으로 좋은 쪽빛, 울금향의 세상이 오면 '옷이 날개'

라는 말처럼 날개 돋친 듯이 팔려 나갈 것을 믿으며, 오늘도 그들은 물항아리에 가득 쪽풀을 우겨넣고 있다. 허리가 물러빠지도록 고무래로 휘저어 거품을 만들기에 여념이 없다. 거품을 일으켜야 쪽빛이 떠오르기 때문이다. 이것을 '혼 깨운다', '넋 깨운다'고 한다.

쪽빛이 떠오르기까지는 그저 고무래질이 상수라는 것, 거품이 잔뜩 일어나는 것은 '살아있는 쪽빛'이 남빛 하늘처럼 뜰 징조란다. 그 남빛 하늘에서 남빛 옷을 입고 내려오는 선녀를 하루에도 수없이 만난단다. 하기야 서양의 천사가 UFO 같은 날개를 겨드랑이에 달고 내려온다는 직관력은 우리 것하고는 별개의 것이다. 그들이 먹는 음식, 그들이 입는 옷이나 짓는 집에 검약과 절제의 선풍(仙風)이 따로 깃들어 있을 리 만무하다. 이것의 직관력이란 그저 먹고 입고 싸는 일이다.

컬러시대를 맞아 별의별 색깔이 눈길을 다 잡아끈다. 충장로만 나가 보아도 어떤 색깔이 유행을 타는가는 금방 알 수 있다. 유행은 고정관념으로부터 자유롭다. 색채 해방론이란 말도 있다. 봉선화 꽃잎에 백반 가루를 섞고 짓찧어 묶어놨다가 한밤중에 무명지의 무명실을 풀어보면 손톱이 불을 켠 듯 환하다. 우리의 선풍이 거기에 그렇게 절어 있는 것이다. 민족이 경험한 색깔은 이렇게 해서 생긴 것이다.

물쟁이 한광석씨는 15년째 쪽농사를 해 온다. 음삼월에 심어 7월 중순에 수확한다. 그것도 새벽 기운이 가득한 꼭두새벽에 쪽대를 쳐다가 항아리에 가득 처넣고 냇물을 부어 굄돌로 눌러둔다. 여기까지가 일차 공정이다.

벌교는 가마 꼬막으로 유명하다. 꼬막 껍질을 옹기에 넣고 가마에 불을 지핀다. 1천 8백 도까지 열을 가하면 꼬막껍질은 횟가루가 된다. 일주일 후 쪽대를 건져내고 그 물항아리에 체를 받치고 횟가루를 넣는다. 일주일간 고무래로 하루에 두 시간씩 같은 방향으로 젓는다. 쪽물 거품이 일어나지 않으면 그해 쪽농사는 헛것이다. 쪽빛의 비밀은 여기에 있다. 그는 『규합총서』에서 이 쪽빛을 깨우는 비법을 터득했다 한다.

그러나 하늘색이 그렇듯이 어느 색이 진짜 쪽빛인지는 알 수 없다. KBS 색채연구소가 어차피 강제성을 띠고 규정한 325가지 색채 구별에서도 정확한 좌표는 나와 있지 않다. 서양쪽으로 보면, KS-1136인데 이 쪽빛이 과연 우리의 경험과 정서에 맞아 떨어질지 의문이다.

거품을 다 떠내면 이틀 후 맑은 물이 위로 뜬다. 이것을 쏟아내고 가라앉아 잠들고 있는 앙금을 따로 받는다. 쪽대와 콩대를 태워 만든 잿물을 여기에 넣어 다시 휘젓는다. 왜냐하면 이때서야 잠든 쪽이 분리되어 깨어나기 때문이다. 오며가며 젓는다. 옛날에 사랑방 소매통 곁에 물항아리를 놓아둔 것이 이 때문이다. 그래야 잊혀질 만하면 저으니까.

비로소 쪽빛이 깨어나기 시작한다. 이것을 가리켜 '물발이 섰다'고 한다. 한달간 지속된다. 그때 비로소 농익은 쪽빛이 드는데 이것이 진짜 쪽빛이다.

이제 염색하는 일만 남았다. 햇빛의 선도가 청명한 날에 해야 한다. 열 번쯤 옷감을 담가 계속 착색한다. 마지막 작업은 냇가에 나가 옷감을 흘려서 잡때를 뺀다. 이제부터 쪽빛은 세상 바람을 일으키며 사회제도 속으로 들어가 마음껏 품위를 뽐낸다.

냇물에 흘려둔 쪽빛 옷감을 보고 있으면, 어느덧 쪽빛 치마에 잇꽃 저고리를 입은 기생들이 춤을 춘다. 쪽빛 관복을 걸친 벼슬아치가 기름진 음식상 앞에 앉아 지그시 눈을 감는다. 그러므로 쪽빛은 어디에도 잘 어울리는 지배계급의 힘과 권력의 상징이 되었다. 구한말은 쪽빛이 판을 쳤던 청색시대(동방색)였다.

고려의 다라니경에서도 해묵은 쪽빛은 떠오른다. 방부제와 방습제로서도 쪽빛의 성질은 훌륭했기 때문이다. 즉 곰팡이가 슬지 않고 좀이 먹지 않기 때문이다. 조상들의 슬기에 탄복하지 않을 수 없다.

비록 자연을 이용한 쪽빛이나 여타의 잇꽃빛이나 꼭두서니들은 자연색으로서 화학염료의 원색적인 자극을 따를 수는 없으나, 그 은은하고 가라앉은 분위기는 우주 명상 속의 고향을 그대로 꿈꿀 수 있게 한다. 또한 자연을 그대로 천에 옮겼으니 정겹다. 뿐만 아니라 그렇게 지겹게도 민족의 뿌리를 연결해 주고 연명해 주었던 송기죽, 그 송기 껍질에서 이른 봄 얻어낸 은은한 색깔의 옷감하며, 식용으로 쓰고 남은 연뿌리에서 얻어낸 그 황련빛, 울금향, 잉크제로 사용한 오베자빛, 노란색의 기본 연료가 되는 치자열매는 이뇨제로 먹었던 음식이기도 하다.

음식이 색으로 가고, 색이 음식으로도 가는 우리들의 의식생활은 그 경계의 넘나듦이 이처럼 자유로웠다. 여기에 검약과 절제의 멋과 맛의 가락인 선풍이 흘러 넘치고 있음을 알 때, 비록 귀 떨어진 엽전을 때워 쓰는 삶이었을지라도, 이 땅에서 신바람을 타며 살다 죽는 것이 '참 나'를 깨닫게 하고, '참 행복'임을 깨닫게 한다.

저승갈 때의 수의(壽衣)에는 주머니가 없어도, 그 입고 가는 수의의 색채는 구별되었다. 그리고 그 길을 따르는 명정(銘旌)의 채색된 깃발이 하늘을 가리었다. 이는 곧 청빈함과 안분지족을 알고 살다

간 사람의 죽음 앞에 바쳐진 헌사다. 이제 이 국토에 살면서 그것이 곧 검약과 절제에 이르는 삶의 길이란 것도 이 쪽풀을 통하여 알게 된 셈이다.

나도 이제 쪽빛같이 젊어져서 내 영혼 비록 헐벗고 가난할지라도 물쟁이 한광석씨와 윤병운씨가 쪽풀에 기대어 깨어날 줄 모르듯 그런 쪽빛 세상을 꿈꾸며 살자. 서두르지 말자. 서두른다고 세월이 끊기나. 염쟁이 한평생만한 세월이 있을라고.

독 가득 파란 물 출렁인다.
조가비를 태워 가는 체에 잿물 받아 풀고
허리 물리도록 아무리 독을 휘저어도
쪽을 문 거품은 기별이 없다
처음은 흰색, 다음은 청색, 다음은 자주색
헛제사밥 같은 시간을 지나고서야
진짜 쪽을 문 꽃거품이 뜬다는데
아무리 기둘려도 쪽을 문 꽃거품은 기척도 없다.

쪽풀 농사로 염쟁이 한세월 츠츠츠춧
우는 저 소쩍새
무에 그리 바쁘냐 세월이 좀먹느냐
쪽물을 깨우려면 쪽물이 거품을 물고
일어설 틈도 줘야지
먼 산 고향 쳐다보고 부모에게 절하듯 저어봐 츠츠츠춧
여름내 울던 소쩍새도 가고

그래서 나도 먼 산 보고 절하며 젓는다

한데 눈도 좀 팔며 젓는다

고개 쳐들고 머리 위 빙빙 도는 솔개도 보며 젓는다

한숨 돌리고 잊었다 생각난 듯이 또 젓는다

한나절 넘어 자는 듯 졸다 깨어 하품하고 보니

그 틈 사이 먼 산 위로

쪽을 든 하늘이 먼저 와 앉았다

애인이여, 저 하늘 한 자락 불러다

나 길 뜨는 날.

저 쪽을 받아 족두리꽃 화관을 쓰고 올래

놋쇠 요령소리도 구슬피 정든 땅 밟으며

쪽물 든 만장(萬章) 한 폭도 펄럭이며 울래

내 먼저 숨지면 그 숨 받아 쪽비녀 새로 머리에 꽂고

무덤 속 그 하늘까진 머리 풀고 올래

꽃거품 입에 물고 애인이여.

— 졸시「쪽을 뜨며」전문

시(詩)를 쓴 죄
— 넌센스 같은 제주여행

　늙는다는 것은 얼마나 서러운 일인가. 배꼽티를 내놓고 웃저고리를 벗어 허리를 동인 채 열광적인 삶을 살아가는 신세대를 보면 오히려 고맙기까지 하고 눈물이 난다. 우리 세대는 결코 그런 삶을 살아보지 못했기 때문이다.

　토요일마다 그녀에게 전화가 걸려온다. 출타를 하거나 집을 비울 땐 전화를 받지 못해 미안한 적이 한두 번이 아니다. 그녀는 뉴욕에서 독실한 기독교 신자로서 조그만 기념품 가게를 하고 있다. 몇 년 전에 남편을 여의고 지금은 발발이 스피치(개)와 단 둘이 산다.

　그녀와의 만남은 내 나이 열 아홉 살 때였다. 우리는 대학 진학 관계로 손목 한번 잡아보지 못하고 헤어졌다. 그 무렵에도 몇 번쯤 서로 편지가 오고 갔으나 그 외에는 아무 일도 일어나지 않았다. 그리고는 까마득한 세월 속에 별똥별에 데인 자국처럼 그녀의 얼굴도 차츰 잊혀져 갔다.

　그런데 금년 봄 어느 날 이른 아침이었다. 월요일과 화요일에는 대학 강의가 있는 날이라서 광주 집에 가 있었는데 뉴욕에서 낯선 여인으로부터 전화가 걸려왔다. 받아 보니 까마득한 세월 속에 묻혀진 그녀의 음성이었다.

뉴욕 서점에서 우연히 서가에 꽂힌 내 시집을 발견하고 거기에서 이름과 얼굴 사진을 확인한 다음 서울의 출판사에 전화를 걸어 집 전화번호를 알았다고 한다.

"그렇게 문학서적을 탐독하더니 끝내 시인이 되었군요" 하는 그녀의 음성은 떨리기까지 했다. 얼굴도 잊혀지고 혹시 동명이인이 아닐까 해서 출판사 측에 어디 고등학교를 나왔느냐고 확인했는데 내가 맞더라고 한다. 그런 후로 몇 번 편지가 오고가다 그녀는 서울에 왔고, 내가 사는 채석강까지 내려왔다.

처음엔 나도 가슴이 떨리고 어색하여 광주에 사는 후배 시인들을 청해다 놓고 하룻밤을 바닷가에서 보냈다. 이야기를 나누는 동안 밤하늘에선 이따금 별똥별이 운명적으로 바다 한 복판을 스치기도 했다. 그녀의 얼굴에도 잔주름이 져서 그 별똥별이 스친 자국들이 역력했다.

아마 내가 시를 쓰지 않았다면 그녀와의 해후는 이루어지지 않았을는지도 모른다.

그녀의 삶은 참으로 아름다웠다. 독실한 기독교 신자가 되어 있었다. 교회에 헌신하는 삶으로 한치의 오차도 있을 수 없는 외길 인생이었다.

그녀가 떠난 후 선물꾸러미를 풀어보니 제일 먼저 나온 것은 성경책이었다. 그 다음이 몽블랑 만년필 한 자루였다.

"좋은 글 많이 쓰세요" 하는 편지와 함께 봉투 속에서 달러가 묻어 나왔고 한일은행 수표 한 장도 있었다. 우리 돈으로 환산해 보니까 3백만원 가까운 돈이었다.

"저희 고향이 구례니 지리산 노고단 어디쯤에 '지리산 뻐꾹새' 그 시를 새긴 시비(詩碑) 한 켤레쯤 세우는 데 쓰세요"라는 간곡한 사연도 있었다. 뜻 깊은 돈이라서 어찌할 줄 모르다가 할 수 없이 아내에게 고백하고 맡겼었다.

그후 나는 무참하게도 시비 세우는 일보다 이빨 전체를 들어내고 보수해야 하는 상황에 직면하였다. 우선 이빨 세우는 일, 그것도 미처 완성하지 못한 채 치료하는 일에만 다 써버리고 말았다. 이빨 세우는 일이 시비 세우는 일보다 급했기 때문이다.

그녀가 이 상황을 안다면 얼마나 실망이 클까.

그 실망은 그 쪽보다 아내 쪽이 더 먼저인 듯했다. 감쪽같이 그렇게 속일 수가 있느냐는 것이다. 그러나 속이고 만 터에 달리 변명할 말 또한 있을 수 없었다.

그러던 차 다시 그녀가 나왔다. 여름여행은 그녀의 오빠가 있는 북한을 다녀왔으므로 가을여행은 제주도로 택했다고 한다. 나는 필히 동행하지 않을 수 없었다. 먼저 이 사실을 아내에게 알렸더니 펄쩍 뛰었다. 아내는 끙끙 앓고 다니더니 친구들에게 자문을 얻어 나와 함께 동행할 것을 선언했다.

그래서 우리는 셋이 나란히 비행기를 탔다. 3박4일 동안 제주도를 쏠고 다녔다. 다행히 숙소는 서귀포 바닷가에 있는 현시인의 집을 썼고 승용차는 내 시의 독자 정군이 가지고 나왔다. 정군이 선물한 제주 갈옷을 걸치고 성산 일출봉도 송악산도 천백고지도 다 오르며 억새꽃밭을 누볐다. 비가 이따금 왔으므로 천지연 폭포 아래선 우산으로 빗물을 받은 채 셋이 또는 단둘이서 사진을 찍기도 했다. 참으로 어색한 상황이요 이상한 분위기가 가끔씩 연출되기도 했다. 정군이 카메라 렌즈 속을 들여다보며 "딱 붙어" 하기도 했고, 때로는 팔짱을 끼우며 느물느물 웃기까지 했다.

'늙으막에 뭐 대순가.'

아내가 오히려 그녀의 팔을 끌어다 내 허리에 감겨주는 아량까지 보였지만 결코 시선이 곱지만은 않았다. 참으로 이상한 여행이고 격에 맞지 않는 넌센스 같은 여행이었다.

'이것이 다 잘난 시인 서방을 따라 사는 죄지 뭐' 하는 아내의 보이지 않는 패러독스가 우산 끝의 빗물처럼 간간이 떨어지기도 했다. 그 분위기는 사뭇 여행이 끝나고 그녀가 서울로 돌아갈 때까지 계속된 듯했다.

아내의 말마따나 이것이 다 시를 쓰는 그 잘난 서방 때문인지 모른다. 돌아오는 비행기 안에서 옆좌석의 아내 허리를 쿡 쥐어박으며 나는 계면쩍게 웃었다. 아내도 이젠 안심했다는 듯이 멋모르고 따라 웃었다.

그녀가 썰물처럼 빠져나간 그 며칠 후 토요일 오후다. 아내가 마침 내 집필실에 들렀다가 뉴욕에서 걸려온 그녀의 전화를 받는다. 둘이서 뭐라고 죽자 사자고 야단이다.

교회에 나가 건강과 가정의 행운을 열심히 기도한다는 건가, 기도하겠다는 건가, 하여튼 맨 나중의 대화는 그렇게 끝난 듯하다. 아내도 교회의 집사이기 때문이다. 수화기를 놓으며 아내는 "참 잘났어!"하고 내 얼굴을 빤히 쳐다 본다. 그리고는 이윽고 전화통 위의 벽에 걸린 사진을 힐끗 쳐다본다.

거기에는 두 여자를 거느린 갈옷 입은 내 초라한 모습이 넌센스 같은 제주여행을 대변하고 있었다.

허무여, 이 물음 앞에서만
나는 가장 행복하다

나에게 문학은 무엇이며 왜 문학을 하는가.

이 물음에 대하여는 '삶은 무엇이며 왜 사는가'라는 문제와 일치된다. 적어도 나에게는 그렇다. 불경의 한 구절로 말해 본다면 일체유심조(一切唯心造)와 같다. 그것은 곧 마음이 짓는 바다, 팔만 법문 중에서 가장 핵을 꿰뚫고 있는 물음에, 곧 유심(唯心)만이 그 해답을 주는 단서가 된다는 생각을 늘 하며 살아왔다.

이 생을 행복이라고 또는 '나는 행복하다'라고 하는 사람을 나는 아직 만나보지 못했다. 그 누구에게 물어 봐도 인간은 근본적 허무에 도달한다. 일단 며칠 간이라도 좋으니 혼자서 여행을 하고 돌아와 본다면 이 말이 얼마나 절실한가를 알 것이다.

나는 며칠 간의 제주도 여행, 그것도 서귀포 일대의 산간 지방이거나 바닷가를 돌아와 마침 이 글을 쓴다. 그곳의 기후나 풍광은 언제 나가봐도 이국적이다. 이 신선한 감회 끝에 젖어오는 것은 늘 근본적 허무다. 이 허무 앞에 나는 꼼짝도 못한다. 이 꼼짝도 못하게 하는 허무의 그늘을 딛고 나는 비로소 새로운 나를 깨닫고 실존의 처참한 모습을 본다.

'왜 사는 건데?'

여기서부터 시 한줄이 비롯되고 나의 정직한 고백이 시작된다. 이 고백을 들어주고 이해해 줄 사람은 이 세상에 단 한 사람도 없다. 독자라고 말할 수도 있겠지만 설령 독자가 이 말을 이해해 준다 해도 나와는 무관하다. 이 끝없는 고행을 누구와 더불어 갈꼬. 없다. 사리자야, 텅텅 비어 있구나!

나는 모슬포의 바닷가를 돌며 떨어지는 서녘 해를 부둥켜 안고 그 노을 속에서 뺨에 흘러내리는 눈물을 보았다. 유채꽃이 피어 만발한 한라 기슭을 돌며 미루나무 가지에 움트는 초록 물을 보고, 생기 발랄하다는 생각보다, 그래 움터서 어쩌겠다는 것인가 하는 근본적 허무가 온 몸을 적신다. 미친 듯이 잎이 피어나고 간간히 흘러드는 미풍에 그 연한 잎새들이 팔팔거린들 나에게 무슨 뜻이 있단 말인가.

이것은 사랑인가. 기쁨인가. 슬픔인가. 혹은 부질없음인가. 혹은 혹은 미혹인가. 혹은 혹은 혹은 일장춘몽인가.

그러나 가만히 생각해 보면 이것은 연기(緣起)법칙이며 윤회라는 커다란 사실을 깨닫게 한다. 비로소 저 허무의 밑바닥에서 이 자리에 내가 서 있음의 놀라움을 깨닫게 한다. 어느새 미류나무 잎새들은 확 피어나 봄바람을 타고 놀며 나에게 그 근본적 허무를 일깨우고, 달빛이 일만천강에 부서져 화엄의 경지를 이루듯, 이 미류나무 잡목 밭에 잎새들이 피어나는 경지, 그리고 바람이 와서 머무는 그 경지를 그려본다.

도대체 이 멋있음의 경지는 무엇이고, 그것은 나에게 오는 어떤 깨달음을 가져다 준단 말인가. 내가 배우는 연기(緣起), 나에게 오는 그 윤회의 법칙은 무엇이란 말인가. 여기에서 난 독사 대가리 같은 삶의 곡괭이를 어떻게 휘둘러야 한다는 말인가. 그래서 그 곡괭이 끝에 묻어 나오는 삶의 흔적은 선시(禪詩) 한 토막으로 고백되어 나오는 것인데.

미루나무 끝 바람들이 그런다
이 세상 즐펀한 노름판은 어데 있더냐
네가 깜빡 취해 깨어나지 못할
그런 웃음판은 어데 있더냐
미루나무 끝 바람들이 그런다

그래, 나도 이 세상 이렇게 바람처럼 미루나무 잎에 취해 미치게는 놀다 가지 않을 수 없을까. 그런 웃음판이 곧 나의 삶이라면 근본적 허무에 도달하지 않아도 될 텐데, 도대체 나는 걸치는 것이 왜 이리 많고 숨도 돌릴 틈이 없는지, 그래서 내 살아온 날들을 돌아보면

네가 걸어온 길도 삶도 사랑도 자유도
고독한 쓸개들뿐이 아니었더냐고
미루나무 끝 바람들이 그런다.
믿음도 맹세도 저 길바닥에 잠시 뉘어 놓고
이리 와봐 이리 와봐
미루나무 끝 바람들이 그런다.

그러나, 이 세상 삶이 그렇게 끝날 수 있는 걸까. 그 연한 미루나

무 잎새들이 정말 나에게 그런 깨달음을 준 것일까. 이건 아니다. 이건 넋빠진 소리다. 그러면 미루나무 잎새들은 바람을 타고 놀며 뭐라고 했던 것일까.

> 흰 배때아리를 뒤채는 속잎새들이나 널어 놓고
> 낯 간지러운 서정시로 흥타령이나 읊으며
> 우리들처럼 어깨춤이나 추며 깨끼춤이나 추며
> 이 강산 좋은 한 철을 너는 무심히 지나갈 거냐고
> 미루나무 끝 바람들이 그런다.

결국, 미루나무 끝 잎새들이 그 미풍을 타고 놀며 그것도 미루나무 끝 연한 잎새일수록 바람을 타며 흰 배때아리를 뒤채는 그 맛과 멋은 더 자지러지는 법인데, 그 경지에서 한 시인이 깨닫는 것은 이 세상에 온 어떤 사명감, 어떤 보람, 더 절실한 의미를 깨닫기 위해 바람을 타고 노는 미루나무 잎새들의 한 순간과 만나는 것이 아닐까. 이것이 곧 윤회고 인과 법칙이 아닐 것인가. 이것이 곧 절실한 삶의 의미가 되지 않겠는가. 이것이 곧 실존이며, 시인의 고백이며, 저 근본적 허무의 밑바닥에서 솟아나는 새로운 삶의 각성이 아닐 것인가. 이것이 곧 화엄의 경지일 것이다.

노을이 잠드는 서해 뻘밭가나, 서귀포의 바닷가에 서 보라. 울지 않은 사나이가 있다면 그는 진정 이 국토 위에서 사는 사나이가 아니다. 이 여여함이 없이, 이 여여함의 정신이 없이 어떻게 이 삶을 떠받칠 수 있을 것인가. 미루나무 잎새가 바람에 놀 듯이, 아니면 바람이 미루나무 잎새에 머물 듯이 우리 생은 때로 어떻게 여여함에서 자기를 떠올리는 연기 법칙과 끝없이 만나야 하는 것이리라. 그랬을 때 정치도, 시도, 예술도, 사업도 참다운 유심(唯心)의 세계와 만나는 법이 아니던가.

나는 이번 제주 여행에서 끝없이 펼쳐진 제동 목장의 소롯길을 걸었다. 이 국토 위에 이런 광활한 목장이 있었을까 하고 새삼 놀라기도 했다. 이 목장의 주인이 누구라는 것도 이미 들어서 알고 있지만, 이렇게 자연을 한 손에 거머쥐고 있다는 재벌을 알았을 때 환멸이 먼저 온다. 대동강 물을 팔았다는 봉이 김선달처럼 제주도 물을 팔아 먹는다는 조선달님하고는 이 자연만은 적어도 악연인 셈이다. 자연은 가지고 있을 사람이 가졌을 때 빛이 나는 법이리라.

그보다는 이번 여행길에서 만난 한 여성에게 축복을 보내는 것도 내 글쓰는 이유 중의 하나라면 어떨까. 그녀 이름은 제주도 말로 설문대할망, 오줌 줄기가 하도 세차서 아흔아홉 간의 대문을 빌어서 여인천하통일을 꿈꾸는 여인, 때로는 전세 비행기가 그녀 치마폭으로 흘러가는 착각을 일으키지만 그러나 노란 프리지아 한 송이를 사랑하고, 마음 맞는 벗을 갈구하고, 시를 쓰는 서귀포 바닷가 한 여인의 고독에 동참할 줄 아는 여인, 그 여인을 불러다 생일까지 차려 내주는 알뜰한 여인, 그래서 여인이 여인까지를 울게 하는 이 여여로운 멋 앞에 내가 보내는 이 찬사와 시는 한결 더 빛나지 않겠는가.

그것이 설령 빈말일지라도

"시 쓰는 사람들은 다 가난한데 저는 돈 벌면 시 쓰는 사람들을 위해 한 번 일하고 싶어요"라고 고백해 왔을 때 어찌 그 여인이 벌써 시적 대상이 아니겠는가. 5백명의 기생을 거느린 여인의 입에서 이처럼 문학은 위대해져 있지 않았던가. 혈액 속에 에이즈 균이 득

실거리는 시대, 순수는 증류수처럼 실험실에서나 구할 수밖에 없는 불순의 시대에 시를 논하는 여인이 있다면 분명 아직도 시는 유효하고 위대한 것이리라.

예술이 교육의 새로운 방법이요, 종교의 새로운 형태로서 자리잡은 지는 동서양이 다 오래 전이다. 예술을 정신적 귀양지로 보는 사람들은 위대하고 이미 근본적 허무를 체득한 사람들이다.

이 허무의 자리에 돈과 권력, 명예, 그 무엇을 갖다 놓은들 어찌 한 편의 시보다 위대하겠는가. 그래서 이 허무는 인간을 타락시키고 재물을 도적질하는 법도 없다. 인간을 가장 인간이게 한다.

허무의 늪에서 빠져 나오려고 대궐 같은 실내를 장식하고, 미니 골프공을 굴리며 투호를 하고, 끝내 복권의 화살판 같은 과녁을 만들어 화살치기로 스트레스를 해소하는 귀부인 앞에서 나는 몸을 떤 적이 있다. 저 으스러질 듯한 고독 앞에 거미처럼 몸을 태우며 허무에 삶의 곡괭이를 댈 줄 모르는 그 여인을 위해 연회가 끝나고 돌아와 목놓아 운 적이 있다. 그리고 돈 없는 촌놈이라고 멸시받고 구겨진 자존심이 오히려 그 여인을 위해 울고 있다는 사실을 알았을 때, 나는 삶의 뿌듯한 희열을 느꼈다. 내 시 쓰기야말로 위대하다는 사실을 새로 깨달았다

그러므로 가장 순수하고 인간적일 수밖에 없었을 때 나의 문학이 있고, 그것이 실존의 이유가 된다는 것을 알았다.

나를 구제하는 일 말고 문학이 무엇을 할 수 있다고 믿는가.

그러므로 허무여, 고맙게도 내 발목을 놓지 말 일이다.

임백호의 패강가

백호 임제는 명종 4년(1549)에 태어나 선조 20년(1587), 39세의 짧은 나이로 운명하기까지 격치(格致)에 막힘이 없었고 탈속의 경지를 넘어 방외(方外)에서 놀다간 참으로 보기드문 반지성의 아웃사이더였다.

해학과 풍자로 일관된 그의 사상은 한마디로 꿰뚫기는 어렵지만 동서 붕당의 정치색에 물들지 않고 사해를 관통하며 자주정신을 실천한 역사상 유일한 단독자라 할 것이다. 그는 호남 3쾌걸 중 같은 나주 출신인 임형수(林亨秀)와 더불어 반지성파의 레지스탕스에 해당한다.

임형수가 아들 구를 불러놓고 '글은 배우되 과거는 하지 말라'고 유언을 남겼던 것처럼 그 또한 운명하면서 '사해 모든 나라가 제각기 황제라고 칭하는 마당에 유독 우리만이 자주독립을 못하고 사대에 얽매여 있으니 내가 살아 무엇을 할 것이며 죽는다 한들 무엇이 서러우랴. 내가 죽더라도 곡은 하지 말라'고 했다.

황매천(黃梅泉)은 백호의 고향인 회진을 지나면서 그 감회를 다음과 같이 읊고 있다.

九泉莫抱英雄恨
今日朝延帝座高

저승에 계신 영웅이여, 한을 풀으소서.
오늘은 독립국가로 황제가 높이 계십니다.

　바로 이 시구가 지금 계획중인 백호의 기념관 앞에 새겨질 시라고
13대 방계손인 임윤택(林潤澤;74)씨가 자랑을 늘어놓는다.
　백호의『유묵인 서첩〔浿江歌十首〕』중 첫째 수는 청류벽에서 즉
흥으로 읊은 흔적이 역력하며 첫째 수에서 다섯째 수가 서사라면 여
섯째 수부터는 그 정한의 서정적 가락이 극치에 이르고 있다.
　우선 둘째 수만 읊어보자.

　東明異說屬漁樵　麟馬朝天事寂寥
　野草欲纏文武井　沙禽飛上白雲橋

　동명왕 전설은 어부와 초동들에게서 아직도 전해오는데
　인마가 날았던 그 시절의 하늘은 오늘따라 더없이 적막하기만 하
네.
　들풀은 엉켜서 문무정을 덮으려 하고
　물새는 날아 백운교 위에 치솟네.

　이처럼 이승휴의 『제왕운기』에 나오는 동명서사는 백호에 와서
그 기맥이 죽지 않고 있음을 보게 한다.

또한 여섯째 수에서는 정한의 극치를 표현하고 있다.

浿江兒女踏春陽 江上垂楊政斷腸
無限煙紗若何織 爲君栽作舞衣裳

대동강 처녀들 봄빛을 밟노라니,
강언덕 능수버들은 휘늘어져 간장을 녹이네.
한없는 저 연사로 베를 짤 수 있다면,
그대 위해 춤추는 옷을 지으리라.

또한 일곱째 수에서는 '백척이나 되는 청류벽을 옮겨 님이 타고
가실 배를 막아 물길을 끊겠다'고 그 정한의 설움을 토하고 있다.
이는 고려때 시인 정지상(鄭知常)이 '송군남포동비가…… 대동강
수하시진(送君南浦動悲歌…… 大洞江水何時盡)'이라는 그 이별의
정한보다 한 수 더 뜨고 있음을 본다. 더구나 동명왕의 창창한 건국
기상까지를 끌어들이고 있으며, 그 기개가 얼마나 가상한가를 알 수
있게 한다. 거기에다 버들이 휘늘어진 청류벽에서 옥통소를 불고 있
을 백호를 생각하니, 그 유명한 일화 '평양의 명기 일지매(一枝梅)
와의 사랑살이' 한 토막이 떠오르기도 한다.
'나는 일지매(一枝梅)를 꺾을 수 없네. 자네라면 이 매화 한 가지
를 꺾으련만……'
평양감사 김계충(金啓忠)의 편지를 읽고 난 백호는 껄껄 웃는다.
그는 평양에 도착하자 어물장수로 변장하고 해질 무렵 일지매의 집
을 찾는다. 세속의 명리를 초탈한 일지매의 집에 들러 그는 생선 몇

마리를 팔았고 일지매의 대문간에서 하룻밤 노숙의 신세를 지기로
했다.

　때는 그윽한 봄밤이라 일지춘심을 못내 겨워 일지매가 거문고를
뜯자 백호는 허리춤에서 옥퉁소를 꺼내어 화음을 골랐다. 밤이 무르
익어 가자 일지매는 기어코 시 한수를 토해내는데

　"窓白羲皇月(창가에는 복희씨적 달이 지금껏 변함없이 밝습니
다)"이라 하니 백호는 되받아

　"軒淸太古風(대청마루에는 태고적 바람이 지금껏 맑습니다)"라고
한다. 일지매는 벼락치듯 놀라

　"錦衾誰與供(비단 이불을 누구 있어 함께 덮을꼬)"하니, 백호는

　"客枕一隅空(나그네 베갯머리 한 쪽이 비어 있네)"라고 응수한
다.

　다음날 감사가 기생들을 점고하니 일지매와 생선장수가 은근짜
수작을 떤 것을 알고 바로 그 생선장수가 다름 아닌 임백호였음을
확인했다.

　임백호의 은근짜는 예서 끝난 것만은 아니었다. 그는 평안도 사직
을 마치고 서울로 떠나려던 전날 밤, 우연히 한우(寒雨)라는 기생과
어울려 술잔을 나누었다.

　　북천이 맑다 하여 우장 없이 길을 나니

　　산에는 눈오고 들에는 찬비로다

　　오늘은 찬비 맞았으니 얼어 잘까 하노라

　이러한 백호의 엄살에 한우가 수작을 떨었다.

어이 얼어 자리 무슨 일로 얼어 자리,

원앙침 비취이불 어디 두고 얼어 자리

오늘은 찬비 맞았으니 녹아 잘까 하노라

수작도 이쯤 되면 풍류를 넘어선 도의 경지다.

그는 또한 서른다섯에 평안도사로 부임하면서 송도를 들러 천하
명기 황진이를 만나고자 그곳에 들렀다. 그러나 진이는 석달 전에
이미 세상을 떠났다. 그 서운함을 가눌길 없어 진랑의 무덤에 잔을
올렸다.

청초 우거진 골에 자는다 누웠는다

홍안은 어디 두고 백골만 묻혔는다

잔잡아 권할 이 없으니 그를 슬허하노라

이는 참으로 체통 높은 사대부가 할 짓이 아니다. 그는 선비들의
탄핵을 받자 벼슬을 물러나면서 '벼슬이란 원래 초맛 같았다'고 말
하면서 웃었다. 文에 대한 도전이요, 계급신분과 닫힌 사회에 대한
항변이었다. 그는 이처럼 아웃사이더의 길을 간 행동하는 반지성파
였다.

그는 또한 풍도와 성격이 다채로운 만큼 호(號)도 많았다. 풍강
(楓江)은 고향 회진의 옛이름이다. 벽산(碧山), 겸제(謙齊)라고도
했다. 그는 옥통소를 너무나 사랑한 나머지 호를 소치(嘯癡)라고도
했는데 이는 '휘파람 부는 바보'란 뜻이다. 우리말에 등신을 가르켜
'방안 통소'란 말이 있는데 바로 예서 따온 듯하다.

그는 또한 평생 동안 이 옥퉁소와 거문고, 칼(보검)을 몸에 지니고 다녔다. 옥퉁소와 거문고는 선비의 넉넉함을, 그리고 칼은 기개를 상징했다. 그의 성격 가운데 이 넉넉함의 신비정신은 큰 아버지인 풍암(楓岩) 임복(林復)에게서 영향받은 바이며 칼의 기개는 5도 절도사를 지낸 부친(청백리) 진(晉)에게서 물려받은 성격으로 짐작된다. 여기에다 그가 사랑한 말 '적토마'까지 곁들여 천하를 주유했으니 그의 풍도가 가히 얼마나 컸음을 알 수 있겠다. 풍암공은 일찍이 아들이 없어 그를 친자처럼 사랑했으며 가사를 맡겼는데 풍암공은 당시 사화에 연루되어 또한 벼슬을 그만두고 고향인 신걸산(信傑山)에 은거하였다. 지금의 영모정(永慕亭)은 그가 지은 정자다. 아예 명문거족으로 태어난 임제의 가계를 보면 동생들이 넷이나 된다. 의(誼), 순(恂), 구(懼), 침(沈)이다.

백호의 자전적 기록인 '의마(意馬)'에는 그가 일찍이 놀이패들과 어울려 기생집과 술집을 드나들다가 20세가 되어 공부에 뜻을 두었으며, 벼슬길에 올랐을 때는 사화와 당파가 치열하여 벼슬살이가 초맛 같았음을 고백하고 있다. 그는 무엇보다 '붕당의 화가 역란(逆亂)보다 크다'고 그 망국병을 '화사(花史)'에서 꼬집는가 하면 '원생몽유록(元生夢遊錄)'에선 과감한 선비들의 행동력 결여로 역사의 무기력(無氣力)을 통탄하고 조카 단종을 죽인 세조의 불의를 패륜아에 비유했다. 그 의기는 참으로 서릿발 같다 할 것이다. 그는 속리산에서 3년만에 다시 돌아온 후 옥퉁소를 불고 거문고를 타고 풍류로써 세도 인심을 논하여 금강팔정(錦江八亭)을 소요하였다. 지금도 장춘정(藏春亭)과 소요정(逍遙亭)에는 그의 시를 새긴 현판이 걸려 있다.

그의 가계는 호남에서도 유일하게 동서당쟁에 깊이 연루되지 않은 터라 명맥을 유지할 수 있었음에도 불구하고 유품들은 어떻게 소실된 것인가. 이에 대하여 패강가 10수(浿江歌十首)의 시첩(試帖)을 소장한 임윤택 씨는 다음과 같이 추정한다.

　백호공(白湖公)의 1남이 지(地)요, 2남이 준(埈), 3남이 환(坦), 4남이 '반공정신'인데 장남, 차남은 절손이고 가계가 3남에서 이어진다. 환은 인조반정 때 원두표와 함께 거사 날짜를 잡은 장본인이며, 백호공의 장남인 지(地)는 소시 때 정여립과 친교가 있어 후일 가축옥이 터지고 마침 이 때 백사 이항복이(환의 묘갈명은 백사가 썼음) 사헌부에 있었던 관계로 이를 덮었고, 지(地)는 영암으로 이주해 갔다.(이 대목은 더욱 고증이 필요한 듯)

　그때 백호공의 유품들이 전부 없어지지 않았나 추측된다. 또한 미수 허목이 백호공의 외손자(백호공의 3녀)로서 백호공의 묘갈명을 썼는데 지금까지 각을 못하고 있다. 이유인즉 그 묘갈명은 '법도지외(法道之外)'라는 문구가 있는데 이는 유교지치주의에 어긋난 때문이다. 이것만 보아도 그가 얼마나 기개가 큰 우국자유주의 사상가인가를 알 수 있다. 다행히 금년도에 기념관이 문화부 지원 등으로 서게 되고, 가을에는 백호집 3권이 서울에서 출간된다.

　필자가 이 대목에서 중요시하고 싶은 것은 장남 지(地)가 정여립 사건의 화가 우려되어 영암으로 이주했다는 사실이다. 이것이 참이라면 그때 유실되었음직한 유품들이 지금도 어느 구석에선가 잠자고 있을 가능성이 있기 때문이다. 이 무렵 호남 선비의 문벌형성은 사암의 문학에서 컸던 분들이 많은 데 비하면 백호공의 문벌은 처음부터 대곡(大谷) 성운(成運) 선생의 문하에 들어갔기 때문으로 호남을 강타한 동서붕당의 참화를 피해 갔으리라 믿어진다.

그는 13년 선배인 율곡이 찬탄했던 것처럼 한자루의 붓(1천여 수의 시문)과 거문고와 옥퉁소, 그리고 적토마를 탄 문무겸전의 행동하는 우국 천재 시인이었음을 알 수 있다.

서해 낙조

사람과 사람 사이에 섬이 있다더니 웬 그리움 투성이를 짊어진 채 그렇게들 많이 피멍든 가슴을 안고 살아가는지 모르겠다. 그 가슴들을 서울 바닥에서 열어놓고 살기란 결코 쉽지 않았을 것이다.

지하철을 타도 택시를 타도 버스를 타도 아니 아늑한 자가용을 타고 달려도 현기증 나는 속도감에 어질머리를 앓기란 매양 마찬가지일 터이다. 그런 의미에서 오랜만에 와 보는 바닷가의 하룻밤은 그 가슴들을 활짝 열어 놓기에 충분했다.

평소에도 나는 외로움 투성이로 편지를 쓰고 처절하리 만큼 바닷가의 노을 속을 걷다가 눈물이 맺힌 적이 한두 번이 아니지만 그들이 왔다가 썰물처럼 빠진 다음에는 내가 참 행복한 시대를 살고 있구나 싶다. 그들에겐 굵직굵직한 명함이 있고 무엇이든지 일류가 아니면 안되는 쿨적거린 병이 있지만 그런 병이 없는 나에게는 아예 명함조차 찍을 일이 없기 때문이다.

며칠 전 대거 여류 시인들이 이 바닷가에 몰려왔다.

해안도로를 달리다 보면 구불구불 고개고개마다 빨갛게 지는 저녁 해가 수평선에서 궁굴고 어느새 밤의 휘장 속엔 찬란한 별들이 왕눈 반딧불처럼 깔린다. 그 사이 늦게 오른 둥근 달이 채석강의 구비구비 고개턱 마루마다 물결 속에서 축구공처럼 뒹굴기도 한다. 그럴 때면 붉은 악마군단들처럼 별들의 함성이 잔물결 속에 부서지기도 한다. 불교에서 말하는 화엄의 경지가 따로 없고, 연화장(蓮花藏)의 세계가 따로 없다.

선발대로 온 S시인은 일행을 이끌고 먼저 수성당으로 나갔다. 마침 황혼 무렵이라서 저녁 해가 숯불처럼 사위고 있었다. 그 노을 속에서 고군산 열도가 피어오르는 게 마치 붉은 연꽃들 같다. 가까이 떠 보이는 위도와 형제섬, 어쩐지 그 이름이 좋지 않은 똥섬마저 금빛으로 화끈 달아올랐다.

"저게 똥섬이란 섬이에요."

"저게 어째 똥섬이에요? 순금 몇 톤 쯤은 되겠는데!"

내 설명을 부정하는 그녀의 얼굴도 순금 반쪽 덩어리는 될 것 같다. 눈물이 글썽글썽 맺혀 있는 게 아침 해바라기 꽃잎에서 흐르는 이슬방울 같다. 그러고 보니 곁에 서 있는 몇의 얼굴들도 그렇게 젖어 있다.

격포의 노을은 낙조대가 있고 직소폭포가 있는 내변산 월명암의 산꼭대기에서 절정을 이룬다. 나즉한 능선과 능선들의 붉은 띠를 흔들며 고군산 열도 쪽으로 종소리가 날아간다. 그리고 해는 서서히 물밑으로 가라앉는다. 그 사이 바닷물도 다 빠져나가고 질퍽한 서해의 뻘밭이 기어든다. 저녁 해가 한바탕 물창을 튀기고 가면 이렇게 서해의 뻘밭은 적막하다.

"이곳에 살면 나는 일 년 내내 편지만 쓰고 살 것 같애."

L시인의 울렁거리는 소리다.

"왜 송시인이 이곳에 와 사는지 이제야 알 것 같아요."

P시인의 말이다.

우리는 곰소항의 갈무리집을 향해 해안도로를 따라 달린다. 모항 고갯길을 넘고 작당마을을 지나 왕포장을 넘고 쌍고개를 넘어 내소 사 앞을 지난다. 여자의 사타구니처럼 저쪽 다리는 선운사요, 이쪽 다리는 변산반도 허리다. 그 양 가랭이 사이 갯물이 비워진 뻘밭은 질펀한데 후끈한 노을의 잔광이 아직도 가라앉지 않고 있다. 내소사 가 있는 능가산의 장엄한 바위들도 그 잔광 속에 아직 기침을 다 멎 지 않고 있다. 곰소항을 휘둘러 낡은 폐선들의 돛대 끝에 나부끼는 갈매기떼를 보고 갈무리집에 오니 그 사이 서울에서 본대(本隊) 20 여 명이 내려와 20리 겨울 벌판 같은 곰소만의 뻘밭을 내려다보고 섰다.

이 뻘밭은 언제 보아도 적막하다. 어둠 속에 잠길 때는 간장을 긁 어댈 만큼 이상한 냄새가 코를 친다. 어둠 속에 뻘밭이 잠기고 뻘밭 건너 선운산 질마재 고개턱이 깜빡거리고 나서야 먼 마을들의 불빛 이 살아난다.

"서울에는 왜 별들이 없나 했는데 이곳으로 다 와버렸군요!"

누군가 뻘밭 위의 하늘을 보고 지껄인다.

그제서야 밤늦은 저녁상에 둘러 앉는다.

"이 좋은 밤에 술 한잔이 없고, 노래가 없으면 시인의 모임이라 할 수 없지."

그리고 꽤나 취해 올랐는지 누군가 걸판진 노랫소리를 토한다. 때 로는 합창이 어우러지고 때로는 소프라노와 흘러간 노랫가락이 텅빈 뻘밭 위에 제멋대로 깔려 나간다. 드디어 나에게도 영락없는 그 번짓수가 지목된다. 노랫가락 대신 나는 시를 읊는다. 외로워질 때 면 텅빈 뻘밭에 오줌줄기를 갈기며 늘상 외우는 자작시다.

> 더러는 비워놓고 살 일이다.
> 하루에 한 번씩
> 저 뻘밭이 갯물을 비우듯이
> 더러는 그리워하며 살 일이다.
> 하루에 한 번씩
> 저 뻘밭이 밀물을 쳐보내듯이.
> 갈밭머리 해 어스름녘
> 마른 물꼬를 치려는지 돌아갈 줄 모르는
> 한 마리 해오라기처럼
> 먼 산 바래서서
> 아 우리들의 적막한 마음도
> 그리움으로 빛날 때까지는
> 또는 바삐바삐 서녘 하늘을 깨워가는
> 갈바람 소리에
> 우리 으스러지도록 온몸을 태우며
> 마지막 이 바닷가에서
> 캄캄하게 저물 일이다.

내 차례도 끝나고 술판은 제멋대로 얼크러진다.
텅빈 뻘밭을 향해 오줌줄기를 내갈기고 들어오는 시인도 있고, 저

건너 마을의 불빛을 향해 그리움을 토하는 여류시인들도, 캄캄한 뻘밭에 서 있는 모습들도 보인다. 밤 12시가 넘어서야 숙소인 격포 해수탕으로 가려고 했다. 그런데 좀처럼 좌석이 진정되지 않는다.

드디어 누군가 울음을 퍼지른다. 누군가 했더니 평소에 그렇게도 중심 잡기로 유명한 L시인이었다. 몇 명의 여류시인이 달려들어 진정시키려다 말고 그들도 따라 운다.

보다 못해 내가 달려들었다.

"선생님은 모를 거예요. 난 이곳에 오다가 대숲머리에 잠기는 저녁 해가 바다 속으로 기우는 걸 봤거든요!"

평소 감성이 예민한 A시인의 통곡하는 소리다.

"웬 그리움이 그렇게도 많고 무슨 놈의 한이 그렇게도 깊어!"

꽥꽥 고함을 쳐도 상머리의 울음은 그치지 않는다.

겨우겨우 진정시키고 격포 해수탕까지 와서 다시 잠자리를 정리한 채 채석강 모래밭으로 나갔다.

밤바다의 파도가 허옇게 부서지고 별들이 그 물결에 구슬 부서지는 소리를 내고 있다. 몇몇은 채신머리도 없이 점벙점벙 모래밭의 파도를 밟고 기어든다. 또 몇몇은 끌어내리려고 야단법석이다. 그야말로 늦가을 밤바다 파도 속을 지랄법석이다. 나는 하도 추워서 몰래 빠져 나와 따뜻한 내 방의 이부자리에 몸을 묻고 말았다.

아침 늦게서야 해수탕엘 올라갔다. 모두가 목욕탕에서 첨벙거린다. 간밤의 추태는 다 어디로 갔는지 뜨거운 욕탕물을 뒤집어 쓰느라 난리다.

늦게 해장국을 먹고 나온 일행들의 틈바구니에서 L시인이 살며시 내 팔목을 끌어잡고 핼쓱히 웃는다.

"술먹고 통곡한 것은 처음이에요!"

"그것도 괜찮아요. 사람이 완벽하면 쓰가니요?"

"다들 나를 보고 뭐라 했을까요?"

그녀는 은근히 걱정이 되는 모양이다.

"괜찮아요, 괜찮아. 서울 가면 올 틈도 없을 텐데 뭘!"

내가 다시 거들었다.

사실 그렇다. 지금 사람들은 울음을 잊어버렸다. 울음 속에는 가장 진실한 인간의 모습이 있다.

특히 여자가 울 땐 세 가지 품계가 있다. 여행 중의 여자, 취중의 여자, 밤중의 여자다. L시인은 어젯 밤에 이 세 가지 모습을 다 보여주었다.

"서해 낙조 때문이었어요."

쑥스럽게 내뱉는 L시인의 마지막 말이다.

한국의 솔밭

— 저 언덕의 늙은 솔바람소리

1

문화유산의 해(1997년)를 맞아 우리 마음을 가장 들뜨게 한 사건
이 둘 있었다.

첫째는, 일본 국보 제1호로 지정되어 있는 '반가사유상'이 조선
소나무를 깎아 만든 불상이란 학설이 제기된 점이다. 이는 아직 가
설일 뿐 구체적인 근거가 되는 자료는 없다. 알다시피 이 '반가사유
상'은 교토의 광륭사(廣隆寺) 영보전에 안치된 소나무로 만든 미륵
보살상이다. 이것이 우리 국보 제83호인 '금동미륵보살반가사유상'
과는 쌍둥이처럼 흡사하기 때문에 신라에서 제작되어 일본으로 건
너갔을 것이라는 추측이 많은 학자들에 의해 제기되었다. 이러한 믿
음은 양백지방(경북 북부와 강원지방)에서 자라는 금강소나무라는
데서 온 믿음이다.

특히, 경북 봉화를 위시한 북부지방에서 금동 및 석조 반가사유상
이 적지 않게 출토되었기 때문이다. 그러므로 황장목(黃腸木)이라
일컫는 금강송(金剛松)으로 제작된 '반가사유상' 역시 이 지방에서

많이 만들어졌을 것이란 주장에 근거하고 있다.

만일 이 사실이 입증만 될 수 있다면 야스퍼스가 일본을 여행하면서 이 '반가사유상' 앞에서 '이 이상의 깊이 있는 명상은 있을 수 없다'라고 극찬한 대로 일본의 자존심은 말이 아니게 된다. 서양의 명성을 대표해 온 미로의 비너스상이 깊이 있는 우리 명상법에는 이르지 못한 것이 사실이다. 또 로댕의 '생각하는 사람'만 해도 우리 국보인 '청동반가사유상'이나 일본 국보 제1호인 목불의 그 '반가사유상'의 부드러운 명상법에 이르지 못하는 것도 사실이다. 야스퍼스가 칭찬한 이유는 여기에 있다.

흔히 불가에서 화두로 쓰고 있는 '목불(木佛)은 바다를 건널 수 있지만 토불(土佛)은 바다를 건널 수 없다'는 비유나 또는 '목불은 불에 타지만, 흙불은 타지 않는다'는 그 말이 실감나게 가슴을 울리는 순간이다. 그러므로 반가목불상은 애시당초 조선 소나무인 금강송으로 깎였을 확률이 높다.

금강소나무! 꾸불퉁하지도 않고 용비늘을 뒤집어 쓴 채 선풍도골로 하늘을 찌를 듯한 그 위용, 그 기개가 늠름하기만 하다. 나는 산림학이나 생태학에 문외한이기 때문에 「우리나라의 숲과 새들」(1998년 소월시문학상 수상작품)을 쓸 무렵만 해도 금강소나무가 있었는지조차 몰랐고, 소나무도 참솔, 곰솔, 해송, 반송, 백송 등 명칭만 알아오다가 3년 전 학생연구원에 있을 때 동해 북부를 여행하면서 적송 군락지들을 보고서야 우리 소나무도 충분히 아름답다는 것을 느꼈다.

둘째는, 비색(翡色)을 띤 청자는 세계 시장의 도처에서 일찍이 명성을 떨쳤으나 백자항아리는 일본인들이 선호하던 것이 이제는 그

백색의 광휘를 세계 시장에서 인정받게 된 점이다. 뉴욕의 크리스타 사 경매장에서 1년 전 그 예상가를 훨씬 웃도는 100억원 대에 입찰 되었기 때문이다. 이것이 17세기 초 조선 백자 철용문 항아리였다. 불과 3백년 전 조선 도공이 빚은 도자기다. 이는 조선백자가 비로소 인정을 받게 되었다는 뜻이다.

청자와 백자가 쌍벽을 이루며 이렇듯 명성을 떨칠 수 있는 것도 기실이 땅에 대토와 솔숲이 있었기에 가능했다. 이로 미루어 본다면 우리 조상들이 솔숲을 얼마나 잘 관리하였던가를 알 수 있다.

오늘날에는 그 명맥이 끊어졌지만 17세기만 해도 100여 년 동안 지속된 보속(報續) 원칙의 현장을 '분원시장절수처(分院柴場折受 處)'에서 찾을 수 있기 때문이다. 분원이란 왕실에서 필요한 도자기 를 구워내기 위하여 사옹원에서 경기도 광주군에 설치한 관요를 이 름이다. 그러므로 '분원시장절수처'란 관요에 필요한 연료공급처를 말한다. 즉 광주군 내 6개면의 솔숲을 일반 백성이 전혀 사용할 수 없도록 '절수처'로 지정해서 도자기 생산에 필요한 땔감만으로 공 급한 것이다. 광주분원의 관요에 필요한 땔감은 장작 8,000거였다. 1거는 5~6태(駄), 1태는 장작 두 짐(약 100Kg)의 무게다. 백자 1,500개를 생산하는 단위의 가마는 약 50점, 연간 2천 가마에서 300만 개의 백자를 굽는 데 소요량이 8천 거였다. 이로 보면 1년에 약 5,000톤(10만 점)의 소나무 장작이 필요했다.

또 백자는 왜 소나무만으로 구웠을까 하는 의문에 대해서는 숯이 나 재가 남지 않을 뿐 아니라 백자 표면에 바른 유약을 매끄럽게 처 리해주는 효과가 있었기 때문이다. 이는 양질의 숯을 만들어내는 참 나무를 태우면 철분이 많아 불티가 많이 생기고 백자 표면에 붙어 산화되고 다시 철로 변해서 어롱을 남기기 때문이다.

『승정원 일기』인조 3년 8월 3일조에 따르면, 광주분원에 6~7개소의 '분원시장절수처'를 두고, 10년에 한 번 꼴로 장소를 옮겼다는 내용에서 확실히 드러난다.

이처럼 이 땅에 만일 소나무가 없었다면 청자와 백자도 출현하지 못했을 터이다. 소나무의 효용이 어디 청자와 백자에서뿐이랴. 이는 옹기나 막사발을 굽는 가마도 마찬가지이며, 밥을 짓는 아궁지 불깔도 마찬가다. 주택 용어에 '복룡간(伏龍肝)'이란 것이 있다. 부삭 앞을 사방 한 자 깊이로 파내고 황토흙을 채우는 것을 말한다. 그 위에 앉아서 아낙은 천연덕스럽게 두 다리를 벌리고 솔가리불을 지펴 밥을 짓고 국을 끓인다.

이때 황토 기운과 솔가리불이 만나 밑터진 고쟁이 속 자궁 속으로 스며들고 자궁은 튼튼한 막사발처럼 구워진다. 아들 딸 열을 낳고도 끄떡없는 것은 이 때문이다. 길에서 나면 길순이, 밭에서 나면 밭순이, 똥간에서 나면 똥순이다.

요즈음 황토방이 유행하는 것은 뒤늦게 이 원리를 낌새챘기 때문이다. 나는 벌써 몇 년 전 이 부분의 효능을 『남도의 맛과 멋』에서 밝힌 바 있다.

그 후 음식기행을 하면서 서해안 안면도에 가서 적송(赤松)을 보았고, 특별히 그것들을 따로 '안면송'이라 부른다는 것도 알았다. 그 안면도 적송밭의 아름다움을 찬탄하면서 그곳 관리인에게서 안면 적송 말고도 우리 소나무 중엔 희귀종이 있다는 걸 알았다.

"소나무 연구의 권위자 우에끼 교수는 일본에는 황금소나무가 있고, 한국에는 얼룩 황금소나무가 있는데 침엽의 아래만 푸르고 그 외에는 황금색이라고 했습니다. 또 잎의 황백색의 무늬가 규칙적으로 들어있어 뱀눈솔[蛇目松]이라고도 했습니다. 그 황금 사목송이 어디에 있는 줄 아십니까? 높이 3m, 가슴높이 줄기둘레 13cm 지하고 1m, 수관폭 25m인 황금 소나무가 마을의 서낭당나무로 되어 해마다 동제를 올리고 신령스럽게 보호해 오고 있는데 1995년도에 그만 죽었습니다."

"죽다니요?"

"원래 황금 사목송은 사람의 인기척을 싫어해서 그런 거죠. 오죽 했겠어요. 이 나무가 소문이 떠돌자 행락객이 몰려들어 접붙일 가지를 자르고 심지어는 증식시키면 떼돈을 벌 거라는 이상한 생각들을 한 거죠. 보호망은 커녕 가시철망 하나도 쳐지지 않은 상태였어요. 이 땅에 고려청자가 결단난 것처럼 황금사목송도 씨가 끊긴 게지요!"

이름만 들어도 내 몸에선 서늘한 기운이 감도는 듯하였다. 황금 솔잎 그리고 그 잎에 황백색의 규칙적인 무늬가 들어 있어 뱀눈솔이라 부르는 모양인데 드디어 산업화의 시대를 맞아 칼을 맞고 만 것이었으리라. 나는 어찌나 이 한토막의 전설 속에 사라진 황금 소나무가 그리웠던지, 일본에 있다는 황금 소나무를 보러 가겠다고까지 결심을 했다.

그리고 작년 5월, 이곳 변산반도에 정착하면서 변산의 역사를 탐구해 가던 중 변산 3재(적송, 난, 석청)에 주목하였고, 청년 이규보가 32세 때 이곳 남벌행사로 내려와서 운자꾼들을 독려했다는 사실도 알았다. 이 사실을 이규보가 대단히 부끄럽게 여겨, '나를 벌목꾼이라 부르는구나'라고 시를 읊었는데 그것이 「작목시(斫木詩)」다. 그리고 그 때 찍어넘겼던 변산 적송이 궁재(宮材)로 또는 선재(船材)로 사용되었다. 곰소만에 500여 척의 병선을 띄워 여·몽 연합군이 일본 정벌에 실패한 기록도 있다. 또한 내소사(來蘇寺)란 이름도 원래는 '솔래사'였고 그 속음이 '솔'에서 온 것도 알았다. 그리고 어딘가에 금표비석도 있다는 것을 듣고 있다.

「우리 나라의 숲과 새들」중의 그 숲은 당연히 소나무가 주종일 텐데도 사실 이 작품을 쓸 무렵만 해도 선조들에 대한 어떤 불신감도 있었던 듯하다. 쓸모 없는 목재, 고작 화목 정도라는 선입견 때문이었다. 물 부족, 땔감 부족으로 하여 어린 시절 산에 가서 나무했던 기억도 새롭다. 또 자유당 집권 시에는 밀가루 배급을 타려고 사방공사에 오죽이나 많이 동원되었던가? 그때 심었던 나무 대부분이 오리나무나 아카시아로 헛바람 도는 나무들이었다. 그리고 군사정부가 들어서면서 심기 시작했던 것이 유실수였고 그 주종이 뽕나무나 밤나무였다. 그 후로 단지가 조성되었는데 매화마을, 유자마을 등 주로 농민들의 자구책에 의한 사업들이었다.

지금도 나는 수입재의 원목을 쌓아 어디 호젓한 물가에 통나무집 한 채 짓는 것이 소원이다. 그런데 그 꿈이 금년에는 안면송이나 변산적송으로 바뀌었다. 그리고 정원에는 반송이나 백송 같은 희귀종의 소나무를 심겠다는 생각이다.

나는 프랑크푸르트에서 하이델베르그 구간의 구릉지에 널린 독일의 적송을 보고 찬탄을 금치 못하였던 적이 있었다. 문득 하이네의 시가 생각나기도 했다.

소나무는 쓸쓸히 서 있다.

북극의 차가운 산 위에

소나무는 잠자고 있다.

하얀 눈과 얼음에 덮여

소나무는 꿈꾼다 사자수를

먼 동방나라 그 사자수는

타는 듯 끓는 절벽에

말도 없이 쓸쓸히 슬퍼하고 있다.

「소나무는 쓸쓸히」라는 시 전문이지만 눈과 얼음 덮인 산과 타는 듯한 끓는 절벽의 동방나라를 낭만적인 풍경으로 그리고 있다.

2

초록에도 공황이 있고 공포가 있을까? 로마를 거쳐 무솔리니 고속도로를 타고 나폴리, 나폴리에서 다시 폼페이를 거쳐 소렌토까지 갔다. 그러니까 종일을 남부 이탈리아를 여행한 셈이다. 베르디의 가곡에 나오는 '롬바르디 평원에 찬란한 아침 태양이 뜬다'는 그 평원을 달린 셈이다. 양파밭과 귀리와 배추밭 등 끝없는 들판이 초록에 묻히어 마치 그 초록이 눈을 지치게 하고 피로하게 하여 사해를 건너는 듯하였다.

그것은 차라리 권태였고 죽음이었다. 그때 첫 번째 유럽여행을 하고 와서 쓴 시편들이 「로마와 솔방울」, 「아그라 마을에 가서」, 「정든 땅 언덕 위에」 등 세 편이었다. 이 시들은 1985년도 『아도(啞陶)』라는 이름의 시집으로 창작과비평사에서 나왔다.

그때의 여행 또한 결코 즐거운 것만은 아니었다. 왜냐면 나는 이 땅의 시인이고, 이 땅의 정신의 실체를 파며, 당대적인 삶을 사는 시인이기에 그렇다. 「로마와 솔방울」을 놓고 보더라도 나는 황토밭 잔등에서 떼굴떼굴 구르는 솔방울의 그 솔씨 하나의 눈으로 한반도를 내다보고, 세계를 내다보아야 했었기 때문이다.

나는 또 인도네시아의 수마트라 정글 속에서 스콜을 맞고 감기에 몸을 떤 적이 있다. 그때의 모습은 로마에서 스파게티를 너무 많이 먹고 커피를 마신 것이 배탈로 연결되는 증상과도 같았다. 나는 그때 숲 속 아그라 마을의 초입에서 배교도(背教徒)처럼 정신적인 거러지가 되어 부들부들 떨기까지 했다.

그 숲속을 겁 없이 뚫고 나가는 포장도로와 함께 뻗어나가는 칼덱스의 송유관 앞에서 흑색 공황에 시달려야 했기 때문이다. 그 직후 귀국해서 쓴 이 부분의 기행문을 어느 독자가 읽은 소감으로 '칼덱스의 문화' 란 표현은 잘못된 것이 아니냐고 점잖게 편지를 보내온 적도 있었으나, 지금도 이 흑색 공황을 떠올리면 이 구절은 추호도 고치고 싶지 않은 표현 그대로인 것이다.

그리고 그 검은 송유관을 따라가며 피어 있는 8월의 자귀나무꽃이 우리 산천과 별반 다름이 없었다. 그런데 숲 속에도 마을이 있었고, 마을에서 나온 원주민의 오토바이가 그 포장도로를 기분 좋게 질주하고 있었다. 자세히 보니 일본 혼다제였다. 뒷좌석에는 가랑이가 터진 아오자이 자락을 휘날리는 소녀 하나가 타고 있었다. 이 시원스런 감촉 때문에 청소년들은 오토바이 한 대를 갖기 위해 공사판으로 뛰어들어 배움을 포기한다는 것이다. 휘파람을 지르며, 괴성을 연발하는 그 속도감이 이들을 꼼짝없이 얽어 놓은 것이다.

나는 어디선가 이 모습을 미사여구로 표현한 기행문을 읽었는데, 현장에 가서 알아보니 이젠 기행문에도 문체반정이 이루어져야 한다는 생각까지 들었다. 그래서 기행문은 절대로 아름답지 않다는 고정관념 하나가 형성되었다. 그리고 그 검은 석유의 칼텍스 문화, 그 펄럭이는 아오자이 자락 속에서 기개 푸른 솔방울의 솔씨를 보았고, 그 내어지르는 괴성 속에서 늙은 솔바람 소리를 들었던 것이다.

성주 네 본이 어디메냐
제비원의 솔씨 받아
용문산에 던졌더니
그 솔이 점점 자라나
청장목 황장목이 되었구나.

거북 명당 일월 명당
새 명당에 터를 잡아
지경 돌아 동녘 기둥
청룡 한쌍 남녘 기둥
용의 머리 백룡 한쌍
북녘 기둥 거북 한쌍
앉힘자는 임좌 좌향
오방으로 문을 텄네.

이 구전민요에선 솔씨의 시원이 안동 제비원으로 되어 있다. 그리고 지경 돌아 좌청룡, 우백호, 북현무, 남주작의 순으로 기둥을 세워

나가는 터닭이 노래가 구성지기만 하다.

이 민요는 '오방정토로 문을 내고 땅을 다지고 선천성으로 삿갓 쓰니 집이 한 채 완성되었다. 장하도다. 이 집 주인 만세영락하리로 다'로 끝난다. '삿갓 쓰니' 하는 말로 보아 초가삼간쯤 되나 보다. 삿갓과 초가지붕은 그 흘러내림새가 영락없이 비슷하다. 산진수회(山盡水廻)의 명산 밑엔 기와·추녀가 좋고, 야산 구릉엔 초가삼간이 제격이다.

3

청장목, 황장목은 한국의 수종으로 대표되는 소나무다.

조선시대에는 왕족이 죽으면 몸통 속부분이 누런색을 띠고 있는 재질이 좋은 소나무를 관곽제로 사용하였다. 이런 소나무를 가리켜 황장목(黃腸木)이라 했다.

황장목을 쉽게 조달하기 위하여 벌목을 금했고, 이런 산을 황장금산 또는 황장봉산으로 지정하여 금표(禁標)나 봉표를 세웠다. 조선왕조는 강원도와 경상도, 전라도의 32읍 60여 처에 황장산을 지정하였다는 기록이 보인다. 최근에는 박봉우 교수에 의하여 6개의 금표가 보고되었는데, 첫째 영월군 수주면 두산리, 둘째 원주시 소초면 화곡리의 구룡사 입구(맨 처음 발견된 곳), 셋째 새재 마을, 넷째 인제군 북면 한계리 안산, 다섯째 영월군 수주면 법흥 1리의 새터 마을, 여섯째 장군터와 용소 부근이다.

이와 같은 금산제도를 실시함으로써 목재의 수급을 원활히 했고, 질 좋은 황장목 수림을 보호하였다. 이 덕을 톡톡히 본 것이 오늘날에도 건재한 광릉 수목원이다.

인구증가로 인해 후기에는 농지 개간과 화전이 성행됨에 따라 금산제도 대신에 '봉산'(封山) 산림체제를 숙종 때부터 도입하였다. 지금까지 알려진 봉산의 종류는 황장봉산(왕실의 관곽재), 율목봉산(신주목이 된 밤나무숲), 향탄봉산(향과 숯), 진목봉산(선박재의 참나무 숲), 삼산봉산(삼산을 생산하던 숲), 태봉산(임금과 왕후의 포의와 태) 등이 있으며 이런 곳에는 또 봉표를 자연석에 새겨두거나 했는데 이것이 봉산제도다.

최근에 박봉우 교수(강원대)와 전영우 교수(국민대)가 밝힌 것을 보면, 구례에 두 개의 봉산이 있다는 『만기요람』과 '대동여지도'의 표기를 추적, 피아골(직전리) 연곡사가 있는 율목봉산의 봉표를 찾아냈다고 한다. 자연석에 새겨진 명문은 모두 12자, '이상 진목봉계 이하 율목봉계(以上 眞木封界 以下 栗木封界)'가 그것이다. 그러니까 이 봉표가 서 있는 위쪽은 참나무수림이고 이하는 밤나무숲이란 뜻이다.

연곡사가 영조 21년(1745년) 무렵에 이미 율목봉산으로 지정되어, 위패를 만드는 신주목으로 쓰인 밤나무를 왕가에 봉납했다는 기록을 찾아, 그 봉표를 직전리에서 찾아낸 것이다.

『만기요람』은 1808년 서영보, 서한규 등이 왕명을 받고 쓴 책이다. 18세기 후반부터 19세기 초에 이르는 왕조의 재정과 군정에 관한 내용을 집약한 책이다. 6도의 282처에 봉산과 황장봉산이 지정되었으며, 구례군에 두 곳의 봉산이 있음을 밝히고 있다.

봉표와 금표가 특히 중요한 이유는 숲과 관련된 역사의 유적으로 방치되어 있다는 점에서 그 가치가 있다. 남아 16세가 되면 호패(號牌)를 찬다는 말처럼 황양목패, 청양목패, 대방목패, 소방목패 등 계급과 신분에 따른 호패의 재질도 이 봉산에서 공급하였다는 것,

그러니 우리의 숲은 숲 그 자체가 곧 삶의 터전이었던 셈이다.

그리고『정감록』이나『택리지』에 자주 등장하는 양백(兩百)은 숲이 울창한 태백과 소백산계를 이름이다. 백두대간에서 발한 산줄기가 남쪽으로 뻗어 그 기운이 평양에 들어 천 년 운을 열었고, 다음엔 송악으로 흘러 500년, 다시 금강산 줄기로 기운이 승하여 한양 500년을 잇고, 계룡산으로 들어 800년 운을 점친 것이『정감록』이다. 그리고 살 만한 땅, 열 군데에서 두 번째로 꼽은 것이 '춘양땅'이고 여기 소나무를 특별히 춘양목(春陽木)이라 불러 최고급 재목으로 쳤다.

낙동강 상류가 발원하는 봉화군 중에서도 오지로 쳤던 땅, 그곳에 무성했던 수림의 금강소나무 또는 강송(剛松)을 집산지의 이름을 붙여 춘양목이라 불렀다. 물론 금강소나무는 곧 황장목을 이름이다. 이 금강소나무가 바로 일본의 반가사유상이 되었다는 데에 시선이 모아지고 있다.

『택리지』는 이어 '외따로 떨어진 촌락이나 보잘것없는 부락에서도 글 읽는 소리가 담 너머로 들렸으며, 헤진 옷을 입고, 좁은 창을 내고 살지언정 그들은 두 도(道)와 성리학을 말하고 있다'고 17세기 당시의 사정을 전하고 있다.『택리지』가 아니더라도 이 고을엔 자그마치 159동이라는 정자가 있고, 춘양면에는 조선 말기 대원군이 편액을 내려준 만산고택이 있기도 하다.

만산이란 120년 전, 이 집 주인인 강용(도산서원장 역임)에게 내려준 당호다. 한 마디로 서원문화가 깊은 땅이며, 우리 땅에서 최초로 건립된 '소수서원'이 있는가 하면, 성리학의 조종 안향(安向)의 영정(국보 제111호)이 초상화로 걸려 있다. 그런 만큼 금강송의 창고이면서 인물의 창고이기도 한 곳이다. 또 『정감록』은 춘양땅을 지목하여 '화산 소라국 옛터인 춘양현에 있으며 봉화 동쪽 마을로 넘어 들어간다.(花山 召羅國 古基 在春陽縣 越入奉化 東村)'고 했다.

또한 고서(古書)에 이르되 무릉도원이 있다는 곳, 소라국의 옛터[古基]가 바로 황기마을 윗마을인 소라리이고, 소천리가 있으며 본소로리와 소소로리 등이 있다. 여기가 바로 태백산이 남쪽으로 내려가다 불쑥 일어선 잔등이다. 여기에 각화사가 있고, 임란 후 조선실록을 보관한 사고(史庫)가 있었던 곳이며, 홍제암에는 자고로 3재앙(가뭄, 홍수, 전쟁)이 들지 않는다 하여 길지로 친다.

도심(道心) 마을을 지나 서쪽 산고개를 넘으면 국내에서 나무로 지은 가장 오래된 부석사(浮石寺)의 무량수전이 있다. 부석사는 알려진 대로 10세기 초 의상대사가 건립했다니 벌써 천 년이다. 의상의 애인 선묘(善妙) 낭자가 돌을 붕붕 띄웠다는 부석사, 그 선묘각을 지나 무량수전의 배흘림 기둥에 서서 보면 양백(兩百)을 흘러온 크고 작은 산 능선들이 창해에 기러기떼처럼 떠간다.

하필이면 왜 이곳에 무량수전의 배흘림 기둥을 박았을까? 역학적으로도 가장 안정된 무게를 싣고 있는 배흘림 기둥이라니……. 혹시 금강송의 그 쪽쪽 곧은 몸체의 배부른 생김이 원래 그대로인 것을 그대로 세운 것은 아닐까? 김삿갓도 아마 이 배부른 기둥에 기대어 서서 만감이 교차하는 인생무상을 읊었을 듯. 저 멀리 아스라한 태백산맥과 소백산맥의 굽이치듯 넘실대는 능선들을 바라보고, 그 호방하고도 상쾌한 자연의 율동을 보면서 뒤늦게 이곳에 온 것을 이렇게 후회하고 있었는지도 모른다. 남사고도 말을 타고 지나가다 엎드려 몇 번이나 절을 했다는 땅, 이 거처가 바로 사색의 쉼터가 아니고 무엇이겠는가?

　현상계가 아니면 실상도 구경할 수 없다는 이 곡선(능선)의 상법(相法)에서 우리들 부드러운 미소가 나오지 않았을까? 혹은 반가사유상이 머금고 있는 그 그윽한 사색, 나는 지금 창해에 떠가는 저 능선들의 고요함을 깨우며 금강소나무의 솔바람에 묻혀 저 능선들 위에 또 한 편의 詩를 얹는다.

　　　버선코 같다든가
　　　기와집 추녀끝 같다든가
　　　풀어 흘린 치맛말 같다든가
　　　처갓집 안방에 들러 안 가는 데 없이
　　　대님 푸는 소리 같다든가
　　　난(蘭)을 치고 앉은 여인의 둥근 어깨 같다든가
　　　하여튼 우리 나라 산들의 능선은
　　　조금만 깊숙이 들어가 멩아리를 놓으면
　　　안 울리는 데 없이
　　　그렇게 항아리처럼 있는 것이다.

　　　마치, 그 영원이란 이승과 저승의
　　　물이라도 비워내듯이……

　　　　　　　　　　　　　　　　　─「능선」3 · 4연

4
버선코, 추녀끝, 치맛말, 대님, 둥근 어깨 등의 선 그 자체가 우리

문화예술의 감각이요 특징이다. 그 대표적인 선이 바로 다름 아닌 저 산들의 능선이다. 그 능선이 바로 항아리처럼 우리 숨결에 항시 닿고 있는 것이다. 그래서 벌초가 잘 된 무덤들마저 따뜻하게 보인다. 이 능선들 위에 철갑을 두른 듯이 소나무들이 또한 늘어서 있다. '백설이 만건곤할 제 독야청청'이라는 그 푸른 기개가 곧 우리들 정신의 면면으로 이어져 온다. 그 능선이 몇 개의 골짜기를 만들고, 그 골짜기의 맑은 물웅덩이마다 선녀탕, 옥녀탕 또는 용이 승천했다는 비룡폭포 등이 창창한 물소리를 내며 소나무숲을 가르며 간다.

서양에서 말하는 천사(天使)는 겨드랑이에 날개가 나지 않고는 승천할 수 없지만, 그 천사의 개념으로 쓰이고 있는 우리 선녀들은 날개 없이도 곧잘 수직으로 하늘에 오른다. 민화에 나타난 신선도(神仙圖)나 무위사의 수월관음, 또는 그 선녀들을 보라. 그들은 과학적인 논리가 아니라 직관의 세계로 우주를 오간다. 이것이 노자의 도덕경 81장 중에서도 가장 아름답게 쓰여진 곡신불사(谷神不死)의 현빈이란 여자다.

자연은 애를 써서 직선을 피해간다. 그 곡선을 해머나 망치로 두들겨 펴서 직선을 만드는 행위는 확실히 범죄자적인 행위다. 이 범죄행위의 심각성이 오늘 우리를 절망하게 한다. 이것에 대한 승리자는 최단거리를 가는 비행기라고 생텍쥐페리는 「야간비행」에서 쓴 적이 있지만 직선에는 여유와 멋이 없다. 곡선으로 갈 때 슬픔이 있고, 눈물이 보인다. 여유가 있고 추억이 보이며 머물고 싶은 휴식 공간이 있다. 그러나 직선에선 이런 것이 보이지 않는다. 눈부신 질주와 속도만 있고 분노만 보인다.

이젠 개발 논리에 닿아 있는 '국토 그 자체가 분노'란 말은 바로 이 말이다. 시골길은 곡선이지만 고속도로는 직선이다. 남부 유럽이나 미국의 동서 고속도로는 이의 대표적인 구간이다. 끝없는 지평선을 향한 눈부신 질주감·속도감이 한없이 사람을 피로하게 한다. 서양에서도 고전주의 예술이 직선을 고집할 때 중세 바로크양식은 이 곡선을 건축에 남용했다. 미셸 투르니에는 이 곡선을 생체, 특히 인간의 육체의 선이라고까지 말한다. 조각가는 육체의 곡선과 일치하려 노력했고, 건축가는 이성의 직선을 가지고 지붕을 지었다고 진단한다.

그런데 바로크 건축과 더불어 이 곡선이 건축물 속으로 밀려들기 시작했다고 말한다. 건축가가 조각가의 재원을 가져다 쓴 것, 그것들이 곧 궁전과 교회들을 조각하기 시작했다. 바로크 건축물들의 약간 미친 것 같은 매력은 그 생물학적 또는 생리학적이라 할 수 있을 만큼 살아 숨쉬는 모습에 이 곡선이 생동하고 있다는 것이다.

그는 슈바겐의 어떤 제단들은 보라색의 둥근 장식들로 인하여 마치 배를 갈라 속을 드러내 놓은 형국이라는 것이다. 점막과 근육들, 내장과 핏줄들이 배 속에서 쏟아져 나와 진동하고 꿈을 꾼다고 말한다. 그리고 거기에는 행복감이 있고 경쾌한 기쁨이 있고, 생명의 춤이 있으며, 성자 조각상들은 억누를 수 없는 기쁨에 휘말리고, 열광적인 환희에 들떠 있는 모습과 같다는 것이다.

신(神)의 영광에 닿기 위한 몸부림에서 바로크 건축 양식이 나온 것이라면 우리 한국인들의 그 열광은 저 굽이굽이, 겹겹이 포개어져 흘러가는 능선만으로도 족하지 않은가. 더 멀리 예를 들 것도 없이 내가 살고 있는 변산반도의 이 나직한 능선들에 서해의 노을이 물들면 연화장의 세계를 따로 들 것도 없이 그 열광이 끓어오른다.

이때쯤이야말로 바다에 떠 있는 고군산열도가 연꽃밭으로 물들고 외변산을 기어드는 노을이 내변산 골짜기의 능선들까지 깔려, 그 능선들은 즉흥적인 상모끈을 휘둘러 한바탕 질펀한 농악이 벌어지는 것이다. 이 허튼 춤사위나 가락 속에 결코 어떤 계산이나 논리가 닿을 수 있는 틈을 주지 않는 것도 사실이다.

나는 그래서 이것을 우리 삶의 즉흥성과 구강성으로 보는 것이다. 구강성은 음식의 맛을 말하지만 그것도 아기자기한 맛, 즉 허튼 춤사위의 기법에서 온 것, 더 나아가서는 우리 국토의 공간 배치와 결맞는 삶의 방식에서 온 것이라 본다.

그리고 또한 국토의 공간 배치가 그만큼 오밀조밀한 것이기에 고속도로는 실상 고속도로가 아니며 시골길과 같다. 구불구불 그 능선들에 웬 고개가 그리도 많은지, 그 고갯길마다 눈물이요 한이요 내가 이땅에서 지나온 삶은 다 그런 것 같다.

이 감각의 차이는 알프스에서 뜨는 달은 탱자만하지만 우리 고갯길에 실린 달은 정말 쟁반 같은 것이다. 올 여름 나는 파리를 여행하면서 겪은 정말 가슴 뜨거운 체험 하나를 잊지 못한다. 떼제베가 우리 국토의 산림공간(山林空間)에 맞지 않듯이(그래서 실패작이지만) 파리 외곽을 흘러가는 세느강도 하품이 나올 정도로 대평원을 적시고 가더라는 것이다. 그것은 곡선이기보다는 완만한 직선, 그래서 이 강 기슭에 늘어선 집들이 성냥갑 같아 볼품없더라는 것이다.

그런데도 유일하게 그 세느강을 굽어보는 언덕에 고(故) 이응로 화백의 화실(畵室) 한 채가 세느강을 짓누를 듯이 추녀끝을 쳐들고 있었다. 자세히 보니 두리기둥이며 상량목들, 하다 못해 창틀 하나까지도 그 재료들이 한국의 소나무였다.

파릇한 송진내가 아직도 가시지 않은 채 열린 두 추녀끝 사이로 세느강이 대평원을 누비며 유유히 흐르고 있었다. 먹물 글씨도 선연한 '고암' 화실 밑의 낮은 구릉지대에서 숲 사이로 빨간 벽돌집들이 볼품없이 햇빛을 퉁기고 있었다.

미망인인 박인경 여사에게 물었다. 한국의 건축양식을 여기까지 어떻게 해서 옮겨 왔느냐고, 일일이 목재들을 배에 실어 여기까지 옮겨 왔다는 것, 그리고 신영훈 목수가 여기까지 와서 지었다는 것이다. 나는 순간 일본의 국보 제1호인 목불 반가사유상도 이렇게 해서 바다를 건넌 것이 아니었던가를 곰곰이 생각해 보고 있었다. 한국의 낮은 능선들에서나 볼 수 있는 그 푸른 정자 한 채가 세느강 언덕에 있다는 건 확실히 정겨운 멋이었다. 덤벙기법으로 주초를 놓고 허튼 가락의 들어열창을 달았으니, 유리창 칸막이를 세워 세금을 매기는 프랑스 세무 당국을 어리둥절하게 한 집이기도 하다. 그들이 우리 예술 춤사위를 이해 못함은 지극히 당연한 일이란 생각이 들기도 했다.

한 켠의 들어열창 및 숲지대의 텃밭에선 양상치며 피망 그리고 한국의 시금치며 토마토가 의좋게 자라고 있었다. 그리고 어렸을 때 고향 텃밭에서 흔히 보았던 꽈리가 한여름 햇빛 속에서 강렬한 주황빛을 발산하며 익어가고 있었다.

그 빛깔은 고암산방의 재목인 안면도 적송과 같은 빛깔이었다. 나는 박인경 시인께 "저 꽈리를 심은 뜻을 알겠군요." 하려다 "서울엔 가고 싶지 않으세요?" 했다. "웬 것을요, 그 양반이 안 계시니까 목적없이 비행기를 탈 때가 있는 걸요." 했다. 대청마루에 서서 세느강을 굽어보고 있는 박인경 여사의 백발이 강 물빛에 더욱 희게 빛나는 듯했다. 어쩔 수 없이 그녀도 나도 우리 일행도 한국인임을 실감할 수 있었다.

아니, 그녀는 곧 세느강의 언덕에서 한평생을 늙었다 할지라도 어쩔 수 없이 한국의 황토 언덕빼기에 홀로 서 있는 늙은 소나무 같다고 생각했다. 그 백발 성성한 얼굴의 주름살 밑에서 안면도의 솔바람 소리가 들리고, 잘 익은 꽈리를 부는 듯한 그 음성 속에서 또 하나의 신(神)이 우리를 꼼짝 못하게 '고암' 화실의 대청마루에 세워 둠을 확인했다.

이때 세느강은 얼마나 볼품없이 흐르는 것인가. 그것은 곡선이 아니라 완만한 직선으로 한없이 게으르게 흐르고 있음을 알았다. 게으르다 보니 수량이 많고, 수량이 많다 보니 모래밭을 만드는 것이 아니라 습지를 만들며, 그 습지는 초원을 이룬다는 사실까지 확인할 수 있었다. 끊어질 듯 이어지는 한국의 강에서 보는 그런 곡선의 아기자기한 멋을 찾을 수 없었다.

그렇다. 일찍이 솔거가 그렸다는 황룡사의 노송도는 말할 것도 없고 소나무밭 산등성이의 골짜기를 흘러가는 유상곡수(流觴曲水)의 멋, 거기에 술잔을 띄웠던 것이 우리 삶의 가락이요, 풍류황권(風流黃券)의 멋이었을지도 모른다. 이것이 다름 아닌 곡즉전(曲卽全)의 멋이다. 이 곡즉전의 멋을 위하여 신라 말기의 고승 도선국사가 큰 인물이 태어날 것을 예언하면서 이천, 함흥, 서울, 강원도, 계룡산에 심은 반룡송 다섯 그루가 생각난다. 반룡송(蟠龍松)이란 하늘에 오르기 전 땅에 서리고 있는 용의 모습을 한 소나무를 말한다. 경기도 이천시 백사면 도점리 201의 1번지에 서 있는 소나무는 그 중의 하나다. 만룡송(萬龍松) 또는 만년송(萬年松)이라 부르는 이 소나무는 다섯 그루 중 현재 유일한 것으로 온통 용비늘을 뒤집어 쓰고 하늘

로 오를 듯 또아리를 틀며 꿈틀거리고 있다. 나머지 네 그루는 종적
이 없지만 천 년을 넘은 이 소나무들은 아직도 국토의 어느 공간에
숨쉬고 있을지도 모른다. 마을 앞 느티나무도 백 년을 넘으면 신목
(神木)으로 떠받들려지고 소나무도 천 년을 넘으면 이처럼 반룡송
이 되어 용이 된다. 이것이 민족의 순결에 서린 접화군생(接化群生)
의 풍류도다.

> 우리의 신(神)은 콩꽃 속에 숨어 있고
> 듬뿍 떠놓은 오동나무 잎사귀
> 들밥 속에 있고
> 냉수 사발 맑은 물 속에 숨어 있고
> 형벌처럼 타오르는 황토밭길 잔등에 있다
> 바랭이풀 지심을 매는 어머니 호미 끝에
> 쩌렁쩌렁 울리는 땅
> 얼마나 감격스럽고 눈물나는 것이냐
>
> 캄캄한 숲 너머
> 모닥불빛 젖어내리는 서북항로
> 아그라, 아그라 마을에 가서 비로소 생각키는
> 내 사는 조그만 마을
> 왔다메!
> 문둥아 내 문둥아 니 참말로 왔구마
> 그 말 듣기 좋아
> 그 말 너무 서러워

아 가만히 불러보는 어머니

솥단지 안에 내 밥그릇 국그릇

아직 식지 않고

처마끝 어둠 속에 등불을 고이시는 손

그 손끝에 나의 신(神)은 숨쉬고

허옇게 벗겨진 맨드라미

까치 대가리

장독대 위에 내리는 이슬

정화수 새로 짓고

나의 신(神)은 늙고 태어나고

새새끼처럼 조잘댄다.

　　　　　　　　　　　　— 졸시「아그라 마을에 가서」전문

　결국, 우리의 神은 우리의 神일 수밖에 없다. 그렇다. 일본의 보
물창고 정창원에 보존된 신라의 양탄자 50장이 물을 건너갔듯이 또
는 백제왕의 칠지도(七枝刀)가 그러했듯이, 또는 왕인(王仁)이 논어
와 천자문을 가지고 상대포에서 배를 타고 건너 일본 유학(儒學)의
조종이 되었듯이 '목불 반가사유상'도 한국에서 건너갔다는 학계의
보고가 나올 날도 멀지 않았음을 예감한다.
　다음은 1988년 제2회 소월시문학상으로 선정된 나의 작품「우리
나라의 숲과 새들」이란 작품이다.

　나는 사랑합니다 우리 나라의 숲을, 늪 속에 가라앉은 숲이 아니라

맑은 神韻이 도는 계곡의 숲을, 四季가 분명한 그 숲을
철새 가면 철새 오고 그보다 숲을 뭉개고 사는 그 텃새를
더 사랑합니다, 까치가 울면 반가운 손님이 오신다든가 뱁새가
작아도 알만 잘 낳는다든가 하는 그 숲에서 생겨난 숲의
요정의 말까지를 사랑합니다

나는 사랑합니다, 소쩍새가 소탱소탱 울면 흉년이 온다든가
솔짝솔짝 울면 솥 작다든가 하는 그 흉년과 풍년 사이
온도계의 눈금 같은 말까지를, 다 우리들의 타고난 운명을 극복
하는
말로다 사랑합니다, 술이 깬 아침은 맑은 국물에 동동 떠오르는
동치미에서 싹독싹독 도마질하는 아내의 흰 손이 보입니다, 그
흰 손이
우리 나라 무덤을 이루고, 동치미 국물 속에선 바야흐로 쑥독쑥독
쑥독새*가 우는 아침입니다

나는 사랑합니다, 햇솜 같은 구름도 이 봄날 아침 숲길에서
생겨나고, 가을이면 갈꽃처럼 쓸립니다, 그보다는 광릉 같은 데,
먼 숲길쯤 나가보면 하얗게 죽은 나무들을 목관악기처럼 두들기는
딱따구리 저 혼자 즐겁습니다

나는 사랑합니다, 텃새, 잡새, 들새, 산새 살아넘치는
우리 나라의 숲을, 그 숲을 베개삼아 찌르륵 울다 만 찌르레기새도
우리 설움 밥투정하는 막내딸년 선잠 속 딸꾹질로 떠오르고

밤새도록 물레를 감는 삐거덕, 삐거덕, 물레새 울음 구슬픈
우리 나라의 숲길을 더욱 사랑합니다.

*쑥독새: 표준어는 쏙독새임.

변산(邊山)과 숭산(崇山)
— 무종적의 삶

변산(邊山)은 내가 현재 살고 있는 산이며, 숭산(崇山)은 중국 문명의 발원지라고 할 수 있는 하남성(河南省) 평야 한가운데 우뚝 솟아 있는 산이다. 북쪽으로 황야를 베개삼아 뻗쳐 있고, 동으로는 전설적인 상고시대의 유적이 널린 정주와 송나라의 도읍지였던 개봉, 서로는 아홉 왕조의 도읍지였던 낙양(洛陽)과 항산(恒産)은 지호지간이다.

그러니까 중국인이 자랑하는 태산(泰山: 東岳), 화산(華山: 西岳), 형산(衡山: 南岳)과 함께 오악(五岳)에 드는 산이다 이 오악 중에서도 중악(中岳)으로 떠받들어지며, 중원(中原) 문화의 발상지가 곧 숭산(崇山)인 셈이다.

지금으로부터 천 오백 년 전, 인도 선종 28대 조사인 달마대사가 중국에 건너와 이곳 숭산에 소림사를 세우고 선종의 초대 조사가 되어 달마선(達摩禪)을 폈던 곳으로 그 이름이 우리에겐 더욱 친숙하게 알려졌다.

이처럼 숭산은 소림사와 함께 인도 불교가 중국의 도교와 융합하여 크게 번성한 곳이며, 도가적 요소와 습합하여 중국 불교를 정착한 고향이기도 하다. 인도 불교가 중국 불교로 전환하는 시기에 왕유(王維, 701~761)는 성당(盛唐)의 3대 시인 중의 한 사람으로 시선(詩仙) 이백(李白), 시성(詩聖) 두보(杜甫)와 함께 시불(詩佛)로 알려져 온다.

왕유는 이백과 같은 해에 태어나 일 년 먼저 61세로 사망했다. 그의 업적은 시(詩)에서뿐 아니라, 중국의 회화를 한 단계 끌어올려 동양화의 산수진경 중 남종화(南宗畵)의 경지를 연 최초의 화가이기도 하다. 이처럼 시로써 그림을 연결하였을 뿐아니라 마힐(摩詰)이라는 자(字)에 유(維)라는 이름을 얹어 유마힐(維摩詰) 보살을 스스로 추앙하였다.

다시 말하면 불교적 명상인 사색과 은일(隱逸)의 경지를 개척한 것이다. 그래서 그를 도연명과 함께 사색과 은일의 시인이라고도 한다. 이러한 그의 예술혼의 무대가 된 곳이 곧 숭산이며 따라서 숭산은 왕유의 첫 번째 예술의 고향이 된 것이다.

불교가 전파되기 전 숭산은 도교의 수련도장이기도 했다. 북위(北魏)의 구겸지가 도교를 민간에 전파시켰던 근거지이며 특히 왕유 당시 초연사(焦練士; 도력이 높은 선인)가 살았는데 이백도 그 이름을 흠모하여 숭산의 72봉우리와 골짜기를 헤매어 찾아다녔다는 아쉬움의 시(詩)를 남기고 있다. 육조시대(六朝時代)의 유명한 도사 갈홍(葛洪)에 의하면 신선이 되기 위한 도교의 수련 방법으로는 크게 세 가지가 있다.

첫째가 접이불루(接而不漏)라 해서 보정(補精) 즉 동녀(童女)와 교접하는 방중술(房中術), 둘째가 불로초를 구할 수 없으니 만들어

먹자는 연단술(鍊丹術), 셋째가 토납(吐納) 즉 행기(行氣)를 운용하는 단전(丹田) 호흡법이다. 단(丹)은 붉다는 뜻 외에도 생명의 기를 모으는 배꼽의 글자이며, 도가에선 수은과 유황을 화합한 광물질의 원료로 장생불사약을 만들려고 하였는데, 도교(道敎)에선 양약이란 뜻과 함께 약의 색깔이 붉은 색이었으므로 그렇게 부른 것이다. 이 것을 연단술(鍊丹術)이라 했다. 또한 남녀가 합방하면 난자와 정자가 결합하여 배꼽 밑에서 생명체가 탄생, 자양분을 받아 머리와 사지가 생긴다. 그러므로 생명의 근원은 하단전(下丹田)이 되어 인줄이 배꼽과 연결된다.

그러니까 첫째는 남녀의 섹스이며, 둘째는 선식(仙食)의 식이요법, 셋째는 호흡법인 조심(調心), 조식(調息), 조신(調身)의 수련 방법인 것이다. 방중술은 이른 바 방정(放精)을 삼가는 일이며 연단술은 우리 몸 안의 청기(淸氣)와 탁기(濁氣)를 구별하여 음식물로 보강하는 작용이다. 그래서 도교 신자들은 가물치나 자라 등을 금기식으로 하며 솔잎이나 댓잎 등 맑은 이슬을 따먹는다.

> 그윽한 대나무 숲에 홀로 앉아
> 거문고 뜯다가 또다시 장소(長嘯)를 터뜨리네
> 깊고 깊은 숲 속이니 그 누가 알겠는가
> 밝은 달이 찾아와 서로 함께 비춰보네
> (獨坐幽篁裏, 彈琴服長嘯, 深林人不知, 明月來相照)

왕유의 대표작으로 치는 「죽리관(竹里館)」이란 시다. 이 시에 나오는 장소(長嘯)는 바로 토납(吐納) 즉 단전 호흡법을 말하고 있는 듯하다. 왕유가 이 호흡법을 배우기 시작한 것은 도광선사(道光禪師)에게서부터이니 13세 즈음이 된다. 그러므로 그는 20대 후반부터는 숭산에 숨어 초연사라는 선인을 만나 어쩌면 이 호흡법을 배웠을 듯하다.

흔히 도가와 도교는 같은 뜻으로 해석하고 있는 사람들이 많으나 엄히 말하면 구별된다고 한다. 도가는 물이 흐르는 듯한 무위자연 또는 도법자연이지만 도교는 신선이 되기 위한 불로장생이 목적이다. 무위자연이란 아무 일도 하지 않는다는 뜻이 아니라 집착이 담긴 삶의 고리를 끊는다는 비워둠 즉 무소유의 삶이다.

반면에 도교의 불로장생은 무위가 아니라 신선이 되기 위한 강한 이기주의라는 점에서 구별된다고 한다. 그런 면에서 도가의 자연법이 훨씬 신선하다. 도는 장자에서 보듯이 똥 속에도 있고, 도연명이 읊었던 그 울타리 밑의 국화꽃 속에도 있다. 당처불(當處佛)처럼 그 어디에도 있는 것이 무소불위(無所不爲)의 도가정신이다. 이는 인도의 중 용수(龍樹)가 중국에 와서 창시한 천태종의 선(禪)과 유사한 점이 있다.

중년에는 도에 심취하여
늘그막에 남산 기슭에 터를 잡았다
흥이 나면 언제나 혼자서 찾아가고
좋은 경치 보면 혼자서 즐거워한다.

「종남별업」이라는 왕유의 시(詩)다. 그는 말년에 숭산 72봉을 떠나 종남산(終南山) 기슭의 망천(輞川)에 살았는데, 마을 사람들과 어울려 사는 도연명의 은일과는 또 차이가 있다. 그는 철저한 산수정신(山水情神)에 입지해 있기 때문이다. 그러므로 그의 산수시화는 이곳에서 이루어진 것이 많다.

중국의 산수화는 위진시대의 고개지(顧愷之)가 그린 여사잠도권(女史箴圖卷)이 처음이라 한다. 그 후 육조시대의 오도자(吳道子)에 의하여 발전하였으며, 성당시대에 이르러 소위 북종(北宗)과 남종(南宗)으로 구분되었다. 북종화의 창시자인 이사훈(李思訓)의 농염에 의한 준엄한 필법 속엔 강한 선발을 비쳐도 남화처럼 부드러운 선발은 없다. 이는 곧 시에서 보면 운치나 여백이 없다는 뜻이다. 이른바 몰골법과 구륵법의 차이성이다.

그러므로 사실성은 강하지만 함축과 선의 미를 탐색하는 백묘법(白描法)은 없는 셈이다. 그래서 왕유가 창안한 남종화를 문인화라고도 한다.

> 떠들썩한 대나무 숲, 빨래 나간 여인네들 돌아오고
> 연꽃잎이 소란스러운 사이를 고기잡이 배 지나간다.
> 봄꽃이여, 질 테면 지거라
> 나는 이곳에 울며 지내리라.
> (竹喧歸浣女, 蓮動不漁舟, 隨意春芳歇, 王孫自可留)

「산기슭 가을 저녁」이란 시다. 여기엔 적막한 산수정신이 아니라 질펀한 삶의 체취가 넘쳐 흐른다. 빨래소리, 고기잡이 배들의 질펀한 냄새 그대로다. 이른바 이백과 두보를 비교할 때 흔히 휴머니즘이나 리얼리즘의 강점을 가진 것이 두보의 시라고 본다면, 왕유의 이 시는 두보 쪽에 훨씬 가깝고, 도연명의 선적 경지에 더 가까워 있음을 확인할 수 있다. 그는 어쩔 수 없이 말년에는 신선 되기를 포기한 것일까? 숭산의 소실봉에 가린 안개와 구름의 적막을 넘어 세사적인 종남산의 저녁 풍경이 한결 따사롭다.

나는 시를 쓰면서 항상 생각나는 말이 있는데 그것은 고오귀속(高悟歸俗)이란 하이쿠의 정신이다. 즉 높이 깨달아서 신선이 되는 게 아니라 인간으로 돌아와야 한다는 원칙이 있다. 그래서 시에는 질탕한 울음도 웃음도 있어야 한다. 이는 곧 산중 선시(禪詩)들이 범하기 쉬운 오류이기도 하다.

도를 들어 삶의 이치를 깨닫는 일이나 시로써 도를 깨닫는 삶의 이치는 매한가지다. 이는 둘다 격물치지(格物致知) 외의 다름이 아니다.

내가 흠모하는 왕유의 삶 전체를 포함하여 그의 시, 특히 「종남산 별업」을 사랑함도 이 때문이다. 평생 도를 좋아하며 젊어선 숭산에 놀고, 늙어선 종남산에 놀았던 왕유! 그 왕유를 두고 볼 때 이 세상 어디 따로 구품연화대(九品蓮花台)란 없는 것 같다. 「노자」에 보면 도란 미치지 않는 곳이 없다고 했다. 또 수유사덕(水有四德)에 비유되기도 하고 최고의 선(善)은 흐르는 물과 같다(上善若水)고 했다.

'도는 꼴(形)이 없으므로 보아도 보이지 않는다. 도는 소리가 없으므로 들어도 들리지 않는다. 도는 모습(象)이 없으므로 만져보아도 만져지지 않는다. 그렇다고 해서 보이지 않는 도와 만져지지 않는 도가 각각 따로 있는 것이 아니다. 이 세 가지를 나누어 가지고 말할 수 없으므로 보이지 않는 도와 들리지 않는 도와 만져지지 않는 도를 한데 합쳐서 '하나'의 도라고 하는 것이다.'

이는 도의 현묘한 성질을 논한 대목이지만『장자와 무위자연 사상』에서 김달진 시인은 다음과 같이 예시해 보이기도 한다.

　'노·장을 도가라고 한 도의 정체는 바로 허, 무, 무명, 무시이면
서 그 존재적 성격은 무위자연이다. 이것이 바로 유가의 천명(天
命), 천제(天帝), 천생만물(天生萬物)의 '天' 사상과 그 본질을 달
리한다. 유가에서 말한 도는 인사(人事) 당연의 도리이며, 일상 실
천의 길이다. 그런데 노장의 도는 천지 이전의 형이상학적 우주의
본체로서 무위자연의 대원칙을 지킴이다.'

　유가와 도가의 구분이 실천적 윤리규범에 있음을 설명하고 있음
을 본다. 무위자연의 대원칙, 이는 있고 없음의 상대적 개념인 유무
를 초월한 본무(本無)사상과 같은 것이 아닐까?
　왕유가 살았던 서안(西安)의 동북부 산악지대엔 옛날부터 영양
(羚羊)이 많았다고 한다. 전등록 천칠백 공안 중에는 이 영양괘각
(羚羊掛角)이란 화두 하나가 끼어 있다고 한다. 왕유가 살았던 성당
시대 널리 퍼졌던 화두이기도 하다. 이 화두가 정착된 것은 운거도
응(雲居道膺) 화상 때다.

　학인: 영양이 뿔을 나무가지에 걸 때는 어떻습니까?
　운거: 6×6은 36이니라.
　학인: 뿔을 걸고 난 뒤에는 어떠합니까?
　운거: 6×6은 36이니라.
　학인: (정중히 3배 절을 올렸다.)

운거: 알겠는가.

학인: 모르겠습니다.

운거: 모르는 게 바로 무종적(無踪跡)이니라.

학인은 이 '모르는 게' 바로 '무종적'이라는 법거량을 짊어지고
이번에는 조주 스님을 찾아갔다. 달마면벽 9년의 그 달마선(達摩禪
＝口頭禪)에 이어 무(無)자 공안으로 유명한 조주는 바로 운거화상
과는 호형호제하는 사이였다.

학인: 남자 문안입니다.

조주: 그래, 운거 화상은 무엇을 가르치던가.

학인: 영양 한 마리 나뭇가지에 뿔을 걸고 잔다고 했습니다.

조주: 운거 사형이 아직은 괜찮구나.

학인: 영양이 뿔 걸 때는 어떠합니까?

조주: 9×9는 81이니라.

학인: 뿔을 걸고 난 뒤에는 어떻습니까?

조주: 9×9는 81이니라.

알다시피 영양이란 나무에 뿔을 걸고 자는 습성이 있다. 그래서
사냥꾼도 사냥개도 그 흔적은커녕 냄새조차 맡을 수 없다고 한다.
무종적이란 바로 이와 같아 있기는 있는데, 그 있는 것을 초월한다
는 본무사상을 말할 때 삼는 화두다. 6×6은 36이나 9×9는 81이란
해법은 과정은 있으나 결과가 없다는 뜻이다. 그러니 무공덕(無功
德)이라는 뜻이다.

이는 달마에게 양무제가 많은 사찰을 짓고 불교를 융성케 했으니 천하의 공덕이 되지 않겠느냐고 내세우는 데서 유래한다. 달마는 한마디로 '무공덕'이라 대답했다. 6×6은 36에서 6은 6을 곱하고 나면 36이라는 결과만 남고 두 숫자는 종적이 없다. 영양이 사냥꾼이나 개에게 추적을 당해도 발자국만 남기고 본체는 없어진다. 개인을 초월한 무종적 세계에 들고 나면 죽고 사는 일은 하등의 문제가 되지 않는다. 따라서 '영양괘각'은 일체의 자취를 남기지 않는 무위자연의 도법을 따르는 삶을 설명하고 있다. 무소불위의 도(道)란 그런 것이다. 이는 곧 사자굴신 삼매(獅子掘伸 三昧)와 같은 입신의 경지다. 사자의 먹이를 쫓는 몸굽힘은 바로 그런 삼매에서 이루어진다. 눈 위를 열심히 걸어간 기러기가 자기 발자국이 남아 있으리라고 뒤를 돌아본다. 그러나 이미 눈은 녹고 발자국은 없다.(雲泥鴻爪)

은일의 삶이야말로 무종적(無踪跡)이다. 자연의 순리에 따르는 삶, 이보다도 더 아름다운 삶은 없다. 이것이 또한 자유자재한 삶을 실천하는 길이다. 대도(大道)는 무문(無門)이라 했던가. 흔히 불가에선 팔만 법문이 다 쓰러지면 손바닥에 남는 것은 마음 심(心)자 하나라고 가르친다. 일체의 인연과 억겁을 짓는 일이 오직 이 한 글자밖에 없다는 뜻이다. 진(晉)의 육신보살 중의 한 분인 유수원(柳守元)이 쓴 도문경에는 심(心)자 하나를 써 놓고 다음과 같이 설명했다.

心

세 점머리가 별과 같이 떠서 신묘하다.
갈쿠리를 들어 자빠진 달을 걷어잡아 올리니 둥근 달이다.

사람들이 다 이 현광에서 규(竅)를 깨친다면
대지 산하가 다하여 금선(金仙)이 되리라.

이 그림을 가만히 들여다보고 있으니 청수동자나 선녀들이 수반 위에 가지고 노는 천도(복숭아) 같아서 세상이 환하고, 구품연화대 (九品蓮花台)가 절로 떠오르는 듯하다. 해인삼매(海印三昧)란 아마 이런 경지일 것이다. 왕유가 평생 도를 좋아하며 그림을 그리고 시를 썼다 함은 아마 이런 선적(仙的) 공간을 누비고 갔음을 뜻한다.

이 고서를 인용하여 우리의 어떤 신흥종교에선 금선(金仙), 천선 (天仙), 신선(神仙)을 합해 모두 21만 명의 선불(仙佛)이 도회처에 계신다고 써 놓았다.

대개 계룡산계의 신흥종교가 아닌 모악산계의 신흥종교들에서 보면, 불교의 극락권, 유교의 수정천(水精天), 예수와 마호멧의 미라 천(彌羅天)을 위시한 대라천(大羅天)까지가 후세에 전하면서 도가 서(道家書)에서 암시받은 흔적들이 역력하다.

소태산의 로고요 일원상(一圓相)인 하얀 링(ring)이 지금도 백수 면 길룡리의 옥녀봉에 걸려 있다. 바로 이 금선(金仙)의 손가락지 다. 이는 아마 내가 살고 있는 남도의 대표적인 산수정신의 표본이 될 것이다. 그러므로 그 금녀(옥녀)의 부채바람이야말로 가장 부드 러운 남도의 선바람일 수도 있다. 또 증산의 천지공사 4:93절에는 이런 구절이 있다.

'…… 회문산에 24혈이 있고, 부안군 변산에 24혈이 있으니 이는
회문산 혈수(穴數)의 상대로 해변의 해왕(海王)의 도수(度數)에 응

하느니라. 이는 각기 사람의 몸에 24퇴를 응하여 큰 기운을 간직하였으니, 이제 회문산은 산군(山君), 변산은 해왕도의 도수로 정하여 천지공사에 이 기운을 쓰노라.'

이처럼 소태산이나 증산이야말로 남도의 산수정신을 귀신과 같이 읽고 간 천재들임에 틀림없다. 회문산 모악산은 후천 세계의 부모산으로 온 지구의 산의 기력을 통일해 놓았다는 것이다.

다시 더 첨언해서 수운(水雲)의 글에 '산하대운(山河大運)이 후천 대도에는 모두 통일되어진다'라고 했고 궁을가(弓乙歌: 용호대사의 비결가사)에 '4명당이 갱생하니 승평시대 머지 않았다고 하였다. 4명당을 들어 오선위기(五仙圍碁)로 시비를 끌며, 호승예불(護僧禮佛)로 판을 짜며, 군신봉조(君臣奉朝)로 인금(人金)을 내며, 선녀직금(仙女織綿)으로 비단을 짜니, 이로써 밑자리를 정하여 산하 대운을 돌려받게 하리라.' 했는데 이는 개벽과 선경 5:7절에도 나와 있다. 그 4대 명당이 바로 다름 아닌 우리 안땅인 순창 회문산(오선위기)이요, 무안 승달산(호승예불)이요, 장성 손룡(巽龍: 선녀직금)이요, 태인의 배례밭(拜禮田: 군신봉조)이다.

증산은 천지도수를 그어 놓고 숨을 거두면서 '나를 보고 싶으면 금산사 미륵전의 장육존상 배꼽 밑을 들여다보라'고 했다. 자기는 거기에 들어 영원히 숨쉬고 있겠다는 것이었다. 그러므로 증산의 로고야말로 둥근 배꼽 밑이 될지 모르겠다.

남도의 산수정신을 그림으로 표현하자면 소태산의 것은 (○: 금가락지)이요, 증산의 것은 (●: 배꼽)이 될 것이다. 이처럼 심(心)자 하나를 잘 굴려 수반 위에 옥구슬을 굴리다 간 선객(仙客)들의 상징기호야말로 중생을 먹여 기르는 그릇이 된다. 그러므로 큰 상징은 종교에 있고 작은 상징은 시의 언어 속에 있다.

그늘을 갖지 못한 삶, 그늘을 치지 못한 시, 그늘을 갖지 못한 사람은 푸석거리는 먼지와 같다. 박새가 나무 그늘 속에 집을 짓듯 그들은 우리 산수정신에 심(心)자만이 아니라 몸을 부리고 간 사람들이다. 이들은 곧 동방선좌(조선의 신선교)들로 정북창, 서경덕 등을 들 수 있는데 특히 북창 정엽은 용호비결을 남기고 있어 불교의 금강좌(金剛坐)와 비슷함을 알 수 있다. 『토정비결』을 쓴 토정 이지함은 선조 때 영의정을 지낸 이산해(李山海)의 부친인데 용모와 학식이 뛰어나 백의재상(白衣宰相)이라 불렸으며, 모처럼의 벼슬도 버리고 무릉도원이라 부르는 단양(丹陽) 땅에 내려와 단을 수련, 남한강 양쪽 절벽에다 칡넝쿨로 짠 밧줄을 걸고, 학 모양의 탈 것을 만들고 나들이 때는 푸른 소[靑牛]를 탔으므로 신선같이 보였다. 오늘날 단양이란 뜻은 도교경전인 삼도서의 '연단조양(鍊丹調陽)'이라는 글구에서 따왔다고 전한다. 이들은 모두 동방선파(東方仙派)로 자처한 인물들이다. 또한 증산, 소태산, 강대성(갱정유도, 청학동)도 이 선파의 한 맥에 들 수 있는 후대의 인물들이다. 배꼽, 일원상, 삼선궁(三仙宮), 또는 선단궁(仙壇宮) 등은 이 선파의 상징기호에 다름이 아니다.

이들이 곧 선인(仙人)들인데 산(山)에서 도를 깨친 화조월석(花朝月夕)의 인물들임은 물론이다. 고운 최치원이나 도선국사, 수운 최제우 등이 산수정신을 체험한 대표적 인물들이다. 또한 정북창의 '용호비결'만 검토해 보아도 '단(丹)은 덕이 천지와 같고, 이치가 복잡해서 초보자는 쉽지 않다'고 기록되어 있다.

왕유가 살다간 숭산(崇山) 72봉우리와 종남산(終南山)만이 결코 산수 정신이 빛나고 있는 땅은 아니다. 지금 내가 살고 있는 변산 (邊山)만 해도 증산의 주석대로라면, 화문산의 혈수 맞상대로 해왕 (海王)의 천지도수에 부름받은 산이다. 정감의 비결대로 십승지(十 勝地)인 봉래구곡(蓬萊九曲)이 이 안에 있고 곧은 소리로 떨어지는 직소폭포(直沼瀑布)가 이 안에 있다.

소태산의 원불교 제2성지가 이 안에 있으며 사승에 기록된 대로 '낙산일출(落山日出) 월명낙조(月明落照)'란 말처럼 월명암(月明 庵)의 저녁놀이 비끼는 낙조대(落照台)가 바로 이 곳이다. 또한 득 월대가 있어 달을 보고, 일출도 있는 곳이 월명암이다. 그러므로 어 느 가을 보름밤을 월명암에서 보내면 해와 달을 얻고 장엄한 서해 일몰을 볼 수 있다.

변산에서 가장 컸던 실상사는 6·25 때 불타고 없지만 지금도 백 제 마지막 싸움터였던 주류산성 안에 개암사가 있고 곰소향의 곰소 만에 내소사가 있다.

나는 시집 어느 갈피 속에다 '서해 뻘밭에 와서 지는 낙조를 보고 울지 않는 시인은 이 땅의 시인이 아니다'라고 쓰기까지 했다. 그런 데 명퇴를 하고 제주도까지 흘러 갔다가 정말 이곳으로 오고 말았 다. 낙조에 물들어 가는 능가(변산의 딴이름)의 봉우리들을 보면 구 품연화대(九品蓮花台)가 절로 떠오르고 그 노을 속에 진창으로 드 러나는 뻘밭 너머 소군산열도, 위도, 비안도들을 보면 연화장(蓮花 藏)의 세계가 따로 없음을 안다.

달마선의 고향이요 왕유 시화의 고향인 그 중원에 있다는 숭산 72봉우리는 본 적이 없어 그 감회를 적을 수는 없으나, 이 진경산수보다 더 나을 것이라고는 생각되지 않는다. 임자 없는 명월(明月)이요, 값없는 청풍(淸風)이란 옛시조처럼 비록 한 칸의 누옥에 몸담고 살지라도 이곳이 또한 극락천이 아니겠는가.

비록 왕유의 시를 흠모하고 성당시대에 유행했던 무종적인 삶을 흉내낼지라도 그것이 죄가 되고 허물이 되는 일은 없을 터이다. 왕유가 유마거사를 그리워하고 그 이름까지도 로고로 내걸고 살았지만, 왕유는 왕유고 유마는 유마다. 오직 心자 하나에 따라 이 삶은 무겁기도 하고 가볍기도 하는 평상심(平常心)을 잘 관리하는 능력만 있다면 형체도 소리도 없는 도(道) 또한 절로 이 속에 깃들지 않겠는가.

그러나 평상심이 말같이 어찌 그리 쉬운 일인가. 평상심이라면 일제 강점기의 그 험난한 시대를 붙들고 살았던 한암(漢岩) 대종사가 생각난다. 오대산 상원사에 27년간이나 죽치고 앉아 문밖이라곤 나와 본 적이 없는 그분은 그러면서도 수덕산 덕숭문중의 만공, 영취산의 경봉과 함께 민족암흑기를 이끌었던 선지식인들이었다. 종남산에서 왕유의 죽음은 어떠했는지 모르지만 박한암의 죽음에 대한 기록은 참으로 감명된 바가 크다.

1951년 아침, 보리죽 한 사발과 차 한 잔을 얻어 마시고 '오늘이 보름 열나흘이지.' 하고 말한 후 '어째 보름달이 밝으면 떠나기가 부끄럽겠다.' 하고 법상에 기대 앉은 채 열반에 들었다. 세수 76세이니 왕유보다는 15년이나 더 섭생을 잘했다. '천고에 자취를 감추는 학이 될지언정 삼춘(三春)에 말 잘하는 앵무새는 되지 않겠다.'며 평상심을 잘 실천하다 갔다.

누가 도란 무엇이냐고 물으면 그는 곧잘 평상심이 곧 부처란 뜻의

'평상심시도(平常心是道)'란 화두를 던지곤 했다. 참지혜를 깨달으면 도마저 그림자를 감춘다는 장자의 식영론(息影論)을 들먹일 것도 없이, 이보다 더 좋은 삶은 없을 터이다.

이렇듯 선지식들의 좋은 삶이 있었으므로 나 비록 여기 변산 노을에 기대어 살지라도, 왕유의 그림자를 좇다가 뿔을 걸고 자는 영양 한 마리를 좇는 일이 행복하다.

그러니 어리석은 자여, 무엇무엇이 없다고 불평하지 말고 없는 가운데 무엇을 베풀 것인가를 먼저 생각하고 평상심을 붙드는 능력의 관리자가 되어라. 왔다왔다 해도 그 자리고, 갔다갔다 해도 그 자리가 아니겠는가.

나는 나에게 오늘도 속삭이는 이 관리자가 되기 위하여 왕유를 그리워하며 언젠가는 중국의 5악을 돌아볼 계획이다.

서해를 건너 숭산의 72봉우리를 보고 안개 속에 묻힌 소실봉을 돌아 서안(西安)의 종남산 기슭 왕유가 말년에 살았던 그 망천(輞川)의 맑은 물까지 가보리라

아마 그때쯤은 왕유의 빛났던 산수정신의 실체도 보다 명확히 파악할 수 있으리라 믿는다. 다음은 풍류황권(風流黃券)이란 네 글자를 죽도록 그리워하며 쓴 「직소폭포·2」라는 나의 시다.

　　흐린 세상 곧은 소리 묻힐까 싶어
　　밤에도 직립으로 서서 떨어지는 폭포
　　아니, 한밤중에도 우렛소리로 퍼붓는 폭포
　　아직도 이 폭포 밑에선 물비늘을 뒤집어 쓴
　　반딧불 저희들끼리 숨어 사는 동네가 있나 보다.

맞은 편 절벽 밑 풀숲을 높게 낮게 선회하며
현호색 밝은 선을 긋는 개똥벌레들
개똥벌레야 개똥벌레야 자지 마라
이 곧은 소리 속에 묻혀 더 싱싱해진 네 몸의 빛
내 또한 이 물범벅 속에 묻혀 온 삭신이 절이는 밤

그래, 잠들지 마라
그래, 그래, 우리 잠들지 말자꾸나.

4부

노스트라다무스의 4행시와 토정비결

45도에서 하늘은 불타오른다

불은 새로운 대도시에 접근하며

순식간에 흩뿌려진 거대한 불길이 솟는다

그들이 노르만 인에 대한 증거를 보일 때

위의 시는 인류사상 뛰어난 예언가인 '노스트라다무스'가 예언한 체르노빌 원자력 발전소 폭발사건을 예언한 4행시이다.

그의 예언서에 따르면 지구의 종말은 1999년 일곱 번째 별자리인 천평좌에서 공포의 대왕이 나타날 것이다라고 했다. 체르노빌 폭발은 30m 되는 불길, 700m나 뿜어져 올라온 검은 연기, 그야말로 하늘이 불타오르는 것이다. 이런 놀라운 4행시들은 400년 전에 첫 출간되었고, 그 후 노스트라다무스의 능력은 수많은 사람들에게 경탄과 호기심을 안겨주었다.

그의 예언이 이처럼 4행시로 남아 있는 것은 16세기에 만연했던 마녀 사냥을 모면하기 위해서 예언의 내용을 암호처럼 4행시에 담았기 때문이라고도 한다. 어떻게 해석을 하든지 지금까지 말해온 히틀러의 등장과 2차 세계대전, 후지산의 대폭발, 나폴레옹의 등장, 식량과 기아 위기 등 많은 예언이 인정되어 왔기에 그의 4행시는 온통 신비에 싸여 있는 셈이다. 그의 예언서가 아니더라도 3차대전, 환경오염과 생태파괴, 행성과의 충돌, 핵폭탄으로 인한 지구의 멸망은 아직도 유보상태다.

그렇다면 노스트라다무스는 왜 이런 예언을 한 것일까? 그는 인간의 기술문명이 결국은 인간을 죽일 것이라는 결론을 이미 4백 년 전에 얻어놓고 있었던 것이 틀림없다. 그는 단순히 후세 사람들이 기술문명의 폐해에 물들지 않기를 경고하고 싶었던 것이다. 다시 말하면 기술문명에 대한 반성을 촉구하고 인류가 영원히 사는 한 방법으로 종말론을 이용했는지도 모른다.

그들이 '인간은 만물의 영장이다' 라는 영통주의로 이성을 부르짖었을 때 동양의 『주역』에서부터 비롯한 순응사관이나 공자의 천명사상이나 중용의 도 또는 노자나 장자의 무위자연과 도법자연에서는 결코 기술문명을 우위에 두지 않았다. 선불교의 명상법, 애니미즘의 한국 토속신앙에 이르기까지 삶의 질과 공간 확보에서도 여유와 멋을 추구하였으며, 우주의 시간표를 읽는 방법에 있어서도 행복한 낙관주의적 예언들이 오히려 살림정신을 도출하고 있었다. 이 시간표에 역행하는 일체의 혁명적 사고는 춘추팔법에 위배되었으며 참언이나 괴력난신으로 매도되었다. 이것이 '정명의 미학' 으로 한 시대와 한 시대를 관통하는 정신으로 분출되었다. 때문에 이 땅의 예언서라 할 수 있는 『토정비결』만 해도 그것은 낙관주의 입장에서만 해석이 가능하다.

111. 동풍에 얼음이 녹으니 마른 고목에 꽃이 핀다.

112. 두둥실 보름달이 좋으나 세월에 닳고 나면 손톱 같다.

113. 버들가지에 앉아 우는 저 꾀꼬리 털끝마다 황빛이다.

이처럼 인간을 우위에 두지 않고 만물의 중용, 또는 상생원리에 두는 정신이야말로 종말론에 앞서서 다시 한번 거론해야 할 문제이다. 이것을 단지 노스트라다무스의 4행시에 비해 행복한 낙관주의라고는 할 수 없어도 저 끝없는 우주를 향해 달리는 시간표의 초침 하나쯤은 역회전시킬 수 있는 멋과 여유의 공간을 창출할 수 있는 힘이 되기 때문이다.

이것이 곧 종말론에 앞선 구원의식이다. 위의 『토정비결』대로 봄이 와도 동풍이 불지 못하고 버들가지에 꾀꼬리가 앉아 울지 못할 때는 봄이 들어와도 숨쉴 공간이 보이지 않는다. 이것이 오늘 우리가 처한 국토 공간의식이며 시간의식이다. 이 의식의 발상과 전환을 새롭게 하고 우주의 시간표를 물 흐르듯 순리적으로 짜 맞추는 일이야말로 '밀레니엄 버그'의 새로운 세기에서 행해야 할 첫 작업이요 과제다. 예술이 그렇고 시가 그렇고 학문이 그렇고 종교가 그렇고 이 모든 것을 운용하는 인간이 먼저 새롭게 태어나야 할 것이다.

아직도 제주도의 어촌 마을을 여행하다 보면 이 지상의 시간표를 어떻게 운용하고 기술문명의 패러다임을 어떻게 수정해야 할까라는 물음 앞에 해답을 주는 현장이 있다.

다음은 필자의 시집 『신국토생명시』의 『바람에 지는 아픈 꽃잎처럼』(문학사상사)에 들어 있는 시다.

 헌저[1] 옵서.

 여피[2] 갔수다.

 닐[3] 다시 오리봅서.

— 「제주도 기행-정낭」

---

1) 어서   2) 이웃   3) 내일

소달구지 길

가을에는 어디선가 소달구지를 끌고 오는 사람이 있다. 자갈길을 덜커덕거리며 수레바퀴 자국이 찍히고, 코스모스가 피어 한들거리는 길에는 말 오줌 쇠똥내가 질펀하다.

오후의 햇빛을 따라 하얗게 흔들리는 길, 그 길 위에 달구지 한 대가 실려 있다. 초등학교에서 돌아오는 아이들 대여섯이 짐칸에 앉아 발을 걸고 재잘거리는 모습이 수채화 풍경처럼 떠오른다. 이따금 책가방 필통 속에서 몽당 연필이 뛰놀며 이 재잘거림 속에 들렸다 사라졌다 한다.

이윽고 달구지가 멈추어 선다. 산비탈을 돌아오는 기적 소리에 먹구렁이 같은 기차가 꼬리를 틀고 나타나더니 다시 산비탈을 흘러간다. 잠시 기적 소리에 묻혔던 달구지길이 끊기는가 싶더니 다시 이어진다. 달구지도 오후의 산비탈을 넘는지 코스모스 꽃길 사이로 숨고는 다시는 보이지 않는다.

우리는 그 달구지 길을 어디서 잃고 온 것일까. 이제는 아무도 그 달구지 길이 어디에 있었는지조차 묻는 사람이 없다. 친근한 길이 아니기 때문에 그 길이 얼마나 싱싱하게 살아 숨쉬는 길이었던 것조차 알 길이 없다. 그러나 그 길을 걸었던 사람들은 안다. 혼자서 뒤늦게 서둘러 돌아오곤 하던 하교길, 아까 그 산비탈을 돌아가던 기적 소리처럼 길을 막아서던 놈이 있었는데 자세히 보니 쇠똥을 곱게 다져서 굴리고 가는 쇠똥구리였다. 처음은 '쇠똥이 다 구른다'고 깔깔거리며 웃다가 신기해서 발길질해 보니 허리가 튼튼한 검은 갑충이 번들거렸고, 그것이 사슴벌레 같은 쇠똥구리라는 것도 얼마 후에야 알았다. 쇠똥구리가 깔깔거리며 굴렀던 길, 지금은 그런 길이 어디에 있었는지조차 기억에 희미하다.

그 길 위에선 고추밭의 풋고추가 여름날 땡볕에 익어가듯이 우리들의 몸 속에 감추고 다닌 살고추가 익어갔다.
'야, 개미들이 장보러 간다.'
맨 앞장서 가던 아이 하나가 바지춤을 풀고 오줌발을 삑, 내깔기면 다른 아이들도 몰려들어 자랑스럽게 오줌발을 내갈겼다. 까맣게 흩어지던 개미들이 줄을 이탈하여 떠밀리는 것을 보고 아이들은 깔깔거리며 손뼉을 치곤 했다. 때론 상급반 아이들과 섞인 적도 있었는데 그 또래 아이들의 불두덩엔 까맣지도 못한 노란 털이 몇 개씩 솟아 있는 것을 보곤 '영구 자지 털났다'고 놀려대며 까맣게 흩어져 달아나기도 했다.

그 길 위에선 여름이 어떻게 갔는지조차 모르게 갔고, 가을이 어떻게 왔는지조차 모르게 왔다. 코스모스가 피면 여전히 달구지가 실렸고, 달구지가 실리지 않으면 앞서 갔던 아이들이 이상한 장난을 해서 뒤에 오는 아이들을 골탕먹이기도 했다. 코스모스 자갈길 산언덕엔 땅벌이 집을 짓고 살았는데 그 땅벌집을 향해 돌멩이질을 해놓으면 벌떼가 뒤에 오는 아이들을 향해 기습을 하곤 했다. 바로 불두덩에 털이 난 상급반 아이들이 '불두덩에 털도 안 난 것들이 까불어' 하고 으스대면 정말 털도 안 난 놈들이 이렇게 해서 골탕을 먹이기도 했다. 얼굴이 부어터진 상급반 아이들을 보고 시치미 떼는 일이 그렇게 고소할 수가 없었다. 달구지를 태워주지 않기로 소문난 괴불 영감이 오면 이 짓은 어김없이 계속되었는데 한 번은 땅벌들에게 소가 기습을 당해 십리 밖까지 달아난 적도 있었다.

'털도 안 난 것들이 까불어.'
정말 털이 나서 까불다 보니 이제 그런 길이 어디에 있었는지조차 묻는 사람이 없다. 이 가을엔 어디선가 소달구지를 끌고 오는 사람이 있다. 쇠똥구리 한 마리가 쇠똥을 곱게 다져 그 길을 깔깔거리며 달리고 있는 게 보인다. 빗장거리로 책보를 어깨에 두른 아이 하나가 그 코스모스 자갈길을 걸어오고 있다. 필통 속에서 몽당 연필 딸각거리는 소리가 들린다. 그런 길이 정말 있기나 있었던 것일까?

물위에 뜬 포장마차

사람 한평생 몸담을 집이
달팽이집만도 못하다
하느님은 우수 한 다발 눈물 몇 섬
왜 이런 것만을 우리에게 주셨을까

거리엔 집들이 즐비하고 은행이나 관청
높은 빌딩이 줄지어 섰는데
사십년을 살아 반에 반은 주택부금을 안고
오늘은 그래도 새 집에 이사를 간다

내 이름 석 자에 못을 박고 마루를 지나 방을 지나
아들과 함께 들락이며 짐을 푼다.
아빠, 이게 정말 우리 집이지?
암, 우리 집이고말고!
나는 다시 벽에 반에 반만 못을 박다 말고
암, 반에 반은 우리 집이지!

아빠 옥상에 빨래 널어도 되는 거지?

암, 되고말고 우리 집이니까!

욕탕물 맘대로 써도 되는 거지?

암, 되고말고 우리 집이니까!

나는 반에 반만 새로 못을 박다 말고

(하느님의 뜻을 달팽이집에다 비기랴)

반에 반은 더 땅땅 못을 박는다.

— 졸시 「집들이」 전문

위의 시는 몇 년 전, 내방동 골짜기 집을 사서 '집들이'할 때 씌어진 작품이다. 집이라야 30평 대지에 25.5평이었고, 그것도 거의 절반은 주택부금을 안고 이사한 집이었다. 평생 이 집에 몸담을 것을 생각하니 자꾸만 달팽이집이 생각났다. 인간이 아닌 달팽이는 송두리째 집을 지고 다니니까 얼마나 편리할까 하고 생각하니 집걱정 없는 달팽이가 오히려 부럽기까지 했다.

그러나, 여태까지 셋방살이 신세에서 이만큼한 집을 사서 문패를 건다는 것은 흐뭇한 행복이 아닐 수 없었다. 그동안 얼마나 많은 셋방살이를 떠돌았던가. 옥상에 빨래도 마음대로 널 수 없고, 아이들 말대로 욕탕물을 마음대로 쓸 수도 없는 그 부자유 속에서 자유를 만끽할 수 있다는 건 보통일이 아니었다. 보통일이 아닐 뿐 아니라 집, 내 집을 갖는다는 건 꿈 같은 얘기였다.

그때마다 다들 재주가 용하군, 집을 그것도 정원까지 딸린 집을 가지고 있는 동료들을 보면 부럽기까지 했고 1970년대만 해도 복덕방을 짊어진 '복부인'들의 그 재주가 부러워 아내를 다그치기도 했지만, 땅 한 평 살 돈이 없어 아둥바둥 살아온 터다. 셋방살이로 몰리면서 그 시절 실감나는 작품이 「겨울이사」란 작품이다.

> 추적추적 겨울비가 내리는 날
> 이삿짐을 나르며 변두리 전세방으로 몰리면서도
> 기죽지 않고 까부는 아이들이 대견스럽다.
> 오늘은 그들의 뒤통수를 유난히 쓰다듬고 싶은 하루였다.
> 돌아보매 사십 평생 고통과 비굴 속에 흔적 없고
> 좋은 시절 다 넘기고 우리는 뒤늦게 이 도시에 쳐들어와
> 말뚝 하나 박을 곳이 없다.
> 차 한 잔 값에도 쩔리고 수화기를 들어도
> 멀리서 친구가 오지 않나 몸을 사린다.
> (……)
> 정말 어떻게들 살아가는 걸까
> 내 오늘 친구 말대로 이 바닥에 일만 평 적막을 흩뿌릴까보다.
> 정말 다들 어떻게들 살아가는 걸까
> 회색빛 하늘 속에 이삿짐을 따라가며
> 기죽지 않고 까부는 아이들이 대견스럽다.
> 아내여, 결코 거러지 같은 바닥 이 세기의 문 앞에서
> 그대 눈물을 보이지 말라
> 우리 모두 죽어서는 평등하리라

그러던 나에게 몸을 담을 집이 생겼다는 것은 청천벽력과 같은 사실이 아닐 수 없었다. 나는 이 집에 살면서 오래 잊고 있었던 '낚시

질'도 새로 시작했고, 원고료 쌓인 것으로 '장성호'에다 별장 하나를 마련했다. 별장이라니까 깜빡하겠지만 그건 잉어와 붕어의 입질이 좋은 석현리 골짜기 물 위에 띄워 놓은 포장마차다. 물 위에 뜬 포장마차.

나는 여기에다 당호(堂號) 하나까지 붙이려고 무척 고심을 했다. 처음에는 어수장(魚水莊), 운수장(雲水莊), 수운재(水雲齋) 등등 별별 이름을 끌어냈으나 장(莊)과 서재(齋)로는 너무 실물이 보잘것없는 터라 '조옹루(釣翁樓)'로 했다. 그래도 마음에 차지 않아 루(樓)자를 버리고 실(室)자로 고쳐 그냥 평전작가실(平田作家室)로 했다. 이따금 휴일에나 방학 때 나가 원고를 쓰기 위한 집으로 삼기 위하여 이름을 고쳐 평소 안면이 있는 서예가에게 글씨까지 받아서 현판을 만들었다. 평전(平田)은 나의 시 「지리산 뻐꾹새」에 나오는 세석평전(細石平田)에서 취한 것이다. 이는 돌밭을 갈아 옥토를 만든다는 뜻이다.

해마다 봄철이면 장관을 이룬 지리산 속의 세석평전(細石平田)이 이렇게 둔갑을 한 것인데, 알고 보면 나의 아호를 평전이라 한 것은 몇 년 전, 내 고향인 고흥 어린이 동산에다 인간문화재 5호인 국창 김연수(金演洙) 선생 추모비를 세울 때 자연 이 추모시를 내가 쓰게 되었고, 그래서 '호'가 필요하다는 고향 어른들의 채근에 그리 결정된 것이었다.

그래서 '물 위의 포장마차'(낚시꾼들은 멍텅구리 배라고 부르지만)에 장(莊)도 재(齋)도 루(樓)도 아닌 평전작가실(平田作家室)로 명명한 것이다. 종당에는 실물보다 글씨가 더 좋다 싶어 이 현판을 그 물위의 포장마차에 붙인 것이 아니라 내 방 문설주에 붙이고 말

왔다.

다만, 내 생전에 욕심이 있다면 교외 한적한 곳에 전원주택을 짓고 마당은 연못을 파서 붕어나 잉어를 기르면서 살고 싶은 욕망뿐인 것이다. 땅 한 평도 없는 주제에 이 망발된 헛소리를 여기에 쓸 게재도 못되겠지만 그러나 나에게 일말의 꿈은 있는 것이다.

그것이 바로 '부동산 투기'라는 것인데 나는 금년 봄에 급기야 집을 팔아 '땅' 투기에 뛰어든 것이다. 고의든 타의든 겨울 한 철은 으레껏 5년간이나 친분을 맺어온 제주도의 서귀포 현여사네 집에 짐을 풀고 원고를 써 오는 동안, 나는 서귀포의 풍광에 반했고 꼭 말년에는 이곳에 와 살 작정임을 피력하곤 했는데 어느날 현여사께서 전화를 걸어 온 것이다. 좋은 땅이 났다는 것이었다. 아내가 물 건너갔다 오더니 적극성을 띠기 시작했다. 그래서 집을 팔았고 그래도 부족한 땅값은 현여사께서 보증을 서고 등기문서를 보내온 것이다.

그 부족한 땅값의 이자를 물기에도 빠듯한 생활이 되었고, 그래서 땅을 다시 팔자 해도 현여사께서는 무슨 뱃심인지 뻥튀기는 자기가 책임진다면서 억누르고 있는 실정이다. 더구나 '토지공개념' 때문에 안절부절못하는 판인데도 현여사는 오히려 이것이 호재라는 것이다. 그동안 '토지공개념'이라는 처방 때문에 재벌들만 몽땅 땅을 사들였는데 이래저래 서민만 죽는 판이란다. 그 '전원주택' 바람에 나도 이젠 어쩔 수 없는 속물이고 지레 죽지 않을까 겁이 나는 것이다. 나는 이 일이 두고두고 부끄러워 급기야는 제주도의 민담을 취재한 끝에 교훈성이 깃든 시 한편을 쓰기에 이르렀다. 그리고 이 시의 제목 「우리들의 땅」을 빌려 '88 소월시문학상 수상기념시집 제목으로까지 내걸었다. 그런데 지금 10여 년이 지났어도 이자만 느

채 그 땅값은 예전 그대로인 채다. 이걸 일러 바다 건너 제주 말 사
놓은 격이라 했던가

나는 지금 다금바리처럼 하예마을에 숨어들어
옛날 옛적 변당장이가 사 놓았다는
땅을 보러 갔다
그러나 그 땅은 누군가의 손에 팔리고
흔적조차 없었다

서울서 왔다는 반백의 사내들도
내 등 뒤에 붙어서서
이 마을에 살 땅이 없느냐고 묻는다.
서울 양반은 바나나 농장을 하나 갖고 싶단다
그런 땅은 다 팔리고 없다고
마을의 한 청년은 휘이휘이
손을 내어젓는다

나는 다시 변당장이가 사 놓은 땅을
찾아 설명했다
동으로는 족다리 서로 족다리
북은 뱃드롱 동산
아래로는 허구대양……
그때서야 청년은 얼굴이 붉어진 채
앞바다를 가리킨다

때마침 바다에서는
봄비 내리고
비바리 숨비소리
한창이었다

서귀포여
너의 정신을 팔고
이 끈끈한 바람과 햇빛 말고
이제는 더 무엇을 팔 것인가.

옛날 옛적 중문리에 사는 변당장이란 사내는 이곳 하예마을에 와 친구에게서 땅을 샀다. 친구는 땅문서에 "동으로 족다리 서로 족다리, 북으로는 뱃드롱 동산 남으로는 허구대양……"이라고 땅의 경계를 썼다. 이듬해 봄, 변당장이는 소를 몰고 쟁기를 짊어지고 땅을 갈러 왔다. 그러나 땅은 없었고 친구 부인이 방에서 기다리고 있다가 변당장이가 오자 홀랑 벗고 누워 "동으로 족다리 서로 족다리, 북은 뱃드롱 동산 남쪽은 허구대양……" 하고 노래를 불렀다. 변당장이는 자기의 무식했음을 크게 뉘우치고 아들 하나는 잘 가르쳐 만경 군수를 지냈다 한다.

솔바람 태교(胎敎)

기록에 전하되 '솔바람 태교(胎敎)'란 습속이 있다. 그러나 그 현장이 되었던 역사 속의 마을은 나와 있지 않아 이 마을을 찾으려고 몸부림친 지 20년이 넘는다. 지금의 임신부들이라면 브람스의 선율을 듣거나 청기(淸氣)의 음식을 먹는 것이 태교의 전부인 줄 알지만, 우리의 선조들은 이렇게 귀가 밝았다.

용비늘을 뒤집어쓴 천년송 아래서 솔바람을 쐬며 며칠씩 쉬어 호연지기의 기상을 뱃속으로 끌어들인 것이다. 태교법치고는 가히 놀랍지 아니한가?

음력 윤사월이면 솔바람이 뜨기 시작할 때다. 대숲 바람은 쇄락 청명하나 솔바람은 장중 은일하다. 산골짜기의 천년송이 쳐 보내는 솔바람이야말로 지지고 볶는 산해진미의 음식상을 일격에 뒤엎고도 남는다. 벽곡(酸穀: 곡식을 먹지 않음)으로써 밥짓는 굴뚝의 연기와는 일찍이 인연을 끊었던 신선의 양식이었다. 이른바 선식이요 생식이다. 그 대표적인 식이요법이 솔잎, 녹각, 운모 등이다. 이는 동양 최고의 의선(医仙)이던 팽조(彭祖)의 식이요법이기도 하다. 식이요법은 그만두고라도 우주율을 타고 노는 낙락장송의 '솔바람 소리'

를 듣는 것만으로도 태교음악의 영약이 아닐 수 없다.

나는 2001년 5월 9일 솔바람이 뜨는 좋은 일진을 골라 드디어 역사 속에 살아 숨쉬고 있는, 해발 8백 미터 고지에 있는 그 마을의 천년송 아래서 태교의 솔바람을 맞았다. 그리고 와운산장에서 아내와 함께 송어회를 먹으며 이런 농담도 했다. "오늘 솔바람 태교를 했으니 용비늘을 뒤집어쓴 솔바람 같은 아이 하나 낳았으면 좋겠네요. 소나무는 모든 나무 중에서도 일품계지 않아요."

히멀뜩한 늙은 웃음결에도 그 천년송의 가지가 쳐 보내는 솔바람이 '쏴아' 쏟아졌다. 실제로 아내는 그 용비늘 한 조각 주워 온 것을 냉수에 타 마시기까지 했다. 그 효험은 두고 볼 밖에.

다섯 아름이 넘는 이 천년송에 누워 있는 구름을 쳐다보며 먹을 수 있는 음식은 송어가 제격이 아닐까. 그것도 무지갯빛 송어가 솔향이 돌고 그 청랭한 붉은 살점과 푸른 솔바람은 맛과 멋과 메시지에서도 3합의 풍류가 딱 맞는 음식이다. 더구나 천년송의 솔바람을 타는 난향유곡(蘭香幽谷)임에랴!

그렇더라도 이 난향유곡이 들통나면 단 한 그루밖에 없는 이 태교송의 용비늘이 그날로 거덜날까 두려워 그 현장을 공개할 수 없음은 서운한 일이다. 1968년 삼척군 가곡면 동활리의 단 한 그루밖에 없는 황금사목송(黃金蛇目松: 뱀눈솔)도 관광객들이 관상수용으로 꺾어 가 그렇게 죽고 말았음을 알기 때문이다.

마침 밤에는 보름달이 두둥실 떠서 그 소나무 가지에 실렸다. 달이 소나무 가지에 실려 솔바람이 쏟아질 때마다 거문고 한 틀이 몸체로 우는 듯했다. 아니 해저 30m 수중에 있다는 '소리 통로'에서 향유고래가 우는 듯 온 살골짜기에 맑은 향이 퍼진 듯도 했다. 나의 치졸한 상상력 속에서 아내가 항만한 배를 내밀고 그 천년송 아래 서자 나는 순간 자신도 모르게 이렇게 외쳐댔다.

"화공(畵工)이여, 눈물나는 우리 화공이여, 월하미인(月下美人圖)를 그리려거든 이쯤은 그려라"라고 말이다. 사실 이런 미인도는 어디서 본 일이 없기에 죄없는 화공을 끌어댄 것이다. 우리 화인열전(畵人列傳)을 다 들쳐보아도 월하미인도란 으레 날나리 같은 허리를 가진 여자를 세워놓고 그린 그림밖에 없으니 말이다.

이후 나의 첫 번째 주례사는 제자들 앞에서 이렇게 변했다.

"오늘 주례사는 거두절미하고, 이 예식이 끝나면 신랑 신부는 신혼여행을 떠나기 전에 반드시 ○○○골짜기에 있는 태교송(胎敎松) 아래 가서 하룻밤 머물고 떠나라. 호연지기야말로 오늘을 사는 현대인의 지혜다"라고.

반딧불의 동화

반딧불 속으로 걸어 들어갔다 반딧불이 날고 있는 개울가 한여름 밤의 숲속으로 무주 구천동 설천(雪川)가 냇물에 발을 겸그며 어릴 적 순이를 데리고 와 밤새도록 잠방대며 그녀와 함께 놀았다.

올 여름밤 무주 구천동엔 나 혼자서 갔다 동계 유니버시아드도 끝나고 쓸쓸한 뒷마당 텐트를 치고 모닥불을 피우니 늙은 청솔모가 와서 함께 날옥수수 붉은 수염을 뜯었다 애반딧불 몇 반짝 떴다 은 하수가 숲 위에 퍼질러져 예살던 마을로 둥글게 휘었다 한 꼬리는 골목길로 감춰져 철철철 맑은 도랑물 소리 내고 있었다.

웃옷을 벗어들어 왕눈 반딧불을 좇아 호박꽃 초롱을 날리던 환한 목소리가 현호색 밝은 물소리 타고 시려운 니빨 자그럽도록 반짝였다.
—「목소리」

사는 재미도 오불조불하고 먹는 재미도 아기자기한 것이 우리네 삶이다. 오불조불하고 아기자기한 것이 탈이다. 사계절 24절기가 뚜

렷하여 춥고 덥고 따뜻하고 서늘하여 큰 탈이다. 입는 것, 먹는 것, 옷치레가 야단스럽고, 입치레가 들측지근하고, 쌉쌀하고, 달보드레하여 먹거리 타령이 큰일이다.

사시장철 철따라 옷을 갈아입어야 하고, 그 계절의 사이 간복(間服)까지 친다면 옷장 여닫는 소리가 삐그덕 덜크덕 야단법석이다.

봄, 여름, 가을, 겨울 이불을 폈다 갰다 이불장 여닫는 소리가 소란스럽고, 꽃 사태가 나서 정신을 쏙 빼버린가 했더니 벌써 여름 바캉스 철이다.

한마디로 옷값, 음식값, 난방비, 신발값, 핸드백, 취사비, 거기에다 철따라 기묘하게 변하는 국토의 자연을 누리자니 큰 탈이다. 선골도인이 되어 선풍(仙風)을 누리자니 얼쑤 배겨날 도리가 없다. 서울에서 배꼽티가 반짝했다 하면 광주에서도 배꼽티가 뜬다. 황신혜 귀걸이가 명동에서 딸랑거리면 딸랑딸랑 충장로에서 벌써 요란하다.

여기는 상하(常夏)의 나라라고 하는 인도네시아 슈마트라 정글이다. 칼텍스 석유회사 송유관이 지나는 페이브먼트, 그 길의 요소요소에서 석유방아를 찧는 풍차가 돌 뿐, 사방에 인적이라곤 없다. 정말 아무도 살지 않나 싶어 숲속을 들여다보았더니 새 둥우리처럼 나무를 얽어 지은 원시촌락들이 있다. 한낮인데도 늦잠에서 깨어나 망태기를 들고 그때서야 두리안이나 망고, 바나나 열매를 찾아 숲속으로 가고 있다. 하루의 일과란 그것이 전부다. 너희들은 좋겠구나. 10여 년 전, 우리 일행이 그곳을 지나가면서 누군가 속삭였던 소리다. 한마디로 전기세, 수돗세, 난방세, 집세가 없으니 좋겠다는 뜻이었다. 오불조불 아기자기한 멋이 없으니 어디 저것이 사람사는 맛인가 싶었다.

다시 로마에서 뭇솔리니 고속도로를 타고 남부 이태리 베수비오

화산, 나폴리, 소렌토까지 달리며 느낀 것이 있었다. 녹색 칠판이라야만 피로가 오지 않는다 하여 지금도 초등학교 칠판은 녹색 바탕일 터이다. 그런데 웬걸, 양배추, 호밀, 귀리, 라이보리, 밀, 야채 푸성귀들로 온 들판은 덮였었다. 가도가도 녹색공황, 아니 공황이 아니라 공포였다. 초록에도 공포가 있다니! 그러나 우리 국토의 자연 속엔 공포가 없다. 공포라기보다는 권태가 없다. 그래서 사는 재미도 오밀조밀, 먹는 재미도 아기자기한 맛이다.

그대로가 도법자연(道法自然)이다. 24절기를 두고 시시각각으로 멋도 변하고 그 느낌의 색깔도 변한다. 오밀조밀하고 아기자기하다. 따라서 도법자연이란 순리를 거역하지 않는다. 물처럼 막힘이 없이 흘러간다.

그러므로 이 바캉스철엔 물처럼 흐르는 국토와 자연의 순리를 거스르지 않는 곳, 그런 곳을 찾아가자. 그 어딘가에는 아직도 반딧불이 살고 있다. 무주 구천동 설천(雪川), 그 반딧불 보호구역 안엔 환상적인 여름 밤이 있다.

그 냇가에 앉아 반딧불 정서를 읽으며 아이들에게 추억을 만들어주자. 그러면 아이들은 형설지공(螢雪之功)을 머릿속에 새기려 한 편의 동화를 쓸 것이 분명하다. 또 거기에선 운일암, 반일암 코스도 멀지 않다.

이 시는 필자의 「목소리」라는 작품이다. 시 속에 나오는 정서대로 어린 날의 이야기를 들려준다면 애정교감은 더욱 깊어질 것이다.

반딧불 종류만 해도 애반딧불, 왕눈 반딧불이가 나오고 현호색의 밝은 물소리에 섞여 우리 옛날 어렸을 적 순이의 환한 목소리까지 들려오고 있다. 애반딧불, 늦반딧불, 웃옷을 벗어 골목길에서 그 반딧불을 잡고 놀던 어린 날도 있다.

큰흑갈색, 파파리, 운문산, 북방왕눈꽃, 꽃반딧불 등 그 이름도 수없이 많다. 이중 애반디와 늦반디는 천연기념물 312호, 국내에서도 이미 인공 반딧불 번식 기술이 개발되었으나 서식밀도가 높은 지역에서만 방사가 가능한 것으로 알려져 있다.

최근엔 천안시 광덕면, 풍세천이 방사 가능 지역이란 유력한 설도 있어 천안시는 아예 '반딧불 공원'을 만들겠다고 나섰다. 이젠 '반딧불 공원' 뿐만 아니라 여치 마을도 있어야 하고 베짱이 마을도 있어야겠다. 푸른 밀밭이 살아나면 말대로 여치집도 베짱이집도 지어야겠다.

인공부화기에서 깨어난 '다마고치' 게임이 어린 아이들에게 인기 절정의 게임품목이 되고 있다. 전기 스위치를 눌러 애벌레가 나방이가 되고, 나방이가 나비가 되어 푸른 하늘로 날아간다. 이는 '시험관 아기'와 같은 범죄 행위를 아이들에게 가르치는 일과 같다. 양을 복제하듯이 그렇게 복제해서 태어나는 생명, 이는 도법자연의 순리가 아니다.

일본의 국보 제1호 광륭사의 반가사유상은 소백과 태백의 경계 수림지대인 소광리의 '금강소나무'라는 단서가 일본서기에서 그 모습을 드러내고 있다. 이젠 그 '금강 소나무밭'에 오색딱따구리도 길러야겠다.

무주 구천동 설천면, 그 반딧불의 보호구역 안의 냇가에서 아버지와 어머니와 아들이 현호색 밝은 반딧불을 따라가며 풀어내는, 한여름 밤의 동화는 얼마나 멋스러운 장면인가? 이 국토에서 오밀조밀 아기자기한 삶을 누리려면 멋도 이만큼 해야 누릴 자격이 있지 않겠는가.

훌쩍훌쩍, 비틀비틀

장터 마당에 눈이 내린다

먹뱅이 남사당패 어디 갔나

남사당은 내 고향

내 몸은 아프다

소리소리치며 눈이 내린다

설설 끓는 동지팥죽

저녁 한 끼 시장한 노을 위에

식어가는 가마솥 뚜껑 위에

안성(安城) 세지 목화송이 같은 흰 눈이 내린다

비나리패 고운 날나리 가락 속에

눈물 범벅이 진 네 얼굴

곰뱅이 텄다 곰뱅이 텄다

70년대를 한판 걸죽하게 놀아보자던

네 서러운 음성 위에

동녹이 슬어가는 유기전 놋그릇들 위에

눈이 내린다

어스레기 황혼을 부르는 말뚝 위에.

—「안성장터(홍재시인께)」

　1970년대도 저물어가는 어느 날, 공업진흥청 기계공업연구소에 근무하는 임홍재(任洪宰) 시인께 편지를 내었다. 그런데 그 편지가 되돌아왔다. 같은 사무실의 한 직원의 메모가 있었다. 임홍재는 벌써 작고했다는 것이다. 청천벽력 같은 소식이었다. 그때 나는 섬학교에 근무 중이어서 편지를 자주 낼 수 없었던 때다. 벌써 1개월이 흘러가고 있는 중이었다. 뒤늦게 이 소식을 알고 땅을 쳤다. 홍재가 가다니! 그도 나도 문단 등단 5년 안팎이 될 때였다. 같은 해에 그는 서울과 동아일보에 시와 시조가 빛을 보았고, 나는 문학사상에 등단하여 벌써 수십 통의 편지 교환이 있었다. 이 편지는 여성동아에 2회 걸쳐 연재되었다.

　위의 시는 그의 시비가 안성농고 교정에 섰던 때 뒤늦게 그곳을 다녀오면서 안성장터 노지에 앉아 팥죽을 들며 눈발 속에서 쓴 시다.

　박용래를 말하자면 임홍재의 입을 통하지 않고는 무의미하다. 그런데 그가 가고 없는 것이다. 그의 시세계나 박용래의 시세계에서 간직한 향토성은 비슷해서 서로가 사흘 걸러 만난다는 것을 나는 임홍재의 편지를 통해 알고 있었다. 임홍재는 어려서 고모가 업고 다니다 실수한 것이 한쪽 다리를 절게 되었고, 박용래는 50줄이 훨씬 넘은 겉늙은이가 밤낮 철철 울고 다닌다는 점에서도 동변상련의 아픈 정을 앓고 있었다. 횡횡거사처럼 걸어오는 임홍재의 모습이나 콧물을 훌쩍이며 우는 박용래의 기생적 삶은 이처럼 잘 통했다.

'그곳 광주는 희끗희끗 눈이 날리는 산문(山門) 밖이겠지
요…….'

이것은 박용래가 병상에서 쓴 마지막 엽서였다.

홍재의 이야기가 빠질 리 없다. 홍재가 청계천 다리목쯤에서 떨어
져 죽었다는 사실을 알 만한 사람은 다 알 것이다.

나는 섬학교만을 돌며 접장질을 했기 때문에 뭍에 나오기가 쉽지
않았고, 그로 인해 홍재의 편지만을 애타게 기다렸다. 1970년대 마
지막 어느 날이었을 것이다.

겨울 방학이 되어 홍재 사무실에 갔고, 역시 눈이 내린 날 잡지회
관(홍재 근무처) 근처 어디서 술을 마셨는데 그때 처음 용래 선생을
만났다. 훌쩍훌쩍……. 결국 술에 떨어진 용래를 이끌고 택시를 타
고 홍재의 집이 있는 면목동 골목까지 와서 홍재가 용래 선생을 들
쳐 업었다.

훌쩍훌쩍…… 절뚝절뚝……. 힘겨운 용래 선생의 구두짝을 들고
따라가며 나는,

"야, 무겁냐? 내가 업을게. 제기랄 꿈 속에서도 울어……"

술을 못한 나도 비틀거리며 물었다.

"울지 않고 시 쓰는 놈들은 다 가짜지 뭐!"

홍재의 말이었다.

"비틀거리지 않고 시 쓰는 놈도 그렇지 뭐!"

"울거나 비틀거리거나 다 그런거지!"

그는 이만큼 동료의식이 강했다.

비틀비틀, 훌쩍거릴 때마다 용래 선생의 도롱이 같은 빵모자의 방

울이 소리없이 누웠다 일어섰다 했다. 몹시도 추운 밤이었다.

새벽차로 나는 내려왔고, 섬으로 가는 배를 탔다. 며칠 후 날아온 홍재의 편지에는 시대를 향한 칼날이 꽂혀 있었다.

"……문단 패거리를 만들고 분탕질하는 사이비들에게 시로써 불태우는 시인, 이 시대에 가장 값진 시인이 누구이겠습니까? 박용래 시인, 나는 그 분의 정신을 사랑하고 그 분의 언어와 시를 사랑합니다.……"

그러던 홍재도 가고 용래도 갔다. 홍재의 유고시집 『청보리의 노래』 발문을 쓴 나로서는 내심 언젠가 '용래문학상'의 몫이 홍재에게도 돌아갔음 하고 바라는 것이다.

1999년도판 내 꽃시집 『들꽃세상』에는 「오동꽃 1·2」가 들어 있는데 그 중 2가 용래를 생각하며 쓴 시다.

아슴아슴 대낮의 담장 위로 오동꽃 지는 것 보니
죽은 용래 생각난다.
발등에 지는 느리고 더딘 원뢰(遠雷)
함부로 노한 일 뉘우쳐진다던 용래 생각난다
지난해 겨울 교통사고로 시름시름 앓아눕던 병상에서
마지막 날아온 한 장의 편지

멀리 구름 흐르는 곳 광주이겠지요
형의 첫시집 우리 벗 홍재도 저승에서 보른
눈물 글썽이리다
산문(山門)에 희끗희끗 가랑잎 스치는 눈발

저 폐사(廢寺)의
금간 저녁 종소리

지금도 눈에 지는 오동꽃 색깔 선하다
삐딱한 몸매에 술에 찌든 용래를 들쳐업고
청계천 다리목을 건너며
자장가를 불러주었던 홍재
그의 등판에서 무어라고 이따금 훌쩍거리다
잠이 들었을 용래

오월 한낮에 오동꽃 지는 것 보니
발등에 지는 느리고 더딘 원뢰
함부로 노한 일 뉘우쳐진다던
죽은 용래 생각난다.

옛것에 담긴 애틋한 정과 향수

'하늘 아래 새로운 것은 없다'는 말과 함께 '온고지신(溫故知新)'이라는 말이 있다. 이는 옛것 즉 낡은 것을 익혀 새로운 것을 알거나 만든다는 의미이다. 낡은 것이 쌓이면 유산이나 유물이 된다. 문화재란 바로 이렇게 해서 생겨난 것들이다. 낡은 것이 유산이나 유물, 문화재가 되어 소중한 것이 아니라 거기에 어떤 정신이 깃들여 있기 때문에 더 소중하게 생각되는 것이다.

'차고금풍(借故今諷)'이란 옛것을 교훈 삼아 빌려 쓰거나 새로운 것 즉 새로운 시대의 정신에 알맞도록 고쳐 쓰는 것을 말한다. 또 이 때 위고금용(爲古今用)이란 말도 쓴다. 따라서 새것만이 반드시 좋은 것은 아니고, 오래 써서 손때가 묻은 것이 때로는 새것보다 더 알뜰하고 소중할 때가 허다하다. 휴대폰, 노트북, 개인정보 단말기(PDA)로 대변되는 모바일(mobile) 시대는 현대인을 한 곳에 정착시키는 것이 아니라, 움직이는 인간으로 만든다. 이는 프랑스의 철학자 들뢰즈가 말한 것처럼 정착 사회에서 새로운 유목 사회로 이행해 가는 과정을 의미한다. 어깨에 배낭을 걸머지고 한 손엔 휴대폰, 또 한손엔 뚜껑 달린 종이 팩 커피를 마시며 거리를 활보하면서 스타벅스란 이름으로 신문화를 유행시키는 것이 단적인 예다.

모처럼의 서울 나들이에서 인사동 골목에 들렀다가 깜짝 놀란 적이 있다. 지난날에는 골동품 가게가 줄지어선 그 거리를 걸으면 걷는 사람 자신도 골동품이 되어 옛 정취에 물든 기분이었다. 그러나 지금은 그러한 정취는 고사하고 일요일 탓인지 때아닌 신세대들로 꽉 채워져 도저히 그 줄을 뚫고 들어갈 용기가 나지 않았다. 포장마차나 좌판대가 그 거리에 넘치고 어느새 팍스 아메리카를 대표하는 맥도날드 햄버거와 콜라와 다국적 먹거리가 판을 쳤다. 이래도 좋을까라는 의구심이 몇 번이나 들었다.

이와는 반대로 모처럼 들르게 되는 친구의 집에서는 낡은 책장에 가득한 고서나 참귀목 뒤주나 쌀궤 등이 정감을 불러일으킨다. 또 오동나무 장롱에서 풍기는 옻칠 냄새는 래커의 냄새와는 달리 그윽하고 은은한 향취가 기분 좋게 한다. 장롱의 자물쇠 하나까지 심지어는 이런 유품을 몇 대에 걸쳐 고스란히 남겨주고 간 그 물건들에는 그윽한 손때가 묻어 있어 그 집 조상들의 인품까지도 느끼게 한다. 이따금 동백 기름으로 안경집이나 청동 거울을 닦고 있는 친구의 모습을 보면 괜히 즐거워지고 유쾌해진다. 또 벽에 걸린 단선(부채)을 손에 들고 왈랑왈랑 부쳐대는 친구의 입에서 '여름에는 부채, 겨울에는 책력'을 제일의 선물로 쳤다는 이야기와 단오부채의 팔덕(八德)을 논할 때는 고상한 인격까지 느껴진다.

나에게도 이런 즐거운 추억은 있다. 시골집에 갈 때마다 화초장은 아니더라도 반닫이 장롱을 열어 볼 때가 많다. 거기에는 어머니의 손때가 덕지덕지 묻어 있는, 임종할 때 남기고 간 모시옷 한 벌이 들어 있다. 내가 열 살 때 어머니는 가셨지만 훗날 장가들면 입으라고 손수 지어놓고 간 옷이고 보니 어찌 애착이 가지 않겠는가. 어느 날 눈물을 흘리면서 쓴 시가 있는데 그것이 곧 「모시옷 한 벌」이라는 시다.

　　어머니 장롱 속에 두고 가신 모시옷 한 벌/삼복 더위에 생각나는 모시옷 한 벌/내 작은 몸보다는 치수가 넉넉한 그 마음/거울 앞에 입고 서 보면/나는 의젓한 한국의 선비/시원한 매미 울음소리까지 곁들이고 보면/난초잎처럼 쏙 빠져나온 내 얼굴에서도/뚝 뚝 모시물이 떨어지지만/그러나 내 목젖을 타고 흐르는 클클한 향수/열새 바디집을 딸각딸각 때리며/드나들던 북소리/가는 모시올 구멍으로 새나고/살강 밑에 떨어진 놋젓가락 그분의 모습은/기억 밖에 멀지만/번갯불과 소나기를 건너온 젖은/도롱이의 빗물들/등 구부린 어머니의 핏물이 떠 있다/아 어머니의 손톱 으깨어진 땀냄새 피냄새/태모시 훑다 깨진 손톱/울 어머니 손톱/밤하늘 기러기가 등불을 차 넘기면서/뿌려놓은 한숨 같은/열새 베 가는 올의/모시옷 한벌.

　　또 하나 나에게 작고 사소한 '등잔'이 있는데, 『남도 역사 기행』을 쓰면서 충남 한산에 있는 건지성(城)에 들어갔다가 가까이 있는 월남 이상재 선생님의 집에서 얻은 것이다. 마침 사랑채를 헐고 있는 날이었는데 툇마루에 등잔이 있어 가져온 것이다. 이 등잔을 품고 금강을 넘어 올 때는 정말 가슴 뿌듯한 희열을 느꼈던 것이다. 식민지 치하에서 한 애국 지사가 이따금 그 등잔에 불을 밝혔음을 상상하고 거기에 채만식의 '금강(탁류)'을 떠올리니 군산항이 정말 어둡게 떠서 흔들리는 기분이 드는 것이었다. 이때의 체험기록으로 쓴 시가 있는데 그것이 바로 「등잔(燈盞)」이란 시가 된 것이다.

　무엇이냐, 호적(胡敵)들의 꽹과리 속에서/무너져오는 저 불빛은/짚신 감발에 대패랭이를 쓴 놈들이 죽창을 들고/무에라 떠들며 오는 소리/운봉 새재 아흔아홉 굽이에도 실리고//무엇이냐,/소리도 없이 밤하늘에 잠든 기(旗)처럼/우리들의 가슴속에 고여 뜨거운 핏줄을 밝히는 것은/이 상놈의 피는

이는 「등잔」의 4~5연이지만 적어도 이 불빛 속에는 한반도의 어둑한 산하가 떠서 식민지 시대 전체를 흔들고 있는 것이다. 작은 것, 낡고 오래된 것 하나가 때로는 한 생애를 상징으로 일깨우는 경우는 얼마든지 있는 것이다.

필자는 어느 지면에 음식 기행을 연재하고 있어 최근 제주도를 다녀온 적이 있다. 말고기를 취재하기 위해서였다. 신제주의 고수목마에서 풀 코스인 구마모토 정식을 먹었다. 말육회, 마혈주, 말스테이크 등 정식을 순서대로 들고 나니 거의 말 한 마리를 다 먹고 난 기분이었다. 그곳 친구 말에 의하면 말총만 먹으면 다 된다고 했는데, 일어서다 보니 벽에 말총갓과 장죽(長竹)이 걸려 있지 않겠는가. 저게 말총으로 만든다는 갓 아니냐고 물었더니 친구가 그 갓을 냉큼 끌어내어 쓰고 또 장죽을 입에 물고 뻑뻑 빠는 흉내를 내는데 영락없이 옛 선비 모습인 것이다. 요즘 보기드문 '갓'과 '장죽'을 거기에서 만난 것이다.

요즘도 나는 여유 자금이 있다면 벼룩시장에 나가 옛날 빅레코드사에서 나온 수동식 유성기(축음기) 한 대를 사고 싶은 욕심이 있

다. 거기 SP판을 걸고 흘러간 윤심덕의 '사의찬미'나 임방울의 '쑥대머리'를 듣고 싶은 것이다. 이 분위기를 한껏 돋구기 위해서는 '모시옷 한 벌'을 입고, 그 '등잔'에 불을 켜고 앉아서 혼자만의 시간을 누리고 싶은 것이다. 가능하면 '말총갓'을 쓰고 '장죽'을 물면 그대로 한 시대를 복원할 수 있지 않겠는가 '유브 갓 메일'에서 맥 라이언이 출퇴근 때마다 걸어가며 마시던 초록색 종이컵의 커피 한 잔으로 대변되는 스타벅스, 그래서 '사랑도 움직이는 거야'라는 그 로고의 시대에 이런 행동을 한다고 누가 감히 비웃을 수 있겠는가.

에로스의 미학
— 여자의 육체는 신(神)이 만든 최고의 그릇이다

그대의 허리에서 그대의 발을 향해
나는 기나긴 여행을 하고 싶다.

나는 벌레보다 더 작은 존재

나는 이 언덕들을 지나간다.
이것들은 귀리빛깔을 띠고 있는.
오로지 나만이 알고 있는
가느다란 자국들을 갖고 있다.
몇 센티미터 정도의 불에 데인 자국들을.
창백한 모습들을.

여기 산이 하나 있다.
나는 거기서 절대로 나오지 않겠다.
오오 얼마나 거대한 이끼인가!
그리고 분화구 하나와 촉촉이 젖어 있는

불의 장미 한 송이가 있다!

그대의 다리들을 따라 내려오면서
나선형을 그리며 생각에 잠기거나
혹은 여행하면서 잠을 자다가
마치 맑은 대륙의
단단한 꼭대기들에 이르듯이
둥그런 단단함을 지닌 그대의 무릎에 나는 도달한다.

그대의 발을 향하여 나는 미끄러진다
날카롭고, 느릿하고.
반도(半島) 같은 그대 발가락들의
여덟 개 갈라진 틈새로.
그리고 그 발가락들에서
하얀 시트의 허공으로
나는 떨어진다. 눈멀고
굶주린 채 그대의 타오르는 작은 그릇 모양의
윤곽을 찾아 헤매이면서!

— 네루다 「벌레」 전문

　　바슐라르에 있어서 '물의 상상력'은 결국 대지로 통한다. 모든 생
명현상은 물에 적실 때 풍요로워진다. 애초에 생명이 물에서 탄생했
음은 주지(周知)의 사실이다. 희랍신화에서 미인을 상징하는 비너스
도 바다의 거품 속에서 올라왔다. 그것은 묘하게도 오늘날 생명현상

을 설명하는 생태학자들의 가설과도 일치한다. 빅뱅현상에서는, 지구에서 떨어져 나간 달이 식어지고 지구에선 물 속에 한 아메바가 탄생하면서 기포를 만들고 산소를 내뿜기 시작한다. 그야말로 생명의 지를 꿈꾸는 아메바의 능동적인 의지에 따른 운동이 시작된 것이다. 그런 의미에서 벌레야말로 이 생명을 꿈꾸는 원형으로 상징된다.

이 시는 굶주린 작은 벌레 한 마리가 거대한 우주를 여행하는 데에서부터 이미 아이러니가 발생하고 있다. 그 거대한 우주란 알고 보면 여인의 육체다. 벌거벗은 육체를, 아니 침상에 실오라기 하나 걸치지 않은 여인의 육체를 스멀스멀 벌레 한 마리가 타고 내려가는 그 사실적 묘사가 신성한 섹스의 감각을 흔들면서 에로틱한 웃음을 만들고 있다.

이 에로스적인 탐미 욕구는 저 끝없는 우주의 정신에까지 닿아 있고 그래서 육체는 신이 만든 그릇이며 영혼을 담는 그릇이다. 동서고금을 통하여 육체의 아름다움을 이렇게 묘사한 시는 일찍이 없었던 것 같다. 그것도 작은 벌레 한 마리를 여인의 미끈한 허리에서부터 발가락 끝까지. 그 발가락 끝에서 다시 하얀 시트의 허공으로 떨어지게 만들면서 끝없는 우주정신을 천착하고 있다.

여기서 여인의 육체야말로 신이 만든 최고의 그릇이며, 기쁨이며, 최상의 아름다움이다. 네루다는 자신을 작은 벌레로 비유하면서 굶주린 채 전신으로 타오르고 있다. 그래서 그는 "나는 벌레보다 작은 존재"라고 말한다.

여기 산이 하나 있다.
나는 거기서 절대로 나오지 않겠다.

오오 얼마나 거대한 이끼인가!

그리고 분화구 하나와 촉촉이 젖어 있는

불의 장미 한 송이가 있다!

   그는 이처럼 여인의 육체를 더듬어 내려가면서 불쑥 융기한 "산"의 분화구를 찾아내고 촉촉이 젖어 있는 "이끼"와 "불의 장미 한 송이"를 꺾는 열정의 스킨러브를 노래한다. 오르가슴의 절정! 그는 그 이끼 속에 숨어 나오지 않겠다는 것이다. 이쯤 되면 이 시야말로 에로티시즘의 절정을 노래한 시라 말할 만하다.

   그러면서 시의 후반부를 통해 육체의 하반신을 타고 내리면서, 그 벌레는 무릎에 당도하고 있다.

그대의 발을 향하여 나는 미끄러진다.

날카롭고, 느릿하고.

반도(半島) 같은 그대 발가락들의

여덟 개 갈라진 틈새로.

그리고 그 발가락들에서

하얀 시트의 허공으로

   그 미물인 작은 벌레는, 아니 나는 눈멀고 굶주린 채 떨어지는 것이다. 아무리 여인의 육체를 탐하고 정복했다 해도 그 우주인 육체 속의 정신은 다 발가벗길 수 없음을 이 미물의 존재는 터득하고 있는 것이다. 그것은 신이 만든 오묘한 악기이면서 타오르는 작은 그릇 모양의 윤곽이기 때문이다.

여기에서 참으로 네루다의 위대한 정신을 일깨울 수 있다. 일찍이 브레히트는 "모래알 속에서 우주를 보고 들꽃 한 송이에 천국이 있다"고 노래했지만 네루다는 이 신의 그릇, 즉 신이 만들어낸 이 지상의 최상품인 명기(名器) 속에서 우주와 천국을 읽어낸 것이다.

이와 같이 시에서는 '엉뚱한 이미지', 즉 시적 자아를 벌레로 치환시키면서 에로스의 무서운 충격과 웃음을 만들어낸다는 사실이다. 동시에 이는 기발한 착상이면서 엉뚱한 발상에서 시의 웃음이 만들어진다는 사실을 넌지시 일깨우기도 한다.

이처럼 한 편의 시를 다 읽고 난 후에 떠오르는 웃음은 얼마나 값진 것인가. 코미디언들이 순간순간 쏟아내는 웃음이 아니라, 다 읽고 나서 가만히 웃게 되는 웃음은 얼마나 이지적이며 소중한 것인가. 이 웃음은 또한 고금소총이나 와이담에서 쏟아내는 웃음도 아니며 그렇다고 소설인 『흥부전』이나 『배비장전』, 「변강쇠타령」에서 맛볼 수 있는 그런 사설조의 웃음과도 현격한 차이가 있는 것이다.

또는 '발이 마술사'라 불리는 카메라의 영상도 마찬가지다. 이따금 홍콩 영화에서 볼 수 있는 경쾌한 웃음, 즉 『영웅본색』에서 주윤발이 형사로 분하여 화재 현장에 뛰어들어 어린애를 구출해 나오다가 바지에 불이 붙었을 때, 어린애가 포대기 속으로 흘린 오줌이 불을 끄는 그런 재치로 웃는 웃음도 아니다. 이런 재치나 순간적인 기지로 떨어지는 웃음과 시(詩) 속에서 웃는 웃음은 근본적으로 다르다.

이런 웃음 만들기와는 달리 시 속에서의 웃음 만들기는 저 신의 미소에까지 닿아 있는 웃음이고, 영혼 깊숙한 곳에서 울리는 내밀한 웃음인 것이다. 시인은 단지 언어의 뚜껑을 열고 그 웃음을 꺼내는 마술사와 같다고 해야 할 것이다. 시인을 '언어의 연금술사'로 부르는 까닭도 여기에 있다.

　이런 웃음이야말로 시에서만 요구될 수 있는 지적(知的) 상상력의 웃음임은 새삼 다시 말할 필요가 없을 것 같다. 따라서 이 시는 에로스 미학의 극치라 할 만하다.

나의 시와 야생화
— 지역문학을 위한 메타비평

내가 들꽃을 찾아나선 지는 오래되었다. 최근의 인상적인 경험은 제주 한라산 용눈이 오름을 찾았을 때였다. 김순이 시인이 토종꽃으로만 뒤덮인 '용눈이 오름'이란 곳이 있다 하여 찾아간 곳이다. 그곳은 한라산의 4백여 오름 중 유일하게 야생화로만 뒤덮인 오름이었다. 11월인데도 아직 지지 않은 풀꽃들이 하늘의 별들처럼 난만하게 피어 있었다. 융단처럼 부드러워 보였다. 김순이 시인은 '제주 바다는 소리쳐 울 때가 아름답다'고 쓴 적이 있다. 그런 바다를 배경으로 피어 있는 꽃들은 아름다웠다. 나의 가슴은 꽃들의 색깔만큼이나 진하게 물들고 있었다. 물봉선, 물매화, 체꽃, 오랑캐, 구름무늬, 하늘메꽃……. 꽃이름만 묻고 다니기에도 한나절이 걸렸다. 분화구를 끼고 능선을 넘으면 그때마다 쪽빛바다가 눈시울을 적시고, 그 눈시울에서 삼삼한 꽃들이 하마 제 이름 기억 못할까 근심스러운 얼굴로 나를 빤히 쳐다보았다.

"좋은 풍경 하나가 우리를 천국에 데려다 줄까요?"

"천국까진 몰라도 큰 위안은 되겠지요."

한 시인이 묻고 한 시인이 대답하는 말이었다.

"제주 사람들은 살아서는 개차반 신세지만, 죽어서는 저렇게 호사를 누린답니다."

마지막 능선을 내려오며 감자밭 가운데 돌담을 두르고 누워 있는 무덤 몇 기를 가리키며 하는 말이었다. 그러고 보니 각진 돌담 안의 무덤들도 자잘한 풀꽃들로 뒤덮여 외롭지 않겠다는 생각이 들었다. 그렇다. 이름 모를 한라산의 꽃들에는 뻘때추니의 하얗게 쉰 목소리가 숨어 있고, 잃어버린 전설의 땅 이어도의 늙은 산메아리가 숨어 있는지도 모른다. 바로 그 숨어 있는 목소리와 산메아리 속에 들꽃 세상이 이처럼 환하다. 다음과 같은 초대시 한 편을 썼다.

> 한밤중 별들의 수효만큼 한라산 오름의 꽃들은
> 대낮에도 별밭을 이룬다.
> 한 능선을 넘거나 넘어올 때도 반달 같은 꽃차일이 하늘을
> 가리고 쪽빛 바다가 먼저 발 아래서 눈시울을 적신다.
> 앞오름 체오름 내가 이름지어 부른 용눈꽃오름
> 오름 오름마다 쇠똥내 말오줌 퍼질러져 설문대 할망
> 거름 보시로 질펀하다.
> 이 가을은 지린내에 절어 들꽃처럼 피고 지고
> 들꽃이 어우러진 들꽃세상
> 나도 그 들꽃세상에서 들병이처럼 들린다.
>
> 물봉선, 물매화, 체꽃, 구름무늬, 하늘메꽃…….
>
> 감자밭 귀퉁이 각진 돌담을 돌아 나오는데

한바탕 엉겅퀴 가시꽃들 휘장을 두른 무덤들이
난데없는 꽃상여 타고
난바다 바람파도 끝머리 우우우 소리쳐 몰려간다.

무시로, 풍경 하나가 우리를 천국의 門에다 데려다 준다.

　나도 그때 무시로, 이런 좋은 풍경 하나가 우리를 천국의 문에다
데려다 준다고 믿었다. 제주도 풍경에 젖어들면서 잊을 수 없는 꽃
이 또 있다. 제주도의 여름 바닷가를 밝히는 '숨비기꽃' 이다.

아직 바다가 쪽빛이긴 때 이르고
오명가명 한 소쿠리씩
마른 꽃을 따다가 베갯솜을 놓는
눈물 끝에 비친 사랑아

그 모세혈관 피를 맑게 걸러서
멀미 끝에 오는 시력을 다시 회복하고
저승 속까지 연보라 燈을 실어놓고
밝은 눈을 하나씩 얻어서 돌아가는

시집갈 땐 이불 속에 누구나
樂베개 하나씩 숨겨가는
그 숨비꽃 사랑 이야길 아시나요

—「숨비기꽃」 3~5연

시에서 말한 것처럼 제주도에서 민간요법으로 가장 많이 쓰이는 꽃이다. 잠수질에 멀미가 나면 마른 꽃을 달여먹는다. 그래서 시집 갈 때 누구나 '숨비기꽃 베개'를 가마 속에 넣어간다. 해녀들에겐 저승 속까지 비춰내서 전복이나 소라, 하다못해 오분자기 새끼까지 따낼 수 있도록 '밝은 눈'을 주는 꽃인 셈이다. 이 때문에 숨비기꽃은 육지에서 피는 '며느리밥풀꽃'이나 '며느리밑씻개'처럼 서러운 사랑 이야길 지닌 꽃이기도 하다.

날씨 보러 뜰에 내려
그 햇빛 너무 좋아 생각나는
산부추, 개망초, 우슬꽃, 만병초, 둥근범꼬리, 씬냉이, 돈나물꽃
이런 풀꽃들로만 꽉 채워진
소군산열도(小群山列島) 안마도(鞍馬島) 지나
물길 백 리 저 송이섬에 갈까

그 중에서도 우리 설움
뼛물까지 녹아흘러
밟으면 으스러지는 꽃
이 세상 끝이 와도 끝내는
주저앉은 우리를 다시 일으켜 세우는 꽃
울 엄니 나를 잉태할 적 입덧나고
씨엄니 눈돌려 흰 쌀밥 한 숟갈 들통나
살강 밑에 떨어진 밥알 두 알
혀 끝에 감춘 밥알 두 알

몰래몰래 울음 훔쳐먹고 그 울음도 지쳐
추스림 끝에 피는 꽃
며느리밥풀꽃

햇빛 기진하면은 혀 빼물고
지금도 그 바위섬 그늘에 피었느니라.

— 「며느리밥풀꽃」 전문

며느리밥풀꽃을 '먼 바위섬' 그늘로 옮겨 보았다. 사실 이 꽃은
산과 들에서 많이 보이는 꽃이다. 이 꽃은 흰 꽃술을 꼭 혀처럼 내밀
고 거기에 두 개의 밥알이 열린 모양을 하고 있다. 며느리의 시집살
이 설움이 엉긴 꽃이다. 꽃에서 보는 원형심상. 그 이름은 또 얼마나
절절한가. 시아버지 몫인 웃밥(흰 쌀밥)이 뜸이 들었나 싶어 맛을
보다가 시어머니에게 들켜서 쫓겨난 며느리, 삼킬 수도 없어 무색하
게 겨우 '살강 밑에 떨어진 밥알 두 알' 때문에 쫓겨나 꽃으로 환생
했다는 며느리 얘기가 이 꽃에 숨어 있다. '며느리밑씻개'란 꽃도
있다. 나는 이 꽃에서 고부간의 갈등을 상상했다.

풀이름만이 아니라 우리 낱낱의 얼굴도 이렇게 이름지어진 게 아
닐까. 땡볕 속에서 밭을 매다 낳은 딸년은 '밭순이', 길가다 낳은
녀석은 '길동이' '쇠똥이' '개똥이', 뒷물하다 낳으면 '똥례(분
녀)', 갯벌에서 꼬막을 잡다 낳으면 '꼬막녀' …… 정겨운 우리 이
름들도 유감주술에다 무병장수를 기원하는 마음에서 붙인 이름들일
터이다.

저 갯마을 흐드러진 복사꽃잎 다 질 때까지

이 밤은 아무도 잠 못 들리

한밤중에도 온 마을이 다 환하고

마당 깊숙이 스민 달빛에

얼룩을 지우며

성가족들의 이야기 도른도른 긴 밤 지새리

칠칠한 그믐밤마다 새 조개들 입을 벌려

고막女들과 하늘 어디로 날아간다는 전설이

뻘처럼 깊은 서산 갯마을

—「서산 갯마을」 부분

위 시는 어느 봄밤, 서해안 간월도 근방에 있는 어느 마을에 들러 쓴 시다. 훈훈한 갯바람이 불고 있는 갯마을의 봄밤, 복사꽃 그늘 아래서는 마을 가족들이 밀낙지국(밀가루＋낙지)을 먹거나 무젓(꽃게 젓)을 먹는 멋스러운 풍경이 연출되기도 한다. 이런 저녁 풍경은 갯마을의 음습하고 찌든 삶조차 환하고 풍성하게 바꾸어준다. 한국적이고 향토적인 인정이 뻘밭을 구르는 물살처럼 질퍽하다. 새조개들과 고막女들이 눈이 맞아 대처로 달아났다는 그런 얘기들마저 신화처럼 또 전설처럼 무르익는 밤이었다. 왜 하필이면 복사꽃, 살구꽃이 필 때에야 갯마을의 고향다움이, 그 아늑한 정경이 가슴 저미게 하는지를 이때 비로소 알았다.

제주 음식 기행

측간에다 돼지를 친다. 배설물을 처리시키자는 것이다. 2~3평 정도의 터에 돌로 네모지게 한 길 남짓 쌓아올린 것이 측간이요, 동시에 돈사다. 한편 구석에다 기다란 돌 2개를 다리처럼 놓았다. 여기에 앉아 뒤를 본다. 그러면 돼지는 그 아래서 기다렸다가 배설물을 처리한다. …연밤송이 같은 콧구멍을 벌쭉거리며 꿀꿀댄다.

「백치 아다다」의 작가 계용묵이 쓴 제주기행 「탐라점철(耽羅點綴)」에 나오는 이야기다.

비가 오는 날 마방(馬房)에서 말이 새끼를 낳으면 그 새끼의 몸에 평생토록 얼룩이 진다고 한다. 그래서 어미말은 비가 오면 슬프게 운다고 한다. 조랑말에 대한 제주의 속설이다. 새끼는 12개월만에 낳는데 제주 여자도 그 말고삐 줄을 넘으면 12개월만에 애를 낳는다고 한다. 이를 보면 말에 대한 외경심이 얼마나 강했는지 알 수 있겠다.

이는 필자가 《주간동아》에 연재하고 있는 「시인 송수권의 풍류 맛기행」에 나오는 말고기 취재노트 중 한 부분이다. 그저께는 계용묵의 「탐라점철」에 나오는 그 연밤송이 같은 콧구멍을 벌쭉거리는 제주 토종돼지를 찾아 한라산 산간 마을을 돌았지만 실패했다. 그리고 어제는 중문단지 해변에 있는 민속촌 '씨 빌리지'에 여장을 풀고 말고기를 찾아나섰다.

"먼 길 오젠 허난 속아수다."

"마음 편히 쉬당 잘 갑서예."

중문 민속촌 씨 빌리지 102호실 거실 벽에 새겨진 문구다. '속아수다'는 '수고하셨습니다'의 방언이다. 3박4일 중 1박은 이곳에서 묵기로 했다.

최근 말고기집이 다시 살아나고 있어 반가웠다. 고수목마(古藪牧馬)가 그 대표적인 예. 신제주 연동 뉴크라운 호텔 후문에 있는 순향토음식점이다. 공항에서 가깝고 주위에는 그랜드 호텔, 밀라노 호텔, 구 신한백화점, 신라 면세점 등이 있어 일본 관광객이 붐비는 곳이다. 원체 마사시를 좋아하는 그들인지라 마사시 또는 샤브샤브, 말초밥쯤은 먹고 가는 것이 그들의 자랑이다.

예로부터 한라산의 명물로 소금에 절인 마육포와 흰사슴포 그리고 병귤이 3대 진상품으로 기록돼 있다. 흰사슴이 없어지고 귤밭이 망해버린 것은 유감스러운 일이다.

세계 명문가의 음식으로는 흔히 포아그라(거위간), 캐비어(철갑상어알), 원숭이골 요리가 꼽힌다. 거기에 제주 조랑말고기를 내세워도 손색이 없을 듯하다. 일본 구마현의 마사시나 유럽의 말스테이크는 비프스테이크보다 선호되는 음식이기 때문이다. 이렇게 되면

360여 오름 갈숲에서 정당벌립을 쓴 말몰이 뺄때추니들의 쉰 목소리도 저 최초의 말목장이 있었던 수산벌까지 퍼져나갈 것이다.

고수목마에서 말고기를 취재하고 돌아와 바닷가의 분위기를 만끽할 수 있어 좋다. 씨 빌리지 아래 바로 '중문 해녀의 집'이 있고 성천 포구와 몽돌밭이 있다. 또 해금강 절벽 같은 '주상절리대'의 기기묘묘한 지삿개까지는 아직도 포장 안된 길이 나 있다. 그러나 이 시대의 망나니들이 가만 두고볼 리 없다.

겨울 6시, 해녀의 집에 앉아 전복죽을 먹으며 송악산에 걸리는 저녁 낙조가 물든 바다를 내다본다. 이럴 때는 죽죽녀(竹竹女)라도 데려올 것을 하고 후회한다. '가파도' 그만 '마라도' 그만 2개의 섬이 낙조에 젖어 화반(花盤)처럼 앉았고 사계리의 앞바다 형제 섬이 그 화반을 고이고 두 송이 연꽃처럼 환하다. 이곳에서야말로 맛과 멋과 정서가 어우러져 일체의 화엄세계를 지향한다.

몽돌밭에 물발이 서고 물까마귀 같은 잠수녀들이 물구덕을 지고 올라온다. 마을 어촌계에서 공동으로 관리하는 '해녀의 집' 잠녀들이다. 이 해녀의 집은 한 달 3교대로 3명씩 주방일을 맡는다. 전복을 직접 따오는 것도 상군(나이 많은 잠녀)들의 몫이다. 노을 속에 물까마귀처럼 물 속에서 내지른 청청한 숨비소리가 조금은 목이 갈린 망다리 숨비소리인지라 옛날 비바리들의 정서와는 사뭇 다르다. 밀집된 호텔촌의 절벽 밑에 아직도 이런 풍경이 해묵은 액자처럼 걸려 있다니 고마운 일이다. 이 자체만으로도 '해녀의 집' 전복죽 맛은 별미다.

부모가 늙어지면 모든 권리를 자식에게 양보하고 자기는 작은채, 즉 '모커리'라는 별채로 옮겨 독립을 선언하는 제주의 늙은이 모습

또한 이 액자 같은 풍경일지라도 얼마나 아름다운 삶인지 모르겠다. 가끔은 물밑에 숨겨둔 알짜 전복도 따다가 안채의 아들 내외에게 건네곤 하리라. 도시를 떠도는 독거노인들과 달리 60~70대의 잠녀들은 아직도 싱싱하기만 하다. 따라서 제주의 고령화 사회란 있을 수 없다. 이것이 '3다(三多)'에 길들여진 ㅈ냥 정신의 아름다움이다.

6시 30분, 아직도 노을은 사위지 않았는데 해녀의 집은 벌써 문을 닫는다. 여름은 밤 11시 30분까지란다. 밤샘을 해도 모자랄 판인데 세상은 또 이쯤 달라진다. 오분재기를 갈아 죽을 쑤는 불량 전복죽집보다는 이런 정직성이 해안가 '모커리'라는 낡은 풍경 속에 숨어 있어 아직도 제주 인심은 훈훈함을 느끼고 살 만한 땅이란 믿음을 준다.

고래를 찾아서
— 지역문학을 위한 메타비평

1

마지막 고래잡이배를 동해로 떠나 보내며
해부장 김씨는 눈물을 보인다
김씨의 눈물 방울 방울 속으로
스무살에 두고 떠나온 고향 청진항이 떠오르고
숨쉬는 고래의 힘찬 물줄기가 솟아오른다
고래는 김씨의 친구며 희망
청진항 고래를 이야기할 때마다
육십 나이에도 젊은 이두박근이 꿈틀거리고
통일이 되면 통일이 되면
청진항으로 돌아가 고래를 잡겠다던 김씨
누가 김씨의 눈물을 멈추게 하겠는가
이제 마지막 배가 돌아오면
장생포여, 고래잡이도 끝나고
(후략)

울산에 살고 있는 정일근 시인의 「장생포 김씨」라는 시다. 1988년 지역문학의 메타비평지인 《민족과 지역》 창간호에 실린 시다. 현재 밀양연극학교 촌장(村長)인 이윤택과 필자 등이 중심축을 이루며 고 이성선 시인, 나태주 시인, 정일근, 최영철, 서지월, 문충성 등 지역 시인들의 게릴라적 성격을 지닌 잡지였다. 중앙의 집권 문화(문학)를 뒤집자는 잡지였는데 3호까지 나오다 정간되었고, 이윤택은 다시 밀양연극촌을 세우면서 《게릴라(Guer-rilla)-관점 21》을 변함없이 지금까지 내오고 있다.

요즘 강준만(《인물과 사상》 발행)이 내놓은 『문학권력』이란 단행본이 나온 것도 그로부터 16년만의 쾌거다. 분단 50년 만에 수평적 정권은 교체되었어도 '수평문화(문학)' 운동의 갈 길은 아직도 요원하다. 모든 지식인이 전리품을 앞에 놓고 쿨쩍거려져 버린 시대 상황을 뛰어넘어 이윤택 굿쟁이 그만이 살아남아 있다는 필자의 생각이다. 동해의 물기둥을 뿜고 뛰노는 고래떼의 장엄한 광경. 신년하례의 도하신문에는 이 모습과 함께 동해 일출을 보여주었으면 했는데 혀꼬부라진 축시 몇 줄로 대신하는 것을 보고 언제부터 우리 삶이 이렇게 왜소해져버린 것인가라고 묻지 않을 수 없었다.

음식기행을 하다보니 신년 벽두엔 먹어도 고래고기를 먹자 싶어서 떠난 곳이 장생포였다. 시간이 허락된다면 할매집(나미자, 017-581-8081, 052-265-9558, 울산시 남구 장생포동 142-10) 고래고기를 먹고 나서 반구대 암각화인 고래 그림까지를 보고 오자는 욕심이었다. 태화강의 지류인 대곡리 암각화와 뛰어난 주변 절경인 풍류현장까지를 겸한 '원시문화산책로'를 걷는다는 것은 얼마나 기막힌 일이겠는가. 선사인들의 어로문화, 특히 고래와의 싸움, 또 공룡그림까지 겸한다면 바다의 왕자와 육지의 왕자를 한눈에 어우를 수 있는 원시문화의 어로 산책로이기도 한 것이다. 다만 유네스코 문화유산 목록에도 빠져 있다면 한국인의 의식구조가 뭐가 잘못되어도 한참 잘못된 것이 아닐까.

할매집에 앉아 고래고기를 먹으며 이 산책로는 필자의 여정 때문에 뒤로 미룰 수 밖에 없는 것이 안타까웠다. 차림표를 보니 가장 맛있는 부위 우네(뱃살) 한 접시에 3만원, 오배기(꼬리살) 3만원, 생고기 2만 5천원, 육회 2만 5천원, 수육 3만원, 내장 등으로 많지 않은 부위였다. 인근의 원조할매집, 골목할매집, 왕경, 고래막 등 6곳의 고래집과 울산시내의 장생포전통, 강남 김포수 집 등이 아직도 국제포경위원회(IWC)의 감시에도 불구하고 그 명맥을 유지하고 있는 형편이다.

고래야말로 장생포의 신화와 전설이고 삶이었다. 그중에서도 귀신고래의 해유면이기 때문에 기왕이면 "귀신고래고기 있어요?" 했더니 무슨 잠꼬대냐는 듯이 주인이 얼굴을 빤히 쳐다본다. 알고보니 장생포 귀신고래는 1966년에 5마리가 잡힌 것을 마지막으로 맥이 끊겼다는 것이다. 11월 20일 이후 연말까지 가장 많이 회유했던 것이 귀신처럼 포경선을 따돌린 귀신고래였다는 것이다. 동해에 넘치고 있는 고래는 밍크고래이기에 '밍크고래고기'가 식탁에 오를 수 밖에 없는 것이 현지 사정이기도 하다.

광복후 장생포는 개도 만원짜리를 몰고 다니는 부자동네였다. 그것이 1986년부터 'IWC'의 규제 때문에 맥이 끊겼다. 고래고기는 49부위 정도, 맛이 각각 달라 강대국(목축국가) 논리에 밀려 있는 형편, 한번 맛을 보면 육류의 선호도는 그만큼 뚝 떨어지기 때문이다.

LA갈빗살이 어찌 이 생고기의 순수한 맛을 당해낼 수 있으랴! 부위별 모듬은 5만원이니 이만하면 값도 괜찮은 편이다.

2

제주 말고기집의 말피나 마사시는 체질상 나의 비위를 건드린 말피 때문에 고생을 해서 다시는 먹고 싶지 않은 금기식이 되었지만 장생포의 고래고기 '부위별 모듬'(생고기, 우네(뱃살), 오배기(꼬리), 내장 등)은 다시 생각나 첫취재 그 일주일 후, 거듭 내려가지 않을 수 없었다. 더구나 태화 강변의 '반구대 암각화'를 못 보고 온 것이 평생의 한으로 남을 것 같았기 때문이다.

화가 변종하 선생은 죽음을 앞두고 고래고기가 먹고 싶어 울산에 내려온 일이 있었고, 시인 박목월은 서울에서 고래고기 맛을 알고 교통이 불편했던 시절인데도 버스편에 운송해다가 즐겼다고 한다. 이는 장생포의 고래고기에 관한한 한 시대의 미각을 풍미하고 간 선인들의 일화로 남을 만하다. 『자산어보(玆山漁譜)』에 의하면 진나라의 최표는 『고금주』에서 파수를 치면서 나아가는 소리가 뇌성과 같고 뿜어내는 물방울은 비를 내린다고 했다. 또 암놈은 예라 하는데 큰놈은 길이가 천발에 달하여 눈이 명월주(明月珠)와 같다고 했다. 그러면서 눈은 술잔을 만들고 수염은 자[尺]를 만들며, 그 등뼈는 잘라 절구를 만드는데 『고금주』에는 이 사실이 빠져 있으니 이상한 일이다라고 이의를 제기하기도 한다. 또 고기를 삶아서 기름을 내면 10여 독을 얻을 수 있다고도 했다.

지금까지 알려진 대왕고래는 몸길이가 33m이고 무게가 150t~170t, 심장이 자동차만하고 동맥은 강아지가 뛰놀 정도며 코끼리 30마리 또는 성인남자 2,430여 명의 무게와 같다고 보고되어 있다.

장생포 고래잡이 실태는 1910년 이전엔 미국과 러시아가 대량학살로 쓸어갔고 그 후는 1950년까지 일본이 쓸어갔고, 1950년 이후에야 수염고래중에 가장 작은 밍크고래 정도만 잡았던 것은 포경사의 약술이다. 장생포의 김해진(75)씨는 평생 1천여 마리의 고래를 잡았으나 포경의 주요 대상이었던 귀신고래는 한 마리도 못 잡았다고 증언한다. "수면에 파도가 있는 날은 구분이 좀 어렵지. 고요한 바다에서는 물살이 약간 갈라지면서 흰 파도가 살짝 생기면 틀림없이 고래지. 한평생 고래만 찾아 다녔는데 그것도 모를 턱이 있나?" 지난 5월 국립수산진흥원의 부탁으로 고래자원 조사를 나갔을 때 그는 물살의 움직임만 보고도 고래를 찾아 답사팀의 혀를 내두르게 했다. '나비 폭풍'이란 법칙이 있는데 나비 나래의 가녀린 떨림이 지구 저쪽의 거대한 폭풍으로 변하는 효과법칙을 두고 한 말이다.

고요한 물살이 폭풍으로 뒤집어지며 밍크고래떼가 치솟는 광경은 선진국이 지향하고 있는 '고래구경산업'을 충분히 가능케 한다. 동해는 밍크고래가 넘치고 있어 솎아내야 할 정도가 되었기 때문이다. 김옹은 포경이 재개되면 다시 한번 고래배를 타고 나가 포를 쏘아보고 싶다고 말한다. 14대째 살아온 심수향(울산시인학교)씨 증언에 따르면 포경선이 들어오면 시발택시(쓰리쿼터)를 불러타고 내해마을까지 가곤 했다고 한다. 포경선의 뱃고동 소리도 30자, 40자 등 크기에 따라 달리 울렸고 깃발도 따로 걸렸다고 술회한다. 뼈는 과수원의 거름으로 썼고 기름은 '새마을 비누'를 만들어 썼던 경험이 있다고 말한다. 같이 동행한 제자 박상건(《OKNO(窓)》 발행인) 시인은 새벽종이 울렸네, 새아침이 밝았네, 쓰레기 청소차만 보아도 멋모른 어린 시절이 아름다웠을 거라고 대창(큰창자) 삶은 고기를 들며 상상력을 발동한다. 귀신고래의 경우 대창은 50자의 길이를 상회했다고 할매집 주인이 거들기도 한다.

지난주에 실패한 경험이 있어 이번에는 고래고기 부위별 모듬 맛을 즐기고 반구대 원시산책로를 걷는다. 전설로만 남은 동해 고래는 경상일보 정명숙 부장의 말대로 반구대에 살아있기 때문이다. 암각화는 너비 6.5m, 높이 3m 가량의 큰 바위면에 인간상이 8점, 고래와 물고기, 사슴, 호랑이, 멧돼지, 곰, 토끼, 여우 등 120여 점, 고래잡이 배와 어부, 사냥하는 광경 등 5점, 미식별 동물 30여 점인데 1984년도 조사보고에 따르면 형상구분이 가능한 191개의 조각 중 '원시수렵, 어로생활'이 164개나 된다. 이 중 육지동물이 88마리, 바다동물이 75마리고 고래가 가장 많다. 장생포 사람들 말처럼 고래(포돌이, 곰새기)가 다시 돌아온다면 여름날의 고래고기 삶는 냄새로 항구가 떠나갈 듯이 질펀해질 것이다.

눈내리는 강구항의 대게 삶는 게장국 냄새와 함께 우리 국토에선 '냄새'로 찾을 수 있는 항구는 일찍이 두 곳뿐이었다. 한일국교 정상화가 되고 광복 이전은 일본이 그 냄새까지 싹쓸어 가버린 때문이다.

3
고래는 물을 뿜고 사는 젖먹이 동물이다. 소리와 소리에 민감하며 소리로써 먹이활동까지 하고 그들의 존재를 인지한다고 한다. 해저 200~300m엔 향유고래의 소리통로가 있다고까지 학자들은 말한다. 시원의 소리요, 그대로 살아있는 원시통로다. 이 시대에 살면서 고래처럼 물을 뿜고 사는 원시 통로는 없는 것일까? 15년만에 만난 은현시사(銀峴詩社)의 주인 정일근 시인과 하룻밤 머물면서 솜씨 좋은 사모님의 음식맛을 즐겼던 것도 커다란 기쁨이었다. 부산에서 최영철 시인 내외가 왔고, 또 은현 마을은 하나의 예술촌 블럭을 이루면서 그쪽 '쟁이'들이 많이 살고 있어 즐거움은 더했다. 쪽물 들인 대안 스님의 목도리는 아직도 겨울 바람 속에서 내 목을 휘감고 있어 따뜻하다. 이처럼 물쟁이가 있는가 하면 사진쟁이, 이기철 시인 같은 지역 모임을 주도하고 있는 사랑방 운동도 이 마을에 있다. 더구나 이 마을은 가야시대의 무제치늪이 산 정상에 있어 특이하다. 마침 우포늪지기 배한봉 시인과 함께 동행하였으므로 지역안에서 숨쉬고 있는 '원시 소리 통로'가 이처럼 열려 있어 지역은 살 만하다는 느낌이 들었다. 특히 무제치늪은 우리 나라의 식충식물 창고이기도 하여, 나는 풍경이 좋은 강가에 서재를 마련하면 우리 나라 초유의 물풀공원 하나를 만들어 보는 게 꿈이다. 그땐 무제치늪의 식충식물의 씨앗을 받아오려니 하는 터무니 없는 환상에까지 잠겼다.

각박한 시대에 지역을 넘나들며 사람 냄새, 자연의 원시 통로와 같은 인정(人情)을 다시 모을 수만 있다면 얼마나 좋겠는가를 정일근 시인, 최영철 시인, 배한봉 시인, 박상건 시인, 대안 스님까지 합세하여 은현시사의 밤식탁은 훈훈한 냄새로 넘치고 있었다. 동해를 지키고 사는 물뿜기의 밍크고래떼가 다 모인 느낌이었다.

화제는 자연스럽게 1988년에 우리가 주도했던 수평문화 운동이었던 《민족과 지역》무크지에 모아졌다. 그러고 보니 이윤택, 서지월, 나태주, 이성선(작고) 등만 없고 다 있는 셈이었다. 《민족과 지역》은 3호까지 나오다 끊겼다. 벌써 15년이 되었다.

"굿쟁이 이윤택을 꼬드겨 우리 다시 이 라인을 가동해 볼까?"

이런 대화를 나눈 끝에 다음날 정일근 시인을 따라 장생포의 고래 고기를 취재하고 집에 돌아와 그때의 창간호를 들춰보니 '광주/부산 책임 편집'이란 타이틀이 나와 있고, 속날개엔 이렇게 적혀 있다.

'90년대 민족, 문화, 사회, 정치, 경제 전반의 문화이론은 무엇인 가? 이것은 본 《민족과 지역》 무크지 '신인간시대 선언'에 잘 나타 난 바와 같다. 전체획일주의로 개선의 논리를 말살하는 과거의 흑백 논리 시대를 극복해 가기 위하여 새로운 지역문화의 논리가 대두된 소이는 여기에 있다. 우리는 이 논리에 살고자 하며 이 논리의 시대 를 '신인간시대' 또는 오염되지 않은 '신인간'으로 규정한다. 그리 하여 중심부/주변부, 중앙/지방, 계층/계층, 지식인/노동자, 중앙집 권/지역, 지역/지역의 갈등과 모순을 해결해가는 전략적 미사일로 이 책은 지역문화 운동 논리에 의해 뜻있는 젊은 세대에 의해 주도 해 갈 것으로, 경향각지의 호응을 얻을 줄 믿어 의심치 않는다.'

그리고 다음 속페이지엔 「지역문학 운동과 신인간 시대 선언」이 라는 선언문과 함께 '서울도 하나의 지역으로 수평문화의 운동선상 으로 파악되는 것은 지극히 당연하다'고 되어 있다. 그러나 모든 권 력, 문화, 경제의 중심체는 서울이다. 이 집중화 현상이 지역을 망치 고 이 집중권력의 사람들이 지역을 사냥해 가고 전리품으로 삼는다. 그보다 더 큰 문제는 중앙의 또 다른 중앙의 중앙화 음모가 새로운 '신인간시대'를 망친다. 지역 잡지가 있어도 고래가 숨쉴 만한 원시

통로가 없고, 지역 시인이 있어도 중앙의 개차반밖에는 안 되는 현실에서 물을 뿜는 동해안의 고래를 찾는 일이란 계란으로 바위치기와 같을 것이다.

그러나 지역 공간은 지역인이 파수꾼이 되어 스스로 권리를 주장하고 의무를 다해가는 도리밖에는 없을 터이다.

다음은 장정일 시인의 「중앙과 나」란 시다. 《민족과 지역》 창간호에도 실려 있지만 그때나 지금이나 지역이 달라진 점은 문화적 경제적으로 한 치의 발전도 없는 듯하여 섭섭하기만 하다.

> 그는 〈중앙〉과 가까운 사람
> 항상 그는
> 그것을 〈중앙〉에 보고하겠소
> 그것을 〈중앙〉이 주시하고 있소
> 그것을 〈중앙〉이 금지했소
> 그것은 〈중앙〉이 좋아하지 않소
> 그것은 〈중앙〉과 노선이 다르오
> 라고 말한다
>
>
> 〈중앙〉이 어딘가?
> 〈중앙〉은 무엇이고 누구인가?
> 보이지도 들리지도 않는 〈중앙〉으로부터 임명을 받았다는
> 이 자의 정체는 또 무엇인가?
> 중앙을 들먹이는 그 때문에
> 자꾸 〈중앙〉이 두려워진다.

우리가 사는 곳에서 아주 먼 곳에
〈중앙〉은 있다고
명령은 우리가 근접할 수 없는 아주
높은 곳에서부터 온다고
그는 말한다
그리고 이번 근무가 잘 끝나면
나도 〈중앙〉으로 간다고
그는 꿈꾼다

그러나 십 년 세월이 가도
〈중앙〉은 그를 부르지 않는다
백 년 세월이 그냥 흘러도
〈중앙〉은 그에게 편지하지 않는다
〈중앙〉은 왜 그를 부르지 않는가?
〈중앙〉은 왜 그를 기억하지 않는가?

이 시는 바로 중앙집권 권력에 대한 치부를 폭로하고 고발한다. 일제 치하에선 통감부, 총독부가 감시체제로 등장하여 이 땅의 민족 혼을 말살했고 광복후는 더 말할 것도 없다.

지금까지도 있지도 않은 '중앙집권'이란 권력을 깔고 저질러지고 있는 만행은 수평적 정권 교체가 되었어도 문화 유착만은 오히려 '서방', '동방', '혁신', '보수', '진보' 등 이상야릇한 행태로 더욱 고착되어 가고 있을 뿐이다. 그러면서도 왜 '전통'은 없는 것일까.

꽃 피고 새 우는 봄철엔 어디 '밀양연극촌' 같은 살아 있는 지역 공간에서 이번엔 새로운 '전통'을 모색하면서 새시대의 기운과 함께 '민족과 지역'이 아니라 '지역과 민족' 협의체라도 구성되고 '향유고래 소리 통로' 같은 '글로벌 스탠다드'의 새 패러다임인 라인 하나가 재가동되었으면 싶다. 고래는 물을 뿜고 사는 젖먹이 동물이다. 소리와 소리로써 먹이활동까지 하고 그들의 생태환경과 존재를 스스로 감지한다고 한다.

해저 200~300m엔 향유고래의 소리 통로가 열려 있다고까지 학자들은 말한다. 태화강변 반구대 암각화엔 동해안의 고래들이 아직도 살고 있다. 고래고기가 얼마나 맛있는가를 알면 이 그림마저 남아나겠는가? 여기에 고래 이야기를 끌어들였음도 이 때문이었다.

태산풍류와 섬진강
— 남도풍류 일번지, 유상대(流觴台)기행

여러 산봉우리에 여러 마리의 뻐꾸기가
울음 울어
떼로 울음 울어
석 석 삼년도 봄을 더 넘겨서야
나는 길뜬 설움에 맛이 들고
그것이 실상은 한 마리의 뻐꾹새임을
알아냈다.

지리산 하(下)
한 봉우리에 숨은 실제의 뻐꾹새가
한 울음을 토해내면
뒷산 봉우리 받아넘기고
또 뒷산 봉우리 받아넘기고
그래서 여러 마리의 뻐꾹새로 울음 우는 것을
알았다.

지리산 중(中)
저 연연(連連)한 산봉우리들이 다 울고 나서
오래 남은 추스림 끝에
비로소 한 소리 없는 강이 열리는 것을 보았다.

섬진강 섬진강
그 힘센 물줄기가
하동 쪽 남해를 흘러들어
남해군도의 여러 작은 섬을 밀어올리는 것을 보았다.

봄 하룻날 그 눈물 다 슬리어서
지리산 하(下)에서 울던 한 마리 뻐꾹새 울음이
이승의 서러운 맨 마지막 빛깔로 남아
이 세석(細石) 철쭉꽃밭을 다 태우는 것을 보았다.
— 졸시 「지리산 뻐꾹새」 전문

'최치원은 서쪽에서 대당을 섬기고 동으로 고국에 돌아올 때까지
항상 난세를 만나 스스로 불우함을 한탄하고 산림과 강과 바다를 떠
돌며 누대와 정자를 지어 소나무와 대를 심어 놓고 시(詩)를 읊었다.
경주의 남산과 강주의 빙산과 협주의 청양사와 지리산 쌍계사,
합포현(창원)의 별장이 그가 놀았던 곳이다.'
— 『사기 열전』 최치원 조(條)

역사 속으로 사라진 이 미스테리 인물을 찾아 그가 유상대를 차리

고 놀았다는 칠보면으로 간다. 칠보면이 어딘가? 칠보댐이 있는 칠
보는 신라 때의 태산군이다. 필자는 지금 그가 놀았다는 유상대(流
觴台)를 찾아간다. 정읍군 칠보면 칠보댐이 있는 시산리 577의 2에
위치한 유상대 터는 경주의 포석정과는 또 다른 이름으로 쌍벽을 이
룬 유상곡수연(流觴曲水宴)의 현장이다.

이름하여 남도풍류 현장의 일번지다. 포석정 터는 경주 남산 서쪽
계곡의 신라 이궁(離宮) 안에 있는데 삼국유사에 헌강왕(875~
885)이 솔밭 속에서 이 곡수연을 벌이고 춤추었다는 기록이 있다.

조성연대는 8~9세기로 추정된다. 유상연을 하던 석구(石溝)는
축이 10.3미터, 가운데 폭이 5미터로 63개의 부재로 이루어졌다.
전체 모양은 '포석(鮑石)'이라는 이름에서 보듯 전복 형태를 취하고
있다. 돌홈이 구불구불하여 곡수거(曲水渠)라 부르는데 술잔이 흘
러내려 자기 앞에 오면 시(詩)를 한 수씩 읊었다고 한다. 이 얼마나
풍류가 깃든 놀이인가.

또 『동국통람』에는 '경애왕 4년(927년) 10월에 왕이 신하와 궁녀
들과 술을 마시며 즐기다가 견훤의 침입을 받아 왕이 자결을 하여
나라의 패망을 재촉하였다'고 적혀 있다.

그래서 후세에 와서 '신라는 포석정에서 망하고 백제는 낙화암에
서 망했다'고 백성들에게 술을 삼가라는 기록을 『세종실록』에 남기
고도 있다.

풍류의 장(場)이든 망국의 현장이든 그것은 해석하기 나름이다.
군신이 둘러 앉아 이 유수에 잔을 띄워 술을 돌려 마심으로써 군신의
맹약을 다지는 의식의 현장이기도 했다. 이 시대에 비유한다면 궁정
동 안가(安家)에서 유신(維新)이 넘어지듯이 넘어졌을 것이다. 일제

가 애써 사적 1호로 지정한 것도 다분히 이 약점을 노렸을 듯하다.

아무튼 포석정은 신비롭다. 옛 장인들의 기술을 재현하기 위해 석공예의 명장 윤만걸씨가 몇 년째 실측도면을 가지고 통수(通水) 실험을 한다고 떠들지만 곡수거의 신비는 벗기지 못한 모양이다.

때에 이르러 고운(857~?)도 만년에 이곳 태산(태인)군 태수를 지냈는데 이때 산자수명한 칠보천(동진강 상류 반곡천) 가에 유상대를 만들었다. 출신 성분도 그렇고, 6두품의 해외파로써 권력의 핵심부에는 있지 못하였지만 변방의 주요 관직을 섭렵했으므로 상영(觴詠)의 재미를 누구보다도 민끽했을 터이다.

그가 당시 태수로 있던 칠보면 소재지, 치소가 있던 무성리의 유상대 터는 칠보천과 그 지류인 고운천이 양쪽으로 끼고 흐르는 솔밭 사이에 물길만 잡아 돌렸으면 곡수거를 차리기에는 충분한 지형이다.

지금도 조상우가 쓴 유상대의 내력을 알리는 유상대비(流觴台碑)가 감운정(感雲亭) 바로 앞에 세워져 있어 장소 비정이 충분히 가능하다. 숙종 8년(1682)에 홍문관 부제학 조지겸이 지은 유상대비문의 기록은 실증자료로 중요한 문건이다.

'감운정' 또한 고운이 즐기던 유상대 터에 그를 추모하여 백여 년 전에 지은 정자다.

태인현은 신라 때 태산군(泰山郡)으로 문창후(文昌候) 최치원이 고을살이를 했던 곳이다. 읍 남쪽 7리쯤에 기암괴석이 있어 그 아래로 물이 돌아 흐르는데 문창후는 매양 이곳에서 상영(觴詠)했다. 바로 왕희지(王羲之)의 고사를 본받았음이다. 유상대는 오랜 세월을 거쳐 황폐되었다. 나의 벗 조상우가 정무의 여가에 유상대를 소요하다가 깊은 감회를 느껴 주변을 손질했다. 돌을 포개어 더 쌓은 뒤 작은 비를 세워 표지를 하기로 하고 나에게 비문을 부탁했다.

'돌이키건대 문창후의 생애는 때를 만나지 못해 중국에 가서는 난리 때문(황소의 난)에 고난을 겪었고 고국에 와서는 나라가 기울어져 뜻을 펴지 못했다. 그리하여 표연히 떠돌면서 혼탁함을 멀리했다. 홍류동시(紅流洞詩) 일절만 보아도 삼세번 감탄하고 연민에 빠지지 않을 수 없다. 그는 이곳을 배회하면서 마음을 달랬던 것이다.'

이상의 비문에서 보는 바 유상곡수(流觴曲水)의 대가(大家)는 왕희지(307~365)로 치는데 그는 진나라의 묵객으로 붓과 청담과 채약(採藥)을 즐기며 산수간에 놀았다. 그의 대표작인 「난정서(蘭亭序)」는 41인의 명류들과 회계난정에서 유상곡수연을 하면서 남긴 것이다.

왕희지는 46세가 되던 353년 절강성의 비경인 회계난정에서 상영(觴詠)했다. 이 난정과 유상곡수거는 지금도 남아 있어 관광객들이 몰리고 있다는 것이다.

또한 일본의 나라[奈良]에도 그 터가 있음을 보아 동양삼국에선 보편화된 청유(淸遊)인 듯하다. 곧 최치원의 기록대로 국유현묘지도(國有玄妙之道)라는 풍류도 또는 풍월도의 한 방편을 이름이다. 그렇더라도 천윤리(天倫理)의 덕목을 갖추고, 고구려의 교육제도인 사무랑 또는 조의선인(皁衣仙人), 신라의 화랑도(花郞徒)나 백제의 수사(修士)제도로까지 이어지는 이 현묘한 도리는 동양문화권에서 흔히 말하는 풍류라는 것과는 구별하여 한국 고유의 자연종교인 고신도(古神道)로부터 발생하였다고 봄이 옳을 듯하다. 이것이 이른바 삼위태백에서 이어진 국선도(國仙道)이다. 오늘날 남아 있는 솟대(소도)나 지리산 천왕봉에 남아 있는 신사(神社) 터 등은 바로 단군 8조법금에서 기원한 것들이다. 이는 곧 우리들의 표면적인 행동에선 천윤리의 덕목으로 표출되고, 심미적 정서면에선 한(恨)과 멋으로 나타난다고 보아진다. 음식에서는 구강성과 즉흥성으로 나타나고 이 맛이 소리의 멋으로 가서는 뻘을 밟거나 땅을 밟는 남도 소리가 되며, 기법으로 가면 덤벙기법이 되어 허튼가락이 되고 시나위 가락이 발생하며, 다시 악기로 가면 퉁소나 거문고 산조가 되어 흥을 다하고, 이 시나위 가락인 남도의 무가에서 판소리가 온다. 따라서 충청도 농악이 꽹과리라면 대구 농악은 북이고 남도는 장고춤이 그 마당놀이를 이룬다.

그러므로 이 유상대 비문(碑文) 또한 경주 포석정(鮑石亭)과 같은 망국의 자리로 표적함은 잘못된 생각일 터다.

현재의 비문은 조상우가 쓴 것인데, 56년 뒤엔 영조 14년(1738)에 홍수에 쓸린 것을 그의 증손인 조향진이 다시 보수했다는 기록도 보인다. 그러므로 수차례에 걸쳐 보수되어 왔음을 알 수 있다. 한마디로 요약하건대, 우리 민족의 맥과 기상을 산바람과 강바람에서 끌어낸 풍류황권(風流黃卷)의 전통사상이다. 이 사상은 화랑도에서만 미친 것이 아니다. 백제의 젊은 수사(修士)들은 싸움터에 나갈 때면 삽혈동맹(揷血同盟)으로 죽기를 기약하고 무명지를 깨물어 피를 나누어 마셨으며, 원시인들이 남긴 암각문자(岩刻文字)처럼 바위굴이나 석벽에 핏자국을 새겼던 것이다. 계백이 이끌었던 결사대 오천명 중 수사들도 아마 이 의식(儀式)을 치르고 출전했지 않았나 싶다. 그러므로 이 유상대 기록의 비문이야말로 지리산 섬진강 수계(蟾津江 水系)의 선(仙)바람인 대모신앙(代母信仰)이 이곳 칠보천까지 흘러든 것으로 보인다.

칠보산은 노령산의 끝자락에 있다. 따라서 이 안골은 명당터가 많기로 유명한 곳이다. 삼봉 정도전의 세장산이 있는가 하면 여산 송(宋)씨의 문맥과 무맥, 승맥이 창창함도 이 때문이다. 단종 왕비 송씨의 탯자리도 이곳이다. 피향정(披香亭)이 있는 구태인에서 8㎞, 칠보산 자락 밑의 안마당이 바로 무성서원이 있는 무성리다. 칠보면 소재지인 시기리, 향토박물관이 있는 원촌(院村), 태인향약〔古顯鄕約〕이 완성된 '고현동각'이 있는 삼리, 여산 송씨 집성촌인 송산리가 유상대를 중심으로 환촌(環村)을 이루고 무송교, 송산교, 유상대교 등이 걸려 있어 물이 겹수로 휘둘러 나간다.

태인이 호남 3대 명촌 중의 하나임도 여기에서 유래한다. 무성서원과 유상대 사이를 끼고 흐르는 반곡천은 동진강의 최상류가 되는 땅. 지금은 칠보댐의 도수로가 섬진강을 가로막고 있고 도수로 터널을 뚫어 그 물줄기가 칠보, 정읍, 배들, 백산 평야를 흘러가고 있다.

우선 이 탯자리를 눈여겨보면, 정통가문과 문중을 형성한 송씨 인맥만 보더라도 덕숭문중(수덕사)의 경허, 만공 만암의 여산 송씨 승맥과 27명의 장성을 배출한 무맥, 정극인, 송세림 같은 문맥들이 이 선풍의 물줄기에서 솟았다. 특히 불우헌 정극인, 송세림 등의 문풍이 유맥(儒脈)을 추슬러 칠보문풍으로 깔끔하게 정제되어 태인향약 등으로 나타난다. 이른바 이 칠보문풍이 다름 아닌 태산풍류(泰山風流)다.

태산풍류는 다시 남도의 무등산 계곡으로 뻗쳐 계산풍류(溪山風流), 즉 원효문풍과 적벽풍류(赤壁風流)를 형성하기에 이른다. 이는 마치 12, 13세기의 고려말기 청자가 쇠퇴하고 백자의 청결성이 신비의 취색(翠色)에서 근검절제 정신의 백색(白色)으로 유지됨과 같다.

이처럼 곡수거(曲水渠)의 상영(觴詠)은 최치원의 유상곡수연에서 태인향약의 정극인(丁克仁)을 거쳐 남도의 자연원림(自然園林)으로 그 장소가 바뀐다. 이는 16세기 사림(士林)들의 문화가 본격적으로 등장하면서 면앙정가단(俛仰亭歌壇)의 송순(宋純)과 정철(鄭澈)로 이어진다. 그러므로 남도풍류는 최치원의 태산풍류에서 칠보문풍을 타고 계산풍류인 원효문풍과 적벽풍류로 굳혀졌다 할 것이다.

더 자세히 들여다보면 민족신화의 근원인 태백산 신단수(神壇樹) 원림이 그 기원이며 제정일치(祭政一致) 시대의 고신도(古神道)가 대모신앙 체계를 형성하며 선불유도로 습합, 민족선풍으로 그 기상을 드높인 것이다. 때로는 미륵정토의 선풍으로 청유선풍(淸儒仙風)으로 바람을 타고 일어남과 같다. 이른바 이것이 국토에서 마지막 살아남은 섬진강에서 칠보산을 타고 넘어 섬진강 상류로 불어내리는 산바람, 강바람이며, 통일신라 때부터 완전한 교육제도로 정착된 풍류황권이다.

태초에 강이 흘렀다. 섬진과 금강이다. 남도의 지형에서 보면, 모두 수분재에서 발원한다. 그 고개마루턱에 노간주 나무 한 그루가 서 있었다. 천둥이 치고 빗방울이 후두둑 들긴다. 그 나무 잎새를 타고 빗방울이 흘러내린다. 북쪽으로 뻗은 나뭇가지의 잎새에 빗방울이 들기면 북쪽 땅으로 떨어져 실개천을 이루어 금강 상류의 발원지가 되며, 남쪽으로 뻗은 나뭇가지의 잎새에 빗방울이 들기면 남쪽 실개천을 이루어 섬진강 상류의 발원지가 된다. 섬진강은 지리산을 적셔 남도 벌판 천 리에 뻗친다. 금강은 닭갈비 같은 계룡산을 적시

며 거꾸로 흐르기 때문에 지기쇠왕설, 왕동설로 시끄럽지만, 섬진강
은 중후한 지리산을 에둘러 화조월석(花朝月夕)으로 모래 가람을
만들고 흐르기 때문에 맑은 바람이 일어나고 백사청송(白沙靑松)의
가지가 휘늘어져 깊은 그늘을 친다. 달밤에는 지리선녀가 신궁(神
宮)을 짓고 모래밭에 내려와 빨래를 헹구거나[浣紗浣月形], 금가락
지를 벗거나[金環落地形] 하는 소리가 절로 들린다.

이는 섬진강을 밟으면서 필자의 취재 노트에 순간 포착으로 구술
된 메모다. 남도의 지세, 남도의 역사, 남도적인 삶은 그 자체가 산
바람 강바람이며 더 가서는 신바람 선(仙)바람이다. 이처럼 화조월
석(花朝月夕)을 밟아내리다 보면 이 선(仙)바람 속에서 절로 떠오르
는 말, 그것이 풍류황권(風流黃券)이라는 넉 자의 단어가 된다. 이
넉 자에다 화조월석을 포개면 다시 '風流黃券, 花朝月夕'이 된다.
풍류의 원조 최치원이 말하는 현묘한 도리란 태백삼위의 고신도에
서 국가체제가 구성되는 풍류황권에 이르기까지 우리의 정신을 통
합한 이 대목이 핵을 이루는 게 아니었을까?
또 화조월석(花朝月夕)이란 말은 남도의 신흥종교 연구자들이 곧
잘 쓰는 말이기도 하다. 수반(水盤) 위에 천도 복숭아를 굴리고 노
는 이 즉흥성과 구강성은 동시에 소모적이며 창조적인 정신으로 분
출된다. 그래서 멋을 아는 선객(仙客)들은 하나씩의 큰 상징체계를
갖는다.
옥녀봉에 금가락지(일원상)를 씌우면 원불교요, 미륵님의 배꼽
(금산사 미륵 장육존상)에 선(仙)을 내세워 금가락지를 걸면 배꼽철
학이 되는 증산도의 이치와 같다. 청학동의 갱정유도(更正儒道), 벌

교읍의 나철(羅喆)이 주도한 대종교 등도 다 그렇다. 이는 남도 산수정신에서 솟아난 화조월석(花朝月夕)이다.

아닌게아니라 남도의 종교는 계룡산계의 정감록에 찌든 왕동설보다는 화조월석 그대로인 바 새가 울고 꽃이 피고 달이 뜬다. 선풍을 타는 가락이 있고 활달하고 생명의 희열이 끓어 넘친다. '날씨가 좋으니 그냥 집에는 못 있겠다' 그래서 미친 끼는 발동하고 미륵선풍, 유도강산, 화조월석에 때맞추어 문밖을 나서고 극에 달하면 산 위에 정자를 짓고 발을 씻는 것이 아닐까?

칠보천과 고운천(반곡천)이 합수되는 지점의 유상대를 따라 내려가면 그 하류 지점 배들평에는 고부 혁명의 발원지인 만석보(萬石洑)의 비가 서 있다. 이 또한 태산풍류가 마지막 꺾인 자리이기도 하다. 동시에 호남 현대정신으로 요약되는 농민정신이 무참히 꺾인 자리며, 그 이전으로 거슬러가면 동인과 서인의 패권주의로 정여립이 희생되면서 호남 주기좌파이론이 참패한 무등산 원효계곡인 그 계산풍류의 오점을 이곳에서도 또 한번 읽는다.

때로는 이러한 정신들이 영욕의 시간을 타고 끝없이 부침하기도 하면서 광주학생운동, 4·19, 5·18 등이 민중혁명 정신으로 이어지기도 한다. 이렇듯 시시비비 산수정신 또는 국토정신에서 오늘에 이르기까지 호연지기로 간(肝) 큰 아이들의 선풍이 없었더라면 이 땅은 풍류황권 한장도 꺼내들 수 없는 비렁뱅이 땅이 되었을 터다. 안심하라. 지리산 자락의 수수연봉을 에돌아 섬진강 530여 리의 물길을 따라가다 보면 저 산, 저 강물이 그것을 가르친다.

註) 『태산풍류와 섬진강』은 필자의 저서인데 그 중 이글은 '유상대 기행' 편만을 뽑은 것이다.

프랑스 · 프랑스인
— 인습과 타성에 대한 창조적 반란

1997년 7월 2일

1시 30분, 서울발-북경항로-모스크바 상공을 북으로 지나서 상트 페테르부크 항로를 날고 있다. 중앙 아시아의 광활한 숲 위를 — 숲 속의 강, 마을, 양과 마소떼, 이 숲지대가 있는 한 지구는 안심해도 좋을 듯하다.

결국 12시간을 날았어도 숲 위다. 항공 계기판을 보았더니 고도 3만 8천 피트, 항속 561KmPR, 대한항공 HL 7481(보잉), 현재 시각 11시인데도 해가 지지 않는 백야(白夜)다. 앞으로도 3시간 30분 가량 날아야 파리에 도착한단다.

기체는 다시 모스크바 항로에서 휘어져 스톡흘름 남부 항로를 지나고 있다. 국토구획 정리가 바둑판처럼 잘 되어 있어 단정한 숲지대가 확연히 눈에 들어온다.

백야(白夜) 속에서 메기처럼 하품을 하며 점심인지 저녁인지 두 끼를 들었다. 이번 여행을 구실삼아 담배를 끊겠다고 별렀으나 끝내 후미의 뒷좌석으로 밀려나고 말았다. 머리에 노랑물을 들인 한국의 신세대들이 흡연을 즐기고 있어 덩달아 나도 기분좋게 두 개피를 피워댔다. 재떨이가 차고 넘쳐 손수 청소를 하고 비워준다.(담배를 피우지 않아도 산다는 건 참 즐거운 일에 속한다)

꼬박 16시간이 걸려 17시 45분경, 파리의 샤를드골 공항 도착. 나는 이것이 A코트인지 B코트인지 알 수 없었다. 10여 년 저쪽 첫번째 드골 공항을 딛었을 때는 B코트로 들어왔다. 그 때는 로마에서 왔다. 드골의 송곳날 코보다 뾰족한 파리의 귀족 근성이 A코트를 허용하지 않기 때문이다. 그 때문에 로마시민의 자존심이 먹칠되기 일쑤였고, 동양에서는 유일하게 6천 불 이상인 JAL만이 A코트로 기어들었다. 드골의 코보다 높은 에펠탑, 그보다 더한 파리의 자존심이 지금도 여전한가 묻고 싶었지만 그만두었다. 왜냐면, 세계는 어차피 지금 평준화되어 있기 때문이다. 드골의 송곳날 코가 한때는 지하실에 묻혀 히틀러의 유자코 밑에서 맥을 못추었던 때를 생각하면 자꾸 웃음이 나온다. 드골 공항에 내린 나의 첫느낌이다. 하인들을 지팡이 끝으로 부렸던 파리의 귀족들. 그래서일까, 지금도 공항의 잡역부들 중에는 대부분 흑인들이 붐빈다.

'……살인, 방화, 강도, 길들여진 도시, 노예들의 시장, 함성, 북소리, 저 개선문의 높이 솟은 창, 칼, 무엇보다 이 거리에 엽전을 뿌리고 가는 것은 죄악이다.' 이는 첫번째 여행에 대한 콤플렉스로 작용한 기록인데, 두번째 이 공항에 발을 내디디면서 나의 느낌은 이 열등감이 많이 극복되어 있다는 점이다.

7월 3일

9시 경에 소피텔 사브레(SOFITEL SEVERS) 호텔을 출발했다. 여름 무더운 날씨인데도 파리는 이상기온이다.

가을 같은 느낌으로 거리에는 바바리코트를 착용한 파리지안과 지안느들이 많다. 250만 개의 벨트를 사용하여 조립한 에펠탑이 높이 솟았다. 현대 철강산업의 꽃인 셈. 상젤리제 거리에서 개선문까지 걸어나갔다. 레마르크의 소설 『개선문』이 생각난다. 벽에는 전사자와 장군들의 이름이 즐비하다. 우리와는 대조적으로 군인을 '직업의 꽃'으로 안다. 이는 중세 기사도의 정신에서부터 다져진 전통이다. 나폴레옹 시대는 45개국의 식민지를 거느렸고 이 문을 통과해야만 파리에 들어올 수 있었던 상징적인 문이기도 하다. 레마르크가 애용했다는 후께까페도 보았고, 개선문에서 콩고르드 광장까지 나가 보기도 했다. 콩고르드라 불리는 자유의 광장에는 여진히 이집트의 상형 금박문자로 씌어진 오벨리스크가 그 위용을 드러낸다. 나폴레옹 함대가 실어온 것. 여왕 앞에 나간 나폴레옹은 아무 말없이 앉아만 있었다. '장군, 이 황금 의자를 드릴까요?' 그래도 나폴레옹은 말없이 창 밖만 보고 앉아 있다. 여왕은 알았다는 듯이 '저 탑이군요? 그럼 저 탑을 선물로 드리지요!' 이렇게 해서 실어온 약탈 문화의 잔재다. 파리도 예외는 아니어서 개선문에서 내려다보니 라데 파리(신도시) 건물 조성도 한창이다.

세느를 끼고 있는 대통령 관저인 엘리제궁 앞에서 서성인다. 미테랑이 초임으로 들어갔을 때 언론들이 '미테랑 엘리제궁 세들다', 재선했을 때는 '7년간 임대차 계약하다'라고 썼던 르몽드지의 유머러

스한 표현이 생각난다. 영국인은 유머를 먹고 크지만 프랑스인은 조크를 먹고 산다는 말처럼 그들은 정치도 감각으로 한다.(이보다 심한 조크는 나폴레옹의 상륙을 두고 '코르시카의 살인귀 탈출'에서 '보나파르드 장군 상륙', '나폴레옹 황제 환궁' 등의 표현을 들 수 있다. 이러한 논조는 활달한 그들의 비판 정신을 대변한다) 1356명이 자유의 광장 단두대에서 이슬로 사라졌다. 이른바 죽음 앞에서 평등을 구현한 대혁명, 7월 14일은 혁명 기념일로 대대적인 시민 행사가 벌어지기도 한다. 세느강이 기분 좋게 흐른다.

루브르 박물관 입장. 1850년대까지의 작품, 그러니까 19세기 낭만주의까지 작품들의 전시 창고이며, 그 이전의 3천 년 전까지의 메소포타미아 작품들까지 소장된 제일의 문화 유산의 전시관이기도 하다. 바로 이 루브르 광장에서 동료 시인 한 분이 쓰리꾼에게 당했다. '송수권 같은 어수룩한 시인을 털지 않고, ×시인 같은 사람의 호주머니를 털다니, 파리 쓰리꾼도 사람 알아본다'고 김재홍 교수의 너스레에 한바탕 웃고 말았다. 루브르에선 특히 헬레니즘 미술에 유독 관심이 갔다. 육체의 완벽한 표현, 그 이전은 옷 속의 육체, 그러니까 초상화 시대를 거쳐 누드가 나오기까지는 8백 년이 걸린 셈이다. 17세기까지의 실내 미술이 18세기에 이르러 아뜨리에가 야외로 나온 것이다. '빛의 순간'을 포착한 인상파 화가들이 그들이다. 헬레니즘과 헤브라이즘의 융합, 그리고 활달한 자유와 비판 정신이 그들의 개성을 만들고, 오늘 유럽 문화의 중심추에서 그들이 건재한 것인지도 모른다.

퐁네프의 다리를 건넌다. 첫번째 여행에서는 미라보 다리의 그 유명한 기욤 아폴르네르의 시가 좋아서 미라보를 건넜고, 이번은 '퐁네프의 연인들'의 그 영화가 인상 깊었기 때문이다. 하필이면 런던 브릿지나 퐁네프의 다리 위의 사랑이 인상 깊은 것일까? 한국 여자에게는 아름다움의 세 가지 품계 중 첫째가 三上이라 해서 담위에 있을 때를 치는데 이곳에선 다리 위에 있을 때의 사랑이 단연 빛을 발한다. 소르본느 대학이 있는 팡테옹(위인의 집) 공동묘지를 지난다. 이름 그대로 시민의 콧대를 자랑하는 무덤이다. 200년 동안 60명의 위인이 안장되었다. 마지막이 노벨상을 두 번이나 받은 퀴리 부부가 묻혔다. 첫번째 여행길에서도 왕정파와 혁명파의 이중첩자 노릇을 한 귀족이 묻혀 있어 파내더니 이번에도 파내고 있다.

지식인 한 사람, 시인 한 사람도 묻히지 못한 망월동 시민 묘지가 생각나고, 동작동 국립 묘지가 생각나는 순간이다. 비방이 아닌 비판 정신이야말로 파리를 파리답게 한다. '콜라보'(부역자)란 말은 그들이 가장 싫어하는 말이란다. 나치 전범재판에서 본 바와 같이 돈을 번 경제인은 징역에 처했으나 붓을 든 지식인, 시인이나 작가는 사형에 처해졌다. 왜냐면 프랑스의 정신, 더 정확히 말하면 파리의 정신을 죽였다는 죄목이 적용되었기 때문이다. 어차피 역사와 문화는 이렇게 해서 정선되고 재구성되나 보다.

룩상브르 카페는 릴케가 애용했다는 카페란다. 신세대가 죽치고 앉은 서울의 대학로와 같은 거리다. 1850년 도시계획 때 재차 편입된 거리다. 셔틀레 광장은 파리 남부 중심부며 나폴레옹 전승 기념관이 있다. 이에 비해 바스띠유 감옥 터가 있는 거리는 역사 지구라 불리며 귀족·문인들의 구역이기도 하다. 그래서인지 바바리 코트의 신사들이 많고, 집집마다 벽난로 굴뚝이 치솟아 있다. 비가 온다. 소형 차들이 줄을 잇고 영업 중형 택시 아니면 귀족들의 벤츠가 고작이다.

보주 광장의 빅톨 위고의 집을 간다. 노틀담 성당의 곱추 콰지모도가 밧줄을 타고 있는 필름 속의 영화 한 장면이 벽에 걸려 인상적이다. 파리의 지성으로 대표되면서 당대의 최고 사상가요 정치가요 극작가, 소설가이면서 제일 많은 시를 남겼던 시인, 고전주의에서 낭만주의로 물고를 터 놓았던 시인, 죽었을 때는 폴 발레리와 함께 국장의 예우를 받았던 시인, 그러나 두 사람 다 팡테옹에는 가지 못했다. 딸의 죽음을 놓고 '아, 빌케'라는 장시(長詩)를 쓸 만큼 딸을 사랑했던 시인. 그려면서도 여배우 쥬리에트 쥬리에와 애인 관계에 있었고, 레미제라블을 유배지에까지 와서 대필해 주기도 했던 그 여배우 말고도 수많은 애인을 거느렸던 기인적인 행각은 차라리 부럽기까지 하다. 보들레르 애인은 3명, '악의 꽃' 속에 나오는 3명의 연인 중 단연 으뜸은 혼혈녀인 잔느 뒤발(Jeanne Duval)이다. '나의 유일한 기분풀이, 나의 유일한 쾌락, 나의 유일한 친구'인 그녀는 그녀에게 바쳐진 19편의 시만 보더라도 뱀, 흡혈귀, 고양이, 마귀 등 황홀한 독으로 비쳐진다. 아폴리네르 애인은 4명. 시인은 죽어서도 3, 4명쯤 애인을 남겨놓아야 유명해진다는 가이드 최(崔)씨의 말에 모두들 실소를 터뜨리지 않을 수 없었다.

오늘은 새삼 파리시를 너무 많이 본 것 같다. 삼분의 일이 녹지공원, 330여 개의 정원이 조성되어 있다는 말에 놀라기도 했다.

오후 6시 30분경, 예정했던 대로 '한국시의 밤'이 파리 '한국 문화원'에서 개최되었다. 오세영 단장의 인사말에서 '한국은 전통적으로 시인들이 정치를 했던 나라, 시인의 왕국'이라는 말부터 시작되어 자작시 낭송이 이어졌다. 그리고 최동호, 김진영 교수의 주제 발표와 더불어 유머가 넘치는 이숭원 교수의 사회가 매끄럽다는 절찬을 받았다.

7월 4일

파리에서 26㎞ 밖 '지베르니'에 있는 인상파 화가 '모네의 집'을 찾아간다. 여기에서 노르만디 깡시까지는 다시 2시간 거리. 깡시에 도착하여 홀리데이 인(Hollyday In) 호텔에 여장을 푸는 것이 오늘의 일정이다. 낮에는 몽마르뜨 언덕을 올라 성심 성당과 살바도르 달리의 집을 거쳐 방가네 한식집에서 불고기를 먹는다는 말에 모두들 아침부터 의기 양양해 있다. 한때 비가 뿌렸다. 몽마르뜨 언덕에서 내려다보는 파리 시가가 살풋한 안개 속에 정겹다. 달리의 집은 잠겨 있어 보지 못했다. 성심 성당을 들러 쥐베른에 있다는 모네의 집을 찾는다. 방가네 한정식 불고기에 배가 부르다. 에비앙제 물만을 마셔도 첫날부터 걸린 배탈은 멎지 않는다. 나는 아예 콜라 병과 바나나 주머니를 허리에 차고 다닌다.

노르만디를 여행하다 늪지대를 발견하고 모네의 부부가 주저앉았다는 '물의 가든' 모네의 집 정원에는 그대로 호수가 들어 있다. 그래서 그 유명한 수련과 버드나무는 모네의 그림에 빛을 투영하기 시작한 최초의 오브제들이 되었다. 물 속을 들여다보고 하루내 정원을 산책하며 빛의 이동을 꿈꾸는 모네 그림의 착상이, 이 호수를 들여다보고 비로소 이해되는 순간이다. '움직이는 물은 그 물 속에 꽃의 두근거림이 있다'는 바스타드의 말처럼 그의 영혼은 한 순간도 평안할 날이 없었을 듯하다.

모네의 집에서 다시 노르만디 깡시로 내려간다. 끝없이 전개되는 노르만디 평원, 가장 시적인 문장으로 씌어졌다는 프로베르의 마담 보바르가 있고, 루앙이 있는 곳, 프로베르에게서 사사한 모파상이 그의 사생아였다는 것을 이가림 시인이 옆좌석에서 귀뜸해 준다. 마치 로마에서 나폴리, 베주비오(봄페이)에서 소렌토까지의 남부 이탈리아 롬바디 평원을 달리던 때의 첫번째 여행의 느낌이 이 평원에서 떠오른다. '찬란한 아침 태양이 떠오른다'고 찬미한 그 베르디의 가곡이 루앙의 프로베르나 이타르타 해안의 모파상에 의해 문학 작품으로 나타난 듯한 착각이다. 산이 없다. 프랑스는 그렇다. 그러므로 초등학교 아이들의 그림 속에 산이 나타나지 않는 것은 당연하다고 가이드 최씨가 설명을 덧붙인다. 그래서 산이 있고 해가 뜨고 강이 나오는 한국 아이들의 그림과는 다르다. 평면적인 구성일 터이다. 프랑스인이 한국을 좋아한 것도 오밀조밀한 그 산의 능선들 때문이란 것은 실감나는 말이다. 수많은 종족으로 구성된 노르만디가 왕권 수립으로 불어권 문학으로 들어온 것은 영국과의 100년 전쟁 그 후의 일이다. 노르만디 문학권으로 대표되는 프로베르나 모파상이 출현한 것도 이 때문일 것이며 영어를 할 필요가 없었기 때문일 것이다.

프랑스 요리가 예술적인 품위와 맛을 갖춘 것도 노르만디의 질좋은 우유와 버터 덕분이라고 할 수 있다. 브르따니, 루아 등 지방색을 갖춘 음식은 프랑스를 대표한다. 그러므로 프랑스 요리는 없는 것과 같다. 이는 북경이나 산동성 요리를 빼놓고는 중국 음식이 없는 것과 같다. 그러므로 노르만디인들은 프랑스에 살지 않고 노르만디에 산다고 표현한다. 노르만디에는 '젖소도 안경을 낀다'는 말이 있다. 이는 양 눈테가 까만 토종산 젖소를 두고 이름이다.

고속도로 휴게소에서 '프랑세스 타바코' 했더니, 기탕(GITANES)을 준다. 10갑에 40불, 유로 화폐는 통해도 US달러는 통하지 않는다. 파리 7대학에 와 있는 이가림 시인께 물었더니 대표적인 담배가 고로와 기탕스란다. 가공하지 않는 토종산이라서 입센롤랑이나 피에르 가르댕과는 다르단다.

홀리데이 인 403호실에 여장을 풀다. 저녁 식사를 굶다. 낮에 방가네 식당에서 한정식 불고기가 아직도 유효한 탓이다.

7월 5일 아침 8시

홀리데이 인 호텔 출발 – 노르만디 도빌 해안(별장촌)을 찾아간다. 루앙의 자전거 경주(국제대회)가 있어 여행객이 붐빈다. 끝없는 밀밭, 보리밭, 옥수수밭의 연속이다. 고추 파동, 양파 파동, 마늘 파동, 고구마 파동으로 아우성치는 한국의 농촌이 떠오른다.

1999년 1월 1일, 15개국 유로 화폐가 통일되면 이들은 환차액이 15%~20%로 줄어든다고 한다. 이곳에서 농민들은 철저하게 계약제다. 정부와 책임 계약이 안 되면 땅을 놀려도 전액 보상된다. 같은 산업경쟁체제에서 농업만은 예외다. 그 때문에 프랑스 정부와 독일 정부는 스페인에 농업을 상당 부분 양보했다. 그 대신 스페인은 스아테 같은 자동차산업을 양보하기도 했다. 노르만디는 늪지대다. 구릉이나 늪지대를 덮고 있는 수림 지역은 보까쥬라 부르는 방풍림이다. 따라서 이 구릉지를 따라 교회를 중심으로 마을이 에워싸고 있다. 농가 아이들이 이 구릉숲을 산책하며 승마를 즐기기도 한다.

말고기를 먹는 민족, 보신탕 예찬론자도 있다. 흑사병이 돌 때 개를 잡아먹은 흔적도 있고, 쥐고기를 먹은 기록도 있다. 그런데도 개고기를 먹는 민족하고는 무역도 하지 않겠다고 그들은 언젠가부터 우리에게 엄포를 놓는다. 달팽이 요리와 개고기 요리는 얼마나 차이가 나는 걸까? 달팽이 요리 말고도 그들이 최상으로 치는 거위의 간(포아그라) 요리는 어떤가? 산 채로 거위를 잡아다 식탁 위로 목을 내놓고 발바닥에 불을 붙여 메인간장을 먹인 후 잘 익은 거위간을 꺼내먹는 최상의 요리를 그들은 군침이 마르도록 자랑한다.

루앙이 노르만디의 수도라면 도빌항은 카지노, 경마장, 골프장, 요트, 수영 등 귀족이나 귀부인들이 경제적 여유를 즐기는 휴양 도시다. 도빌의 9월은 '여행 박람회'가 열리고 국제 영화제가 개최되기도 하는 곳이다. 그래서 옛날 귀부인들이 모래를 밟지 않고 해변을 걸을 수 있도록 통나무를 박아 놓은 길도 있다. 이미 영화에서 보았듯이 '남과 여'의 무대가 되었던 곳.

도빌항에 닿은 것은 아침 9시 10분경, 해가 중천인데도 사람들은 아직도 잠 속에 있다. '도'는 물, '빌레'는 도시. '물의 도시'란 뜻으로 쟝 콕토의 시 트르빌처럼 '명상은 도빌이 빼앗아 버렸다' 할 만큼 유혹에 들뜨기 좋은 곳이다. 끝없는 모래밭의 해안, 아침 산책으로 물가를 달리는 몇 기의 청춘 남녀가 탄 경마가 시원스럽다.

'피곤한 영혼을 쉬기 위해서 나는 옹플리르에 간다'고 말한 보들레르의 그 옹플리르에 닿는다. 옹플리르(꽃의 만)는 말 그대로 꽃의 도시, 숲과 물, 언덕의 도시다. 보들레르의 고향은 파리지만 그의 어머니가 이곳에서 완구점을 경영했다. 68세의 아버지와 28세 어머니 사이에 난 그는 별명 그대로 '악령의 아이'였다. 혼혈아 여자와의 사랑이 그렇고, 가족들에 의한 금치산자로서의 인격 파탄이 그러했다. 또한 유서 깊은 백마호텔(Hotel Chval blanaa)이 있다. 언덕이 빛나고 물의 태양이 빛나는 곳, 보를레르의 시처럼 과장이 없는 포구 해안이다. 주말의 이동 시장이 열리고 T셔츠나 점퍼류가 우리 시장보다 값도 싸다. 연휴가 겹칠 때 주말을 '뽕'이라 해서 즐겨 찾는 곳도 이곳이다. 시간이 허락한다면 노르만디 양고기 요리인 '프레살레'를 햇빛 아래서 즐길 수 있는 곳. 이곳의 양들은 해안가의 간석지 염기성 풀을 뜯고 살므로 미리 간이 들어 있어 맛있기로 소문나 있다.

양고기 대신 우리 일행들은 옹플리르 풍경을 즐기면서 홍합국에 포도주 한 잔씩으로 그쳐야 했다. 보들레르가 왜 이곳을 그처럼 사랑했는지 그 이유도 알 것만 같다.

이윽고 20세기(금세기) 건축의 최고 걸작품이라 일컫는 봉드 노르만디(노르만디의 현교: 매달린 다리)를 건넌다. 막세유 다음 가는 르아브르 공장 지대로 들어가는 르아브르항의 다리이기도 하다. 왼쪽은 세느강, 오른쪽은 도불(영불) 해협이다. 이 현수교, 유럽의 제일 긴 다리를 건너 우리는 모파상이 『여자의 일생』을 쓴 에트르타로 간다. 이곳 해변은 영화에서 보았듯이 세 마리의 코끼리 절벽이 코를 바다에 박고 있는 양편 구릉이 높이 솟아 있는 언덕이기도 하다. 끄로드 모네가 3개의 코끼리 코를 세번이나 그렸던 곳, 그 아바르의 낭떠지에선 생을 마감하고 싶은 충동을 느낀다. 조그만 마을, 잔느라는 여주인공이 배를 타고 이 에트르타로 온다. 배를 타고 오면서 맛보았던 신혼의 하루와 행복, 그것 말고는 그녀는 기나긴 질병을 앓았다. 여자의 일생은 그래서 '기나긴 질병 같은 것' 그러나 그녀는 '인생은 특별히 슬픈 것도 기쁜 것도 아니다'라고 술회한다. 모래밭의 해안이 아니라 동글동글한 환석들이 파도에 씻기는 곳, 낚시터로도 더할 수 없이 좋은 곳이다. 모파상은 「비곗덩어리」에서 비로소 프로베르의 칭찬을 얻어내지만 그가 태어난 곳은 팩강이란 조그만 어촌 마을이다.

에트르타에 닿은 것이 오후 네 시였고, 오는 동안 한 농가에서 들었던 점심은 정말 인상에 남는 식사였다. 재래종 능금나무 열매가 정원에 가득 익고 있었고, 그 능금으로 빚어낸 독특한 향의 술 씨드로(Cidre)도 일품이었다. 그 농가의 사인첩에 '마구간에서 말똥 치고 살고 싶다'고 쓰고 왔다.

오후 6시 30분경 에트르타 출발. 다시 끝없는 대평원을 달려서 8시 경에 대테레사 수녀에 견주어 소테레사 수녀로 불리우는 수녀가 태어난 조그만 도시에 닿았다. 호텔에서 불과 5분 거리에 소테레사 수녀의 집이 있다.

7월 6일 아침 8시

리쥬(Lisieux)의 'De Iesperance' 호텔을 떠나 루앙으로 간다. 이상 기온이 여름 날씨로 되돌아온다는 뉴스 보도도 있었다. 루앙은 모네의 연작 그림으로 유명한 대성당이 있고, 프로베르의 묘지가 있으며 프로베르 광장, 거리, 고등학교가 있으며 100만 인구로 프랑스에서는 여섯 번째 큰 도시이기도 하다.

또한 근대 사실주의 소설 『마담 보봐리』가 탄생한 곳으로 간통 문학의 현장이면서 보봐리즘으로 꿈과 이상, 낭만으로 남으려는 여인들의 병인 '공주병'을 낳기도 한 곳이다.

9시 20분경, 드디어 루앙에 닿는다.

중세의 비막세 거리. 13세기에 제작된 시침만이 있는 거대한 시계가 지금 막 석 점을 가리키고 있다. 이곳은 시계의 거리이기도 하며 100년 전쟁을 승리로 이끌었던 오르레앙의 처녀 잔다르크가 종교 재판에 걸려 사형당한 거리이기도 하다. 근년에는 앙드레 말로가 문화상이 되면서 잔다르크 교회가 서 있고 십자가가 칼로 제작된 인상이다. 바로 이 십자가가 서 있는 곳이 마녀란 이름으로 잔다르크가 처형된 곳이다.

루앙 성당에 들어가 보니 10시, 본 미사가 시작되고 있다. 건물은 2차 대전으로 노르만디의 상륙 작전시 손괴된 일부분을 다시 복원하고 있다. 지금 막 차임벨이 그 프로베르의 '마담 보봐리'의 간통의 거리를 뒤덮고 있어 묘한 기분이다.

잔다르크 성당 앞에는 5백 년 전 유럽에서 '레스토랑'이란 이름이 생기기도 전에 있었던 음식점이 있다. 바로 이 건물에 딸린 집이 잔다르크 기념관인데, 지하실로 되어 그녀의 유품들과 오드리 헵번의 영화 출연 장면 등이 사진으로 채워지고 있다. 오직 성당으로만 가득 채워져 있는 성당의 거리, 간통의 거리, 보봐르의 거리, 루앙에서 40㎞ 떨어진 시골 '리' 마을의 한 여인이 간통을 해서 자살한 사건이 있었는데 프로베르는 이를 재구성하여 루앙을 간통의 거리로 먹칠한 것이다. 파리와 마찬가지로 이곳의 왼쪽 언덕은 부유층, 오른쪽 언덕은 서민층이 살고 있다. 다르다면 루앙 성당은 같은 중세지만 파리의 노트르담 성당과는 달리 불꽃 형상으로 타오르는 첨탑이 H형의 좌우 대칭 구조로 솟아 있다. 두 개의 첨탑을 쳐다보자니 「악의 꽃」을 쓴 보를레르, 혼혈녀를 사랑했던 그 보들레르와 프로베르의 정신적인 만남을 묶은 서간집이 생각난다. 그들은 동시대의 인물로 똑같은, 아니 그로테스크한 그 시대의 분위기를 대표하는 문인들이었기에 그렇다.

프로베르 기념관 앞에서 전체 기념 촬영. 11시 30분쯤 루앙시를 떠나 파리 교외에서 살고 있는 박인경 노시인(이응로 화백의 미망인) 저택인 '고암서방'으로 향한다. 점심 식사에 초대되어 있기 때문이다. 그러고 보니 지금까지 우리들의 문학기행은 파리에서부터 세느강과 똑같이 출발하여 루앙에서 르아브르까지 와서 다시 거슬러 올라가는 여정이다.

세느를 굽어보는 언덕 — 환상적인 고암서방이 숲 속에 있다. 박인경 시인의 집이다. 이응로 화백이 직접 한국에서 목재를 날라와 신영훈이 지은 한옥 별장이다. 네 추녀 끝이 세느강을 향해 학처럼 날아 앉을 듯한 멋을 한껏 구가하고 있다. 박인경 시인이 직접 씨를 뿌려 가꾼 상추, 마늘 그리고 된장, 불고기, 망고, 피망, 살구, 오얏 등 푸짐한 식탁이 탄성을 발하게 하였다. 케이크에 촛불을 켜고 스크램을 짠 채 모두들 '나의 살던 고향'을 합창했다. 그것도 2절까지. 그 향수어린 노래가 세느를 덮는다. 차한수 시인의 '밀양 아리랑', 김진영 교수의 '흥보가' 중 돈타령 등 여흥이 여흥에 꼬리를 문다. 더욱 반가운 것은 독한 담배만 물고 다닌 나로선 순한 던힐이 한 보루 나와서 거의 내가 다 독차지하다시피 차압했다. 가장 기쁜 일이다.(어찌 된 일인가? 여기에서 사진을 참 많이도 찍었는데 한 장도 나오지 않았다. 누구?)

3시 15분쯤 박인경 시인과 아쉬운 이별, 4시 30분쯤 다시 파리로 진입, 몽빠르나스 공동묘지에 닿는다. 보들레르 무덤 참배, 그는 의

붓 아버지 오삐끄 장군과 평생 원수처럼 살다가 같은 가족 묘지에 묻혔다. 보들레르 애호가들이 가만 두고 볼 리 없다. 그래서 화장을 하여 따로 이장했다. 그의 초상이 벽에 걸려 있고, 그의 전신상이 무덤 위에 누워 있다.

또한 이 묘역 안에는 사르트르와 보봐르가 나란히 묻혔다. 계약결혼이었는데도 그들은 '자기 반란'에 불을 지르며 '구토'를 하지 않고 참 잘 살았다는 생각. 보들레르의 무덤처럼 장미꽃 생화가 줄을 잇는다.

장미 꽃다발이 그 묘역에 낙서 투성이처럼 흩트러져 있다. 어디를 가봐도 아니, 지하철 벽이나 카페의 허수룩한 벽만 해도 낙서 투성이다. 이는 곧 낡은 질서와 인습에 대한 도전이며 자기 창조적 반란 행위다. 이는 곧 자유 분방한 개성이며 나르시즘이다.

이렇게 여행길에 나와 보면 밖에서 안이 잘 들여다보인다. 그래서 '음미하지 않은 삶은 삶이 아니다'라고 시간은 우리를 가르치는 훈육 주임같이 근엄하기조차 하다. 관습과 타성에 대한 창조적 반란, 이 길을 포기했을 때 시인에게 남는 것은 죽음뿐이다. 그러니 끝없이 반란의 불을 질러라. 저 장미꽃은 거기에 바쳐지는 헌사다. 장콕토와 빅토르 위고, 아폴리네르와 베르렌느, 마라르메와 랭보, 프로베르와 모파상, 보들레르와 혼혈녀의 사랑, 샤르트르와 보봐르 등은 이 반란에 대한 열정이며 화신의 별종들이다.

> 시인은 마치 저 구름의 왕자를 닮았어라.
> 폭풍우 넘나들고 사수(射手)를 비웃지만,
> 야유 소리 들끓는 지상으로 일단 유배당하면,

그 큰 날개가 걷는데 오히려 방해로울 뿐.

이 시는 보들레르의 「알바트로스」에 나오는 끝연이다. 천상에 유배당한 시인을 알바트로스에 비유한다. 지금 항해하는 뱃사람들 손에 잡혀 있는 바다의 새 알바트로스는 얼마나 무색하고 어색한가. 한때는 구름의 왕자, 창공의 왕자였던 알바트로스, 갑판에서 붙들려 어기적 어기적 기고 기는 큰 날개는 얼마나 추하고 우스꽝스러운가. 어떤 이는 담뱃대로 그의 부리를 쿡쿡 찌르고, 역정을 돋구고, 어떤 이는 절름대며 이 불구자의 흉내를 내기도 한다.

시인은 애초에 불행한 운명을 타고난 게 아니라 '창조적 반란'이 없을 때 불구자가 된다. 그러므로 시인이란 얼마나 두려운 존재인가?

마로니에 낙엽이 소낙비처럼 내리는 으스스한 초겨울, 그들은 이 거리에서 흉육주임 같은 시간 속에 얼마나 많은 반란의 불을 지르고 간 사람들인가. 「악의 꽃」에 나타난 대로 파리의 우울은 오늘 그것을 우리들에게 일깨우고 있다. 창조적 반란만이 사후에 정당화될 수 있는 시인의 삶이라고. 랭보처럼 '도덕은 연약함'이라고!

몽마르뜨의 '몽'은 '언덕'을 뜻한다. '마르뜨'는 '순교자'를 뜻함, 그리고 '몽빠르나스'는 '고답파 시인들이 활동했던 무대'라는 뜻이다.

노트르담 성당으로 들어선다. 현지 시간 오후 다섯 시. 미사가 시작되고 있다. 이 사원이야말로 파리를 파리답게 한다. 동쪽으로 역사지구, 서쪽으로는 현대지구가 된다. '노트르담'은 '성모 마리아의 성전'이란 뜻. 벌거벗은 헬레니즘 육체에 그 자유 분방한 개성에 쐐기를 박는 곳, 그래서 콰지모도 같은 꼽추에게도 사랑은 영혼으로 숭고하다고 가르친다.

6시 10분. 노트르담 출발, 한국 식당 '파노라마'로 간다. 토종은 별수없다. 죽살이로 따라붙은 룸메이트인 양길동 시인은 아직도 나의 먹거리인 콜라병과 바나나 주머니를 허리에 차고 다닌다. '된장국! 김치!'를 연발하여 좀 들어봐라 먹어봐라. 활인검을 휘젓느라 정신이 없다. 오랜만에 오늘은 점심에 이어 저녁에 맛보는 깍두기 맛이 참 별스럽다.

소주 한 병 7천 원. 이곳에선 1만 8천원 그것도 감지덕지다. 유로스타를 타고 영불 해협을 건너야 하기 때문에 토장국에 밥 말아 먹고 식당을 나오다 보니 나폴레옹의 전승기념관 기념탑이 높이 솟아 있다. 2천 5백 대의 대포를 녹여 만들었다는 탑위의 인물상이 한국 사람처럼 키 작아 정답다. 그는 키가 작았으므로 여섯 번의 저격을 당했어도 말궁둥이에 붙어 살아났다. 그러나 '나폴레옹이즘'이나 '드골이즘'은 어차피 인간 정신을 위배하는 폭력성에 근거하므로 심원한 자유 정신에는 도달할 수 없다. 그래서 그들 또한 '위인의 무덤(팡테옹)'에는 가지 못했다. 에펠탑은 더욱 높아지고 드골의 코는 납작 깨지는 순간이다. 이것이 파리의 지성이고 비판 정신이다. 비교가 없고 비판만이 있는 사회. 그들에게 우리 비빔밥을 내어 놓으면 어떨까? 아마 하나 하나 재료를 분석하며 맛을 비판할 것이다. 이런 생각을 떨쳐버리지 못하며 파리역을 향해 잠시 걷는다. 무심결에 박인경 시인 댁에서 차입한 '던힐'을 피우다 꽁초를 휙 기분좋게 던진다. 차도가 아닌 인도에 떨어진다. 뒤따르던 가이드 최씨가 질겁을 한다.

"차도는 가능해도 인도는 안 되는 거예요!" 한다. "왜 안돼요? 청소부에게 일감을 주어야 한다고 들었는데요?" 했더니, "잘못 알았어요!" 한다. 차도는 세느 강의 허드렛물을 뿜어올려 새벽에 물청소를 하면 되지만 인도는 청소부도 곤란하다는 얘기다.

이처럼 나폴레옹 때부터 시작된 도시 계획은 지금도 변함이 없다. 그래서 십가 작통법으로 묶었던 개인 주택들마저도 조각품을 붙인 그대로가 예술이다. 파리 전체가 아니 번호판이 차례로 눕는 환상적인 고속도로가 여인의 허리처럼 부드럽다. 딱딱하게 굳은 영국의 복고풍, 우리 농촌이나 신도시 같은 독일 분위기와도 다르다. '노르만디인은 노르만디인이다'라는 지방색, 분방한 자유와 개성을 팔고 사는 사람들이기에 백화점 이용률도 25%를 밑돌고 그대신 차별화된 독특한 이미지만을 파는 동네 슈퍼를 이용한다. 런던과 같은 버버리는 없는 셈이다. 독일과 같은 쇳물(쌍둥이 칼)도 없다.

그 대신 엄격하게 부(富)의 가치만을 평준화시키는 언론의 조크가 있다. 아파트 방 하나를 넓히기 위해 친구의 도움을 받았던 전대통령의 자살은 충격적이다.

과외가 있어도 우리처럼 못한 부분을 과외하지 않는다. 잘한 부분만을 과외한다. 이는 평준화가 아니라 '개성'에 대한 이미지 관리다. 18세가 되면 자연스럽게 미래 직업에 접근하여 이발사, 간호사, 군인, 소방수 등 다양한 계층의 전문업을 전공한다. 한국 아이들에게 태양은 빨갛다고 선생이 자꾸 손을 대는 그림과는 달리 이들의 그림 속엔 르와르, 손, 세느 강의 벌판에서 여러 가지 색깔로 해가 뜬다. 그래서 이 아이들은 지금도 나폴레옹의 법전에 나와 있는 선생님이나 부모의 말을 안 들으면 즉석에서 매맞고 그래도 안 되면 경찰에 연행되어 3일의 구류에 처해진다는 것도 안다. 몬테스큐의 분립 정신을 알고 있으며, 머리를 깎는 것이 아니라 머리 터럭을 깎는다고 논리적인 표현을 쓴다. 프랑스어 시험 외에도 '정치 폭력은 폭력이 배제될 수 있는가?' 라는 3문항 중 1문항이 선택되는 논술 시험을 치른다. 수학도 철학으로 풀어야 하는 것이 그들의 시험이다.

첫번째 여행에서는 커튼 자락을 세면 바닥에 흘려놓고 목욕을 했기 때문에 엽전 소리를 들었지만 이번 두번째 여행에서는 담배꽁초 하나로 기분좋게 자유와 개성을 훔치려다 망신을 당했다.

유로스타를 타고 밤 9시 30분에 출발하여 밤 12시 30분, 꼭 세 시간 만에 런던에 도착했다. 해저 터널을 환상적인 떼제베로 건너는 데는 정확히 25분.

시차 한 시간을 역회전하여 현재의 시각 11시 30분으로 시계 바늘을 돌려 놓는다.

저자 연보

宋秀權, 아호 平田

전남 고흥군 두원면 학곡리 1297에서 1940년 3월 15일 출생. 부 송기담, 친모 김양득. 10살 때 친모 별세. 계모 이수금. 한학자인 아버지는 고흥향교 전교를 2대에 걸쳐 역임. 4남 1녀 중 장남으로 태어났으며, 부인 김연엽과의 사이에 1남 2녀를 둠. 1965년 2월 군에서 돌아온 친동생의 자살 사건을 소재로 한 시詩「산문山門에 기대어」외 4편으로 《문학사상》을 통해 등단했다.

1956년   고흥중학교 졸업
1959년   순천사범학교 졸업
1962년   서라벌예술대학 문예창작과 졸업
1967년   영주중학교 교사
1968년   나주중학교 교사
1975년   시「산문山門에 기대어」외 4편으로 《문학사상》 신인상 수상. 광복 30주년 장편 서사시 공모 '동학란'으로 문공부예술상 수상
1980년   첫 번째 시집 『산문에 기대어』(문학사상사) 출간
1982년   광주여자고등학교 교사
         두 번째 시집 『꿈꾸는 섬』(문학과 지성사) 출간
1984년   세 번째 시집 『아도啞陶』(창작과비평사) 출간
1986년   네 번째 시집으로 동학혁명을 다룬 서사시집 『새야 새야 파랑새야』(나남) 출간
         산문집 『다시 산문에 기대어』(오상사) 출간

금호문화재단 예술상 수상
1987년 서광여자중학교 교사
전라남도 문화상 수상
1988년 다섯 번째 시집 『우리들의 땅』(문학사상사) 출간
시선집 『우리나라 풀 이름 외기』(문학사상사) 출간
제2회 소월시문학상 수상
1989년 산문집 『사랑이 커다랗게 날개를 접고』(문학사상사) 출간
1991년 여섯 번째 시집 『자다가도 그대 생각하면 웃는다』(전원) 출간
시선집 『지리산 뻐꾹새』(미래사), 역사 기행집 『남도기행』(시민)
출간
국민훈장 목련장 받음
1992년 광주시 학생교육원 연구사
일곱 번째 시집 『별밤지기』(시와시학사) 출간
1993년 서라벌문학상 수상
1994년 국제펜클럽 한국본부 감사
여덟 번째 시집 『바람에 지는 아픈 꽃잎처럼』(문학사상사) 출간
1996년 김달진문학상, 광주문학상 수상
남도 음식문화 기행 『남도의 맛과 멋』(창공사) 출간
1998년 아홉 번째 시집 『수저통에 비치는 저녁 노을』(시와시학사) 출간
산문집 『쪽빛 세상』(토우) 출간
1999년 우리 토속꽃시집 『들꽃세상』(혜화당) 출간
제11회 정지용문학상 수상
육필시선집 『초록의 감옥』(찾을모) 출간
2000년 남도풍류정신 제1권 『태산풍류와 섬진강』(토우) 출간
2001년 3인 시집 『별 아래 잠든 시인』(송수권·이성선·나태주, 문학사
상사) 출간
2001년 열 번째 시집 『파천무破天舞』(문학과경계사) 출간
2002년 변산시대를 마감하고 서재 어초장(漁樵莊)을 섬진강변(광양군
다압면 금천리 2213-4번지)으로 옮김. 현재 《주간동아》에 「시인
송수권의 풍류 맛 기행」을 연재중이며, 〈세계 음식문화 큰잔치〉
심사위원, 순천대학교 문예창작학과 교수